魅丽文化 桃夭工作室

小猫

烟猫与酒 / ㊔

廣東旅游出版社
GUANGDONG TRAVEL & TOURISM PRESS
中国 · 广州

图书在版编目（CIP）数据

小满 / 烟猫与酒著． — 广州 ：广东旅游出版社，2021.10
ISBN 978-7-5570-2583-0

Ⅰ．①小… Ⅱ．①烟… Ⅲ．①长篇小说－中国－当代 Ⅳ．① I247.5

中国版本图书馆 CIP 数据核字（2021）第 182493 号

小满
XIAOMAN

出 版 人：刘志松
责任编辑：何 方 李 丽
责任校对：李瑞苑
责任技编：冼志良

广东旅游出版社出版发行
地址：广州市荔湾区沙面北街 71 号首、二层
邮编：510130
电话：020-87347732
印刷：湖南天闻新华印务有限公司
（湖南望城湖南出版科技园 电话：0731-88387578）
开本：880 毫米 ×1230 毫米 1/32
字数：301 千字
印张：10
版次：2021 年 10 月第 1 版
印次：2021 年 10 月第 1 次印刷
定价：46.80 元

目录

第一章
小残疾 —— 001

第二章
漫长的不同 —— 023

第三章
一只三脚猫 —— 047

第四章
第一节课，给点面子 —— 071

第五章
这真是一种爱德华式的伤感 —— 092

第六章
你是不是总琢磨他啊？ —— 111

第七章
你给我当右手吧 —— 133

第八章
没长手吗？ —— 153

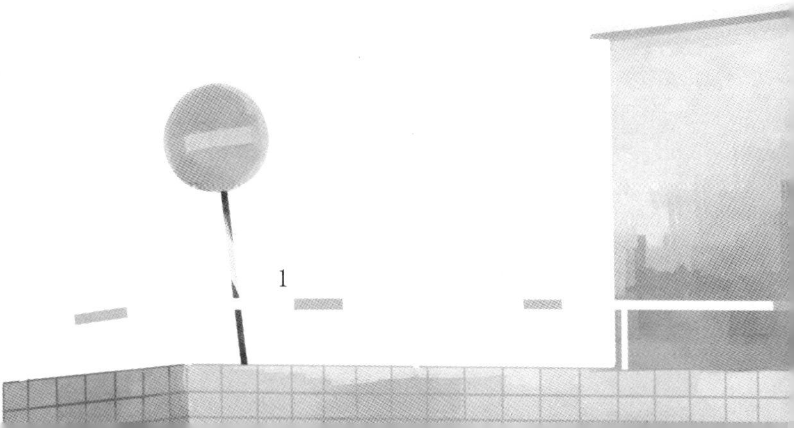

目录

第九章 一只耳机 —— 177

第十章 大章鱼和小世界 —— 198

第十一章 夏良的耳机 —— 221

第十二章 格格不入 —— 240

第十三章 见你还要找理由吗？ —— 264

第十四章 看我 —— 285

第十五章 对夏良不需要说谎 —— 300

第一章

小残疾

自行车的铃声在楼下响了三声。

柳小满正在厨房里刷锅，一只手又洗又倒又擦，听见车铃声有点儿着急，探出身子朝外屋墙上的挂钟看了一眼。

七点一十，要搁平时，这个点柳小满就要迟到了，但是今天开学，分班第一天不上早自习，老师要求八点到学校，时间还算富裕。

水槽里还剩一个盛土豆丝的小盆没洗，这么放着不行，柳小满看着不舒服，他不管做什么事儿都喜欢有头有尾。

可是跟洗盆比起来，柳小满更不愿意让樊以扬在楼下等他。

柳小满先放下手里的钢丝球，拧开水龙头，把小盆从水槽里捞起来，抓紧时间冲了冲，然后转过身，将小盆放在案板上干净的那一摞盆碗旁边，再转回来，洗干净自己的手，把水龙头拧紧。

柳小满一板一眼地做完这一整套流程后，往围裙上抹了抹手上的水，把围裙从脖子上往下摘。

“小满？”爷爷也听见了车铃声，看柳小满一直没动静，就从卧室里出来喊他。

“哎，我好了。”柳小满一边摘围裙，一边低头用肩膀隔开挂在厨房门口的塑料珠帘往外走。

珠帘跟围裙带子缠在了一起，柳小满叹了一口气，停下来重新拽开。

“不急，慢慢来。”爷爷用拳头抵着嘴，咳嗽两声，把柳小满一早就搁在桌上的书包递过去。

“不急。”柳小满重复一遍，冲爷爷眯眼笑了笑，把书包接过来挎上。

“不急，慢慢来。”这是爷爷的口头禅，爷爷每天至少要对柳小满说一遍。

虽然他知道爷爷说得对，但是每次到这种卡时间的时候，他都特别希望自己也有两只手。

“今天你是不是上学晚了？”爷爷去厨房倒热水，看见碗架上整齐的锅碗瓢盆，又问柳小满，“你吃饭了吗？”

“没晚，是今天上课晚。”柳小满解释了一句，就赶紧去穿鞋。

“那不急，你吃点儿东西。”爷爷拎着暖瓶跟出来说。

“我……”柳小满扭头看了看餐桌，一只脚在门里，一只脚在门外，要走不走，他有点儿犹豫。

他是有点儿饿，今天生意好，学生多，他和爷爷从五点半起来，一直忙活到刚才。平时摊子还能剩下一两张饼皮，他自己卷一卷就当早饭垫垫肚子，结果今天连一根葱也没剩下。而且，樊以扬已经在楼下等他了。

“饼蒸少了。”爷爷读懂了柳小满的表情，放下暖瓶，从放在炉子上的大铝锅里捡了几个茶叶蛋，用袋子装上塞进他书包里，拉长声音念叨，“我老了，干不动活儿了。”

“我老了”也是爷爷的口头禅，是最近两三年开始的，头几回柳小满听爷爷这么说，心里还会觉得酸涩，可听多了就免疫了。

他只用眼睛数了数鸡蛋。那口大铝锅是专门用来煮茶叶蛋的，煮来卖，在他眼里都是钱。

一个茶叶蛋卖一块钱，除去成本八毛……爷爷给他塞了四块八毛钱的茶叶蛋。

“你跟扬扬一块儿吃。”爷爷一边说着，一边拍了拍他的肩胛骨，让他赶紧出去。

“好。”柳小满点了点头，茶叶蛋给樊以扬吃，那就没什么钱不钱的问题了，他不心疼。

他攥着书包带子快步走出去，到了楼梯口还没听见爷爷关门的声音，便转身冲爷爷喊了一声：“爷，进屋吧。”

爷爷没说话，只抬手摆了摆，让他快去上学。

柳小满从楼道口一出去就能看见樊以扬。

今天天气好，天空是湛蓝色的。樊以扬跨坐在自行车上，一只手握着车把，另一只手卷着一本书在看，他被太阳光照得微微眯着眼睛。

“扬扬哥！”柳小满喊了一声。

樊以扬看过来，他面向楼道口的那只耳朵空着，另一只耳朵眼里塞着耳机，白色的耳机线贴着下颌弯弯绕绕地垂在胸前，随着动作轻轻晃荡，连进他的校服口袋里。

耳机里放的是英语听力，柳小满知道。

“你慢点儿，别跑。”樊以扬合上书，将书放进车筐里，笑着说。

每次柳小满看见樊以扬，心情就跟现在的太阳光一样，打在头发上、脸上，毛茸茸、金灿灿的。

樊以扬好看。

虽然男生一般不用“好看”这样的词儿形容，但樊以扬也不能纯粹用什么帅不帅来形容，那太俗了，衬不上他。必须要概括的话，柳小满只能想到一个“好”字——长得好，气质好，性格好，成绩也好，而且对自己、对爷爷很好。

反正樊以扬哪哪都好，从小到大都好。

“今天你下来得慢了点儿。”等柳小满小跑到樊以扬跟前儿，樊以扬从他肩上把书包拿下来，也放进车筐里。

“对不起。”柳小满扶着樊以扬的肩，跨上车后座，先道歉再解释，“今天买饭的人多。”

樊以扬看了看街旁已经收了的早点摊子，“老柳早点”的立牌在他小时候就有了，是爷爷用拆下来的老木门板自己做的，红漆底，蘸白油漆写了字。

那时候，柳小满还有个像样的家，妈没跑，爸没逃，一家子乐呵呵的，柳小满也还有完完整整的两条胳膊。

经过这么多年风吹雨打，立牌上的漆都斑驳了。

“你累不累？”等柳小满坐稳后，樊以扬拨了一下车铃铛，骑了出去。

“还行。”柳小满坐在后座上，随着车速悠然地晃晃腿，搭在樊以扬肩上的手滑到他的校服下摆上攥着。

“今天你是不是要分班？”樊以扬问。

“嗯，分过了。”柳小满顿了一下才继续说，“我在十二班。”

“十二。”樊以扬重复一遍，点点头，“挺好的。”

柳小满看了看他的后脑勺，又晃了晃腿，没说话。

他们这个四线小城的五线老区，重点高中就那几所，全算上也用不着两只手数。

樊以扬跟他在一所学校，大他一届，而且刚从高二升到高三。

高二有十三个文科班，六个理科班，他被分在十二班，这数字正着数、倒着数都算不上“挺好”，跟樊以扬当时分的文科一班根本没法比。

其实凭柳小满的成绩，排名应该再往前点，至少分在中间的平行班没什么问题，可问题是很多时候分班不仅仅取决于成绩。

自行车骑过一个路障，柳小满左边空荡荡的袖子被风吹了起来。

当他条件反射地松开樊以扬的衣摆，伸手去抓衣袖时，也感觉到樊以扬从后视镜里看到了他的动作，车速也配合着慢了下来。

樊以扬就是这么体贴的一个人。

这么多年柳小满被他照顾得都快麻木了，这一刻却突然有点儿不自在，讪讪地缩回了抓袖子的手。

他比樊以扬少了一条胳膊。从小到大，他只有学习成绩还算过得去，这也是他在樊以扬面前说起来不会自卑的唯一话题，却好像没什么用。

从他们家门前的旧街一路骑到底，往左一拐就是学校。

自行车骑进学校的范畴后，后座上的柳小满停下了晃悠小腿的动作，把腰背挺得板正，等着樊以扬减速刹车。

樊以扬把车停在学校门口的豆浆摊子旁边，柳小满从车上下来，接过樊以扬递给他的书包。

“你没吃饭吧？”樊以扬往校门口的早点摊子扫视一圈，“想吃什么？”

“我带了。”柳小满摇摇头，把书包挂在脖子上，伸手往里面掏。

没等他摸着那一小包茶叶蛋，后背就被人撞了一下。

他被撞得还不轻，往前踉跄了一步，差点儿没站稳，樊以扬眼明手快，托住了他的胳膊肘。

“谁……”撞他的人是倒着走的，正跟几个人嘻嘻哈哈，冷不丁磕上一个障碍，差点儿左脚绊右脚把自己摔出去，扭过脖子就想骂。

这人对上柳小满这张脸，又瞥了一眼他的袖子，就拉长音调“啊”了一声，歪歪扭扭地站着，说：“小残疾啊。”

“真的啊？”跟这人一起的几个人也转了过来，抻着脖子看他。

学校里总有这样的人。

柳小满看了一眼，他不认识这人，但他一看就知道这人是每个年级每个班都有的那种学生混子——说话咋咋呼呼，含着脏字，下了课就满走廊勾肩搭背地闹，校服永远不好好穿，非得脱下来系在腰上。

这种浑不吝，他一个不认识，也一个都不想认识，但是学校里基本没有人不认识他。

他没说话，侧着身子给这些人让路。

“你躲什么啊，我又没要揍你。”几个人笑起来。

“我们不欺负残疾人。”后面一个大长脸啃着煎饼，接了一句。

柳小满眼皮都不抬，低着头继续从包里掏茶叶蛋。

高中校园里大部分人都挺友好的，该懂的道理都囫囵懂了，一般人迎面走过来会盯着他多看两眼，跟身边的人小声说几句。

像眼前这种烦人的人也有，一张嘴说话就臭烘烘的，不是阴阳怪气就是怪笑，还会学他的样子，故意当着他的面把袖子从胳膊上脱下来，拧着肩膀甩到他面前。

平时他遇上这种人就躲着走，但现在闹哄哄的躲不开，他就只想让对方赶紧走开。

开学第一天，他只想顺顺当当地坐进教室里。

“罗浩。”那人还想说点儿什么，樊以扬在柳小满旁边用不大的声音喊了一声。

“我去，樊神啊！”罗浩这才看见旁边自行车上还跨坐着樊以扬，“我说少了点儿啥呢，放个假都给我放忘了，有小残疾的地方就有你。”

他笑嘻嘻的，隔着自行车往樊以扬的肩膀上捶了一下，说：“快，樊神，老猪发的那个什么册，兄弟一大早过来就等你救急呢。”

“自己拿。”樊以扬指了指自己的书包，罗浩熟门熟路地过去把作业翻出来，再把书包给他拉上。

“谢了，作业抄完我直接帮你交了。”他把练习册卷起来，磕磕自己的脑门，学着国外敬礼的样子把手往天上一指，转身走了。

柳小满的眼角余光看见他的动作，心想这人估计觉得自己蛮潇洒。

“哎，对了，你知不知道……”柳小满刚抬头要跟樊以扬说话，罗浩又猛地转了回来，挤眉弄眼地对樊以扬说。

柳小满立马重新别开脸。

“嘿，你老躲什么啊，我又没把你……”罗浩用书卷指着他，往前走了两步。

“什么？”樊以扬把着车头，挡了罗浩一下。

“毛病。”罗浩对着柳小满龇了龇牙。

罗浩往樊以扬的车头上一撑，压着嗓子故作神秘地继续说：“夏良留级了，你听说了吗？我听八班的耗子说，他是被他爸压着去办的手续，爷俩儿差点儿在秃驴办公室打起来……”

他眉飞色舞半天，樊以扬只是把着车头看他，没什么情绪地“哦”了一声。

“哼，没劲。”罗浩顿了一下，立马直起身子，甩了一下胳膊又走了，“什么反应，我跟你们学霸真不是一个世界，亏得大家以前还在一个班……走了走了！”

樊以扬听见这句倒是耷拉下眼皮，轻轻笑了一声。

那你们确实不是一个世界。柳小满在心里接了一句。

他重新看向樊以扬，樊以扬正把被罗浩拽出来半截的书包摆正放好，对上他的目光，樊以扬笑了笑，说：“走吧，要晚了。”

夏良这个名字，柳小满有印象，但一直走到新教学楼底下，他也没想起自己为什么有印象。

留级，跟爸爸在教导主任办公室里打架，光这两点，听着就劣迹斑斑，就算他有印象，估摸着也是在通报批评里听过这个名字。

柳小满无聊地想天想地，经过风纪镜旁边的通报栏时，他停了下来，看到里面贴了一个假期的大白纸。

这是上学期期末，学校对四个高三学生校外斗殴事件的处理公告。那件事性质挺恶劣的，当时学校还专门开了一个针对学生行为规范的全校大会，让他们上台检讨，但只有三个人上去检讨了。

先前柳小满都没留意过，现在再看，公告上贴出来的照片倒是整整齐齐的四张。

他一眼就看见了夏良的名字。

不仅因为他的照片贴在最前面，还因为他连照片都比另外三个人跳脱。

脸很白，眼睛很黑，眼神很凶。这是柳小满对夏良的第一印象。

明明大家没什么表情，同样都是盯着摄像头，其他人就显得有点儿呆，夏良的眼神却让人隔着薄薄的相纸都能察觉出他挺不耐烦的。

咬人的狗不爱叫。他脑子里莫名蹦出这么一句话，然后匆匆地上楼了。

高二一大半文科班跟理科在一楼，另一小半在二楼，跟高三生的楼面对面，中间隔着一小片空地。

刚分班，一整个年级的同学都打散了，开了学都楼上楼下蹿着认亲，又乱又闹。

十二班在二楼靠西头的走廊边上，柳小满一路过去被人盯了个遍，他习惯了，微微敛着眼皮从人群里快步穿过去。

“这不是三班那个……”有人在他身后不怎么小声地议论，“他分在几班？”

“不知是十一班还是十二班，”另一个人接话，“反正是后面那几个班。”

“他的成绩不是挺好的？”

“那怎么办，还能把他放火箭班里吗？干吗都得特殊照顾，重点班哪有班主任愿意要。”

“也是。”

“哎，夏良好像也在十二班还是十三班。”

“哪个夏良？”

“还能是哪个，学校再多几个夏良，秃驴不得少活十年。”

“打架那个？啊，他不都高三了吗？”

“我听说他留级了，你不知道啊？我还是听你们班的人说的。”

后面的话柳小满就没再听见，他攥着书包带子迈进了十二班。

人是有集体感和归属心的，柳小满走进教室后，十二班或站或坐的同学也会看他，但明显比走廊上那些人的目光柔和、客气得多。

打散重组的班级还没什么规矩，大家都自己挑位置坐，跟分到一个班里的新同学老同学说话。

柳小满没去看有没有熟人跟他在一个班，他无视班里人的目光，很自觉地走到教室最后一排的墙角处，挑了靠在窗边的位子坐下来。

不管在哪里，坐在角落的人最不引人注意，这点肯定没错。

桌子和椅子上都有浮灰，当柳小满在书包里找纸的时候，才发现茶叶蛋还在书包里，忘了和樊以扬分。

都是因为那个罗浩，话那么多，还都是无聊的废话，东一榔头西一棒槌，听得他把正事儿都忘了。

柳小满盯着茶叶蛋看了一会儿，决定还是先放着，为了几个茶叶蛋专门去高三找樊以扬，挺寒碜的。

他把那一小袋茶叶蛋拎出来，放进擦干净的桌斗里，再把要交的作业、要用的书分门别类地上下放好。同学们进进出出，基本坐齐了。

柳小满翻开英语书背单词。

A 打头的那一串单词他还没顺到底，前座的男生突然推着凳子回过头，动静挺大，吓了他一跳。

“哎，你是不是三班那个……叫李小满是吗？”前座睁着一双挺圆的眼睛，滴溜溜地打量他。

前座也不认生，整个上半身都转过来了，两条胳膊往柳小满桌上一支。

“柳。”柳小满纠正他，把被他压着边儿的英语书往外抽了抽。他没察觉自己压了书，也就没继续拽。

“啊？”前座没听清，又往前抻抻脖子。

柳小满又拿出来一本书，翻开书皮给他看。

“啊，柳啊，我一直听成李小满……你的字还挺工整。”前座笑了，抬手拿了一本自己的书，打开一看，上面还没写名字，就随手拿起一支笔，大开大合地划拉。

“我姓李，还以为咱俩是本家呢。”他把书往柳小满眼皮底下一塞。

李猛。柳小满看了看他挨了揍似的散架大字，又看了看他细眉毛大眼睛的喜庆长相，有点儿想笑。

“我记着了。”他把书递还给李猛。

“得嘞，以后咱们就是同学了啊，前后桌。”李猛把书扔回自己桌上，一副爷们儿做派，拍拍自己的小瘦胸脯，也没刻意避讳，看着柳小满的空袖子说，“有事儿你吱声，别客气，猛爷罩你！”

虽然柳小满不爱主动跟人凑热闹说话，但是遇见这种开朗性格的，他也不会刻意保持距离，点点头笑了一下。

“你们三班分过来几个人啊？我们班就我一个。唉，孤家寡人，孤苦伶仃——”李猛夸张地叹了一口气，抻着脖子在教室里巡睃。

柳小满一看就知道李猛是爱凑热闹的脾性。教室后门突然人声鼎沸起来，又是那种学生混子们聚在一块儿发出的动静，他也立马支起半个身子，像一只地鼠似的支棱着耳朵去看。

几个罗浩那样的烦人精正簇拥着一个人上蹿下跳，你一句我一句，声音都故意拔高几度，好像这样显得自己很厉害。

柳小满瞥了一眼，就低头继续看书。李猛骑在凳子上，一晃一晃地分享情报：“他们不都是高三的吗？对了，柳小满，你知不知道高三那个夏……”

“砰！”

他的话还没说完，一个黑色的书包从后门飞过来，像一枚炮弹似的砸在柳小满旁边的桌子上，后几排的人都被吓了一跳。

“耗子你小心再砸着人。”罗浩的声音在后门外边扬起来，“都说新学期洗心革面呢，你再虎了吧唧，夏良可能又要背一个处分！”

“我这不没砸着……不是，夏良你还真留级啊？马上就毕业了，多亏啊。”叫耗子的搓搓鼻子，瓮声瓮气地说。

柳小满还盯着这个从天而降的黑书包愣神。

虽然书包是落在他旁边的空座上，但是越线了，有一小半落在他的桌面上。

“吓我一跳！”李猛也瞪着黑书包。

被罗浩他们围着的那个人一直靠在走廊栏杆上，没怎么说话，两只手都插在外套口袋里，书包也不知道怎么飞过来的。

他看了耗子一眼，也没说话。那几个人声音降低了点儿，又开始说别的话题，他直起身子直接进了教室。

后排的几个人都有一眼没一眼地往他身上看，小声议论着。

柳小满正要伸手把落在他桌上的半个书包拿开，余光瞥见桌子边儿多了一个人影。

他抬起头，对上一双黑漆漆的眼睛。

那人没什么表情，甚至算得上平和，可就是让人觉得凉飕飕的，还带了一点儿凶狠。

“出来。”

那双黑眼睛的主人看着他，声音很平和地说。

眼前这人毫无疑问就是夏良，柳小满刚在楼下通报栏上看见过这张脸。

可是他不懂这句“出来”的意思。出去？

去哪儿？

他看了一眼李猛，怀疑自己是不是理解错了，其实夏良是在跟李猛说话。

结果李猛也一脸呆相，看着柳小满。

李猛认识夏良这张脸，不只他，后面几排听见动静的学生都挺八卦地往这边张望。

李猛看夏良这架势，还以为夏良和柳小满认识，正琢磨着小残疾跟他不是一个年级一个班的，是怎么认识的。

现在他对上柳小满的目光，才发现对方也挺茫然，而且他瞬间懂了柳小满的意思——他刚刚拍着胸脯冲柳小满说“猛爷罩着你”，柳小满这是向他“求救”来了，也是真够不客气的。

李猛有点儿尴尬地摸了摸鼻子，别说外面还杵着几尊愁神，就算只有夏良一个人，他也没厉害到随便跟人插嘴逞能的地步。

但柳小满都看过来了，自己一声不吭好像也不太合适。

“出去哪儿啊？”他憋了半天，酝酿出一个疑问句，语气听上去还挺客气。

夏良没理李猛，他有点儿不耐烦，看了一眼柳小满的胳膊，还是没说话，好像已经因为对方是一个残疾多给了多少耐心似的。

“哎，小残疾，让你出来你就出来。”罗浩不知道什么时候凑了过来，扬着胳膊往夏良肩上一搭，冲柳小满抬起下巴，“这是夏良的位子，他以前在我们班也坐这儿。”

夏良动了动眼皮，看了他一眼。

罗浩收回胳膊，提起落在柳小满课桌那半边的黑书包，继续催他：“你快点儿啊，等着我给你搬啊？”

柳小满这才明白他们的意思。

“你想坐这儿吗？”他问夏良。

他也没真想等夏良回答，其实坐里边还是外边，对他来说没多大区别，跟坐哪儿比起来，他更不愿意半个班的人抻着脖子盯着他看。

夏良这人也真奇怪。

他一边把书摞起来往旁边挪，一边在心里想。

夏良就为这点儿事僵在那儿，他上来直接说“换个位”不就完了吗？

这些人长一张嘴巴，却都不会好好说话。

李猛帮着柳小满把桌上的东西整完。罗浩他们回去了，走之前，他又把夏良的书包往桌子上一掷，吓得李猛一个激灵。

右边那个座位的凳子瘸了一条腿，估计分班之前这个位子就空着，所以一直也没人在意。柳小满刚擦完凳子坐下，就听见“嘎”的一声响，紧接着，他的整个身子往旁边一歪。

“哎，我，”李猛回到自己座位上，屁股刚挨着凳子，又被这动静激得叫了一声，回过头，“你这怎么还一阵阵儿……”

李猛对上夏良阴沉的目光，才反应过来后座刚换人了。

“我转错边儿了。”李猛换了一个方向，刚把脑袋转过去，就看见柳小满正用一条胳膊撑着桌沿，半歪着身子想从地上站起来。

夏良眼皮一耷拉，也自上而下地看了过去。

柳小满感觉到他们的视线，从脖子到脸都涨得通红，尴尬到后脑勺都有点儿发麻。

他最受不了让人看到自己狼狈的样子，受不了别人眼中透露出来的嫌弃或者怜悯。

别急别急别急。他在心里对自己说话，想在引起其他人注意之前站起来。

可是刚擦过的桌面特别滑，校服袖子也是滑溜溜的料子，他的手撑上桌面以后不仅没能借力把身体撑起来，反而胳膊肘一蹭，整个人像喝多了似的又歪了下去。

“蜘蛛爬到三分之一的位置，脚一滑，又掉了下去……”

电光石火间，他脑子里竟然还想到了小时候看的故事书，甚至觉得自己就是那只凄凉的蜘蛛。

柳小满预想中摔得鼻青眼肿的画面没出现，他的胳膊下意识找着支点，碰到身边一截大腿，赶紧抱了过去。

那大腿是横着的，他手忙脚乱地往上一架，用上臂和侧肋紧紧夹住了。

柳小满终于脱离了尴尬状态，松了一口气。

“幸好蜘蛛脚下出现了一块凸出来的石头，它及时抱住石头，没有让自己重新滑落回谷底……”柳小满脑子里的故事书竟然在自动阅读。

柳小满的屁股半歪在凳子上，凳子已经彻底歪到了地上，他半个身子斜着，一只袖子空空荡荡的，另一只手则抱着一条陌生人的大腿。

那条大腿不粗，但是肌肉紧绷，硌得他腋窝生疼。

现在的姿势柳小满自己都不想去想，好歹是刹住了车，他稳住身形抬起头，又一次对上夏良的眼睛。

这次还是近距离的，夏良的脸就在他上方不远处，不知道是不是因为背光，夏良的脸色看着有点儿发黑。

夏良的眼珠也黑，真的很黑。柳小满想。

“起来。”夏良蹙了蹙眉心，对他说。

“你没事吧？”坐在附近的同学们别过头问，也有离开座位凑过来想帮忙的。

李猛第一个从前座蹿出来，嘴里小声喊着“你真是个天才”，手却托着柳小满的胳肢窝把他往上抬。

“不好意思。”柳小满臊得耳朵根儿发烫，他在同学们的关心下，先小声跟夏良道了歉。

夏良没搭理人，围过来的人闹哄哄的，等柳小满被架起来后，他也收起腿站起来，踢了踢凳子，从后门出去了。

“神经。”一个女生冲他的凳子翻了翻眼皮，转过来问柳小满，“你没事吧？”

柳小满看了一眼后门，冲她笑了笑，摇头说：“没事”。

他的脸还紧绷着，这一下，不仅围过来四五个同学，还有前几排的人往回看，他挺不好意思的，忙答着每个人“没事没事”。他弯下腰，想先把凳子扶起来看看。

“别管这破烂了。”翻白眼的女生在他动手之前搬起了坏掉的凳子。别看她个子小，扔大物件倒是利索，那张坏掉的凳子直接被她塞进了后排的卫生角里。

“我以前就是咱们这个班的班长，‘原住民’，这张凳子坏挺久了，这个座位一直没人坐，我就忘了。”她自我介绍道，“我叫韩雪璧，不是雪碧的碧，是玉字底那个璧。”

她的介绍规规矩矩，李猛没忍住，嘴贱地来了一句：“这名儿可以，大家好，以后我叫李可乐。”

几个人都笑了起来，柳小满也没忍住，翘了翘嘴角，可翘到一半儿，他又怕自己这样做不礼貌，便憋了下去。

“没事儿，我习惯了。”韩雪璧冲李猛翻了一个大白眼，继续跟柳小满说，“你以后有什么要帮忙的，找我就行，咱们班什么布置我都熟悉。”

说着，她回头不知道冲谁喊了一声：“鱼头！”

“哎！”前排有人答应一声。

“你去教导处领一张凳子！”韩雪璧喊。

“啊？”鱼头也喊。

柳小满没想到她的帮忙这么全面，忙想拒绝：“不用，我自己……”

“快点儿！”韩雪璧特利索地冲他一摆手，直接朝那个倒霉的“鱼头”走过去，“新同学，八班那个……你是体育委员，要赶紧发扬优良风格，帮帮忙。”

“哪辈子的事儿了，还委员！”一个个子挺高的男生被韩雪璧催着站起来，风风火火地出去了。

柳小满一句“不用麻烦”还憋在嘴里，这次他连张嘴的机会都没有。

“我跟他一起去吧。”柳小满张张嘴，还是抬腿想跟出去。

他一直没有麻烦别人帮自己干活儿的习惯，自打没了胳膊，各种能得到的残疾人优待，他也尽可能不去接受，他愿意自力更生，情愿自己像所有正常人一样，也不要那些优待。

“哎，你省省吧，没听见人家的用词儿？”李猛半靠在桌子上，耷拉着腿，把柳小满拦了回去，“人家发扬优良风格呢，你就给前班委一个机会吧。”

韩雪璧又甩过来一个大白眼，傲气地抬着下巴，不想搭理李猛。

现在追出去也赶不上人了，柳小满挺不好意思的，对韩雪璧又说了一句“谢谢。”

“你太客气了，都是同学，应该的。”韩雪璧说。

没两分钟，“鱼头”就拎了一张新凳子从后门走了进来，然后将凳子往柳小满屁股后面一搁。

“凳子看着有点儿脏，我擦过了，擦不掉，你就这么坐吧。”他指着凳子给柳小满看。

“谢谢，没关系。”柳小满都有点儿不知道该说什么了，这两位“原住民”太热情了，跟他以前班里的班委不太一样，“麻烦你跑一趟了。”

“鱼头”摆摆手，转身回到自己的座位上。

“反正你有事儿找我们俩就行。”韩雪璧交代完，甩着马尾辫回到了她位于第一排的座位上。

“一个雪碧，官瘾还挺大。”李猛笑了一声。

“兄弟，”李猛的新同桌拍了他一下，“就冲你这张嘴，我能跟你当十年同桌。”

“那你摘去吧，兄弟。”李猛冲他噘嘴。

预备铃响了，围在柳小满桌前的几个人笑着骂了两声，就各自散开了。

柳小满弯下腰，擦了擦凳子，也抿了两下嘴角，但还是没忍住，跟着笑了笑。

他一直觉得李猛这样的人挺厉害的，去哪儿都能跟身边人打成一片，全世界在他们眼里估计真就是一个村，跟谁都能聊，开玩笑也有人笑。

以前他们班也有这样的人，但是跟他不在一个世界。他看他们每天嘻嘻哈哈，有说不完的话，就挺不能理解的，估计他们看他像一闷嘴葫芦一样，也觉得他是一个怪胎。

现在这个新班级给他的感觉倒是蛮好的，这个班的人都蛮好的。

虽然大家热心得有点儿过了头，让他有点儿不知所措，但是他能感觉到那都是好意。

不知道是不是因为一个集体中最不合群的那个人，从他变成了……

他看了一眼旁边，被夏良踢开的凳子向外面歪着，书包也靠窗台摆着，还没打开。

他的新同桌开学第一次见面就对他说了两句话，一句“出来”，一句“起来”。

柳小满在心里嘀咕：现在都要上课了，他也没回来。

柳小满在新凳子上稳稳当当地坐好，然后把夏良的凳子拉回来摆正，还顺手擦了擦凳子上面的半个鞋印。

打铃了，教室里还是闹哄哄的，而且好几分钟过去了，似乎没有要消停的意思。

“咱们班主任谁啊，还来不来了？”前面李猛的同桌上完厕所，从后门溜进来，本来猫着腰，一看讲台上没人，立马直起身子晃荡着过来。

走廊上静得差不多了，不知道哪个班传出了读书的声音，好像只剩他们班还没人搭理。

“不会是黄四海吧？”李猛问。他嘴里嘎嘣嘎嘣响，不知道嚼着什么。

“不能，”他同桌摇摇头，“我刚还看见他进十三班了。”

“他去十三班了？那看来学校还是爱护我们的。”李猛从书包里掏出几块糖，给前后左右桌的同学分别扔了一块。

他回头给柳小满糖的时候，瞥了一眼夏良的座位，还是没往上面扔一块糖，而是将两块糖都搁在了柳小满桌上。

“谢谢。”柳小满没拿起来吃，先谢了一句。

“你这话说得。”李猛的同桌没这么客气，“啪”的一声直接把糖纸挤爆，跟李猛一样把糖放在嘴里嚼着，“十三班全是艺体生，跟咱们就不是一个单位，黄四海年年带体育班，跨过十三班来折磨咱们，那也说不过去啊。”

“也是。”李猛点点头，一条胳膊往凳子靠背上一架，转过身子跟柳小满说话，“哎，柳小满，你的成绩挺好的吧？”

“是啊，我也记得。”李猛的同桌也转过身来，将一条胳膊架在了椅子上，跟李猛面对面坐着，摆出的姿势像他们在照镜子似的。两人一左一右地问柳小满，“你怎么能沦落到跟咱们一个班了？”

“我记得你去年期中还是月考，还上光荣榜了？”李猛又说。

“期中。”李猛的同桌接着说，“我们班主任还夸他来着。”

他们俩一唱一和，可柳小满只是笑了笑，摇了摇头，说："没，凑巧了。"说完，他继续翻书看英语单词。

其实我也想知道。柳小满在心里想。

他耳边响起早上樊以扬说的那句"挺好的"，被新同学、新氛围带动起来的情绪又有点儿低沉。

樊以扬他们那样的重点班，这种时候肯定早就进入学习状态了，哪还有时间这样笑笑闹闹。

人跟人的差距好像是老天爷用尺子丈量好了的，距离只会被各种各样的事情越拉越开，永远没有补上的那一天。

"我说你们这些人真有意思。"李猛的同桌屈着指关节在凳子靠背上敲，"越是成绩好的人越爱装，我要有你那成绩，我早上树了，谁问我我都……"

"砰！砰！"

柳小满还在思考为什么成绩好要上树，两声挺大的拍门声让班里的哄闹声戛然而止。

李猛和他同桌赶紧坐正，柳小满听见李猛轻轻骂了一声，飞快地说："尚梁山！他还不如黄四海呢！"

尚梁山这名字，柳小满模模糊糊有点儿印象。

他好像也是体育组的老师，因为名字奇葩，上课事儿多、婆婆妈妈、一根筋……被以前班里的同学念叨过几次。

他不用上体育课，也对老师们的八卦没什么兴趣，所以一直偶闻其名，对不上人。

没想到，今天，他在这里见到了尚梁山。

他往声源处看去，就看见一个人高马大的中年男人背着手站在门口，眉头皱得像一张揉皱了的砂纸，正目光沉沉地扫视着全班，而且至少扫了两分钟那么久。

在骤然的安静过后，又有人——比如李猛和他同桌这样的人，头抵着头说小话，这老师看到了也不说话，就站在门口盯着说话的人。

他一个人一个人地盯过去。

估计班里有不少人是他带过的学生，被他的目光一扫，不少人都低下脑袋避开他的视线。

直到他把全班同学都盯了个遍，班里连挪凳子、翻书的窸窸窣窣的声音也消失了，他才像一头黑熊一样一步一步从门口跨上讲台。

“尚”。他在黑板上一笔一画地写了一个字。

“我姓尚，你们当中有不少人认识我，我也认识你们不少人。”尚老师两只手往讲桌上一撑，开始自我介绍。

体育老师真的能做班主任吗？班里不少人在心里嘀咕。

尚梁山立马回答了所有人的疑问。

“从现在开始，我就是你们的班主任。我们——我和你们，和整个十二班，从今天开始、从这一刻开始……”他停了一下，抬起胳膊看了一眼手表，一板一眼地念出时间，“八点二十七分，从这一刻开始，我要你们每个人心里都树立起一个观念。”

“什么观念呢？”尚梁山停了一下，背着手在讲台上转了两圈，似乎在等一个知音。

可惜没人明白他到底想说什么，柳小满脑子里还在不受控地跑着题，尚梁山，这名字……尚老爸不知道是怎么打算的。

“这个观念就是，集体……”没人接话，尚梁山只能自己把后半句接下去，“荣誉感。”

他说话用力过猛，尾音刚落地，就不知道是谁闷着嗓子笑了一声。

有些时候就是这样，按理来说该紧张的氛围反而被演化成说不上来的可笑。

而笑这个东西，又从来都是一传十、十传百的。

尚梁山在讲台上把他的砂纸眉毛拧得更深了。

他敲了敲讲桌：“是谁在笑？站起来。”

“你们距离高考只有短短的一年半了，这个时候还能笑得出来的人，我不得不说你没心没肺。”他又走到门口拍了拍门。

“你们听听，对面高三的学生在干什么，别的班又在干什么，你们竟然还能笑得出来？”尚梁山问。

柳小满的目光本来跟着他走，闻言，垂下脑袋逼自己继续看单词。

“我在很认真地跟你们说话，我试着尊重你们，你们也应该尊重我。”尚梁山重新回到讲台上，两只手撑在讲桌上，“毕竟我要带你们到高考结束，谁也不要做得太难看。”

“在这个班里，我只想看见你们在学习，谁不想学习，就去操场上跑一百圈。”他很认真地说。

如果说前面那些话，柳小满还觉得多少像一个高中班主任会说的，那么到了这一句，他终于彻底感觉出后进班级与重点班级在师资配置上的明显差距了。

这哪像一个有资历的班主任该说的话？

同学们估计跟柳小满想的一样，瞬间又开始窃窃私语。

“安静！安静！”尚梁山的眉头皱得像切糕一样，一边说，一边拍桌子。

李猛借着抓头发的动作转过半张脸，做了一个“我服了”的表情。

柳小满看着他，突然觉得前路挺茫然的。

令他茫然的行动还在继续。

尚梁山依照上体育课时的习惯，照着花名册一个个点名，点到的学生要站起来做一段简短的自我介绍，还美其名曰是加速同学们之间的了解。

这种既耗时间又让人害臊的集体自我介绍，柳小满只正经经历过一次，还是在初中开学的时候。

但是，每个同学的自我介绍他还是认真地听进了耳朵里，记了下来。

十二班跟所有班级一样，大部分人都表现得普普通通，能让人记住的只有最活跃的那几个。

在现在的十二班里，大概只有三个人活跃，韩雪璧、“鱼头”和柳小满自己。

韩雪璧仿佛演讲一样的自我介绍把全班人听傻了，她昂首挺胸，字正腔圆地把自己高一以来担任过哪些班级职务数了个遍，最后还不忘提一提自己曾经的好战友“鱼头”。

“很好。”尚梁山止不住地点头，在她的名字后面标了好几笔，直接让她在正式竞选班委之前先做临时班长。

韩雪璧严肃地承接了这个委任，下巴紧绷。

反倒是李猛，真到在众人面前表现的时候，他像一个小丫头一样，嘴里像吃了一个枣似的囫囵一句“我叫李猛”，就缩着屁股坐下了。

至于柳小满，他已经习惯了，点到他名字的一瞬间，全班人的目光“唰”

地集中过来，他只说了一句“大家好，我叫柳小满”，别的什么都没说。

“你是以前八班的学生吧？”尚梁山的目光在花名册和他的脸上、胳膊上来回移动。

“嗯。”柳小满点了点头。

“你坐那儿能看见吗？”尚梁山问。

柳小满看了一眼黑板上清晰的“尚”字，又点点头，道：“能。”

“坐下吧。”尚梁山朝他摆了摆手。

“夏良。”尚梁山念到最后这个名字时，明显停顿了一下。

他从花名册上移开眼睛，扫视全班，眉头又皱了起来。

“夏良人呢？”他问。

班里的人又齐刷刷地看向最后一排。

柳小满觉得自己之前一整个学期露脸也没有今天一节课露得多。

柳小满瞟了一眼夏良的书包，只能又站起来说：“他来了，又出去了。”

“他去哪儿了？”尚梁山明显有点儿不悦，刚问完又接了一句，“你跟他是同桌？”

柳小满先摇摇头：“不知道。”又点点头，“嗯。”

“等他回来，你让他去办公室找我。”尚梁山没再说什么，下课铃打过一会儿了，好些其他班的学生站在走廊上，探头探脑地往教室里看。

他把花名册卷成纸筒，背着手走出了教室。

班里哀号一片。

夏良直到第二节课下课才回来。

柳小满先闻到他身上的味道，接着听见身边凳子被拖开的声音，最后才看见在自己旁边坐下的人。

不是什么好闻的味道。

这味道早上还没有，现在也不明显，但能随着夏良的动作时不时地往柳小满的鼻子里钻。

他两节课没来，干什么去了？

夏良坐得很随意，凳子被他往后拖出半截，两条长腿搁不下似的叠着脚腕，一只手拿着手机，不紧不慢地打字，另一只手正从兜里掏着什么，然后往桌斗里扔。

柳小满下意识看着他的手，就看见那只手在桌斗里顿了一下，接着从桌斗里掏出一小袋茶叶蛋。

这下柳小满顿了一下。

夏良看着茶叶蛋，又顿了一下。

虽然早上吃茶叶蛋不稀奇，但他还真是头一次见谁一大早吃六个蛋。

夏良用眼睛飞快地点了一遍，这个数也太虎了。

“你的？”他别过头，看着柳小满。

“啊。”柳小满答应一声，他竟然把茶叶蛋忘了。

他先把手上的圆珠笔倒过来，在书上磕了磕，然后收起笔头，想伸手把茶叶蛋拿回来，又有点儿不好意思。

他的眼角余光看见桌角上李猛给他的两颗糖，犹豫了一下，张嘴说了一句：“你想吃可以吃。”

夏良一脸莫名其妙地看着他，把一袋子蛋甩回他桌上。

他看了看自己手心沾上的水渍，有点儿不耐烦地问柳小满：“纸，有吗？”

“有。”柳小满把茶叶蛋塞进桌斗里，忙拉开书包往外掏纸。

他带的不是一小包的纸巾，而是饭店里用的那种卷纸。

夏良至少有五年没见过谁带这种纸来学校了。

茶叶蛋配卷纸，他身上还有股说不上来的油烟味儿。

他看着柳小满手忙脚乱地往外扯了半天，书包里像装了一个轱辘似的，拽不断也没个头，便皱皱眉毛，直接自己上手掐了一截儿，在手心里攥了两下，随手抛在桌上。

柳小满又拽了两节纸，把夏良的桌斗也擦了擦，捏起桌上的纸团一块儿去卫生角扔掉。他坐回来后，老老实实地把多出来的纸塞回书包里。

“班主任让你去办公室找他。”纸塞了一半，他终于想起来这件正事儿。

“谁？”夏良抬手推开窗户。

“尚老师。”柳小满想了想，又补充道，“尚梁山。”

“嗯。”夏良好像没当回事儿，既没抬眼皮，也没抬屁股，从另一个兜里摸出耳机塞进耳朵里，然后拉上外套帽子，往桌上一趴。

他这是不打算去老师办公室？柳小满隔着帽子盯着他的后脑勺看了两眼，也不想跟他多说，轻轻摁出笔头继续做题。

“嘭嘭。”

柳小满一道选择题还没看完，窗户玻璃又被敲了两下。

柳小满正在想自己是不是也该弄一副耳机戴上，就听见樊以扬笑着喊他：“小满。”

他立马抬头看过去。樊以扬的两条小臂交握，撑在外面的窗台上，眉眼弯弯地看着他。

“扬扬哥。”柳小满也笑了起来，直起身子往前倾了倾，“你怎么过来了？”

樊以扬扯了扯脖子上挂着的蓝色带子，把查操值日生的小牌子提起来给他看。

“我路过，”樊以扬说，“顺便找找你的新座位。”

“神仙路过。”跟樊以扬搭档的另一个男生摇着手里的查操表大声说，“他们都管拐了一层楼叫路过。”

樊以扬没理他，朝柳小满眨了眨眼。

柳小满又不好意思地笑了笑。

“你这次没靠窗？”樊以扬看了看趴着什么也没露的夏良问。

“啊，没坐。”柳小满不想提这些，随口应了一声。

这次他没敢把茶叶蛋忘了，抓紧从书包里掏出一个没用过的小塑料袋，包起桌斗里的茶叶蛋，站起来想递给樊以扬。

“扬扬哥，这个给你，是我爷爷要我带给你的。”窗户和柳小满的座位间隔了一个碍事的夏良，他怕碰着夏良，便伸直了胳膊，从夏良脑袋上往外递。

“不用，我吃过了，你自己吃。”樊以扬看都没看，直接摆摆手，将茶叶蛋往回推了推。

“我也吃了。”柳小满还是想给他。

“什么啊，”樊以扬身后的男生抻着脖子看过来，“我没吃呢。”

“你怎么没吃？不是刚去过二食堂？”樊以扬回过头看他。

“我这不拐了一层楼消耗了吗。”那男生跟着樊以扬见过几次柳小满，也没客气，越过樊以扬的肩膀往窗户里抓茶叶蛋，一边抓还一边笑着说，

“扬扬哥是哥，航航哥也是哥，哪个哥吃都是吃。”

“你要脸吗？”樊以扬笑着挡了他一下。

茶叶蛋给樊以扬的朋友也差不多，柳小满也不心疼。

可是窗户就那么宽，三个人手碰手的，那个航航哥没抓稳，一袋茶叶蛋就从柳小满手里滑了下去。

“啪嚓！”

挺难以形容的一声闷响，说轻不轻，说重不重。柳小满愣了愣，望着夏良中了蛋的后脑勺有点儿反应不过来。

还不止这一声，那一小包茶叶蛋砸了夏良的后脑勺以后，还滑到了桌面上，又是砰的一声。

樊以扬眼明手快，飞速把茶叶蛋拎了起来。

几个人就这么僵持了两秒钟，趴在桌上的夏良终于抬起一条胳膊，勾掉耳机线，坐了起来。

第二章
漫长的不同

夏良拉下兜帽，抬起眼皮朝窗外看。

“不好意思。”与此同时，樊以扬开口跟他道了歉。

樊以扬本来挺真诚的，毕竟别人睡得好好的，突然一包蛋砸在头上，搁谁心情都好不了。

结果等樊以扬看清眼前的人是谁，他没忍住，皱了一下眉头。

“啊，这不是……”陆航在他旁边探出头，看着夏良，眨眨眼说，“你真留级了啊？”

他问完，有点儿不好意思地咧咧嘴，又补了一句：“Sorry（抱歉），刚刚的事是我的锅，手滑了。”

夏良没说话，臭着脸胡噜两下头发，蹬开桌子又要出去。

从柳小满的角度看过去，看不出来夏良想干吗，但是夏良一动，他的脑子里就闪过一个念头——会揍人吗？

夏良被处分的广播，夏良贴在楼下公告栏里的照片，夏良盯着人时露出的黑眼珠……“欻欻”地从他脑海里掠过。

樊以扬不打架，肯定打不过夏良。

如果夏良真要动手，那窗户框就像一个定位器似的，就差标个准信儿了，夏良还不得一拳头就揍上樊以扬的脸。

所以，夏良刚一动，柳小满就像看见电影里演员的慢动作一样，想也没想就去“拦”夏良的胳膊。

对于他这样的残疾，做“拦”这样的动作比平常人要费点儿劲。

平常人想拦谁，伸伸手就是那个意思，但他的手不够用，想拦点儿什么，得上胳膊圈着。

柳小满的动作还挺大，桌子都让他的胯骨顶得往前移了一下，李猛正跨坐在凳子上晃着玩儿，差点儿顶到了桌子。

“我的天。”李猛的手撑了一下桌沿。

窗边三个人的目光都朝柳小满看了过来。

“你属什么的？”夏良看着他问了一句。

柳小满没听懂，夏良抖了一下自己被他夹住的胳膊，挑起一边眉毛问：“夹人有瘾？”

“小满。”樊以扬喊他。

柳小满讪讪地收回手。

“你来。”樊以扬说。

樊以扬这是要让他出去说话。

他答应一声，拉好桌子准备出去。

他转身的时候，又看一眼夏良，提醒说：“你别忘了去找尚老师。”

夏良也不知道听没听见，直接先他一步迈出去了。

“你先回吧，我跟小满说一会儿话。”樊以扬对陆航说。

“行，扬扬哥关心弟弟，我走。”陆航从樊以扬手上把茶叶蛋拎过去，抛了一下，“这就当作你抛弃我的补偿了。”

“走你的。”樊以扬笑了笑，把检查表也递给了他。

柳小满出去后就看见自己的六个茶叶蛋没了。

虽然茶叶蛋分给樊以扬的朋友吃柳小满不心疼，但是都给樊以扬的朋友吃，他跟樊以扬一个也没吃上，他就有点儿心疼了。

本来他没觉得饿，这一心疼，连着肚子也跟着有点儿饿。

“夏良，”樊以扬看柳小满出来了，转过身背靠在窗台上跟他说话，朝窗户里指了一下，“就是你同桌？他转来你们班了？”

“对。”柳小满靠在他旁边，点点头，“早上班主任点名点到他了。”

“你们班主任是谁？”樊以扬问。

“尚梁山。”柳小满说。

“哦，”樊以扬听见这名字笑了笑，“我知道他，上过他的体育课。”

柳小满跟着他咧咧嘴，没接话。

樊以扬本来想说体育老师当班主任还挺少见的，可想想还是没开口。

“夏良的性格不太好。”他把话题转回去，“你问问你班主任，要是能换座位的话，就换一下吧。”

“嗯？”柳小满想了想，“还好。”

樊以扬看着他，似乎还好。

柳小满在心里客观品评了一番，夏良虽然不爱搭理人，但他跟罗浩那样的话痨比起来好太多了，要是让自己跟罗浩坐一块儿，自己才真是要申请换座位。

而且早上他快摔倒的时候还是撑着夏良的腿才稳住的，夏良也没把他直接掀开，或者嫌弃他怎么着。

他本来以为这人是一枚炸弹，踢一脚就得摔摔打打炸上公告栏，但好像也没那么夸张。

“那你先接触着看吧。”樊以扬没再说什么，捞过他空着的那条袖子挽了挽，将它塞进了他的校服外套口袋里。

“你要是觉得坐着不自在就换座位，有什么事儿就去找我。”他交代柳小满。

有事儿就找我，这话每学期樊以扬都会说一遍。

他仔细回想，甚至不能按学期这样的单位来算。

每天早上樊以扬带他上学，晚上带他回家，有空了还会去给爷爷帮忙，有点儿什么好吃的，也不忘给他带一份。

柳小满一直觉得那句话是对的——上帝给你关上一扇门，就会为你拉开一扇窗户。

樊以扬就像他额外被打开的那扇窗户。

柳小满心里像晒了太阳一样暖烘烘的，又对樊以扬弯着眼睛笑了笑。

“有难题吗？没有我就回去了。”樊以扬指了指对面楼问他。

“有。”柳小满赶紧点了点头，转身从窗户里把练习册拿出来。

“快上课了，你先回去吧。”尚梁山坐在桌子前面翻手里的花名册，说话一板一眼，皱着眉头，眼皮也不抬。

一千三百八十七。

夏良盯着窗户外面那枝伸出来的树杈，数着上面的叶子，听见这句话后，他把外套拉链拉到顶，转身就往外走。

“你要记住我跟你说的话，别让你爸再跟你一块儿在学校丢人了。”尚梁山提高音量加了一句。

夏良拉开了办公室的铁门。

“你等一下。”尚梁山又说。

夏良转过小半张脸对着他：“您能一口气说完吗？”

“你跟谁说话呢？”尚梁山瞪着夏良，“夏良，我告诉你，你以前的班主任怎么管你我不管，但我是什么脾气，你和你那群狐朋狗友都知道。到了我的班里，你就必须听我的话，我是不会纵容你的。”

夏良本来挺不耐烦的，看他这么一本正经的，莫名有点儿想笑。

“我不会放弃任何一个同学，也不会允许任何人拖全班的后腿。”尚梁山敲了敲桌子。

“行。”夏良伸脚把门板踢了回去，走回尚梁山跟前，“你说。”

“不三不四！”尚梁山瞪他一眼，“你看看你，浑身上下还有没有一点儿学生的样子……手拿出来。”

夏良在心里叹了一口气，把手从兜里掏出来。

尚梁山把花名册往桌上一摔，自己抄着手往后靠去。

夏良往花名册一看，自己的名字上画了两个圈，隔几行还有一个圈，圈的是柳小满。

“我刚才在课上说的什么？我们要有什么？集体什么感？你给我重复一遍。”尚梁山问。

“我刚不在教室。”夏良的眉头牵着眼皮跳了两下，他抬起手搓了搓。

“我给你重复一遍。”尚梁山有点儿受不了地指着他，接着屈起指关节敲在柳小满的名字上，一字一句地说，“我们班级的同学，必须要有集体荣誉感！”

“你懂了吗？”樊以扬问。

“嗯。”柳小满在题目上做了一个五角星的标记，点点头。

樊以扬看一眼时间："行，我真得走了，过去就该打预备铃了。"

"你快去吧。"柳小满推了他一下，实在没忍住又加了一句，"那些鸡蛋你还是吃一个吧，爷爷专门让我带给你的。"

"好。"樊以扬笑着，伸手抓了一下他的头发，"晚上你去我家吃饭吧，我妈炖了肉，给你做肉夹馍。"

"嗯。"走廊上有挺多人，柳小满垂着脑袋避开樊以扬的手，嘴角忍不住地往上翘。

柳小满收拾着阳台上的练习册，樊以扬则转身回自己教室。他刚一转身，夏良就从楼梯口走过来，两人正好打了个照面。

要搁平时两人这样面对面走，樊以扬直接就过去了，虽然两人以前是一个班的，可他们玩不到一块儿，也懒得给对方一个眼神。

但是有了刚才茶叶蛋那一出，樊以扬觉得要是没点儿反应好像不太合适，可太有反应了，又不是他的风格。

他想了想，轻微地点了点头。

结果夏良比他还不乐意装，像一个盲人一样，直接从他旁边走了过去。

柳小满盖上笔帽，也准备进教室，后门边儿上有人吹了声口哨。

不是流氓哨，就是音调上扬的普通口哨。

柳小满抬头，见夏良半个身子都进后门了。夏良发现自己还在外面站着后，又探了脑袋出来看着自己。

柳小满不太想搭理这声口哨，听着像招猫招狗的，而且他也不觉得夏良没事儿会喊自己。

"尚梁山叫你去一趟。"结果夏良还真是对着自己说话。

柳小满愣了愣，反问夏良："现在吗？"他刚说完，预备铃就响了。

"随你。"夏良抬脚准备进教室。

正当柳小满站在窗户边儿犹豫着不知道该怎么办的时候，夏良的脑袋又从后门探了出来。夏良抬手碰了碰自己额角的头发，然后指了一下柳小满的头发。

柳小满伸手去摸，从窗户的反光里看见自己翘起来一撮头发，应该是刚才被樊以扬抓起来的。

他再看向后门，后门又没了夏良的身影。

“你在外面十八里相送啊，打铃了还不进来？”李猛跟人闹了一个课间，刚回座位，趴在窗户边冲他说。

这一节是英语课，柳小满想了想，还是觉得班主任的话比较重要。

“尚老师让我去一趟。”他把练习册从窗户口放回自己桌上。

“现在啊？”李猛跟他问了同一个问题。

“嗯。”柳小满点点头。

“好事儿啊，走走走。”李猛的屁股刚挨着板凳，立马弹起来往外挤，“我陪你过去，咱俩顺便再去趟超市。”

“你给我带一瓶水啊。”他同桌抬起胳膊肘捣他。

上课时间往外跑，这种事儿有人陪着心里也多了一点底气。

柳小满看着李猛从凳子后面横着往外挤，脑子里“叮”的一声响，突然反应过来夏良那句“你属什么的，夹人有瘾”是什么意思了。

夏良应该是想说他属螃蟹。

柳小满想了想，觉得自己一早上是像喝多了一样，一会儿夹人腿，一会儿夹人胳膊，本来觉得挺丢人，一联想上螃蟹，他没忍住笑了一声。

夏良正好坐回自己座位上，他就着这点儿想笑的劲儿顺便补了一句道歉：“刚才不好意思。”

夏良觉得莫名其妙，看了他一眼，伸手把窗户拉上了。

“柳小满，我能不能问你一个问题啊？”李猛像逛大街一样，在走廊上倒着往前走。

柳小满没听完就知道李猛想问什么。他贴着窗台根儿走得飞快，不想跟李猛靠太近，怕李猛摔倒了再扑自己身上。

“你问。”他点点头应了一声。

“那我就问了，”李猛指了一下他的空袖子，“你的胳膊是天生这样，还是车祸什么造成的？”

他问完立马补充道：“我没别的意思，就是问问。”

其实当他们知道学校里有柳小满这号人物的时候，私底下也八卦过这些问题，但没八卦出什么东西，就觉得柳小满挺惨的。

柳小满不知道别人在背后替他瞎愁过什么乱七八糟的，马上到楼梯口了，他拉了李猛一下，言简意赅地说："小时候，街道改电路，我爬电线杆……"

"你啊？"李猛愣了一下。

"我那时候还有两只手呢。"柳小满被他的反应逗笑了。

"哎，不是，我以为……"李猛停顿了一秒才反应过来。

街道改电路，有手。

爬电线杆，手没了。

"我的天。"他的腮帮子猛地紧绷，睁圆了眼睛望着柳小满。

一个小孩儿挂在电线杆子上抽抽……

这比他猜的那些差太多了，他以为就是一场惨烈点儿的车祸，结果是活活电没了。

"哎，你真……"李猛有点儿受不了。他是一个特别容易感同身受的少年，小时候他妈老拿江姐被敌人用牙签插进指甲缝儿也绝不投降来教育他，教得他一看抗战片就哭，在心里跟祖国道歉自己一定没那志气。

"你说你没事儿上那玩意儿干吗呀？"他唏嘘得不行。

他看着文文静静的，敢情是小时候一伸手就把一辈子的调皮都耗完了。

"那时候我小，不懂事，现在让我爬上去，肯定不上。"柳小满笑了笑说。

其实当时的记忆他已经很模糊了，就连四五岁还是六七岁的事情都记不清楚了，脑子里只留下一个冒白气的夏日午后，小孩子们嘻嘻哈哈，声音模糊，忽近忽远。

他那短得可怜的正常人的生活，像缩水了一样在脑子里蜷成一个团儿，"啪"地那么一炸，天就黑了。

柳小满一直觉得自己是醒过来以后才记事的，因为在那之后，一直到现在，每一天、每件事、每个人，他都记得太清楚了，想忘都忘不掉。

比如，他妈一直到从家里离开前，每天晚上都在哭。

她晚上哭，白天就打电话，内容从求人到借钱，最后似乎钱也没得借了，于是白天也开始哭。

她闷着嗓子哭，愣着哭，捧着头发哭，跟他爸争吵着哭，一动不动地望着他哭。

比如，他爷爷停了个把月的早点摊子，坐在阳台和他爸一起闷着头抽烟的背影。

比如，他妈是在一个下着小雨的夜里悄悄走的，只拎了一个很小的箱子。那个箱子她从两个月前就开始收拾了，里面的东西拿进又拿出，拿出又拿进，最后终于扣了锁。

妈妈走之前给他换了药，掖了被子，落了一颗滚烫的眼泪在他脖颈上。

再比如，家门阖上以后，他爸推门进来，坐在床头看了他很久，一根接一根地抽烟。

柳小满不知道那晚父亲盯着自己看了多久，他闭着眼躺在床上装睡，一动也不敢动。

他也不知道自己为什么要装睡，他隐隐能感觉到，妈妈这次出门就不会再回来了。

但他也觉得，他爸当时一定不希望他醒着。

他心里空落落的，跟他左边的身子一样空。一直到他撑不住真睡着了，零零碎碎的梦里也一直充斥着香烟的味道。

家里已经多久没人笑过了，是他那时唯一记不得的事。

李猛出教室跑得欢，快到尚梁山办公室门口的时候，他又害怕了。

“你去吧，我在这儿等你。”他推了推柳小满，自己缩在拐角后面，抻着脖子乱看，“操场旁边那个小楼里就是，推门你就看见了。”

“那你先回去上课吧。”柳小满说。

“哎，你别管我，我就乐意在这儿等着。我一天不靠墙站一会儿，浑身刺挠！”李猛往前推他。

“柳小满。”他身后有人喊了一声。

柳小满听着像尚梁山的声音，回头一看还真是他。他没从那小楼里出来，看方向应该是去旁边教学楼上厕所了，正苦着脸朝他们走来。

李猛小声骂了一句，立马站直了。

“你们不上课，在这儿干什么？”尚梁山背着手在他们跟前站定。

"夏良说您找我，让我过来一趟。"柳小满被他问得一愣。

"我是让他跟你说过来一趟，但是没说让你在上课时间过来。"尚梁山又去看李猛，"你呢？"

"我陪他。"李猛抬手指着柳小满，语速跟抢答似的，"他不认识这边的路。"

"什么不认识路，哪有学生不认识学校的路？"尚梁山白了他一眼，"开学第一天你就不想上课，以后不想上课就去操场上跑圈，我给你掐表，别学夏良乱晃荡。"

"哎。"李猛垂着脑袋回答。

两人跟着尚梁山走到办公室门口，他把李猛赶回去上课，叫柳小满进去，拿了两张纸放桌上给柳小满看。

一张残疾学生信息表、一张A4纸，上面写了几个户口本、残疾证之类的证件名。

"也不是多急的事，既然你来了，那我就快点跟你说。"尚梁山从墙脚纸箱里拎出一瓶矿泉水，一边拧瓶盖一边说，"学校要统计在校的学生信息，是上面要求的。今年他们好像要更新资料库，方便给你们继续发补助。"

尚梁山专门把"残疾"两个字避开了，"上面"指的是残联，这些不用他明说，柳小满也都知道。

其实尚梁山明着说反倒更自然点儿。

"嗯。"柳小满点点头。

"另外一张是需要的资料，这些你都复印一份，该去居委会之类的地方盖的章都盖上，然后带过来给我。"尚梁山又拎了一瓶水出来放在桌角。

"明天你把资料给我。"他着重提醒。

"哦。"柳小满没忍住笑了。

尚梁山也笑了一下，他不太适合笑，嘴角绷着，还有点儿往下撇，看着特别不情愿。

"复印两份吧，"尚梁山想起来什么，"再过几天估计就该交今年贫困生的名单了，也用得着。"

"嗯。"柳小满又点点头，把两张纸叠在一块儿，卷成卷儿握着。

柳小满想回去上课，尚梁山反倒不像刚才催李猛似的那么急了。他又翻出了什么东西夹在桌子后面，而后坐下，问道：“你跟刚才那个同学之前不是一个班的吧？”

“不是。”柳小满说。

“嗯。”尚梁山点点头，“不错，融入集体，适应集体，明白集体与团队的重要性，其实这也是你们这个年龄很重要的东西。”

比上课还重要吗？柳小满不知道该说什么，眨了眨眼。

“我跟你以前的班主任沟通过了，你的成绩还不错。”尚梁山说。

柳小满更不知道该说什么了。

“行了，你回去吧，我心里有数了。”尚梁山莫名其妙地跟他聊了三句，又莫名其妙地结束了谈话。

“好，老师再见。”柳小满转身就要走。

“水，”尚梁山说，手朝桌角指了指，“拿着喝吧。”

柳小满头一回遇上老师给水喝，下意识先看自己的手。

他就一只手，现在握着一个纸卷，拿不了别的东西。

“不渴就算了。”尚梁山立马反应过来。

“谢谢老师。”柳小满对尚梁山说。

柳小满走到门口时，李猛从旁边“嘿”的一声蹦出来，吓了他一跳。

“你没回去上课？”柳小满问李猛。

“我又不傻。”李猛摇头晃脑，还挺得意，抬起胳膊就往柳小满肩膀上搭。

可他的胳膊搭了个空，这才反应过来，对柳小满好像不能跟对别的哥们儿一样勾肩搭背。

“你的肩膀……”他讪讪地把手收回来，“太窄了。”

“走吧。”柳小满有点儿无奈，看见他们比自己还在意失去的手，他都不会说话了。

“得嘞，超市走起！”李猛挥着手往前跨一个大步。

若他们再去一趟超市，这节课真要过去了。

虽然柳小满不太想去超市，但他也不好意思拒绝，毕竟李猛都陪自己过来了，还挨了顿批，在门口等了自己半天。

超市在二食堂一楼，二食堂在他们教学楼后面。

现在是第三节课，食堂已经开了几个窗口，座位上也这一块那一块地坐着一些趁体育课来吃饭的学生。

柳小满本来都忘了饿了，可进了门，他的肚子立马咕咕直叫。

要是他在教室里就算了，再上一节课就放学回家了，饿就饿着，但现在鼻子跟前儿就是饭味儿，越想忽略它，它越往鼻子里钻，还挺不是滋味的。

李猛直奔超市去了，柳小满想了想，朝靠边儿的一个小窗口走去。

“吃什么？”一个阿姨在窗口里捏一个大勺问他。

柳小满看了一圈，应该都是早上没卖完的早点，有蛋饼、小菜粥。

花钱在外面吃这些还不如吃他家的实在。

喝粥、吃面肯定不行，他让阿姨夹了一张手抓饼，随便卷上一点儿什么带走就行。

“还卷什么？你再看看。”阿姨本来挺不耐烦，弯腰一看是那个残疾学生，又耐心得有点儿过了。

台子上的小锅里还有一个茶叶蛋。

得不到的越想要，柳小满看看那个蛋，觉得这话是真的。

“还有这个……”他伸手想指一下茶叶蛋。

“加个蛋。”他身边有人同时开了口，还往窗台前放了一个餐盘，盘子上托着一碗鸭血粉丝汤。

这声音他有点儿熟了。

柳小满抬起头，对上了夏良的眼睛。

这人到底上不上课？这是柳小满脑子里闪过的第一个想法。

夏良跟他就不一样了。

他的视线顺着柳小满手指的方向，投向那枚茶叶蛋上，眼皮一抬，实在憋不住了。

六个茶叶蛋就够夸张了，还“非常六加一”。

“你不腻啊？”他看着柳小满。

柳小满不知道该怎么回答他。

他倒是愿意腻，可惜那几个蛋一个也没吃进他肚子里。

“你想要就给你吧。”柳小满把手收了回去，付了钱，从窗口接过他的小卷饼。

夏良一点儿也不客气，把盘子往前一推，让阿姨把蛋加上。

他不是一个人来的，罗浩他们已经买完了饭，正往一张桌子上凑，挥着胳膊喊他，他端着盘子走了过去。

“小残疾过来一起吃啊！”罗浩扒拉着座椅靠背，嘴里嚼一个巨大的煎饼，挺烦人地喊柳小满。

夏良往罗浩的小腿上踢了一下，让他往里面坐。

柳小满回到教室没几分钟，就下课了。

柳小满在心里叹了一口气，对着黑板上那几行板书匆匆过了一眼，就把英语书收进桌斗里，拿出了下节课要用的政治书。

他感觉这一上午忙忙碌碌的，也不知道忙了些什么，反正一点儿正事没干，脑子里空得让人迷茫。

中午吃饭的时候，樊以扬问他分班后适不适应，上课能不能跟上，他都说不出个二三四来。

拜大课间那一个卷饼所赐，他现在半饱不饥，吃又吃不下，不吃又怕下午饿。

他的同桌更离谱，到学校来大概就是开学第一天点个卯。自从他在食堂见了夏良以后，就一整天没再看见夏良的影子。

夏良翘课又打架，看着一点儿正事儿没做，他要是当家长的，不得愁死。

估计夏良的父母已经愁死了。柳小满又想。

不愁到那个份儿上，当家长的也不能跟自己儿子在学校里打起来。

柳小满想象着那个大逆不道的画面，又在脑海里对应上夏良冷淡的面孔，他觉得有些滑稽，没忍住笑了一下。

对着夏良操闲心的人不止柳小满一个。晚自习前有一个多小时的休息时间，樊以扬来载柳小满回家吃肉夹馍，路上又问他：“你跟夏良相处得怎么样？”

“还行。”柳小满想起那个没吃上的茶叶蛋，不好意思把这种小破事儿告诉樊以扬，“他后来一直没在。”

“没去上课？”樊以扬问。

“嗯，”柳小满坐在自行车后座上，晃荡了一下小腿，“书包还扔那儿呢。”

樊以扬笑了一声。黄昏的风拂进柳小满耳朵里，轻得让他听不出樊以扬是什么意思。

其实柳小满有点儿好奇他们对夏良防范至此的态度，不止樊以扬，从早上他在校门口听见夏良的名字后，有一个算一个，不论那些人认不认识夏良，只要提起夏良，他们就都垮着脸、皱着眉。

好像夏良不只是一个浑不吝的学生，还是一个十恶不赦的坏蛋；他不是差点儿在办公室跟自己亲爹打起来，而是直接把自己亲爹捅了个半死。

柳小满平时不关注校园八卦，不知道夏良除了打架以外，还有过哪些恶行，从他的角度出发，客观地看，他觉得夏良就是一个不爱上课的普通学生，当然，也可能是夏良更深层次的面目还没有对自己显露出来。

毕竟这一天下来，他跟夏良接触的时间加起来也没有一个钟。

“你可别被夏良带歪了，”樊以扬轻声笑完，又用开玩笑的口吻提醒他，“咱们跟他们可不在一个世界里。”

这下柳小满想也不用想就“嗯”了一声，笑着说了一句：“不能。”

让他像罗浩那样咋咋呼呼地跟着夏良玩儿，这辈子都不可能。

车骑到柳小满家楼下，他从后座上蹦下来，对樊以扬说：“我去跟我爷爷说一声。”

“快。”樊以扬一条长腿踩在地上，顺手往他后腰上一拍。

柳小满笑着护了一下腰，就抬腿往楼上跑。

柳小满进了家门后，爷爷刚把晚饭做出来，正往餐桌上搬。

柳小满喊了一声“爷爷”，然后就麻利得像一小阵旋风，从爷爷身后直接跑进厨房，给自己倒水喝。

爷爷一脸疑惑，“嗯”了一声，放下碗筷跟过去，有些好奇他这个点怎么会突然回家。

上学的时候，柳小满一般不回家吃饭，早上由樊以扬骑车带过去，中午和傍晚他则在食堂随便吃点儿，晚上再坐着樊以扬的车回来，毕竟就那么点儿休息时间，来来回回折腾几趟太费事了。

今天是开学第一天，他就让人揍回来了？

“你怎么回来了？”他往柳小满脸上看，生怕看见自己的孙子鼻青脸肿的，好在柳小满身上、脸上都很正常。

柳小满仰起脖子，把一大口水往肚里咽，飞快地扫视餐桌，想看爷爷晚上吃点儿什么。

他一眼看过去，清汤寡水的。

一小锅稠一点儿的米粥，里面撒了两把花生。电饭锅的插头刚拔，米粥还在电饭锅里咕噜噜地翻滚，散着热气儿，香味很清新。

锅上架了一个篦子，熥着两个不知道哪天剩下的馒头和一碟杂咸菜。

“我……”他刚要说话，爷爷转身朝着窗户弯腰，咳了两声。

柳小满放下水碗，转身又进了厨房，给爷爷冲板蓝根。

爷爷咳嗽的毛病是这两年才添的，起因是去年冬天那场寒流，他们祖孙俩儿一块被流感撂倒，昏昏沉沉了半个月，一老一少两个人的鼻子成天不通气，在饭桌上对着“噗噗”地擤鼻涕。

他当然很快就好了，可他的爷爷像一直没好透，动不动就咳两声，去检查也没有炎症，开了点儿药吃也没效果，依旧咳。

除了咳，爷爷也变得格外畏寒，胃口也越来越小，不乐意吃荤吃油腻的，茶都不爱喝了，就愿意喝点儿烫粥与白开水，偶尔还讲究一下养生，冲一碗板蓝根慢慢悠悠地喝，喝完还是咳。

“人老了就这样，都是年轻时候埋下的根儿，欠下的债。”爷爷倒是不当回事，这么告诉他。

柳小满冲着板蓝根，想着这话，又看了看桌上那锅稀粥，突然想叹一口气。

他们爷孙俩儿吃饭都不挑嘴，没什么偏好，也没什么钱，经常厨房里还剩什么就处理处理吃了，饱了就行，没觉得多酸楚。

可今天他心里有点儿哽得慌；爷爷能欠什么呢？

街上其他相同年龄的小老头、老太太，已经开始乐呵呵地享儿孙福了，可怜他的爷爷，儿媳妇跑了，儿子常年没个踪影，还得伺候他这个麻烦孙子。

这样的日子已经过了十多年，往后还有几十年要这样过下去，他已经习惯到麻木，察觉不出酸楚。

但这些念头一冒出来，他也没法忽略，抱怨是没什么可抱怨的，他只能像咀嚼一块干过头的饼干，不上不下地噎在喉咙口。可能是因为他即将要去吃肉夹馍，也可能是因为平白没了的那六个茶叶蛋。

“这一锅米粥没喝呢，你冲那干吗？”爷爷说完他，伸头朝窗外看，就见樊以扬坐在自行车上等着，立马明白他为什么现在回来了。

“你去扬扬家吃饭？”他转身去橱柜里拖出一个盖着布的塑料盆，“正好，你带点儿米酒去，这一盆酿得香。”

柳小满本来想跟樊以扬说他不去了，在家陪爷爷喝米粥，一抬头，就见爷爷已经装好一大袋米酒递给他，他只能乖乖点头，“哎”了一声。

“去人家家里吃饭别实诚，敞着肚子往饱了吃。”每次他去樊以扬家吃饭，爷爷都要交代一遍这话，他重复着第一万遍，“但差不多就行了，别最后一个放筷子。”

“我知道。”柳小满又点点头，重复第一万零一遍。

老话说“龙生龙凤生凤”，柳小满一直觉得有点儿道理，有道理的缘由是樊以扬一家子。

他们这条街是老街区，房子是以前纺织厂的职工房。纺织厂早没了，老公房一直在，邻里都是老相识，谁家里出点儿大事小事，不消一个钟头，街头巷尾就能通个遍。

看戏的看戏，凑热闹的凑热闹。

当年柳小满从电线杆子上掉下来是一件不得了的大事，街坊邻里平时不管关系怎么样，都多多少少出了些力，能帮衬一把的都愿意帮衬一把。

唯有樊以扬家，一直到现在都像自家亲戚一样，一家三口真心诚意地对他和爷爷多加照顾。

樊妈妈做菜好吃，隔三岔五会做拿手菜，然后叫樊以扬带着柳小满来吃饭。

以前他年龄小，没那么多讲究，去樊以扬家成了习惯，像回自己家一样自然。后来上了初中，爷爷就让他少去，说去勤了，欠人情，落人话柄。

柳小满万事听话，樊以扬再叫他，他就不去了。

结果那天到了饭点，樊以扬妈妈直接端来一个漂亮的汤盆，把一整只炖鸽子全送过来了。

“叔，孩子可怜，也得长身体增营养，小刘走了挺久，我看着小满心疼，没别的意思。扬扬一个人也是这么吃，你别当回事儿，不然我还得专门送来，反倒麻烦了。”樊以扬妈妈一进门就快言快语地说。

小刘是柳小满的妈妈，柳小满努力地回忆，还是想不起他妈妈做的饭的味道。

“爷爷，您也去我家一起吃饭吧。”小樊以扬站在他妈妈旁边说。

爷爷笑了笑，看着他，没说话。

爷爷肯定不能和柳小满一样，没事儿就跑去别人家吃饭。他去炸了一小筐真材实料的糖糕，那天樊以扬妈妈带着樊以扬，直接在柳小满家吃了一顿饭，吃完顺便把汤碗带回去，同时带走了那些炸糖糕。

后来樊以扬再喊柳小满去吃饭，爷爷都会随手装点儿什么让他带过去。

柳小满拎着米酒下楼时，樊以扬刚想按铃铛催催他。

“快走，我妈打电话了，说再不回去就没有肉只剩馍了。”他把米酒袋子接过去，挂在车把手上，扬扬眉毛说。

柳小满笑了一下，跨上车后座坐好。

樊以扬斜着车头朝街对面骑，蹬不了几下就到了。

“你快上去，我锁车。”樊以扬把米酒递过去。

“好。”柳小满点头，拎着米酒直接去了三楼。

樊以扬家这边的老公房比他们家的便捷，建的时候挖了专门的垃圾通道，每层一个垃圾口，不用下楼就能从垃圾口里倒垃圾，倒下去的垃圾堆在楼底的垃圾坑里，等着第二天环卫工来铲。

柳小满到了樊家门口，刚要抬手敲门，樊阿姨就端着一盆混杂的厨余杂料从里面推开了门。

“哎哟！”眼看着荡出来的汤水溅到柳小满胸口上，柳小满没出声，她先急得喊了起来。

“你这孩子，到门口了也不敲门，你爷爷又让你带什么了？”她一只手倒垃圾，一只手把柳小满拉进屋里，麻利地拧了湿毛巾给他擦衣服，同时接了他带来的米酒递给丈夫，让丈夫去拿碗盛饭。

“怎么了？”樊叔叔伸头来看。

柳小满喊了声“叔”，低头看了看，不好意思地拉了拉衣服：“没事，等会儿我回去换一件。”

“还回去换什么，不耽误时间啊。”樊阿姨用毛巾抹了两下他的衣服，油渍没抹掉，衣服先沁湿一大片。

她扭头冲着门外喊樊以扬。

樊以扬刚好推门进来，还没换鞋先问他妈：“怎么了？”

“你给小满找件衣服换上。”樊阿姨直接把柳小满往樊以扬的卧室门口推，“快，你换完把衣服拿出来给我，油花得刚弄脏的时候洗。”

樊阿姨转身拍樊叔叔：“盛饭啊！”

樊家男人一贯听女人的话，她三言两语把事情都交代了，是柳小满熟悉的雷厉风行，三个人赶紧依照她的安排各自行事。

衣服都不用找，樊以扬随便从衣柜里拽出来两件就能给柳小满穿。

“你自己挑，哪件顺眼换哪件。”他把着衣柜门，让柳小满选衣服。

柳小满看见一件眼熟的长袖 T 恤，樊以扬有一阵子穿过，可估计他现在觉得不怎么好看了，很少见他再穿，柳小满就把那件衣服抽了出来。

樊以扬合上柜门，抱着胳膊往柜子上一靠。

柳小满拿着衣服呆了两秒，发现樊以扬好像没有要出去的意思，就转头看他。

“你快换衣服，换了吃饭。”樊以扬对上他的视线，反过来催了他一句。

“你先过去吧。”柳小满说。

他既不好意思在樊以扬跟前脱衣服，也不好意思像一个大姑娘一样让人家出去，只能这么犹豫着开口。

樊以扬眨了下眼，“哦”了一声，笑着说：“你会不好意思了。”

柳小满脸皮发烫，咧咧嘴，在心里催樊以扬赶紧走。

“小满。”结果樊以扬非但没走，还直起身子往前迈了一步，长腿一跨，坐在了床角处，从下往上近距离地看着他。

“让我看看。”樊以扬说。

樊以扬说看看，当然不可能是盯着柳小满的脸看。

柳小满曾经没少在人前暴露他的残缺部位。

截肢后有漫长的恢复期，他在阵痛中被拆拆裹裹，上药换药；小男孩夏天爱穿背心，他的肩头挂不住，肩带直往胳肢窝底下秃噜；穿短袖，一个袖口空空荡荡的，整条街同龄的小孩儿几乎都从他的袖筒往里窥探过，他都能隐约回忆起那些人的呼吸扑在截断面上的感觉，痒得他缩着脖子直往后躲。

他在樊以扬面前暴露的次数就更多了。

他的童年随着左臂的失去残缺了一半，另一半几乎是由樊以扬全程陪同的。有一回，爷爷回老家借钱，把他放在樊以扬家住了几天。樊阿姨帮他洗澡，把他和樊以扬放在一个大盆里，他和樊以扬瞪圆了眼盯着彼此的肩膀、手臂，同时小心翼翼地放轻了呼吸。

那时候，柳小满已经接受了自己失去一条胳膊的事实，但是和樊以扬光溜溜地坐在澡盆里，他像被电了一下似的，从意识深处后知后觉反应过来，自己与樊以扬肢体上的不同，与所有同龄人的不同。

那一天，他许久没出现过的幻肢痛持续到了半夜。

之后，他就不想再让人看见他的创口了。

“看什么？”樊以扬这要求提得太突然，柳小满冷不丁地都不知道该做什么反应，他下意识偏了偏肩头，避开樊以扬的目光，小声咕哝，“有什么好看的。”

“我看看你的胳膊，”他退一步，樊以扬攥着他的手臂把他拉回来两步，“感觉很久没看过了，也不知道恢复得怎么样。”

这理由就更让人费解了。

看什么呢？柳小满出神地望着樊以扬。

他是截肢，又不是皮肤病，不会因为被人关怀地看一看，就重新长出一条胳膊来。

他看樊以扬，樊以扬也看他，看着看着就听见樊阿姨的声音在客厅响了起来，十分有气势：“你们俩在屋里过年吗？”

柳小满这人不禁催，外面人一喊，眼前提要求的人又是樊以扬，他那点难以启齿的薄弱自尊就成了缀在枝头的叶子，打着旋儿地往下晃荡。

人可真矛盾啊。他忍不住想。

柳小满不想让人看残缺的部位是因为想看的人是樊以扬，又恰恰因为这人是樊以扬，在他眼前暴露自己最残劣的部位，好像也没什么所谓。

“来，我帮你。”樊以扬趁机朝他伸出援手，拉起他的T恤下摆，“胳膊抬起来。”

柳小满耷拉下眼皮，乖乖地把胳膊抬了起来。

当衣服掀至柳小满面前，挡住了他的眼睛时，樊以扬朝他的肩头扫过去，目光掠过胸膛，只觉得扫了满眼肋叉子。

柳小满很瘦。

樊以扬一直觉得他肩膀窄——就算胳膊还在，骨架也比同龄人小。

眼下他的胸膛随着举手的姿势稍稍前倾着，随着呼吸一起一伏，肋窝下惨白的肚皮柔软地凹陷下去。要不是他的腰背脊骨上还拉伸了线条出来，配合他这白皙的肤色，看起来几乎不像一个发育期的少年。

他的左肩头上本该衔接上臂的地方光秃秃的，皮下的断骨顶着早已愈合的伤处皮肤鼓动，很轻微，很徒劳，似乎想同右臂一样举起来。

瘦削加上残缺，眼前这躯体简直单薄到了接近古怪的地步。

樊以扬后牙一酸，酸意从自己的肩头骨缝流窜到后脊柱，他悄悄打了个寒战。

柳小满太瘦了。

他匆匆把衣服脱下后，抖开替换的衬衫，兜头给柳小满套上。

就算柳小满的胳膊还在，肯定也是瘦削的体形。他在心里飞快地想。

时间向来是越赶越不够用。

柳小满在家跟爷爷说了一会儿话，换衣服又耽搁一会儿，吃饭的时候他们俩紧赶慢赶，樊以扬最后半个肉夹馍还是叼在嘴里在路上吃完的，他差点儿把车轮蹬成了风火轮，可刚轧到学校路口，晚自习预备铃还是响了。

几个学生像运动健将一样，从四面八方朝校门里奔，樊以扬被一个拎着烤冷面的学生超了车，而后他反倒不急了，握了握刹车，降下车速，挺直腰背呼出了一口气。

左右他们都迟到了，不差这一分半钟的，要是再在校门口跟谁整出个好歹来，那就不太值了。

柳小满撒开攥在他衣摆上的手，在后座上挪了挪屁股，重新坐正，也悄悄松了一口气。

他被路障颠好几下了，屁股都偏了半边儿，樊以扬要是再不减速，他都怕自己斜着溜下去。

万一他真掉下去，还挺丢人的，掉下去以后是喊樊以扬扶自己，还是赶紧爬起来跑开，少丢点儿人，这也是一个问题。

“你坐好啊，”樊以扬感觉到他在后面乱动，别过头提醒，“感觉你要掉了。”

“还没，差一点儿。”柳小满说。

“嗯？”樊以扬赶紧转头仔细看看他，他在后面坐得稳稳当当的，两个人看着对方，觉得互相都有点儿莫名其妙，又同时有点儿想笑，咧开了嘴。

柳小满从后座上跳下来，想让樊以扬别管自己，赶紧去车棚停车回教室上课，他也好赶紧朝教室跑。

结果柳小满脚还没落地，“嘟”的一声，一道喇叭声在身后响了起来。

两人又一块儿转过头，朝声源处看。

不远处的路边停着一辆大黑色汽车，柳小满回忆了一下，刚才他们从路上飘移过来，好像经过了这辆车。

车里人不知道是在吵架还是如何，隔着老远都能感觉到哐哐当当的动静，像盛了一车厢的火气，喇叭声还没停，副驾驶座旁边的门就从里面被“咣”地推开。柳小满吓了一跳，生怕车门撞在马路牙子上。

他不认得几个车牌子，这大黑车的标志他见都没见过，看着也挺气派，但不知道遭了什么难，一整个车身哪哪都是剐蹭的痕迹，掉漆掉成一只花豹子，车顶盖还凹下去一块，现在被哐哐一通推踹，透着一股下一秒就散架的气势。

“走吧。”樊以扬扫了大黑色汽车一眼，就很漠然地转回头，也从车上下来，握着车把朝校门里走。

柳小满抬腿跟上，收回视线的同时扫见从副驾驶室出来的人，他停下了脚步。

是夏良，还是明显拱着一脑袋火的夏良。

如果只是夏良也没什么，其实柳小满这一天都觉得他见到的夏良跟耳闻中的夏良有出入，好像夏良就该蹿点儿火，凶一点儿，才符合这个名字给人的印象。

现在的夏良就挺符合的，虽然没到龇牙咧嘴、怒目嗔视的地步，但真是满脸的不耐烦。柳小满觉得，他一定很想转身一脚把大黑车踢翻。

“小满？”樊以扬推着车走了两步，发现柳小满竟然没跟上，又回过头来喊他。

结果他这一回头，跟柳小满同时目睹了副驾驶室门里追出来的一条无影腿，像练了神功似的，照着夏良的屁股就是一脚，踹完又光速地缩了回去。

真不知道车里人得是个什么姿势。樊以扬冷静地想。

柳小满没樊以扬这么淡定，这一脚来得太突然了，麻利中彰显着怒气，快得像一个幻影，简直看得他目瞪口呆。

夏良的反应倒是很快，虽然他怎么也没料到身后会追出这神来一脚，整个人都被踹得往前猛晃了一步，差点儿当街给路灯柱子磕头。

他回身的时候，拳头都攥紧了，恨不得直接把这人拽出来打一顿，余光瞟见路上人来人往，他强压着火气，恶狠狠地往车门上来了一脚。

那人还在压着嗓子骂他：“我当年就是生一头驴出来，这些年也……”

车门“砰”地关上，他一秒都不想在这儿多待，走两步绕过车头，就穿去了马路对面。

柳小满想不到夏良走得这么快，视线不经意间跟夏良撞了个正着，他的嘴角动了动，有点儿不知道该做什么反应。

目光要没对上也就算了，留给夏良一个背影，随夏良怎么尴尬去，他柳小满只当什么都没看见，到了教室，两人安安稳稳地当沉默的同桌。

可他们目光对上了，不仅是同学，还是同桌，还不是完全没交集的同桌，白天还说了那么一两句话……

柳小满此刻有些尴尬。

这时候他说“你好”或者“吃了吗”，好像都不太合适。

他总不能问夏良“疼不疼”吧？

然而没等他斟酌完，夏良已经脚底生风，目不斜视地从他身边走过去了。

柳小满看着他的背影愣了愣，心想：你倒是先把屁股上的鞋印子拍一拍。

柳小满赶在上课铃打响之前小跑进了教学楼。樊以扬交代他放学在老地方等着，他都没空回一句话，答了声“好”就赶紧往二楼爬。

晚自习第一节课没排课，来哪个老师也不知道，班门口还有几个学生晃晃荡荡地往各班走，班里也闹哄哄的，他松了一口气，知道班里肯定还没来人。

他从后门溜进去，看见夏良的座位仍然空着，已经不觉得诧异了。

柳小满的屁股刚挨着凳子坐稳当，李猛就“哎”一声转了过来，趴在桌子上要跟他说话。

没等李猛“哎”完，尚梁山手里卷了一个大纸筒，拉着脸站在了教室门口。

李猛缩着脑袋转回去，动作十分流畅。

尚梁山跟早上一样，无声地用目光震慑四方，等班里所有人都发现了他的存在，没人叽叽喳喳了，他才背着手跨上讲台。

柳小满扬起耳朵往窗户外面听，不知道哪个班已经开始播英语听力了。

“班会课，不耽误时间，三件事。”尚梁山把手里的纸筒放在讲台上，一边展开一边说，“一是选班委。”

班里的人又小声地“嗡嗡”起来。

“二，”尚梁山屈起食指，叩了叩桌子，“从明天开始，每天早上六点四十分，全班，”他强调，“注意，我说的是全班，在小操场集合。”

提前二十分钟到校，这可是大事，班里猛然安静了，所有人抬起头，眼睛眨也不眨地盯着他。

尚梁山满意了，面无表情地宣布后半句：“跑操。”

李猛本来半靠着椅子在转书，闻言差点儿把书拍在自己脸上。他借着班里骤起的喧哗做掩护，吼了一声“什么”。

柳小满的第一反应是在心里掐时间，他不怕早起，再怎么早也不会比每天帮着爷爷搭早点摊更早，他是要掐樊以扬那边的时间能不能跟他合上。

他掐到一半，想想跑操跟他无关，就不掐了。

他翻开之前没做完的练习册，刚把笔尖露出来，突然听见窗户发出缓慢的推拉声，他朝外一看，窗边一个黑黑的人影正把手指头往窗户缝里伸，冷不丁吓得他睁圆了眼睛。

他吓了一跳，不过外头那黑人的反应竟然比他还大，还连“嘘”带摆手地冲他做“出声就掐死你”的手势，又朝夏良的桌斗里指，想让他帮着掏什么东西递出去。

柳小满认出这人是罗浩，又看见罗浩身后的栏杆上隐约靠着一个人，似乎是夏良，简直有点儿无语。

让他这个一只手的人干这种偷偷摸摸的活儿，他们怎么不直接让他一个猛子从窗户翻出去得了？

尚梁山一句话把全班炸得哀鸿遍野，也毫无解释的打算，将展开的纸筒抖了抖，直接宣布第三件事：“来几个高个儿的男生，把这些标语贴一贴。”

说起高个儿男生，他的目光像标枪一样朝夏良的座位扎过去，顿时又把眉头皱成了铁疙瘩，转而看向柳小满，问：“夏良呢？”

他问完才发现柳小满唯一的那条胳膊正以一种说怪也不怪，说不怪又有点别扭的姿势往夏良的座位那边叉着，脱口又问了一句：“你有事没有？”

全班学生“唰唰”地回头看。

门口，没有，柳小满简直不知道该先回答哪个问题，余光看见罗浩像一个土行孙似的遁了，他默默地将手收了回来，摇了摇头。

“夏良……”尚梁山还想问。

“到。”窗户外面，夏良应了一声，紧接着，他就出现在后门，朝尚梁山举了下手，手里还握着一杯食堂二楼的鲜榨豆浆。

班里的人哄地笑起来。

“上课了，你没听见铃声？”尚梁山看着他问。

“迟到了，”夏良抬手把豆浆杯子扔进垃圾桶里，答得挺正经，“我在外面站一会儿。”

“我让你站了？”尚梁山懒得跟夏良磨洋工，他太知道夏良是什么样的学生，只把手里的纸筒一抖，“你给我过来贴。”

夏良去讲台上拿纸筒，从座位旁边走过时，他耷拉眼皮看了柳小满一眼，柳小满的目光跟他的目光撞了个正着，柳小满假装若无其事地把目光挪回练习本上。

他转回目光也不踏实，眨巴两下眼睛，老想往夏良裤子上瞅，心里十分好奇，不知道那大脚印还在不在。

第三章
一只三脚猫

尚梁山拿着纸筒，跟夏良比画哪一张该往哪儿贴。韩雪璧坐在第一排中间，腰背笔直，也抻着脖子跟着听，听了两句，她逮了一个空当跟尚梁山提建议：前后墙两条横幅，左右墙上各三张标语，靠墙的同学蹬着桌子就给贴了。

尚梁山觉得可行，把纸筒都递给韩雪璧，让她现在就安排。

“现在？”韩雪璧接过纸筒问。

尚梁山一点头，她就把后墙的长横幅给夏良，然后别过头朝“鱼头”打了一个手势，让他过来帮忙贴讲台这边的横幅。

“鱼头”看见韩雪璧抻着脖子在那儿掺和，就做好了干活的准备，他是一个实打实的大高个儿，从幼儿园起就比别的小朋友高一头，小学到高中，班里搬水、上凳的事儿，就没有一次落下他。

他一推桌子，站起来就过去了。尚梁山朝底下拍手：“靠墙的，桌子该挪的挪，桌面上的东西都收收，赶紧贴，贴完选班委。”

底下的同学正嗡嗡地窃窃私语，听见这话全部抬头看着尚梁山。

尚梁山又不耐烦地催了一声：“快！”

韩雪璧从座位中挤出去，开始指挥四面八方的人，全班人就像出了笼的鸡似的，咯咯哒地活动起来。

柳小满坐在座位上，叹了一口气。

他不用动，他和夏良的位置靠着窗，屁股后面就是墙。

班里需要动动桌子的其实就那几个人。

但是尚梁山都这么说了，谁的桌子要没挪出点儿动静，就好像不乐意为班集体做贡献一样。一个班热闹得像团建，实际上大家全部晃荡着桌子，前伸脖子后转头地大肆聊天，讨论明天的跑操。

他放下笔，抓了抓脸，对全班总动员的氛围感到迷茫。

——贴名人名言这种无关紧要的事儿，哪个课间不能干，为什么非得现在贴呢？

也就是体育老师会这样安排了，换一个美术组的班主任都干不出这事儿来。

李猛终于能大大方方地跟人聊天，立马就“哎”一声，回头喊柳小满：“柳小满，明天跑步你是不是也得去啊？”没等柳小满回答，他又追了一句，“平时你都跑吗？”平时指的是大课间跑操、体育课跑步、运动会赛跑等一切在校园里涉及跑步的集体活动。

柳小满摇了摇头。

他有教导处特批的假条，从小到大也没遇上过特别较真认死理儿的体育老师，非让他跟着全班一起跑步。

“体育课也不跑？从来不跑？”李猛问。

“不跑。”柳小满说。

“我的天，”李猛的同桌也回头了，“那岂不是美滋滋？那你中考体育加试跑了吗？”

“哎呀，他们有政策，”李猛拍了他一下，“直接那什么，十八分。”

“啊。”李猛的同桌张张嘴，看了柳小满一眼，不说话了。

柳小满笑了笑，主动接上话茬儿：“嗯，我们有半残分。”

“半残分”是一种调侃。

他们中考时有体育加试，满分三十，及格十八，身体有残疾的学生可以免考，直接给残疾分十八。当时每个班都有学生开着玩笑抱怨，说宁愿直接拿半残分，也不想去跑道上受罪丢人。

他听得多了，连眼皮都不想掀一下。

“什么半不半的，都一样都一样，不差多少。”李猛的手指头一晃，又开始转书，打着哈哈说，“我跟你们说，我当时脑子缺根筋，没选五十米短跑，选了那个坐位体前屈，腿肚子都痉挛了，上半身也没推出去五厘米，亏大发了。”

“那你太差劲了，我现在一弯腰还能摸着地。”李猛的同桌站起来，弯腰摸了一下地。

“这跟体前屈能一样？这我也行啊，波棱盖儿都不带打弯的！”李猛把书往桌上一扣，也站起来摸地。两个人你一下我一下，就这么莫名其妙地练了起来。

柳小满看着他们，满耳朵杂音，又开始神游。

他觉得跑操没他什么事儿，但被李猛他们俩这么一问，又想想尚梁山刚才反复强调的“全班”，他觉得等会儿下了课还是去问一句。

如果尚梁山说要他去跑步，那自己想不想跑呢？

柳小满把自己问愣了。

他还真没正儿八经地在跑道上跑过步。

李猛他们俩比着摸地，夏良拿着那条大横幅从讲台那儿回来，快到李猛桌前时没看见有人，再迈一步，李猛从桌子底下一伸腰直起来，像一个平地蹿起的大头萝卜似的，脑门直奔向夏良的下半身。

“哎。”夏良差点儿一脚踩上去，往后让了一步。

李猛也吓了一跳，他刚弯下腰，瞅见有双脚直奔他这儿过来，还以为是尚梁山，没站直就攥过椅背含腰坐了回去，看见是夏良，他肩膀一松，趴在桌上：“我的天，我差点儿跪下！”

“够客气的。”夏良顺口接了一句，继续往前走。

李猛“嘿”了一声，刚要还嘴，突然反应过来夏良跟他逗了个闷子，就惊奇地回过头盯着夏良。

闷不闷子的不重要，重要的是夏良逗了个闷子。

“他也会开玩笑啊？”他小声跟同桌说。

同桌没理解他表达的重点，不知道从哪儿翻出一张卫生纸，正在干巴巴地擦手，说：“夏良又不是没长嘴。”

“我不是这个意思……唉，算了。你还有纸吗？给我一张。”李猛拍了拍手上的灰。

也是，他又不是没长嘴，再喜欢打架斗殴也不能成天打吧？总还得跟班里的同学好好相处。

他光看早上夏良那副臭脸，还以为这浑不吝有多不乐意接受新集体。

夏良来到柳小满跟前，柳小满欠欠身子，想起来给他让出空间。

夏良没让柳小满动，他胳膊一抬，直接从柳小满的后肩越过去，把自己的椅子拎了出来，拖在后墙黑板下边，抖开横幅抻了两下。

柳小满觉得自己身为同桌应该帮帮忙，至少也该问一句需不需要递个什么，意思意思。

也不知道怎么的，这要是李猛贴东西，柳小满肯定很自然就开口了，但是换成夏良，柳小满就是有点儿说不上来的不自在。

可能是因为自己刚刚目睹他被蹬了一脚，那股不可言说的尴尬还在空气中飘来荡去。

关键是，尴尬还不止这一层。

柳小满掰着指头一数，认识夏良的第一天，他先是一屁股坐歪了，架在夏良大腿上；接着他和樊以扬在夏良脑袋上推来让去，夏良好好睡着觉，差点儿被砸了一脑袋包；食堂那一次是夏良误会他一天能吃七个蛋，就不提了；好不容易他们半天没碰面，估计夏良刚觉得喘了一口气，不承想大马路上自己挨了一脚，又被他看见了。

柳小满转头瞄了一眼夏良的裤子，大脚印子已经没了，也不知道是他自己想起来拍掉了，还是罗浩他们看见提醒了他。

要是罗浩发现的，他指不定得指着夏良的屁股叫唤成什么样儿。柳小满想着那个画面和夏良的大臭脸，一个没忍住，嘴角往上翘了翘。

“胶带有吗？”夏良突然问。

柳小满愣了愣，觉得夏良应该是在问自己，赶紧抿抿嘴，摇了摇头。柳小满见夏良也没回头看自己，只能开口回答道：“没有。”

“胶水？”夏良又问。

“没有。”柳小满说。

夏良回头看着他，顿了一下：“双面胶呢？”

柳小满摇头。

两人一高一低一站一坐，无言地对视着，都想起了大马路上那一脚。

夏良往墙上一靠，烦得都快笑了。

他算得挺好，三下五除二往上一贴完事儿，结果什么工具也没有：“要什么没什么，拿什么贴？”

柳小满：明明是你自己什么都没有。

柳小满一脸莫名其妙，看了他一眼，转回头去喊李猛，问李猛有没有胶带。

柳小满一边问一边想，幸好刚才没直接问夏良要不要帮忙，主动问完了，要这个没有，要那个没有，还不够招人烦的。

“胶带？有啊，今天我刚买了一卷，要贴那玩意儿是吗？”李猛只要不上课就高兴，柳小满话都没说完，他就把书包拽上来一通扒拉。

他先是摸出来一块糖，顺手往柳小满桌上一拍。

他扒拉两下，又扒出一块糖，低骂了一声，嘟囔着“还成聚宝盆了”，这回他将糖放在了夏良桌上。

早上李猛发零食前后左右都给了，就没给夏良，现在想想还怪不好意思的。

李猛在掏出一大把钥匙之后，终于从书包底下摸出一卷崭新的胶带“刺啦”一声，李猛将胶带扯开半米长，热情地问夏良：“你要多长？我在底下给你递。”

“四个角就行。”夏良朝他比了一个大拇指，重新抖开横幅上椅子。

“客气！”李猛歪着头咬了几下胶带，五个手指头上就各黏了一小段胶带，还一点儿没耽误说话，“多贴点儿，掉了麻烦。”

柳小满觉得李猛的牙口很神奇，能把断口咬得那么整齐。他咬胶带不仅咬得上面全是口水，半天还扯不断。

“你看见没，李氏独门咬胶带大法。”李猛得意扬扬地伸手，往柳小满眼前抖，胶带条抖动得像作法似的，还发出“哗啦啦”的声响。

李猛的同桌过来帮着贴了另一个角，他没有夏良个子高，得踩桌子。李猛把胶带条都递给夏良后，就过去扶着同桌。

柳小满看了看他们俩，又看了看站在凳子上的夏良，感觉他站得挺稳妥的，没有掉下来的风险。

他也没说话，伸手握住了椅子把手。

夏良注意到他的小动作，从上往下觑了他一眼。

柳小满没发现，他耷拉着眼皮，认真地握着椅子把手，感觉夏良快贴完了准备下来，他就把手缩回去，转身坐好。

他想了想，又从书包里揪出来一截卫生纸，放在夏良桌上，留给夏良擦椅子。

夏良把椅子放回去，看见卫生纸就知道是柳小满放的，也没说什么，拿起来抹了两下就坐下，才发现卫生纸底下还埋了一颗糖。

还是一块软糖，月牙形橘子味儿的。

“你放的糖？”他问柳小满。

“李猛放的。”柳小满说。

李猛跟他同桌借着洗手溜出去了，夏良“哦”了一声，把糖往柳小满桌上轻轻一抛：“我不吃糖。”

糖正好落在练习册中央，柳小满想说我也不想吃，但尚梁山在讲台上拍桌子，让大家静下来，他只好先把糖收起来，闭上嘴。

“刚才贴名人名言的时候，我一直在观察，观察全班，观察你们每一个人。”尚梁山撑着讲桌环视全班，“这也是我要占用你们课堂时间做这件事的原因。”

“有的同学很热心很积极，比如这位女同学——”他指了指韩雪璧，韩雪璧把背挺得笔直。

“还有那位男同学，”他又点了点“鱼头”，“还有这边靠墙的几个同学……啊，都很积极，主动为班里做事情，像我强调的那样，拥有集体荣誉感。”

尚梁山又提了几个人，着重补充一句：“甚至夏良都完成得很好。”

有人小声重复一遍，其余人嘿嘿地笑了起来。

柳小满看夏良的表情，他托着腮帮子，扯扯嘴角也跟着笑了笑，嘴角竟然有个隐隐约约的小梨涡。

“安静，不要笑。”尚梁山清清喉咙，继续说，“我的标准从来都不是以学习成绩定生死，所谓的‘好学生’，不是只要学习好，品德在我眼里其实更重要。”

“而品德往往就是从小事上表现出来的。”尚梁山一字一句地说着，一边说还一边屈着手指叩击讲台。等班里彻底静下来，他才拿了一根粉笔在黑板上写了几个大字。

“接下来，选班委。”他正儿八经地宣布。

尚梁山让有意竞选班委的同学上台自我介绍，然后其余人举手投票决定。

搞得像办正事儿一样，实际上开学刚一天，谁也没摸明白谁的品性和成绩，谁上去了大家都举手。

毫无悬念，韩雪璧成功地当选了班长。

而文艺委员、学习委员、劳动委员，尚梁山挑着几个学生安排了，又根据单科成绩安排了课代表。

其中，“鱼头”身兼数职，又是体育委员又是劳动委员又是副班长。

他上去写名字的时候，大家才知道，他叫余首，不是什么“鱼头”。

“还有谁想竞选什么职位，直接上来。”尚梁山用鼓励的目光看着全班同学。

大家无视他的鼓励，心里纷纷盼着下课。

韩雪璧举手提醒：“老师，还有纪律委员。”

“纪律……”尚梁山在花名册上扫了一遍，心里有了主意。

“夏良。”他弹弹花名册，喊了一声。

“嗯？”夏良正在摆弄手机，听见尚梁山喊他，头皮一麻，手机差点儿从手里滑出去。

班里同学“哦”了一声，来了兴趣，一排接一排，像风吹麦浪似的回头往后瞅。

“你来管纪律，每天晚自习跟我汇报班里的考勤情况。”尚梁山把手一背，露出了一抹笑，还带着些狡黠的意味。

“不。”夏良斩钉截铁地拒绝了。

“不行也得行。”尚梁山这时候也不搞投票了，直接拍板，“也不要你多做什么，除了晚自习去找我一趟，每天早上六点四十的跑操，我必须看见你第一个到，帮我点人，然后带跑。”

提起跑步，班里的同学瞬间开始叫苦连天。

夏良叹了一口气，手机都懒得摆弄了，往桌斗里一丢：“你饶了我吧。”

“这事儿就这么定了。”尚梁山一挥手，“明天早上，你给我老老实实过去。我再强调一遍，每个人都要到，不接受请假。”

说完，他又着重看了柳小满一眼：“是全班，所有人。”

下课铃正好打响，三件事也都解决了，他满意地走出教室。

柳小满觉得自己不用再去专门问了，尚梁山这意思已经明白得不得了——他在尚梁山手里“享受”不到免跑的特权。

他终于跟大家感同身受了一把，发起了愁，但发愁的重点仍不是早起早到。

柳小满手里的笔还在草稿纸上滑动，但他望着笔尖有些发怔。

他在想，自己跑步的样子一定会特别滑稽。

自行车库到学校大门之间有棵大榕树，长得枝繁叶茂，一人抱不过来，柳小满从高一第一天进了校门开始，每天放了学就在这儿等樊以扬，有时候放学放晚了，樊以扬就推着车子等他。

班会课结束以后，他一整个晚上都有点儿跑神，做着做着题，就忍不住往跑操上想，第四节课下课了他还没反应过来，以为还有课，闷着脑袋想抓紧解完手上的数学题。

“你不至于吧？”李猛飞快地把书包收拾了，回过头拍他的桌子，“这才开学第一天，往后日子长着呢，你赶紧回家吧，别忘我了。”

柳小满：“嗯？”他抬起头，看了看时间，才发现已经十点零三分了，班里人都走了快一半。

“我以为才第三节课，怪不得这么吵。”他合上笔，收拾书包，把晚上要用的书和练习册一本本塞进去。

“得了吧，你同桌第三节课就没影了。”李猛把胳膊往后一撑，坐在桌子上跷着腿。

柳小满心想：他能待到现在才不正常。

“哎，你说他不上课干吗去啊？”李猛又说。

柳小满摇摇头，他没逃过课，想不通不上课能去干吗。第一节课的时候，罗浩让他帮着掏东西，他连拉链都没拽开就被尚梁山用目光锁定了，也没摸出个所以然。

“不知道。”他说。看李猛这架势，他有点儿犹豫地问，“你在等我吗？”

“是啊，你快点儿。”李猛掏出手机摁了两下。

“谢谢，但是我跟我，”柳小满想了想，“邻居，一块儿走。”

“你这人真逗！”李猛乐了，盯着他，“谢什么啊，我就跟你说一会儿话，顺便等你一块儿下楼，又不是要送你回家，我就住门口英才二期，你跟你邻居一块儿走就走呗。”

柳小满笑着“哦”了一声。

“你住哪儿啊？”下楼的时候，李猛又问。

“拐个弯顺着街下去，老电影院那儿。”柳小满认认真真地跟他说。

李猛在脑子里描绘了一下路线，一搓响指：“纺织厂？”

“对，家属楼。”柳小满说。

“那也挺近的。”李猛抓抓头发，“我好像从哪儿听人说，夏良家以前也在纺织厂，他家还是他姥爷家……忘了。”

柳小满没接话，不知道李猛从哪儿听来的消息，反正他从没在家门口见过夏良。

到了大榕树跟前，樊以扬正好从车棚推着车过来，柳小满跟李猛道别，李猛倒退着朝他挥挥手，喊了一声：“明天别迟到！”

“什么别迟到？”樊以扬问。

“跑步。”柳小满把书包放进车筐里，学生太多了，他攥着车后座跟樊以扬往门口走，“扬扬哥，明天你不用去接我了，班主任让我们提前去操场，跑完了直接回班上自习。”

“跑步？几点？”樊以扬不太能理解。

“六点四十到。”柳小满说。

“这时间怎么排的？”樊以扬皱皱眉，“说早不早、说晚不晚，吃饭早读都耽误。”

“不知道。”柳小满轻轻叹了一口气。

最麻烦的其实还是爷爷那边。

他们是七点十分开始早读，一直到七点四十直接上第一节课，早饭和值日都要在早读之前搞定，所以六点半前后正是爷爷早点摊生意最多的时候。

上学期，樊以扬基本在六点四十来接他，几分钟就到学校了，什么也不耽误。

现在尚梁山这么一搞，时间一下子都得提前。

“没事，也差不多。”樊以扬反过来安慰他，“我之前是早上起来后在家里背书，这学期本来也紧张，早点儿去学校早读挺好的。”

柳小满眨着眼看樊以扬，早起一点儿或者早十分钟出门，对樊以扬来说确实是很无所谓的小事，但樊以扬这样想也不想就根据他来调整节奏，他就是有点儿心口发软。

他抿抿嘴，摇头道：“你按你的节奏来，我的时间不一定，得看爷爷。”

“尚梁山也是，体育老师果然不一样。”樊以扬笑了笑，“他让你也去跑操？”

柳小满“嗯”了一声，摸摸兜里夏良扔给他的软糖，想拿给樊以扬吃，掏了半截，他又觉得一颗糖丢来转去的，拿给樊以扬不合适，又松开手指搁了回去。

柳小满回到家后，爷爷看着他在屋里左一头右一头地洗洗涮涮瞎晃荡，总觉得跟白天见着的他有点儿不一样。等他端着小盆去倒洗衣粉泡衣服，爷爷才恍然大悟，衣服不一样了。

自己真是快老得不记事儿了。

“谁的衣服？”他问柳小满。

“扬扬哥的。”柳小满抬起胳膊，抹抹溅到脸上的洗衣服水，“我吃饭的时候蹭了一身油，樊阿姨让我直接换一件。”

“你看看你。”爷爷冲他直咂巴嘴，“那你自己的衣服呢？就搁人家里了？”

“樊阿姨直接拿去泡了，我走的时候快迟到了，就没顾上拿……”话说一半，他突然停下来，“啊”了一声，念叨着“坏了”，放下衣服就往卧室跑。

“大半夜的你就别去拿衣服了。”爷爷喊他。

柳小满在书包里翻找一阵儿，攥了两个纸卷出来，看看时间有点儿着急：“这是班主任让我复印的东西，明天要交，我给忘了。”

爷爷把纸卷展开，眯着眼看：“现在上哪儿复印，都关门了，你回来的时候怎么没想着去？”

“我忘了。”柳小满转身去柜子里翻要用的证件，“而且要残疾证，我也没拿，还要居委会签字。”

“丢三落四。”爷爷叹了一口气。

证件平时都搁在一起，找起来方便，柳小满飞快地把装证件的小兜拿出来，换了鞋子就要出去。

“你上哪儿去？”爷爷问。

“我去看看十字路口的复印店还开没开门，他们家关门晚。”柳小满飞快地说。

“黑咕隆咚地去什么十字路口，你明天早点去街上……”爷爷还想说话，但柳小满回头把两张纸也抽了过来，一溜烟地跑了。

他刚想起这茬的时候真有点儿急，怎么算明天上午的时间都不够，除非大课间的时候跑出去复印，或者让尚梁山带他去学校文印室复印。

要是那么做，那他太不好意思了。他脸皮薄，不想刚开学就让尚梁山觉得他一脑袋糨糊，而且就算明天去学校印完资料，还得拿回来找居委会盖章，更麻烦。

他知道这个点复印店也该关门了，但是出去看看他心里踏实，好歹争取过了，没赶上也没辙。

不过，他一开始的念头是直奔复印店，撒开丫子小跑到街角，他突然发现自己跑得特别顺畅。

天亮的时候，他从不敢这么跑，顶多在自己家楼道里上上下下的时候使劲儿，到了人多的地方，步子自动就缩一半，快跑变成快步走。

好像真甩开了往前跑，他也没什么不自在的。

就是他左边少条胳膊的感觉更明显了，袖口一带，半边身子有种说不上来的漏风。

十字路口离他家不算近，倒也没那么远，与他所在的街隔了一条拐弯巷路，平时没什么必要买的东西，他不怎么来这边。

柳小满远远一看，发现复印店黑着灯，脚下速度就慢下来，学着集体跑操时所要求的姿势，右手握拳搁在侧腹，缩小步子跑了两下。

真别扭，他皱皱鼻子。

这样跑步得摆胳膊，不摆难受，摆了更难受，还没有刚才放开了自在，跑着跑着就想改成迈大步，姿势肯定又僵硬又难看，太不友好了。

他还想再试试，身边经过几个人，出了小路口的路灯也亮得多，又让他产生了无处遁形的感觉，只好作罢。

柳小满到了复印店门口，确认门口的锁果然锁得死死的，就在店门口垮下肩膀叹气，又朝四周看了一圈，只有网吧和便利店开着门，他不抱希望，进便利店问了一句，店员直打量他，摇头说没有。

他又在网吧门口转了一圈，还是没敢进去，转身回了家。

第二天早上，柳小满帮着爷爷把摊子支好后，就被赶走了。爷爷让他赶紧去转一圈，看看有没有复印店一大早开门，自己去居委会开证明，还把书包递给他，让他万一时间紧就直接去学校。

“那等会儿扬扬哥来了，我还没回来，爷爷你就让他先走。”柳小满把书包挂身上。

“他又不傻。”爷爷摆摆手，让柳小满快走。

其实爷孙俩儿都知道，这个点压根儿不会有复印店开门，跑一圈也就是图个心理安慰。

柳小满在心里盘算着等会儿到了学校该怎么跟尚梁山解释，攥着书包带子走得飞快。街角的复印店果然连卷闸门都没开，他拐个弯，又朝昨晚的十字路口走。

十字路口的店跟刚才的一样，长形的大锁头都在门把手上挂着。

他不死心，走到门口往里看看，没有人，又拽拽锁头，这回死心了。

他转过身往回走，经过便利店时从里面出来一个人，对方手上捏着一个小纸袋。他下意识停下来让路，结果对方也没动。他看过去，对上夏良的黑眼珠，只觉得眼皮跳了一下，心里已经懒得惊讶了。

缘分，妙不可言。

他脑子里冒出来一句没有感情的旁白，接着又冒出昨天李猛说的话，心想看来是真的，夏良或者夏良他姥爷还真就住在附近。

“早。”夏良看着他，估计也习惯了，木着一张脸和他打了个招呼。

柳小满犹豫一下，夏良还没醒困，头发有点蓬蓬的，乱得还挺好看，显得整个人都随和了不少，跟昨天在校门口迎面走过比起来，简直友好得不得了。

于是他也答了句“早”，又顺口接了一句：“你家也在这儿？”

夏良指了指对门的“红日”。

柳小满瞬间沉默。

“我刚出来。”夏良剥了一颗口香糖塞进嘴里，看着他，突然问了一句，“昨天晚上你就过来转了一圈，一大早又过来，你也想玩？”

这句话比偶遇让柳小满惊讶多了。

毕竟夏良这么问，肯定是看见了他在门口想进没敢进的糗样。

“你在这儿待了一夜？”他有点儿尴尬，匆匆换了一个话题。

夏良慢慢悠悠嚼着口香糖，有点儿好笑地看了他一眼，没再多问，把手上的包装纸搓成一小团，抛进垃圾桶里，伸了个懒腰，说：“走吧。”

走？往哪儿走？

柳小满蒙了，虽然他跟夏良是同桌，但是这就熟到能一起去上学的程度了？

柳小满一愣神的工夫，夏良已经走出去好几步，他赶紧跟过去，在夏良屁股后面说：“我得回家一趟。”说完怕夏良误会，又解释了一句，“班主任让我交的材料，我得回去拿。”

夏良停下来看看柳小满，似乎想到了什么。柳小满刚要开口说不耽误你时间了，你先走吧，他就来了句：“你家是不是卖早点？”

柳小满跟不上他的思路，一句话卡在嘴边，愣愣地点了点头。

“正好。”夏良也点点头。

谁跟你正好啊？

“你不是……”他指了指夏良手里的小纸袋。

这不是买了吗？

“你要吃？”夏良看了柳小满一眼，柳小满感觉他的视线好像落在了自己的残肢上，他伸手把纸袋往自己眼前一递。

他当然不吃，不过夏良这么说，估计买的也不是早饭。

“这是什么？”他问。

“猫罐头。”夏良说，嘴角快速翘起来一个小小的弧度。

也不知道他中的什么邪，心情这么好。

柳小满已经不知道该说什么了，一脑袋糨糊，看着夏良，好像也找不出不让人家去买早饭的理由。

“走，”夏良眯着眼打了一个大哈欠，转身继续往前走，还有点儿不耐烦地扫了他一眼，“磨磨叽叽。”

樊以扬比平时提前十五分钟出门，昨天他没跟老妈说今天开始要早走，下楼的时候家里早饭还没做好。他都骑出去几米远了，老妈还在阳台上喊他别忘了买早饭，他笑着拨了两下铃铛。

樊以扬到了柳小满家楼下，摊子上只有小满爷爷一个人忙活，他喊了声“爷”，问：“小满还在楼上？”

“他先走了。”爷爷两三下卷了一个馍，“他班主任昨天让他打印证件他给忘了，我让他赶紧去看看。”

樊以扬看他忙得眼皮都没空掀，犹豫了一下问：“您忙得过来吗？”

“怎么的，扬子，爷爷忙不过来你还能不去上学了帮他找钱？”旁边开小超市的宋叔大声说。

樊以扬作势下车：“爷爷让我找钱我就找钱。”

“这孩子。”爷爷别过头，笑着咳嗽两声，“赶紧上学去。”

樊以扬笑了笑，脚踩上车蹬子，自行车轮子滑了出去。他去校门口买早饭。

他不在柳小满家买早饭，以前会买，初中不懂事，小满爷爷回回都不收他钱，他硬是给了，爷爷也会让柳小满给他变相补回来，比如带几个茶叶蛋、拿两袋豆浆，一次两次就算了，总这样还来还去的他也不得劲儿。

他前脚刚走，没半分钟，柳小满跟夏良就过来了。

从十字路口过来总共三分钟的脚程，柳小满盯着夏良的肩膀，心里迷茫了一阵，他怎么就莫名其妙跟夏良走到一块儿去了，还是要去自己家买早饭？

他以为他们俩能正常交流至少需要半个学期的沉淀。

以开学第一天为例，他们每天对话两句就不错了，一个星期能攒十句。

他开着小差，爷爷看见他，隔老远就喊道：“复印店开门了吗？”

“没有。”柳小满摇了下头。

“该。”爷爷张大眼睛瞪他，“扬扬刚走。我让你李婶儿去写证明了，等会儿盖了章她会拿来。”

柳小满“啊”了一声，抻着脖子还想张望一眼樊以扬骑没骑远，夏良就已经在他家摊子跟前杵下来了，问他：“什么好吃？”

“随便，都行。”柳小满抓了一下耳朵，他有点儿别扭，这还是他第一次“带”同学到自己家买早饭。

“是你同学？”爷爷打量着夏良。

夏良点了点头，还算礼貌，也喊了一声“爷爷”。

“嗯，新同学。”柳小满扫了一眼小超市里的电子大挂钟，时间比他预想中充裕，就匆匆抽了一只一次性手套，用嘴唇抿开，然后将它套上手去帮爷爷的忙。

“同学好啊，在学校里就靠同学互相帮衬。”爷爷笑呵呵地说，“你想吃什么？卷饼？煎饼果子？”

“都行。”夏良一边饶有兴趣地看着柳小满忙活，一边笑着说。

爷爷没在摊子前见过几个孙子的同学，要是偶然遇见一两个，对方比柳小满还不自在，好像不是发现自己同学家是卖早点的，而是卖什么寒碜人的西洋景儿。

眼前这个新同学看着就跟柳小满是两类人，跟樊以扬都算两种类型，同样是长得周周正正，这孩子就透着一股不那么正气的劲儿，话不多，大大方方往这儿一站，也看得人舒服。

他把筷子一扎，又多卷了一根肠。

柳小满撑开袋子在旁边等着，他负责把食物装袋和收找钱。这片儿的中老年人多，都习惯用现金，他守着一个小铁皮匣子数钢镚儿和毛票。

夏良扫二维码付钱，爷爷不要，摇摇头说：“你头回来，拿着吃。”

夏良又看向柳小满。

柳小满抿抿嘴，用余光看了爷爷一眼，飞快地说：“七块五。”

他有眼力见儿，平时爷爷给个话头，他就知道要少收钱，但是到了夏良这儿就不好使了，这人跟他都不熟，干什么就来白吃白喝一顿。

爷爷“啧”了一声，敲了他一筷子。

柳小满不大好意思，躲了一下，竖着耳朵听宋叔那边收到钱没，余光看见夏良边转账边翘着嘴角乐。

李婶拿着盖了章的证明来，带了两根油条走。爷爷把他的手套拽下来，然后赶人：“你赶紧的，再去你学校门口看看有没有能复印的。”

附近就那两家复印店，都挂了锁。这时候柳小满也不急了，往书包里塞了两个茶叶蛋，咬着一袋豆浆跟夏良一块儿往学校走。

两人还是一前一后，隔着大半个人的距离。

夏良买了早饭也没吃，往纸袋里一扔，继续拎在手上。柳小满的目光就定在纸袋上，心想这人竟然养猫，还一大早给猫买东西吃。

在一拐弯就到校门的路口，纸袋停止晃荡。

柳小满刚好把豆浆喝完，团团袋子后将它扔进垃圾桶里。

“这儿。”夏良用纸袋往一个小岔口指了指。

“什么？”柳小满愣了愣，去哪儿啊就往这儿走？

这人怎么一阵阵儿的？

夏良一脸奇怪地看着他：“你没走过？”

柳小满刚想说我又不逃课，就看见两个学生匆匆地从岔口走了进去。

好像从那儿走真的能到学校，他摇摇头。

“小路，”夏良懒得多说，推了一下柳小满让他进去，“直接到操场，比正门近。”

柳小满稀里糊涂走在了前面，迟缓地“哦”了一声。

“你是这学校的吧？”夏良在后面嘲笑他。

“我一直跟扬扬哥一块儿去学校，我们走正门。”柳小满说。

“什么哥？”夏良笑出来了。

“我说的扬扬哥？”柳小满回过头看夏良，他有在学校里不喊樊以扬小名这个意识，但是从小到大喊得太习惯了，很多时候还没反应过来，嘴巴就秃噜完了。

“啊。”夏良眼尾都弯了，这称呼简直腻歪得让人倒牙。

柳小满看了夏良一眼，抿抿嘴。

他不喜欢任何人拿樊以扬打趣儿，因为他嘴瓢也不行。

他没搭理夏良的话茬，加速往前走。

结果他还没加速走两步，一个直角转过去，后门的操场栅栏就近在对面了。

“别走，我给你看个东西。”夏良从他身后过来，在巷口的小石墩子上把纸袋放下。

“要迟到了。”柳小满皱皱鼻子，停下了脚步。

柳小满曾经有个不知道该不该称为毛病的毛病——他很不擅长拒绝

别人。

可能跟他的残疾有关，从小到大，他都是班里被强调要“照顾”的那一个，不会真有人找他帮什么忙。

初中，他班里有个小痞子知道他爷爷是卖早点的，就让他帮着带早饭。

刚开始几次对方还给了钱，有一天没给，他没好意思要，后来那人就总是忘，再后来干脆就不给了。

柳小满明白这种事该拒绝了，但是每天放学那个男生特别自然地来跟他说“明天还吃烧饼卷里脊”时，他的嘴巴就像被胶水黏上了，莫名其妙地张不了口。

这种情况足足持续了小半个月，还是樊以扬发现了端倪，去找那人说了几句，他才得以不再给对方免费供应早餐。

可不再供应早餐的代价是，以那个小痞子为中心的几个小痞子再也没给过他好脸色，只要对上眼了，他们就会冷嘲热讽。

不过，他们没有真的上升到欺负人的程度，后来他慢慢地习惯了，那群人可能也觉得没意思，那次小小的孤立也就过去了，他也学着在该拒绝的时候说“抱歉”和“不”。

可很多时候，他根本来不及考虑该不该拒绝，就会本能地开始执行对方的话。

比如昨天夏良找他要胶带，他没有，但是他会去借。

比如刚才夏良莫名其妙地跟他去了他家摊子买早点，他完全想不明白，想拒绝都说不出口，就一头雾水到了现在。

毫无疑问，夏良在柳小满眼里也属于“学生痞子”那一类，不过属于平易近人的“学生痞子”，跟他相处，柳小满没有什么压力，而且他买饭也付了钱。

而且他们还要做同桌，他比较愿意与夏良保持良好的同桌同学关系。

夏良摸出手机看了一眼时间，柳小满探头过去也想看，他手腕一转，把手机塞回去，用一根手指头把柳小满的脑门往后抵：“早着呢。”

“真的？”柳小满不太敢确定。

“你自己看操场上有没有班里的人。”夏良说。

“那几个不都是吗？”柳小满迷茫地看着他，还指了指，“韩雪璧和鱼……余首，都到了。”

“哦，”夏良扫了一眼操场，面不改色，从纸袋里拿出一个罐头，“咔”地拉开，“是吗？”

这人可能有点脸盲症，柳小满暗想。

开猫罐头，人少的路口，等。

这三个信息组合在一起，柳小满觉得自己只要不是傻瓜，应该就能猜对夏良想让他看什么东西。

同时，他越发觉得夏良不可理喻，一大早莫名其妙地强行与自己同行，就为了让他看一只猫。

如果时间充裕，看也就看了，他挺喜欢小猫小狗的，但是现在什么时候了，跟猫比起来，他真的更愿意去看尚梁山。

“要不还是先过去吧？人越来越多了。”他有点儿急了。

夏良靠在墙上，摁着手机，柳小满话没说完，他就“嘘”了一声，蹲下来冲着墙角轻声喊：“小锅。”

柳小满立马闭上嘴，他不好奇也被勾得好奇了，下意识跟着蹲了下来，抻着脖子去看这是什么大罗金仙猫。

墙后响起“咪”的一声，随后探出一个毛茸茸的猫脑袋。

这“锅”平平无奇，柳小满腹诽。

然而下一秒，夏良把猫罐头往前推了推，小锅一拐一拐地“咪咪”叫着，小跑过来，他就一个字都诽不出来了，眼睛都忘了眨，直直地盯着小锅。

夏良屈起食指，刮了刮小锅的脑袋，把它托着举起来给柳小满看，笑了笑，说：“亲切吗？”

小锅没见过眼前这个陌生人，不情愿地耷拉耳朵缩着脚，想转身朝夏良肩膀上趴着，但是它转不过去，它的每个动作都相当不灵活，笨拙又小心。

因为它只有……

柳小满又数了一遍，一脸吃惊，抬起眼皮跟夏良对视。

他张张嘴，一时间却不知道想说什么。

这是一只真正的“三脚猫”。

柳小满盯着小锅看了半天，这确实是一只只有三条腿的猫，他指了指它右前肢的部位，问夏良：“它这是……”

“残疾。”夏良说。

他放下小锅，让它吃罐头，小锅趔趄两下才站稳，抻着鼻头蹭了蹭他的手。

“天生的吗？”柳小满问。

“截肢，左脚断了，接不回去。”夏良说。

“啊。”柳小满应了一声。

小锅开始吃罐头了。夏良弹弹裤子站起来，把纸袋塞进书包里就往外走：“走吧，等会儿真迟到了。”

柳小满站起来，又看了小锅一眼，有点儿想摸摸它，但是他没敢伸手。

它太小了，他感觉自己戳一下，它就会歪倒。

“它多大了？”他跟上夏良问。

“几个月吧，”夏良回忆了一下，“不到一岁。”

“你养的吗？”柳小满问。

“不是。”夏良说，“人家是自力更生的小野猫。”

“那你每天都来给它送饭？”柳小满问。

“我想起来了就过来喂点儿，它自己也会找东西吃。”夏良说。

柳小满没忍住说：“你怎么不直接把它带回家？”

夏良看了他一眼，一边眉毛挑了挑：“你想养？”

柳小满想了想，没说话。

家里有他一个残疾就够受的了，再弄一个回去，爷爷还活不活了。

他一路想着小锅那副摇摇晃晃站不稳的模样，当快到操场的时候，没忍住又问夏良：“可是它为什么叫小锅？”

“哪有为什么，我想到了就叫了。”夏良随口说，“你不也叫小满吗。”

“那是因为我是小满那天生的。”柳小满跟他解释。

“哦。”夏良带着笑，看了一脸认真的他一眼，都不知道说什么了。

到了操场，他们毫无意外地迟到了。

尚梁山背着手，板着脸，在跑道旁边站着，其他同学已经列好队上了跑道，余首吆喝着“一二一”，在队伍旁边领跑。

柳小满头皮发麻，跟夏良去尚梁山跟前站着。

“几点了？”尚梁山远眺着队伍问。

柳小满觑了一眼教学楼上的大钟，六点四十三分。

“我让你第一个来，你给我最后一个到。”尚梁山开始训夏良，“你当我的话是什么？”

夏良笑了一下：“你真想听啊？”

“少贫嘴。”尚梁山瞪他。

夏良叹了一口气，道：“你别折腾我了，不是有个体育委员吗？让他给你点名，我每天肯定到。”

尚梁山的嘴角往下拉得跟纸片儿似的，“哼”了一声，开始问柳小满：“你又是怎么回事？”

我被敌人拖住了，不让走。柳小满在心里接了一句，老老实实回答道：“昨天我忘了去复印残疾证，早上找复印店耽误太久了。”

“中午去也行，我没让你一大早就得给我。”尚梁山说。

柳小满点点头：“谢谢老师。”

尚梁山没再多说别的，扬扬下巴朝跑道上一指：“你们就跟在全班后面跑吧，跑完直接回教室。”

本来就丢人，这回丢出天际了。

柳小满别过头去看夏良的反应，夏良毫无反应，把书包摘下来往跑道边上随手一扔，就上了跑道。

“你等等。”尚梁山喊他。

然后尚梁山对柳小满说：“你能跑多少就跑多少，觉得累了就停，不要硬撑，知道吗？”

“嗯。”柳小满把书包搁在夏良的书包旁边。

“你们俩并排跑，你带着他，别一前一后地给我拖个大尾巴。”尚梁山又对夏良说。

他们班的队伍正好跑过来，柳小满稍稍往后退，给他们让路。

班队过去后，夏良在跑道上撸着袖子，冲他吹了一声口哨：“过来。”

前面小半圈柳小满跑得不太自在，总觉得操场上的其他人都在看他。

“你的身体怎么这么僵硬？”夏良问他。

“嗯？”柳小满别过头看着他，“有吗？”

“没有吗？”夏良放慢了两步，“你喘得跟负重跑一样。”

他弹了一下柳小满晃荡的空袖筒：“明明你比我减了负。”

柳小满停下来看夏良，按理来说他听见这话该不高兴，可是想想也没错，反倒还让他莫名有点儿想笑。

而且停下来后他才发现，自己是喘得挺厉害的，频繁换气，把胸口都坠得发沉。

“深呼吸。”夏良冲他的鼻子打了个响指，“不行你就下去，别等会儿再躺这儿了。”

“不用你背。”柳小满调整一下呼吸，绕开夏良继续跑，“我能跑。”

“小锅都比你利索。”夏良慢悠悠地跟着他。

柳小满轻轻“嘁”了一声。

后面半圈，他果然自在多了。

每次他感到有点儿重心不稳的时候，就想夏良那句“明明减了负”。

他越想那话越想笑，居然还形成了奇妙的心理暗示。当班队停下来解散的时候，他觉得自己比所有人都轻松，还能再跑一圈。

他也确实比所有人都轻松。

李猛一个半圈跑下来，累是没多累，就是喘得喉咙疼，扯着领口去草坪上拿书包。他来到柳小满跟前，跟柳小满抱怨：“渴死我了，你有水吗？”

柳小满摇摇头。

“王朝！我朝哥！”他回过头喊他同桌，“你带水了吗？”

王朝正拿着一瓶脉动正“咕噜咕噜”地喝着，点点头。李猛朝他扑过去，他又灌了一口，把剩下的半瓶都给了李猛。

李猛接过脉动，两口就喝完了，“哈”了一声，甩甩脑袋：“爽！”

他喝完才想起柳小满，努力再摇晃出一点儿水递给柳小满：“要吗？”

柳小满看着那满是水渍的瓶口，赶紧摇摇头。

“给你讲究的。”李猛推了他一下，一仰脖把仅剩的水灌了。

他和王朝要去食堂买饭，问柳小满去不去，柳小满说自己吃过了。

李猛“哎”了一声，转着头往四处看了一圈：“你同桌呢？”

柳小满见他放在跑道边上的书包已经不见了，说：“不知道，他走了吧。”

“他也太快了，我还想问他要不要一起去食堂。”李猛咂吧一下嘴，又别过头问柳小满，“不过你们俩怎么一块儿迟到了啊？”

柳小满没来得及张嘴，王朝先接了一句：“他也不跟你一起吃饭吧，他跟高三的那群人一块儿吃。”

“也是。”李猛点点头，突然转过头面对他们，模仿尚梁山的表情，一边倒退着走一边说，“这个夏良，就是一点集体荣誉感都没有。我再强调一遍，我的班级，要有集体荣誉感！”

王朝笑骂了一声，蹦起来把李猛的脑袋夹在胳肢窝里捶：“你太恶心了！”

“我的头！头头头头！发型！”李猛护着脑袋喊。

“什么？”王朝一下子笑疯了，大声问，“你的什么？你再说一遍，我没听清。”

李猛立马开始反击，两人闹得越发欢了。柳小满在旁边乐了半天，然后跟他们说了句自己先走了。

回教室的路上有点儿晨风，从他脸上扫过去很舒服。

他突然觉得有些人喜欢运动是有道理的，运动完以后，浑身上下透着松快，呼吸都畅快。

柳小满回到教室后，发现夏良出乎意料没有逃课，正在座位上戴着耳机吃卷饼。

柳小满也拿出自己的两个茶叶蛋，在桌角磕了磕，开始剥壳。

夏良把卷饼举到嘴边，都吃不下去了，眼神复杂地看着他。

柳小满犹豫了一下，不怎么情愿地把刚剥完的鸡蛋递过去。

亏了，这还是比较大的那个鸡蛋，还不如当时留给小锅。

夏良好笑地白了他一眼：“吃你的吧。”

柳小满吃着茶叶蛋，问夏良：“小锅一直就在小路里？”

"我去它就在。"夏良看着视频说。

柳小满"哦"了一声，欲言又止。

夏良扫他一眼，问："你想去喂它？"

"能喂吗？"柳小满说，这感觉像要去喂别人家小孩似的，有点儿不好意思。

"茶叶蛋？"夏良说。

柳小满一口蛋哽在喉咙口，不想说话了。

等两个蛋都吃完，他又来了一句："那火腿肠行吗？"

夏良看了他两秒，觉得莫名其妙又有点儿想笑，转过头接着看视频，说："随便，你喜欢吃什么就喂它什么吧。"

虽然夏良没逃课，但他也没好好上课。

吃完早饭，他就拉上帽子趴着睡觉，一口气睡了两节半课，直到第三节课才醒。

他还不是自然醒，是被政治老师喊起来的。

他们班的政治老师是郭大嗓子，柳小满还在原班的时候就对他有所耳闻，耳闻的原因有二，一是大嗓子，二是嘴毒。

他一直以为郭大嗓子秃顶，虽然不知道为什么会产生这样的先行假设，但见了真人才发现竟然不是，也就是一个三十冒头的年轻男人，皮肤黑黢黢的，长得还很朴实。

"我听说，咱们班转来一个留级生啊。"郭大嗓子一进教室就说，"哪一位，来，让我看看认不认识。"

他的嗓门也没有自己想象中那么大。

柳小满踢了踢夏良的凳子腿，夏良没反应。

李猛也转过来小声喊他："夏良！"

夏良还没反应，柳小满想起来夏良好像是塞着耳机睡的。

郭大嗓子"哦"了一声，从讲台上走过来，连声说："你们不要喊了，不要喊了，我来。"

郭大嗓子走到他们座位前，先看了看柳小满，注意到他的一条空袖子，说："你是叫柳小满吗？"

"是。"柳小满说。说完，他又踢了踢夏良的凳子腿。

郭大嗓子没给柳小满帮助同学的机会，夏良是脸朝下埋着睡的，他直接绕到夏良身后，弯下腰冲着夏良的后脑勺陡然大喊：“别睡了，醒醒了——”

柳小满耳朵一抖，感觉有人在自己耳边敲锣。

郭大嗓子接着喊：“亲——”

第四章
第一节课，给点面子

夏良搭在课桌上的手一抽，抓掉兜帽坐起来，耳朵里果然塞着耳机。

“嗯？”他转头看向柳小满，发出一个含混音调，眼角半眯着，被窗外的大好光线刺激得直皱眉。

柳小满发现只要近距离地跟夏良对视，自己就没法忽略他的眼睛。

夏良不仅眼珠黑，睫毛也黑，这么半耷拉不耷拉的，在眼睑上投出一小块阴影，跟宋叔家那个秀气的小丫头似的，要是没掺上满眼的不耐烦就更像了。

可惜他右边颧骨上被耳机线硌了一道红印子，气势只减不增。

“不是我。”柳小满说。

他的耳朵还嗡嗡响着呢。

班里其他人笑起来，郭大嗓子在他们俩身后气乐了，说：“他还‘嗯’？”

夏良回头看了郭大嗓子一眼，把耳机摘下来，自觉地要站起来出去。

“坐下。”郭大嗓子把书卷成筒，往他肩头一磕，“你就是夏良吧？”

夏良扫了一眼书筒，又跟郭大嗓子对视一眼，才出声：“嗯。”

“坐下，坐下。”郭大嗓子把他摁回座位上，自己往讲台上走，“可能你们听说过我，有些人我也听说过，但是严格意义上来讲，不论是我跟你们还是你们跟我，这都是第一次见。”

柳小满发现这个人提声是不需要准备的，突然就上去了，突然就下去了，像一个收放自如的水桶。

“第一节课哦，互相给点面子，”他走到讲台上，两只手往桌上一拍，撑在讲桌上，笑眯眯地扫视全班，最后把目光定在夏良那儿，一抬下巴颏儿，“是吧？”

夏良靠在椅背上，推开窗户吹着风醒困儿，懒洋洋地抬抬胳膊，跟他比了一个拇指。

班里的人又笑了，对郭大嗓子的风格比较满意。

“好，点到为止，上课。”郭大嗓子又猛地一抬声，撅了半根粉笔，转身认真地板书。

“第几节课了？”夏良活动两下手腕，指关节咔咔响，歪着脑袋从桌斗里往外拽书。

他拽了一本书，是历史必修三。

他又拽了一本书，是地理必修四。

“三。”柳小满用眼角余光看看他，没忍住又看一眼。

“好看吗？”夏良头也没抬地说。

“你这儿有道印子。”柳小满小声说，用笔盖顶顶自己的颧骨。

“哦。”夏良终于拽对了书，掏出来在桌上摊开，“印得好看吗？”

柳小满：“……”

他就多余提这茬了。

夏良的嘴角翘了一下，感觉柳小满这方面特有意思，像一个小姑娘，也不会还个嘴，吃瘪就闷着，一逗一个准儿。

“你有笔吗？”他在书包里摸了一圈，又问。

你是真不拿自己当外人啊。柳小满回以迷茫的眼神，把自己的备用笔掏出来给他。

他竟然会用笔记笔记。

夏良一点儿没客气，接过笔，把柳小满的草稿本拉到中线的位置，随手写了一行字。

夏良斜着写的，字很豪放，但是不乱飞，有力道，很好看，柳小满眨巴着眼睛歪着头看。

——第一节课，给点面子。

是刚才郭大嗓子的话。

柳小满有点儿无语，又有点儿想笑。今天，他的脑子好像不太正常，总是莫名其妙想笑。

——幼稚。

他在底下接了两个字。

夏良一只手托着腮，一只手转着笔，垂着眼往下扫，微微笑了。

柳小满像小孩儿写字，工工整整，一笔一画。

他胳膊肘一蹭，把草稿本推了回去。

中午吃完饭，樊以扬带柳小满去文印社复印证件。

他们进去时正好出来一个老师，柳小满认识她，是樊以扬以前的语文老师，凡是带过樊以扬的老师，柳小满都知道。

语文老师是来送新出的卷子样本，遇上樊以扬就跟他聊了几句，问他现在状态怎么样，继续保持，鼓励他高三加油之类的，说下周八校联考，让他有任何问题还可以去找她。

这种对话，樊以扬的回答永远很得体，显得跟老师挺亲近，又不会让人觉得刻意，特别自然。

老师走的时候问他来印什么，他说印点儿材料，老师还帮他交代了一声，让复印老师先给他弄。

“那我就跟老师插个队了。”樊以扬说。

“小事情。”老师拍了拍他的肩膀。

“你们要考试？”柳小满问他。

“就是一次普通的开学摸底考试，你们应该也要。”樊以扬把要复印的那些证件交给复印老师，“麻烦了，老师。”

柳小满想了想：“我们班主任没说。”

“只是摸个底，又不是要设考场的大考，”樊以扬往后撑着文印台，看着他，“怎么了，你心里没底？”

“还行。”柳小满说，说完还是摇了一下头，“有点儿。”

他一直觉得在樊以扬身边，看着樊以扬，想到樊以扬的时候，自己需要比一般人努力两倍，比樊以扬努力三倍，才能追上樊以扬的脚步。

樊以扬是他心目中最喜欢和佩服的一个……学生？邻居？哥哥？

总之，樊以扬就是他想成为的那种人，是他想为之努力的理想型。

他的这份努力又必须也只能用在学习上，其他方面他全部受限，而且就算是学习，以后很多大学的专业他也没有资格去接触。

被分到后进班这件事他虽然没让自己表现出情绪，但这的确是他第一次懵懂又直接地意识到，对于他这种人来说，成绩能够对他做出的改变没有他想象中那么纯粹。

他又摊上一位在晚自习让学生贴名人名言，在早读黄金时间让学生们去晨跑的班主任，后面还不知道那位班主任会做出多少打乱他习惯和计划的安排。

他想不出自己如果连像样的成绩都拿不出来，还能拿什么追赶樊以扬。

他想不出如果自己连学习也要拖下去，那该怎么让自己变成像樊以扬一样优秀的人。

爷爷年纪大了，以后不能天天起来那么早出摊卖早点，他得照顾爷爷和自己。在他们这个小城市里，他除了“卖早点”，甚至都想不出一条明朗的路径来。

可从现在开始满打满算，樊以扬也只会在这里再待一年。

明年这个时候，他已经在最好的学校、最好的城市里展开新的生活，认识新的朋友了。

柳小满在三台打印机同时运作的声响里泛起愁思，只感觉这声响很嘈杂，隆隆隆地塞满耳道，听久了让人心烦。

樊以扬不知道柳小满在他短短的一句话后想了那么多，考试对他来说就跟吃饭一样简单，他并不以为意，说了几句让柳小满放轻松的话。

说完，他想了想，又说：“或者这样，以后晚上放学咱们先别回家，我去你班里，你有什么问题，我们解决了再走。”

柳小满眼睛一亮：“真的？”

“真的，”樊以扬抓了抓他的头发，“或者我们直接养成习惯，晚上不是十点放学吗？就当多上一节晚自习，有问题就解题，没问题就做题、背书，我陪着你。”

“那……”柳小满想了想，“太耽误你的时间了吧？”

“有什么耽误的，”樊以扬笑了笑，“我回到家也一样学，在学校还更有氛围。”

“好。”柳小满一下子又有劲儿了，他喜欢两个人一起约好做一件事的感觉，尤其是跟樊以扬。

开心，反正他就是开心。

“我今年有三轮复习，所以书和笔记不能给你，回头我整理整理，给你复印一份。”樊以扬说。

“你以自己为主，明年你考完大学，直接把你的书给我就行。”柳小满开心地踮了一下脚。

复印件弄好了，复印老师喊樊以扬去签字。

樊以扬接过复印件，将它递给柳小满，一边签字一边说：“今天晚上我们还是先回去，得跟你爷爷说一声，明天再开始。”

“好。”柳小满一张张复印件核对一遍，都齐了。

“证上的照片是不是该换了？”樊以扬把他的残疾证拿过来对着他看，“你长大了，照片还是几年前的。”

他屈起两根手指，夹了一下柳小满的脸，笑着说：“照片上你的脸还有点儿圆，现在这儿都没肉了。”

“嗯，还没到换证的时候，到时候一起换。”柳小满不好意思地避了避，把他要交的那份资料码好，原证件塞回小袋子里。

“对了，扬扬哥，”从文印室出来后，他们往教学楼走，柳小满想起了小锅，赶紧跟他分享，“咱们学校门口那条小岔路里有只小猫，只有三条腿。”

“是吗？”樊以扬惊讶地抬抬眉毛，看着他。

“真的，早上我……看见的，就这么大。”他想说自己是跟夏良一起看见的，想起来樊以扬跟夏良不对付，就没说，拎着小袋子画一个大概的圈，让樊以扬看。

“那它挺厉害的，这么小。”樊以扬看了一眼他画的东西，“流浪猫？”

“差不多。”柳小满说。他感觉樊以扬对这个话题好像没什么兴趣，比画两下就把手放了下去。

不知道夏良多久去喂一次小锅，万一别的猫过去跟小锅抢吃的，以它的真三脚猫功夫，肯定护不住食儿。

走到靠近柳小满教室的西楼梯口，樊以扬停下来问他：“你早上不是去找打印店了吗，怎么有空去看猫？”

“班主任让我们跑步，从小路岔过去能直接到操场。”柳小满说。

“这我还真不知道。”樊以扬打量一眼柳小满的肩头，“跑步的感觉怎么样，你跟得上吗？”

“跟上了，”说起跑步，柳小满眼睛一弯，“比我想象中好。”

“那就行。”樊以扬很轻地握了握他残缺手臂的右肩，叮嘱他，“你能跑就跑跑，不舒服就不要管你们班主任，自己得学着注意。”

“痒，扬扬哥。”柳小满冷不丁被碰上残端，虽然隔着衣服，但还是让他打了个冷战，侧着身子躲开樊以扬的手。

樊以扬笑了笑，收回手：“别人越长大越不怕痒，你越大越怕痒。行了，我不碰你了，上去吧。”

“好，你也回去吧，中午趴在桌子上睡一会儿。”柳小满回了一句，转身上楼。

“小满。”樊以扬想起什么似的，又喊他一声。

“嗯？”柳小满停下来看他。

樊以扬站在阳光下。今天天气好，中午的太阳光金灿灿的，直着射下来，照在他深邃的眉眼上，让柳小满有些对不上他的视线。

“昨天我给你的衣服你不穿了？”樊以扬问。

柳小满“啊”了一声，扯扯身上的衣服，腼腆地说：“我把那件衣服洗了，早上摸还没干透，回头我给你送过去。”

“就知道你瞎讲究，”樊以扬朝他摆摆手，回对面自己的教学楼，“你留着穿吧，你穿着比我穿着好看。”

一条胳膊穿什么都不好看。柳小满在心里嘀咕一句，他肯定不能留着衣服自己穿，借用的就是借用的，借了穿着不错就不还了，像什么话。

他盘算着等会儿是先在桌子上眯一会儿，还是做一页题再睡。

现在这个时间大多数同学还没回来，回家的回家，吃饭的吃饭，他不睡好像有点儿浪费。

柳小满上到楼梯口，一转弯，发现楼西侧的栏杆上趴着一个人，是夏良。他一只手搭在栏杆上，另一只手举着手机打电话，嘴里好像还咬着什么东西。

柳小满心想：他也太放肆了，头顶对面可都是监控。

夏良像知道他上来了一样，转过头，同时对上他的眼睛。

柳小满才看清他叼的是棒棒糖。

他因为要说话，糖球只能在牙边挤着，还在腮帮子上顶出一个小包。

“我知道，你别废话了。”他没什么表情地说了一句话，就把电话挂了塞回兜里，也没有要走的意思。他又看向柳小满，眉梢很细微地动了动。

柳小满本来想着他打他的电话，自己悄悄地走过去就挺好，哪知道自己正好踩上话尾巴，两人就这样眼对眼，不打个招呼说不过去。

“你不是不吃糖吗？”他走完最后几阶楼梯，没话找话地问。

“我不吃软糖。”夏良说着，又从兜里摸出个什么东西，作势要往柳小满一扔。

“别——”柳小满下意识抬胳膊挡住眼睛。

他接不住东西。

“我没说我不吃硬糖。”夏良没扔糖，他把糖藏在指缝里，然后放在了柳小满的脑袋上。

“什么啊。”柳小满梗着脖子没敢动，怕头顶的东西掉了，翻着眼珠往上看看，捂着脑袋把糖够了下来。

是阿尔卑斯的纽扣糖，小小一个，巧克力味儿的。

“这是我买东西收银员找的。”夏良说着，越过他往楼下走。

买东西找糖确实是他们学校小超市能干出的事儿，这专指食堂一楼李猛爱去的那家。

小超市是学校承包出去的，店主是一对儿胖姐妹花，能抠会算，四不舍五必入。柜台上专门有个装满糖的大塑料桶，三五毛的零钱不想找了，或者八块七又给算成九块了，她们就会抓两颗糖抵上。

不过一般是几毛钱一大把的糖，阿尔卑斯糖应该不属于充当找零的级别。

柳小满又看了一眼，果然是阿尔牌斯糖。

柳小满攥着糖犹豫了一下，说不明白为什么，李猛给他发糖，他可以很自然地收下，夏良这么给他，他就是不太愿意收。

他再抬眼，夏良已经走到楼梯转角了，他总不能再追下去把糖还过去，为了一块糖，真是没必要。

也是够稀奇的，开学两天他净收糖了。

“你下楼吗？”柳小满没话找话地来了一句结束语。

“我去厕所。”夏良抬头看柳小满，棒棒糖棍在嘴里换了一个方向，“你还想一起？”说完，他突然想到了某些不好直说的点，朝柳小满的裤腰看过去。

“你……”他若有所思地抬抬眉毛。

柳小满几乎在夏良眼球移动的同时，就懂了他在想什么。

他的太阳穴连着突突两下，有点儿尴尬地转了半边身。

“你赶紧走吧。”他闷头闷脑地撂给夏良一句话，攥着糖转身先回教室了。

一直到站在小便池跟前，夏良的思路还没从这个问题上收回来。

实在是让人忍不住不想。

身边没人，他还用一只手试了一下。

其实也没有那么不方便，只不过知道两只手更方便的情况下，一只手简直不方便到让人想叹气。

夏良想起刚才柳小满像一个贼似的掉头就走，对着便池莫名其妙地想笑。

他想了一半又觉得自己像神经病，也不知道笑点在哪儿，就把笑意强压了下去。

他没有嘲笑柳小满的意思，就是觉得柳小满脸皮薄成这样，估计都没怎么在学校上过厕所。

柳小满去一次厕所肯定也会不好意思到面红耳赤，实在憋得不行了，可能会趁人少的时候去隔间偷偷撒尿。

他窸窸窣窣的，挺好玩的，就像什么动物。

夏良洗完手，手机在兜里振动了两下。

他掏出手机，发现是罗浩发了一条微信给他，问他晚上回家还是继续去“红日”。

“红日”就开在他家附近，做了几年，环境、老板哪哪儿都挺不错，就是名字奇特，叫红太阳，跟后街的红太阳亲子幼儿园像连襟似的。

罗浩他们嫌念出来丢人，强行改叫“红日”。

夏良打了个“不”。

他只有心烦不乐意着家的时候，才会随便找一个地方待一宿。

比如昨天是因为他爸来了，他不想回去跟他姥爷扯谈。

出去不用扯谈，他不想说话，罗浩他们就不和他多说。

游戏玩腻了他就看电影，有一眼没一眼地看，顺便听罗浩他们扯着嗓子鬼哭狼嚎等天亮。

天亮前的那个把小时，总是麻木得让人没念想。换一个文艺点儿的说法，大概就叫空虚。

“不”字打完还没发出去，手机又是一振，这回是连续振动，来了一个电话。

夏良没接电话，他看着屏幕上那串号码摁了一下减音键，把振动关了，用牙关有一下没一下地咬着棒棒糖。

糖味儿丝丝缕缕地往上冒，甜得他轻轻眯着眼。

昨天来一个电话，今天又来一个，他们夫妻俩也算默契了一回。

夏良咬到第十二下，牙都快酸了，对方终于挂断了电话。

他锁上手机，将它塞回兜里，别过头把棒棒糖管子吐进水槽里，转身往外走。

夏良转身转得有点儿猛，正好跟门外刚进来的一个男生撞了一下肩。

男生像高一的，本来想发火儿，但在跟夏良对上眼后，估计被他满脸藏不住的烦躁唬住了，嘴巴要张不张，抿了抿。

夏良皱皱眉，压着火冲他随便点了下头，就当道歉了，结果对方条件反射，跟着点点头，说了句“抱歉”。

那人说完自己都愣了，郁闷地骂了一小声。

夏良发觉自己好像多了一个越是心烦笑点越低的毛病，竟然被逗得笑了一声，还臭不要脸地回了句：“没关系。”

柳动物同学回到教室后，正迷迷瞪瞪地趴在桌上午休。他回忆起整整十一年的上学经历中，唯一一次厌学正是跟上厕所有关。

当时他读二年级还是三年级，冬天，爷爷给他穿那种街上老人手缝的棉裤，厚实又臃肿，还是连体的，像挂脖背带裤一样，得从裤筒里把脚伸进去，在脖子后面系个结挂着。

现在他回想起来，觉得那简直是一种恐怖时尚。

具体是什么情形他记不清了，估计是大脑都觉得丢人，不愿意往深了记。

印象最深的就是，他没打开脖子后面那个结，从脖子上往前拽也拽不出来，硬是站在卫生间里尿了裤子，水流顺着裤管淌下来时是让人迷茫。

他的同班同学目睹了这一幕，吃惊之余，非常热心地去帮他报告了班主任。

班主任是一个挺年轻的女老师，一脸怜悯地把他从卫生间里喊出来，让他回家换裤子。

柳小满回到家后，就不愿意去学校了。

他都不想活了。

现在他想想还觉得挺好玩的，大家都还小，什么也不懂，他比较幸运，没在最懵懂的小学时代遭遇纯粹的“坏”。第二天他哭丧着脸被爷爷扭送去学校，也没有人指着他的鼻子笑话他。

但那的确是他对于“丢人”这个概念第一次有明确的认知。

他可以做一个只有一只手的人，这已经是事实了，接不接受也没有办法。

可他不可以做一个因为只有一只手，就连基本的生活自理都做不到的人。那不是残疾人，那是废人。

为了不再遭受一次成为“废人”的打击，他养成了憋尿的习惯，不到万不得已，不在学校上厕所。即便现在他不会因为解不开裤子束手无措，也解得很麻利。

柳小满半梦半醒、昏昏沉沉，他明明没觉得自己睡得多熟，但被人弹了一下耳朵醒过来，才发现快两点了。

班里人基本来了，咋咋呼呼的，韩雪璧已经履行起班长的职责，在讲台上控制纪律，看样子想讲点儿什么。

他坐起来，眯瞪着眼回神儿，眼睛好像有点儿压着了。他和夏良的座位又对着光，这个时间阳光从窗外直接劈头盖脸地洒在他头上，照得他眼前又金又紫，半天才看清李猛的座位上没人。

怪不得他总觉得李猛的脑袋变形了，还变小了，那是李猛前座女同学的辫子。

他缓了两秒，扭头看着夏良，问夏良：“你弹我？”

“你还知道问呢？”夏良托着腮帮子，也别过脸看他。

“嗯。”柳小满低头搓了搓耳朵。

夏良竟然在看书，虽然是课外书，但也是在看书。

夏良被他这呆样逗得想笑：“班主任找你。”

柳小满手一停，抬起脖子往窗外看：“他来了吗？”

“后门。”他竖起一根拇指比了比。

尚梁山应该是要复印的证件，柳小满忙把小袋子拿出来，从里面掏出码好的一沓复印件，起身出去。

他从后门一出去，就看见了李猛，是正在挨训的李猛。

“你怎么回事？现在才到？”尚梁山看见柳小满出来，用眼神示意他“等一会儿”，继续背着手训李猛。

柳小满往旁边站了站，看见李猛手上拎着一杯奶茶，还努力贴着裤缝想往身后藏。尚梁山也看见了，眉头一皱，柳小满连头皮都麻了。

这大概就是“挨训的人不是你，你都替他感到尴尬”的感觉。

“我回家了。”李猛耷拉着脑袋说。

“大中午的你回家干吗？”尚梁山问。

“我回家……”李猛被问愣了，斟酌半天才小心翼翼地抬头看着他，“吃饭？”

尚梁山瞪了他一眼，也觉得自己这问话有点儿没水准，没再接茬往下盘问。

他鼓着眼珠子继续说：“昨天你不上课乱晃荡，刚才我远远地就看见你从学校门口过来，想看看你有没有紧迫感，结果我都到了，你竟然比我还慢。”

“我错了，老师。”李猛立马说。

“你父母专门在学校门口租房子方便你走读，是为了什么，你自己好好想想。”尚梁山抿抿嘴，冲门里扬了扬下巴，“你进去吧，少喝这种不干净的东西。”

“哎。”李猛“呲溜”一下跑了。

柳小满把复印件都交过去，尚梁山接过来看看，说：“都印齐了吗？”

“齐了。”柳小满点点头。

尚梁山“嗯”了一声，把复印件卷起来，背着手看他：“早上跑步的感觉怎么样？我看你后来也跑下来了。”

“还行，”柳小满实话实说，“刚开始我有点儿不会跑，别别扭扭的，后来就有点儿适应了。”

“不错。”尚梁山又露出那种严肃的笑意来，看起来有点儿欣慰，“身体素质也是你们这个年龄段需要考验的一环，不能说你觉得你不能运动，就一直抗拒运动，学习再好，体质跟不上也不行。”

柳小满点点头。

“毕竟健康才是真正能影响你一辈子的事。”尚梁山强调，“刚开始有点儿不适应也正常，根据你的实际情况慢慢调整，以后体力跟上了就好了。”

“嗯。”柳小满又点点头。

道理他都懂，早上刚跑完步他也觉得神清气爽，但是高考不也就是这两三年的事儿吗？他在心里叹了一口气。

怪不得他能一觉睡到现在，估计也是受跑步的影响，因为他之前从来没有这样过。

“还有，你现在教室里感觉怎么样？”尚梁山又说。

柳小满隐隐感觉他这话指向夏良，于是照旧点头：“挺好的。”

尚梁山也知道柳小满不会说别的，他朝教室里看了一眼，末班学生的特色就是，虽然都知道他就在后门，但只要他本人没踏进教室里，他们就能像过节一样在班里乱叫。

自觉是不存在的，只能人工干预。

尚梁山看向柳小满。

柳小满眼皮一跳。

“咱们班的情况你也能感受到，你的情况我也从你以前的班主任那里了解过，你是很让人省心的，学习成绩不错，也很自觉。”尚梁山先夸了他一通。

柳小满干巴巴地笑笑。

“我一直在强调，你们是一个集体，集体里的每一个人都去努力的话，这个班不可能不向上。”尚梁山顿了一下，“当然，这有一定的难度，我也在努力，让你们每个人都更有集体荣誉感。”

你到底要说什么？柳小满在心里问了一句。

“我在你们的各个方面都有些想法，运动方面比如跑步，学习方面也有，但是还不完善，现在的想法就是一个雏形，我觉得可以从几个小范围开始，慢慢扩大影响到全班。”尚梁山停下来组织语言。

“比如韩雪璧，我也跟她聊了，她可以带动她前后左右的几个人；余首可以带他那一片……那你的话，在不影响你自身的情况下，我也希望你能起到积极作用，”尚梁山掰着手指头看他，“至少在学习成绩上，你比你同桌、前后桌同学都更有优势。”

柳小满和他对视着，仿佛听不懂他在说什么，很缓慢地眨了一下眼。

“我？带夏良？”他试着理解尚梁山的意思，“学习？”

你自己都不好意思说夏良的名字，用“同桌”这两个字代替……这三个词挨得到一块儿吗？

尚梁山清了清嗓子：“我也不是让你去带他们，就是起带头作用。”

有区别吗？柳小满一脸迷茫。

“夏良这个学生，我对他的了解比较多，他脑子聪明，也就是这两年不上进了，他不是那种没救的学生。”尚梁山看柳小满一眼，“他早上不也带你跑步了吗？”

我迟到也是因为他啊！柳小满快在心里喊出来了。

他简直有苦难言，眼前这是班主任，他本来也不是一个能言善辩的人，连像李猛那样油嘴滑舌都不会。

“我带不了他。”柳小满只能老老实实地表达心声，“我自己学起来也很吃力。”

“先不着急，我也就是有这个想法。下周你们有个考试，等成绩出来看看情况吧。”尚梁山没继续为难他，估计也觉得这个要求有些不切实际。

果然要考试。柳小满心情复杂。

尚梁山抬手看了看时间：“行了，你进去吧。让夏良晚自习之前去办公室找我。”

柳小满回到座位上时，韩雪璧还在讲台上说话。

预备铃已经打了，她本来就偏快的语速快上加快，柳小满听了几句才听明白她在说值日的事儿。值日表已经拟出来了，贴在讲台旁边，她连讲带比画，逐条解释他们班对应的每个卫生区。

这节应该是历史课，柳小满一边从桌斗里掏书，一边对夏良说："班主任让你晚自习之前去找他一趟。"

夏良"嗯"了一声，跟上次尚梁山让他过去一样，眼皮都没撩一下。

"哎，柳小满！"李猛嘬着他的大杯奶茶，回头喊他，眉飞色舞地朝讲台上指着，"你知道你干什么吗？"

"我刚进来，下课去看看。"柳小满说。

他对这事儿没什么兴趣，之前班里排值日都会有意照顾他，给他安排擦黑板之类的活儿，几年下来，他都快擦出尘肺了，扫帚把儿他基本没机会握。

"不用，我刚去看过了，咱们一块儿……"李猛举着奶茶杯子，在空中画了一个圈，甩出一颗珍珠在王朝后背上。

柳小满往后靠了靠，余光里发现夏良跟他做出了同样的反应。

"我……"李猛赶紧偷偷捏下珍珠，在手上甩了半天，接着说，"后楼尾部那片就是咱们的卫生区，每周三去打扫。"

"咱们？"柳小满反问他。

"我和你，"李猛指了指柳小满和自己，又指了指王朝和夏良，"他们两个。"

他指到夏良的时候，黏在手指头上的珍珠终于甩了出去，"啪"地粘在夏良正要翻页的书面上。

"我……"李猛傻了。

"你是不是往我背上粘东西了？"王朝的反射弧有两米长，现在才扭着身子往后背上摸。

夏良和柳小满看着那颗还沾着口水的珍珠，从掀起来的书面掉到下一页上。

夏良捻着书页的手松开，叹了一口气，把书往前一推。

"送你了。"他说。

"真的吗？"李猛还以为自己要挨揍了，没想到夏良的反应竟然是这样。

“怪不好意思的。”他把书拿过去，看了看封面，是《海底两万里》。

“嗯，你去书里畅游吧。”夏良垂着脑袋，捏了捏脖子，“记得闭上你的嘴，不然会被淹死。”

李猛：“……”

柳小满偷偷乐了一会儿，想起一个更实际的问题，问李猛：“今天是不是星期三？”

“三。”三个人同时说。

下午第二节课课间有眼保健操，但是没人做，凑着那多出来的五分钟，女生该搭伴儿去卫生间的去卫生间，男生该搭伴儿去卫生间的去卫生间。

夏良被罗浩敲窗子叫出去了。

他跟昨晚一样出现得毫无征兆，依然是丧尸式贴窗，也不管里面的人有没有反应过来，“呼啦”一下就把窗户打开了。

“我给您发消息，您看一眼成吗？”他二话不说，掏出自己手机就往夏良桌上一拍，“手机没用可以捐给有需要的人，哥们儿我的手机屏都碎成高德地图了！”

“你就不能去天桥底下花二十五块钱贴一张膜吗？”夏良懒得理他，直接把他的手机丢回去。

罗浩接住手机骂了一声：“你别转移话题，看看我给你发了多少条消息，我当年跟我妈汇报我中考成绩都没发这么多条，她还都看了。”

“你统共就考了二百七十分，还差个零点五，需要汇报几条消息？”夏良说着，把手机掏出来滑了两下。

消息是挺多的，推送页面上一眼扫过去就是一长串。

除了罗浩的十几条“去吗”和一些可有可无的废话、无聊推送，最底下一条是他妈在没打通他电话后发过来的惜字如金的五个字：晚上我过去。

夏良点都没点开，后台一键全清了，把手机又扔回桌斗里。

——你爱去哪儿去哪儿。

“造谣了啊，”罗浩撑着他们窗台坐上来，“现在我是堕落成三百内了，当年中考分数怎么着也得翻倍，我可是名正言顺考进来的。”

他安生在窗台上坐着就算了，说到这儿突然探进来半个身子，朝柳小满桌上一拍："哎，听见没，小残疾？谁曾经还没当过一阵儿好学生啊！"

柳小满正在做一套历史选择题，以高考时间为标准高度集中注意力，一点儿防备没有，被他这一出吓得手一滑，圆珠笔在练习册上画出老长一条黑印子。

他瞪着大黑线抿了抿嘴。

这个罗浩，真是太烦人了。

罗浩丝毫不觉得自己烦人，看柳小满无奈的模样还乐得不行。

他抬起一条腿还想往瓷砖上蹬，夏良在窗户里抬抬手背，把他从窗台上拍了下去。

"没事儿就滚。"他直接把窗户拉上。

"有，急什么，有有有！"罗浩忙又扒拉开窗户，正常了一点儿，"来，良哥你出来，小胖儿他们在天台等半天了。"

"擦了。"夏良指了一下窗台，站起来往外走。

"擦擦擦。"罗浩浑身上下一通拍，连个纸片也没拍着，他又往窗台上一趴，抻着脖子喊柳小满，"哎，带纸了吗，小残疾？"

在补觉的王朝也被他烦得不行了，坐起来一伸手，"咔"一声把窗户扣上了。

罗浩愣了愣，"嘿"一声跳了跳，对刚出去的夏良说："你的新同学挺横啊！"

"嗯，他们都烦你。"夏良说完，直接冲楼梯走了过去。

"真的假的？"罗浩的声音终于跟着他远去了，余音还在烦人地叨扰，"我受伤了，良哥，我真受伤了……"

柳小满松了一口气，忽视那条丑陋的黑杠子，继续做题。

没等他把笔抓稳，一下课就溜出去的李猛突然从天而降，从后门冲刺似的冲了进来。

他还冲歪了，把柳小满的桌子角刮出去十厘米。

"吱"的一声响，柳小满和王朝同时抽了一口冷气。

柳小满是无奈的，王朝是烦的。

柳小满望着练习册上又一条大黑道子，也没心情继续跟这本题册较劲了，默默地盖上笔帽，把题册收了起来，决定默默牢记今天这个日子。

今天，他必是跟历史犯冲。

李猛还没意识到自己干了什么，继续嬉皮笑脸，屁股还没挨稳凳子，就一把勾上王朝的脖子，回头对柳小满说：“一起吃饭吗？”

“现在？”柳小满愣了愣。

“晚上。”李猛说着，勒了勒王朝的脖子，又说了一句，“傍晚，下课，晚自习之前。”

“你不回家吃妈妈的爱心餐了？”王朝掰着他的胳膊挣扎着说。

“今儿不是值日吗？咱们那么一大片区域呢，吃完饭就得去打扫，不然晚自习都弄不完。”李猛乐得见眉不见眼，反正只要不上课，对他而言其他事都是好事，“我跟她打电话说了，大局为重，大局为重。”

“要扫那么久？”柳小满吃了一惊。

“倒也没那么久，”李猛抓抓脑袋，“以前我在八班，扫过老楼后面，但当时是两个人，两个跟四个肯定不能比。”

哪来的四个？柳小满腹诽一句。

王朝直接拍了拍夏良的桌子：“这位爷已经潇洒地撤退了。”

李猛“啊”了一声：“我一猜也是，这就不是一个干活儿的主儿。”

他踢了一脚夏良的桌腿，又勾上王朝的脖子，不以为意地继续说：“那就咱们仨。”

哪来的仨？柳小满继续在心里纠正他的话，也就两个半。

四个人干的活变成了两个半人干，他顿时觉得漫长的一学期值日都惨得没边儿。

李猛说要一起吃饭，柳小满还想了半节课，是他等一会儿去找樊以扬说晚上不能一起吃饭了，还是等放了学樊以扬过来找他的时候再说。

他当然不想耽误樊以扬的时间，让樊以扬空跑一趟，但是去高二那边找樊以扬，他每次都有点儿说不上来的发怵。

挺奇怪的，那种“不是一类人”的感觉在他们楼里总是特别明显。

当他还愁着，第三节课快下课的时候，夏良却回来了，还不是昨天那样拿个东西就要走。

柳小满看他坐上凳子后半天没挪动，一脸奇怪地问："你不走了？"

夏良看他一眼："你想让我去哪儿？"

柳小满摇摇头。

正好下课铃响，老师前脚下讲台，李猛立马从前面转过来，对夏良说："你回来我们人就齐了，等会儿下课一块儿吃饭吧？"

"为什么？"夏良想也没想就回他。

"吃完饭直接去把卫生搞完，不然来不及。"李猛认真对他解释第二遍。

说真的，柳小满还挺佩服李猛这无畏尴尬的大粗神经。

要是他去问别人要不要一起吃饭，对方直接没起没伏地来句"为什么"，他当场就说不出话了。

柳小满和王朝竖起耳朵等夏良的答案，夏良很有点儿无奈地答道："那就放学直接去弄，弄完再吃饭不就行了？"

"对啊。"王朝转过来说。

"放学就去，等值日的过来不就又扔了一地？"李猛说。

"也对啊。"王朝转了回去。

"随便。"夏良叹了一口气，他感觉自己挺久没跟这样认死理的同学相处了，"吃就吃吧。"

李猛立马比了一个"OK"的手势，一副欢欣雀跃的模样："好了。"

夏良能答应，柳小满还真没想到。

这下变成四个人一块儿打扫卫生了，他更得提前去找樊以扬说了，省得樊以扬过来看见自己跟夏良去吃饭不高兴。

他回过头看了一眼时间，站起来要出去，夏良随口问了一句："你去哪儿？"

"我去跟扬……樊以扬说一声，不跟他一起吃饭了。"柳小满回答。

夏良看了柳小满一眼，问道："你跟他不仅天天一起上学放学，还要一起吃饭？"

“嗯。”跟夏良说无所谓，柳小满没什么好否认的。

不过有时候也有例外，比如樊以扬考试，或者樊以扬去办公室，或者他有别的什么事儿，都会过来跟柳小满说一声，让柳小满先去吃。

“够腻歪的。”夏良想想那个画面就起鸡皮疙瘩，“发条微信不就行了，犯得着专门跑一趟？”

“我没有。”柳小满说。

“没有什么？”夏良愣了愣，这都什么年代了，“手机还是微信？”

都没有。

柳小满又看了看时间，他再不过去肯定来不及在上课前跑个来回。

“你可真是……”夏良在柳小满准备出去的时候把他拉回来，然后摸出自己的手机递过去，忍不住说，“你是不是还有个家族叫疯狂原始人？”

“什么？”柳小满看了看手机，又看了看他，听不懂他在说什么。

“没什么，我夸你可爱的意思。”夏良放弃嘲讽柳小满。

夏良把手机解了锁，直接调出短信打字板，问：“我没他微信，他的号码你还会背吗？”

柳小满“嗯”了一声。

夏良看了他半天，想法微妙，最后没忍住笑了出来，摇摇头：“我服了你了。”

他把手机塞给柳小满，指了指号码框：“你输进去。”

这个时候，手机当然是最方便的工具。

柳小满有点儿不好意思，但是也没拒绝，道了句谢，就小心地捧过夏良的手机。

之所以是“捧”而不是“接”，实在是夏良的手机太大了。

他本来就不灵活，这大手机抓在手里就像攥了一块薄薄的砖头似的，几乎把整个手掌撑满，根本腾不出手指来摁键。

他只好把手机放在桌上，伸着手指头一个数一个数地摁过去。

虽然打电话会更方便，但是重点班看得严，他怕樊以扬没调静音，或者接电话时被班主任抓包。

而且他知道樊以扬从来不接陌生人的电话。

“他不知道你的手机号吧？”柳小满又跟夏良确认一遍。

夏良“嗯”了一声：“不知道。”

反正他不知道樊以扬的联系方式，对方也没理由知道他的。

柳小满放心了，一个拼音一个拼音地开始戳：yang……扬……

他刚辛辛苦苦戳到第二个扬字，夏良在一旁就看不下去了，把手机拿过来删掉他打的“扬扬”，两三下摁出一整句话——

我不跟你吃饭了，你自己吃吧。

柳小满瞪着屏幕，又抬起头瞪他。

“怎么了？”夏良反问他。

“你这样……”柳小满指指手机，“他怎么知道我是谁？”

夏良“哦”了一声，又加上几个字——

我是柳小满，不跟你吃饭了，你自己吃吧。

“行了吗？”他抬着一边眉毛问柳小满。

“不行，”柳小满的耳朵都红了，“我不会这么跟他说话。”也太没礼貌了。

夏良有点儿无奈，继续加字——

扬扬哥，我是小满。

打到这里他停了一下，把手机转给柳小满看：“这样行了吗？”

手机屏幕再大也就那么大，一个人打字，另一个人要看就得凑近。

柳小满左肩空荡荡的袖子在这时候比健全的人还方便，一下子跟夏良拉近了一条胳膊的距离，脑袋挨在夏良右边肩头旁，不好意思地点了点头：“嗯。”

如果他有自己的手机，给樊以扬发消息肯定是这样开头的。

夏良的脖子被柳小满的头发丝搔得发痒，转了转眼珠，视线顺着柳小满的额头、鼻梁往下扫。

他才发现柳小满这张脸长得跟小孩儿似的，奶白奶白的。

——扬扬哥，我是小满，今天轮到我值日，跟同学一起吃饭了，你自己吃吧。

“就这样了，你不行也得行。”夏良打完字，又给柳小满看了一眼，不再给他叨叨的机会，点了发送。

其实按照柳小满自己的想法，这语气他还能再斟酌，显得更柔和一点儿。

但这毕竟不是自己的手机，夏良也修改两三遍了，让他再提意见他也不太好意思张嘴。

“谢谢。”他冲夏良笑了一下，挺认真地说。

“傻了吧唧的。”夏良没理他。

柳小满也没当回事。

他第一次给樊以扬发了短信，虽然不是自己的手机，但是是以自己的名义发的。

现在他的心情很好，夏良说他什么都能当作没听见。

第五章
这真是一种爱德华式的伤感

晚饭他们是在一食堂吃的，吃的砂锅羊肉。

他们学校有两个食堂，大一点儿的是二食堂，有两层，去的人也多，胖姐妹超市就在那儿。

一食堂小点儿，以前是教工食堂，后来学生多了，又开发了一下，也只能分担二食堂三分之一的流量。一来是一食堂跟主教楼之间隔了一个水房，离得远；二来是怕老师的学生还是占大多数。

其实一食堂不论是环境还是饭菜的味道，和二食堂比起来都要良心得多。

柳小满跟樊以扬去过几次一食堂，他们俩都嫌浪费时间。

李猛去过一次一食堂，还是刚入高一的时候，后来他妈就在校门口直接租了房子照顾他。王朝没去过一食堂，王朝和以前班里的小伙伴挚爱二食堂的卤肉饭与烧饼夹肉。

除掉李猛，其余三人对这场被动合餐都兴致索然，只想速战速决。

结果第四节课下课铃一响，李猛就转身宣布："我们去一食堂吃砂锅羊肉吧，我都惦记一学期了。"

"随便。"夏良还是这句话。

跟这仨儿一块儿去吃饭，让他有种带孩子的诡异感觉，去一食堂只是清静点儿。

然而这个时间的一食堂，人也少不到哪儿去。

菜都是点了以后现做，再喊号去取。夏良去窗口排队，让李猛去找位置。李猛交代了他至少三遍砂锅羊肉——

“我要砂锅羊肉！”

“砂锅羊肉啊，你别忘了！”

“你别忘了我的砂锅羊肉！”

连窗口里的阿姨都听烦了，直接跟后厨喊了一声：“砂锅羊肉！”

“四份。”夏良立马说。他说完就付款取号，从排队中解放出来。

柳小满张张嘴：“我……”

他不想吃砂锅羊肉，一份要二十块钱，能顶他一天的饭钱。

“你自己排队。”夏良指了指队尾。

柳小满把嘴闭上了。

李猛占了靠窗的四人座，已经取了餐具，挥着胳膊让他们过去。

王朝一屁股坐在他旁边，柳小满坐进去靠着窗，夏良看了一眼，似乎想说什么，最后还是没张嘴，在柳小满右边坐下了。

这人不是吃个饭还要挑位置吧？

柳小满想起昨天夏良从天而降的书包和那句“出来”，瞥了他一眼，屁股像铁打的一样，打算坐定板凳不放松，安安稳稳地坐在窗边吃自己的昂贵砂锅。

结果没等几分钟，他的想法就破灭了。

夏良吃饭的时候，竟然是一个左撇子。

柳小满的右胳膊肘抬起来，他的左胳膊肘也抬起来。

柳小满把右胳膊往下放放，他的左胳膊也往下放放。

两个胳膊肘互相捣了好几下，柳小满舀起来一勺汤都能泼出去一半，夏良把筷子往砂锅里一撂。

“你们俩干吗呢？”对面李猛他们俩吃得热火朝天，还不忘噘着一张油嘴招待，“吃个饭还怼上了，你们以为在幼儿园啊？再捣两下粉丝都坨了。”

夏良懒得理他，把餐盘往前推了推，又把王朝的餐盘拽过来，跟王朝说：“换个位。”

王朝无所谓，点点头比了一个“OK”的手势，直接就跟他换了过来。

这个过程中，他嘴里一直吸溜着一根长长的粉条，竟然也没断。

“你写字不是右手吗？”柳小满忍不住问了一句。

王朝吸着粉条。

“夏良，你是左撇子啊？”李猛才注意到他拿筷子的手。

王朝吸着粉条。

“吃饭跟写字是一码事儿吗？”夏良说。

王朝吸着粉条。

柳小满和李猛愣了愣，夏良的语气太理所当然了，甚至让他们产生了自我怀疑。

王朝依然吸着粉条。

他吸粉条的时间实在太漫长了，三个人忍不住一齐看向他。

“不是吗？”王朝终于把那根粉条嗦到了头，发出对夏良刚才问话的疑问，问完还感慨了一句，“我这是吃了一碗长寿面啊。”

“你喝口汤吧。”李猛把勺子往他锅里一扣。

王朝不好意思地笑了笑，这一笑不要紧，粉条又掉出来一小截，他迅速地吸了回去。

“哎。”夏良刚拿起来的筷子又放下了，闭了闭眼。

“不好意思啊。”王朝都被自己恶心得笑了。

李猛已经乐疯了，差点儿笑趴。他往夏良身上靠了一下，被无情地避开。

柳小满坐在夏良斜对角，看着他一脸烦躁的表情，忍了好一会儿才没让自己的嘴唇也扬起来。

他也不知道自己为什么想笑，就是觉得这样无语的夏良还怪可爱的。

“你坐我这儿吧。”他对夏良说。

“吃你的饭。”夏良看了他一眼，没让他动。

幸亏有下午那颗珍珠做铺垫，夏良无语地想。

他对这种程度的恶心都有心理准备了。

从一食堂到他们负责的卫生区需要经过二食堂。

李猛指着教学楼后头大片的空地跟他们说：“就是这儿。”

以他们班前后两扇窗户为基准，他大概踩了一个区域出来，向远处一直延伸到栽着成一排法桐的矮墙，他又强调：“从这儿到那儿。”

王朝暗骂了一句脏话。

范围还真不小。

柳小满则望着那些巨大的法桐树发愁。

教学楼后头虽然有垃圾，但也有限，目之所及的范围都给扫了也不怎么费事儿，可怕的是这些树。

现在还好，等到了秋天，成堆的叶子落下来，这儿就会像一个落叶坟场似的，得拿着环卫工人扫大街的那种巨大扫帚才能打扫。

光垃圾就不知道得倒几趟。

李猛的经验在这时派上了巨大的用场。

他跟王朝把班里那个要两人抬的大垃圾桶抬了下来，放在卫生区中间，给自己和王朝、夏良和柳小满各发了一个簸箕、两个扫把。

“我们从这儿到那儿，你们从那儿到这儿，”他用扫把指着，磕了磕垃圾桶，“垃圾各倒一趟。”

“我发现只要是不让你上课的事儿，你都倍儿有头脑啊。”王朝说。

“我就当你夸我了。”李猛点点头。

柳小满还是头一回在学校里处理这么大片的卫生区。

他在扫把和簸箕之间为难，拿了扫把就没法拿簸箕。

拿了剪刀就没法拥抱你，这真是一种爱德华式的伤感。

夏良没给柳小满把伤感升华成哲思的时间，他过来拿起扫把，把簸箕往柳小满手里一塞，说：“你跟着我。”

柳小满就拿着簸箕跟着他。

夏良干活儿挺麻利的，既没抱怨也没犯懒，看见显眼的垃圾就扫掉，埋在叶子底下的也懒得撅开了翻。

他扫一小块地方，柳小满就拿簸箕过去让他三两下捣进去，再把簸箕里的垃圾倒去大垃圾桶里，最后回来找他。

他像一只不需要思考的工蚁似的。

虽然夏良干活麻利，但两人跟李猛他们俩比起来也是双拳难敌四手。

柳小满来回倒那么两趟垃圾，他们俩已经把大垃圾桶倒了个半满，一块儿去倒一趟垃圾回来了。

柳小满寻思等会儿他得跟夏良一块儿去倒一趟垃圾。

抓个垃圾桶他还是能抓的，两人一块儿抬它，一人贡献一只手正好。

李猛他们俩清扫完自己那片儿也没上去，把扫把放下又去了超市，要去买水，问夏良他们要喝什么。

“不渴。”夏良说。

“柳小满呢？”李猛又问。

没等柳小满拒绝，他猜到答案似的摆摆手：“那我随便拿了啊！”说完他就欢欢喜喜地跑了。

“刚才吃饭的钱，我明天拿现金给你吧。”柳小满想起羊肉砂锅的钱，对夏良说。

夏良没把羊肉砂锅钱当回事儿，装完最后一簸箕垃圾，随口说了一句：“你欠着吧。”

怎么着就欠着了？柳小满没有欠人钱的爱好，摇摇头：“我明天拿给你。”

夏良想起他守着那个找钱的小铁皮盒子的样子，感觉让他从里面拿钱的画面特别凄惨，自己特别像周扒皮。

“那就抵明天的早饭钱。”他说。

柳小满愣了愣，轻轻“啊”了一声，问他：“明天你还去买饭？”

夏良把扫把往垃圾桶里一扔，其实他就是那么一说，只是不想收现金而已。

他听柳小满这话里的意思，怎么还透着一丝丝不乐意？

“不行啊？”他故意盯着柳小满问。

“没有，没不行。”柳小满摇摇头，跟在夏良屁股后头，把最后一簸箕垃圾倒进去，想了想说，“你愿意抵就抵吧。”

二十块钱够抵他两三天早餐钱了。

“那你明天去看小锅吗？”他没忍住问夏良。

“你想我带你去？”夏良看着他。

他是挺想去的，但是真要过去，明天不又得迟到了吗？

“看情况吧。”柳小满说。

把桶里的垃圾倒掉后，他们今天的值日就算完事儿了。

夏良没打算让柳小满帮着抬垃圾桶，本来这桶也没太重，他们俩一高一矮，柳小满那截小胳膊还不够给他添麻烦的，两人抬比他一个人抬还费劲儿。

“松开。”他冲柳小满抓着垃圾桶另一边的手抬抬下巴。

“我帮你。”柳小满说。

“你添乱。”夏良一点儿没跟他客气。

柳小满皱皱鼻子。

“我能抬。”他坚持说。

本来四个人的卫生区，扫地他就没帮上忙，垃圾说什么也不能让夏良一个人倒了。

他能理解这是夏良的好意，但要是好意到这份上，他还不如继续擦黑板呢。

被人过度照顾就跟被过度忌讳在他跟前儿用胳膊、过度在穷人跟前儿吃糠咽菜一样，真把那点儿小自尊顶上来，比干脆不照顾还让人不得劲儿。

他抓着垃圾桶不撒手。

夏良跟他对视一会儿后，把桶放下，叹了一口气。

“我没跟你客气。你自己比比，你才比这桶高多少。”他隔空在胸前比画了一下，“你跟不上我的步子，再一脑袋栽进去，你抬它还是它抬你啊？”

柳小满缓缓张圆了眼睛。

“我怎么能栽进去？是你想把我扔进去吧？”他头一次体会被气到想笑是一种什么样的感受。

真的，头一回。

还说他被垃圾桶抬，这说的是人话吗？

夏良都不知道是想笑还是无奈了，他弹了一下柳小满的手背：“你快点儿，松手，不然我真把你扔进去。”

“你扔吧。”柳小满转过头，用眼角余光盯着他。

虽然他掰扯不过夏良，但是更不愿意松手，他还不信夏良真能把他当垃圾扔了。

这想法刚从柳小满脑袋里冒出来，余光一瞥，夏良一抬脚就到了他跟前儿。

下一秒，柳小满右边胳肢窝和左边大概是胳肢窝的位置，猝不及防地卡进来一双带着温度的大手，夏良竟然真把他架了起来，往后半悬着搁在垃圾桶边沿。

“夏良！”柳小满吓了一跳，抓着把手的手赶紧松开，死死抓着夏良的胳膊，瞪着他。

这人竟然真要把他扔进垃圾桶里！

“哦，你不横了？”夏良的脸就在他面前，夏良带着笑看他。

两人隔得太近了，夏良的黑眼睛像能吸住人，弄得柳小满脑袋发晕。

也不知道是被弄晕的，还是身体猛然不被自己控制，柳小满蒙了。

“不横了。”他那点儿被激出来的小脾气荡然无存，心里想着把夏良挣开，但他唯一的手只能像抓救命稻草一样抓着夏良。他深感丢人，小声哀求，“你快放我下来。”

夏良也没真要扔他，抬人这种把戏在男生当中再正常不过了。

有一回罗浩被小胖他们抬起来，差点儿把裤子扒了，罗浩抱着树不愿意下来，对着小胖笑着骂了半天。

只不过在松手的那一瞬间，他没有忍住，在柳小满光秃秃的肩头下面多感受了一下，触感真的挺奇异。

没有胳膊和腋窝的阻挡，他的手掌与五指直接附着在柳小满的侧肋与胸口。

隔着夏末的衣服，他手底下的躯体干瘦，虎口一张就能卡住，真是瘦得惊人。

柳小满胸骨底下的心脏“怦怦”跳动着，鼓动的节奏顺着掌心的纹路，像波纹一般扩散到他每一个指纹上。

“你瘦得像一只猫似的。”他盯着柳小满，轻声说了一句，松手要把柳小满放下来。

就在这时候，楼后从二食堂来这儿的小路上传来一道不太确定的声音：“小满？”

柳小满愣了愣，和夏良同时朝声源处看过去。两人跟樊以扬对上目光的瞬间，表情不约而同诡异了起来。

樊以扬身旁还有个叫什么航的，他望着这公共场合欺负残疾学生的一幕傻张着嘴。

柳小满看着都想把他的下巴往上抬。

“你把他给我放下来。”樊以扬脸都黑了，指着夏良说。

“什么鬼？”几乎是同时，两人身后又传来李猛的声音。

几个人一起回过头望过去，李猛和王朝手里各攥着两瓶水，瞪着夏良他们。

夏良无声地叹了一口气。

这是误会得没边儿了。

不过单看他们俩现在这架势，也确实没法让人联想到“友爱互动”上去。

“夏良，你干吗呢？赶紧把人放下来。”王朝把手上的两瓶水往李猛怀里一放，要过来帮着柳小满解围。

“是啊，他都那样了你也动手。”李猛也跟着过来，跑了一半觉得自己抱着满怀的水没法施展手脚，又把水给王朝塞回去，“你帮我拿着。”

王朝：“……”

樊以扬和陆航也过来了。

柳小满看见樊以扬以后整个人就开始紧张，抓着夏良胳膊的手也松开了，连着拍他：“你快让我下来。”

柳小满脚一落地，樊以扬正好来到他跟前，没等他喊一声扬扬哥，樊以扬就一把把他拽了过去，像一只老母鸡似的，逮着他仔细检查。

“什么情况啊？”陆航跟过来问。

“没什么，”柳小满有点儿尴尬，看着夏良说，“我们正要去倒垃圾。”

“这是倒垃圾还是倒你啊？”陆航也看着夏良，“有这么倒垃圾的吗？”

夏良跟他对视着。

陆航别开眼，继续问柳小满：“你没事吧？”

“没有。”柳小满摇摇头，樊以扬攥他攥得太紧了，胳膊抻得疼，他把手抽了出来，“真的是要倒垃圾，我们就是闹着玩儿呢。”

“闹着玩？”樊以扬说话了，“都觉得有意思才叫闹着玩，你觉得有意思吗？”

他说前一句话时还盯着柳小满，说到后一句时，他的目光已经移到夏良脸上了。

柳小满感觉他这两句话是对自己说的，但听到耳朵里又感觉不太像。

夏良还没什么反应，李猛他们俩不知道是不是出于尚梁山一天喊八十遍的“集体荣誉感”，一瞬间就从谴责夏良的阵营里倒戈了。

“这是我们班卫生区。”王朝站在夏良旁边说了一句。

“是。”李猛在另一边接了一句。

“我们班同学自己的事儿，轮不着你们怎么着吧？”王朝又说。

“是。”李猛点点头又接了一句。

这下不止樊以扬他们俩了，柳小满和夏良也忍不住盯着他们。

已经到了要爆电视剧台词的地步了吗？

“看什么？”王朝回以更让他们莫名其妙的眼神，对夏良说，“你本来不就没要揍他吗？”

“是啊！”李猛从盲目跟风的状态中恍然大悟，喊了一声，“我们刚还一块儿吃砂锅呢，他们就是闹着玩儿，没什么事儿，瞧给你们俩紧张的。”

樊以扬的嘴角动了动，又看着柳小满。

柳小满本来就不知道说什么，这下直接无语了。

他发短信时仔细斟酌半天，功夫全白费了。

“你现在有空吗？”樊以扬没搭理王朝那几句，直接对柳小满说，“我跟你说点儿事。”

柳小满张张嘴，刚要说话，一直在看猴戏懒得出声的夏良踢了踢垃圾桶。

他的动作虽然不大，但动静不小，柳小满朝他看过去。

“干活。”夏良说了一句，下巴朝垃圾桶把手上抬了抬。

樊以扬皱眉。

要是按照柳小满平时的习惯和本能，樊以扬招呼一声，他摇着尾巴就过去了，但是眼下他确实该跟着夏良去倒垃圾。

要拒绝樊以扬，他心里有点儿不舒服。他忍不住想，夏良怎么这样，刚才他要帮着倒垃圾，夏良不让，现在樊以扬要找他，夏良又不让他走了。

“我先……”他对樊以扬比画了一下垃圾桶，“放学再说吧。”

柳小满的手都要伸到垃圾桶把手上了，李猛突然“哎”了一声，胳膊一伸，抢在他前面攥住了垃圾桶。

“你去吧，这回我帮你了。”他热情地朝柳小满摆手。

“真的吗？”柳小满忍不住问。

“搭把手的事儿，什么真的假的。”李猛都有点儿不好意思了，抓抓脸，别过头看夏良，“那咱们走吧！”

夏良用一种明明没有情绪，却让李猛觉得自己在挨骂的眼神看了他一眼，笑了一下说：“那你去倒垃圾吧。”

说完，他也没看柳小满，两只手往兜里一揣，无事一身轻地转身走了。

柳小满还想说什么，樊以扬也已经迈开步子，带着他往另一个方向离开了。

李猛一脸疑惑，“哎”了两声，跟王朝两人留在原地。他感觉脑袋里缓缓升起了一个问号。

“什么情况？”他跟王朝大眼瞪小眼。

他瞪了半天，只能小心翼翼地提议：“那咱俩……”

王朝冷笑一声，把水瓶往他怀里塞了回去：“呆子。”

几人走到两栋教学楼交叉的小路口，樊以扬对陆航说：“你先回去吧。”

“得。”陆航在柳小满的脑袋上搓了一把，“但凡遇上你，我就得被抛弃，幸好我已经习惯了。”

柳小满冲他不好意思地笑了笑，樊以扬也笑着接了一句“有病”，抬手把他的手腕挡开。

“那你快点儿啊，马上要放听力了。”陆航一边离开一边在自己手表上点着。

“嗯。”樊以扬点点头。

柳小满大概能猜到樊以扬要跟他说些什么，所以在樊以扬开口前，他主动又解释一遍：“我们真的是去倒垃圾，夏良没欺负我。”

“那他为什么把你往垃圾桶里架？”樊以扬问。

“就是开玩笑，也不知道怎么就那样了。”柳小满实在不好意思跟樊以扬复述他们当时在斗嘴——

夏良不让我跟他一块儿倒垃圾，说我容易把自己栽进去。

我说怎么可能，我看是你想把我扔进去。

夏良说你再不松手，我就把你扔进去。

我说你扔吧。

结果他就把我托上去了。

……

这怎么开口？也太丢人了。

而且这么一捋，起因其实还是夏良照顾他，不想让他跟着一块儿倒垃圾。

夏良是不是出于“照顾”他不知道，但肯定没什么恶意就是了。

柳小满在心里叨咕。樊以扬则看着他好一会儿没说话。

“扬扬哥？”柳小满喊了他一声。

樊以扬“嗯”了一声，突然想起什么似的，拍了拍校服外套，从兜里摸出一袋圆圆的雪饼给他。

“我吃过饭了。”柳小满不要。

“你拿着吧，别人给的，我不吃这个，你知道的。”樊以扬说。

柳小满听后，把雪饼接过来塞进口袋里。

“这是谁给你的？”他随口问。

“前座同学发的，直接塞进来了。对方是女孩子，我掏出来再还给她不太好看。”樊以扬说。

柳小满“哦”了一声。

樊以扬的前座他知道，是他们班学习委员，性格有点儿像韩雪璧，辫子总是扎得高高的。

“小满，你知道我一直最怕你在学校里发生什么事吗？”樊以扬看着柳小满用一只手塞雪饼，轻声说。

“嗯。”柳小满点点头。

这次樊以扬没让柳小满说出自己知道的内容，直接说：“我最怕你被人欺负，却以为对方是在跟你交朋友。”

他的声音真的很轻，柳小满塞雪饼的手猛地一停。

“我怕你分不清好话坏话、好意恶意，是真的开玩笑还是在戏弄你。”樊以扬顿了一下，“我怕别人随便说点儿什么，你就信了。”

柳小满看着他。

“有些人的话不能听，有些人也不可能成为朋友，因为他跟你、跟我们就不是一类人。”樊以扬看着柳小满，“比如夏良。”

“给我发短信的手机，也是他的吧？”樊以扬突然问。

柳小满点了点头。

“我知道你跟他当同桌以后就想让你换一个位子，也是这个原因。”樊以扬把话题重新带回去。

他整了整柳小满刚才被闹得有点儿乱的袖口，继续说：“他不是一个能随着时间、随着接触就成为朋友的人，有些人就是天生无法相融，当不了朋友。”

“为什么？”柳小满不由得问了一句。

他没接触夏良之前，能感觉到很多人对夏良的态度。

但是接触夏良到现在，即便只有短短的两天，他也已经开始打破成见了，他真不觉得夏良是一个多不能接触的人，至少他对小锅很好。

“因为他没有朋友。”樊以扬看着柳小满说。

柳小满愣了愣。

“他身边那群狐朋狗友，你觉得称得上朋友吗？”樊以扬跟柳小满逐条列举，“他们凑在一起就是打架、闹事、逃课、被通报记过。这些人，你觉得你能跟他、跟他们玩到一块儿去？”

“近墨者黑。”樊以扬做了一个总结，“所以能换座位还是换了吧，能保持距离就尽量保持距离。”

夏良在小路口靠墙站着，歪着脑袋看小锅啃罐头。

路口外边儿有车过去，吓得它往后窜了一下，歪歪扭扭像要摔倒。

夏良把小腿往前挪了挪，给它撑着。

“瞧你这芝麻胆儿。”他有点儿好笑地说。

小锅靠着他，缩成一团站稳了，仰着脑袋冲他细声细气地“喵”了一声。

“你说什么？”手机那头一直絮絮叨叨的人安静了一瞬，他老妈的声调仿佛都冒着寒气儿。

“我没说你。”夏良说。

他老妈又安静了两秒，似乎深呼吸了一下才继续开口：“夏良，你该知道我还能像现在这样跟你商量，是需要很大耐心的。”

“嗯。”夏良把手机换一边用肩窝夹着，又从兜里摸了一个新罐头出来，并给小锅打开。

“今天你放学必须回姥爷家，我就在这儿等你，”老妈严肃地通知他，“我十分钟见不到你，就去给你办转学手续。”

“吃吧。”夏良蹲下去把罐头搁在小锅跟前，抓了抓它的脑袋。

柳小满和着听力开始的提示音乐回到教室，发现李猛和王朝已经回来了，夏良却不在座位上。

李猛一见到柳小满，直接从凳子上弹起来。柳小满被他吓一跳，在凳子后头看着他像一个鬼似的趴在桌上伸手够自己。

“你们俩挺会玩儿啊！一个不剩全走了，我跟王朝像大傻子似的给你们倒垃圾！”李猛嚷着。

“是你自己，别带着我。”王朝头也没回地接了一句。

柳小满不好意思地笑了笑，这事儿他是干得不怎么地道，怎么说李猛也是好心好意的，帮忙干活不等于使唤人白干。

“不好意思啊，”他拉开凳子坐下，跟李猛他们俩道了个歉，“下周你们俩就别倒垃圾了。”

李猛撇撇嘴，“嘁”了一声。

“夏良呢？”他坐回去问柳小满。

“不知道，我跟他都没往一条道上走。”

柳小满看看夏良的桌子，桌上摊着下午上课时翻开的书，他借给夏良的笔，笔头没合上，除此之外都空空荡荡的，好像夏良随时准备要拎包走人。

他又朝桌斗里看了一眼，书包倒是还在。

“我还寻思把饭钱给他……”李猛说着，伸手往自己桌斗里掏，“对了，这个，你的。”

李猛从桌斗里拿出两瓶乳酸菌，一瓶搁在柳小满桌上，另一瓶放在夏良桌上：“这个，他的。”

“我其实想给你拿李子园，就那个一棱一棱的旧奶瓶子，你知道吧？我小时候经常喝。”李猛连说带比画，“不知道为什么，我就觉得你适合喝那个，可惜没有。”

这是刚才他们俩去超市买的水，在垃圾桶旁边，两人你给我我给你抱了半天，两人桌角上也各放着一瓶水。

柳小满说了声“谢谢”，拉开书包要掏钱给李猛：“多少钱？”

“不用。”李猛摆摆手，“你怎么老这么客气，下回你再给我买不就得了？”

“你不是也要给夏良砂锅钱吗？”柳小满问他。

他有时候真的不太能理解夏良、李猛他们对于“客气”的认知。

在他看来，其实都是很明白的事儿，谁帮着垫了钱，就该多少是多少地还回去。

如果是那些小东西——糖果、雪饼、阿尔卑斯之类的，他也不会死心眼非要给钱，因为这些他可以负担。如果他身上装了些零嘴儿什么的，也愿意分享给身边的人一起吃。

可能一碗砂锅或者一瓶饮料的价钱在夏良、李猛他们眼里跟一块糖差不多，但是对于他来说就是截然不同的概念。

爷爷做一锅茶叶蛋，从水到茶叶到鸡蛋，甚至到酱油、盐、火候都要计算成本。

他家是条件不好，也正因为不好，他就更不想让自己总占别人的便宜。

这个标准不在于李猛，在于他自己。

就算李猛他们觉得没什么，只要他觉得自己在占便宜，也怎么都没法坦然接受。

柳小满觉得，既然自己已经比大多数人家庭条件差了，还比平常人少了一条胳膊，如果自尊心和道德观念上再缺一截儿，那他活得也太难看了。

“这不是一码事儿。”李猛“哎”了一声，挠挠脸把手机掏出来。

“这才几块钱。”他握着饮料在桌上扽了扽，“一份砂锅二十块钱，咱们四个人就快一百了，一百块钱都能买两套卷子了。”

“还买卷子，”王朝都听乐了，“你这例子举的。”

“万一呢？你不买，不一定人家不买。”李猛自己说着也笑了，“哎，我其实挺想加夏良微信好友的，他这人接触下来其实还行，也没那么……对吧？”

他最后那个“对吧”是对柳小满说的。

柳小满想着樊以扬刚才跟自己说的那些话，满脑子都是“因为他没有朋友”。

“嗯。”他轻轻点了点头。

“那你有他的微信号吗？”李猛举着手机又问。

柳小满摇摇头，为了防止李猛跟夏良似的再问他是不是来自疯狂原始人家族，主动又补充了一句：“我也没有手机。”

“啊？”李猛愣了愣。

但是他再看看柳小满的胳膊，也理解了，没多说什么。

放完音乐，教室广播里准时准点地开始播英语听力。

打散重组的班级跟高一刚入学的新班不一样，班里的学生都认识一些，不认识的也基本觉得脸熟，迅速就能组成一个个小团体。

就算大家一点儿不认识，也有某种说不出来的神奇氛围，能直接把同学关系带起来。

比如，柳小满跟李猛他们刚认识两天就能一起吃饭，放在前十年，这种情况从没出现过，想都不用想。

别说吃饭了，有些同学三年下来又三年，可能连话也没说过。

大家能前所未有地以这么快的速度熟悉起来，估计跟这是一个后进班有关系。

反正大家都不学习，不交朋友也没事儿干。

柳小满把听力册子拿出来摊开，满耳朵的鬼喊鬼叫——看视频的，冲着手机屏幕骂人的、两人对着骂的，右前边吃酱香饼吃得吧唧嘴的……

“三四五！”对面墙角攒着脑袋的几个人里爆出来一声。

还有炸金花的。

总之，什么动静都有，柳小满就是听不见听力的声音。

柳小满耷拉下眼皮，笔头在练习册上一下下磕着。

当暑假知道自己被分到后进班时，他失落了好一阵儿，但是光失落不顶事儿，来上学时他是给自己做足了思想工作的，绷着那股不服输的劲，想跟自己证明，就算像猪打滚一样陷在泥塘里，自己也能不受影响，学出个样子来。

可是他控制得了主观因素，控制不了客观因素，吧唧吃酱香饼和炸金花影响不了他，但是会影响英语听力传进他耳朵里。

樊以扬说“近墨者黑”，也不是没道理。

跟这些人比起来，夏良简直好得不能再好了，不闹腾也不咋呼，上课不管听不听、来不来，至少不影响别人。

什么都听不到，他抬起头，有点儿茫然地望着讲台，发现教室前面坐得板板正正的韩雪璧跟他一样，正皱着眉毛攥着笔，勾着脑袋往后瞅。

他顺着韩雪璧的目光看过去，是那音量最大的炸金花三人组。

韩雪璧盯着那三朵金花半天，班里没有丝毫想安静下来的意思，她只好把笔搁下，上了讲台。

她拍了拍桌子，底下的人安静了一瞬，全部抬头看着她。

柳小满终于捕捉到一道选择题，趁机把答案选上。

“同学们安静一下，要听听力了。”韩雪璧扬声说。

下面先是没有声音，接着不知道从哪个角落里发出“嗤”的一声笑，立马整个班都哄笑起来，动静比之前还大。

“真尴尬，”李猛在前面搓搓胳膊，没忍住小声说，“我要是她，都想直接在讲桌上掏个洞把头伸里面。”

“你就在这儿掏也行。”王朝配合着李猛把声音往低了放。

“憨憨！”李猛笑着骂他。

“安静了！你们不学习前面的同学还要学！”韩雪璧又拍了拍桌子。

这回连抬头的人都没了。

“三六九，你还炸什么啊，可以走了！”三朵金花之一又爆了一声。

班里一阵哄笑。

李猛往桌上一趴，整个人都瑟缩起来：“我的天灵盖快被尴尬掀开了。”

韩雪璧的脸涨得通红，瞪着他们，嘴唇紧紧抿着，还是没下来。

前排几个女生抻着脖子细声细气地安慰她，后排的女生反应倒比有些男生还大，眼睫毛一掀一掀的，不指名也不道姓，只咬着重音说：“真把自己当回事儿了，什么东西。”

韩雪璧听见了，眼圈猛地红了，张张嘴想说什么却没说，一甩胳膊从讲台上下去，回到自己的座位上就把脸一埋。

班里恢复原状，该说说该吃吃。

柳小满看着她努力克制着的耸动的肩头，突然觉得心烦。

他心烦的不是这会儿能不能听见听力了，而是他既能理解班里这群人的反应，又能跟韩雪璧感同身受。

——每个班里总会有那么一个学生，言行举止都如同学生行为规范守则上走下来的宣传小人儿似的，马尾永远一丝不苟，校服永远整整洁洁，成绩好，纪律好，是班里做操最认真的那个，是各科老师聊起来都挑不出毛病的人。

按理来说，这种人应该是班里最优秀的学生，实际上却是班里最容易被嘲讽排挤的那个。

没有人说得清为什么会这样，为什么会出现这种奇怪又普遍的心理。

就算问那个白眼翻得最大的女生，她也只能说句“没有为什么，我就是看她这样烦”。

一切看似无心的孤立与小团体，都被归结为“青春期”的合理反应。

连柳小满也和李猛他们俩一样，头皮发麻，替韩雪璧感到尴尬。

但同时，他心里极度地反感自己与班上同学的这些反应。

他一度认为，自己就是曾经班上的韩雪璧。

虽然他没有韩雪璧这么自信，这么直接，也没那个硬性条件，让他这么明晃晃地被说“什么东西”，但他确实曾在无数人的眼睛里解读过这句话。

一小部分的可怜，一小部分的冷眼旁观，一小部分的惊讶，还有一小部分的忍俊不禁，这些零零碎碎的小部分是他从每个人眼睛里解读出来的，传达给他的意思就是完完整整的一句话：你跟我们不是一种人。

这种说不出错在哪儿，又极致微妙的反应，让他真的更能愿意接受那些直视他缺憾的眼神。

“你明明比我还减了负。”柳小满脑子里不由得跳出来夏良弹着自己的袖子说的这句话，还有他举着小锅笑着问自己“亲切吗？”，甚至他刚才随手就把自己架起来要往垃圾桶里扔。

这些完全不该对着残疾人做出的举动说出的话，意外地让柳小满觉得轻松。

说起小锅，也不知道它在猫的世界里是不是也会被别的猫用异样的眼神盯着，会不会自卑。

他出着神，突然“刺啦”一道挺响的声音从后排传过来，像有谁大力地推了一下桌子。

柳小满别过头去看，是余首站了起来，正面无表情地扫视着全班。

“别说话了，上课了。”他没什么起伏地说了一句。

可能他的大高个子比较有威慑力，直直地站在那儿还挺像那么回事儿，班里的声音一下就小了不少。

“我以为尚梁山来了。”“三朵金花”警惕地喊了一声。

“别玩了。”余首看着他们。

“什么鬼？”“金花”之一故意没看余首，似笑非笑地冲着另外两个“金花”兄弟说，“英雄救美啊？”

这话题只要在中学校园里提出来，就能引起满屋子口哨和怪叫。

“刚开学就这么刺激？”王朝也吹了声口哨。

柳小满专门看了一眼韩雪璧，她还在桌子上趴着，只是肩膀耸得更高了，脑袋埋得更深了。

余首脸上有点儿挂不住，一脚踢开了凳子，往“三朵金花”那儿走。

“厉害啊，鱼头！”“三朵金花”也站了起来，手往桌子上一拍，盯着余首，“选你当个破体育委员，你真当自己是官了吗？你那二十七分的数学乘以四都赶不上人家一门课的成绩，装这破样子给谁看呢？”

“我的天，这话过头了啊。”李猛小声地说。

班里已经叫得不成样了，离得近的几个男生也不知道是兴奋多一点儿还是真想劝架，已经站起来围着他们，一脸想笑，却分别劝着“别吵，别吵”。

尚梁山从后门一进来，看见的就是这一幕。

“干什么？”他黑着脸捶了两下门，“都给我坐好。”

班里终于安静了，静得彻彻底底。

柳小满看了看挂表上的时间，听力已经结束了。

其实余首就没能从自己座位上往前走几步，他刚踢开凳子就被劝架的缠得像食人树似的，还盯着炸金花三人组想往前走。

“余首！”尚梁山喝了他一声，走过去一人瞪了一眼，沉着嗓子说，“不坐下就都给我出去。”

一群人这才散开。

“你们四个，”尚梁山分别点了他们的名字，“下课去我办公室。”

“真倒霉。”“金花”兄弟里有人低低地骂了一声，把牌往桌斗里一摔。

“我看你们就是早上一圈半没跑够，欠练。”尚梁山说着，走到讲台上撅了半根粉笔，在黑板上写下一个“二”字。

“两件事，”他点着这个“二”，一脸严肃道，“我要去开会，先简单跟你们说一声。”

“一是考试，时间定了，下周四、周五，周六正常上课。”尚梁山说。

班里跟昨天他宣布跑步时一样，响起一片哀号。

“安静，还有另一件事，”尚梁山拍拍黑板，“十月，应该是国庆节后，学校会举办一次运动会。”

柳小满正埋头收着听力册子，听到这里眼皮猛地一掀，抬头看着尚梁山。

“我的要求是，我们班里的每个同学——注意，我说的是‘每个’，”尚梁山没看柳小满，“都要参加这场运动会。”他说出后半句话。

不知道是不是有晨跑在前面做了铺垫，还是每年运动会都相当于放假，班里对这件事倒是没什么反应，除了柳小满。“随便你们报什么项目，无论是接力跑、跳远，还是乒乓球、羽毛球……”尚梁山继续说着，“当然了，我个人鼓励你们尽可能地参加团体项目，原因我不说你们都知道。”

“集体荣誉感。”底下拖着声调应和他。

尚梁山满意地点点头：“我可能还会根据我的想法，给有些人组一下队，报一些双人或者成队进行的运动……当然了，还要根据实际情况来斟酌。”

就不要斟酌了吧？柳小满的预感特别不好，在心里接了一句。

果然，下一秒，尚梁山的目光朝他扫了过来。

尚梁山又扫了扫夏良的空座位，眉毛一皱：“夏良呢？”

你就当我们都死了吧，柳小满无力地想。

第六章
你是不是总琢磨他啊？

尚梁山这次说简单地说两句，确实没多说，问了几次“夏良呢”，没得到答案，就扔下粉笔头叫上余首和“三朵金花”出去了。

好像他的规矩纪律与“集体荣誉感”都是要强调给夏良一个人听的。

晚自习一般不上课，任课老师来看着大家做题或者背书，班里持久而稳定地发出嗡嗡声，每位老师都得强调好几遍保持安静。

静是不可能静的，想都不要想。

但这种嗡嗡声跟放听力那时候的闹腾比起来已经好太多了。

当柳小满真进入状态里，做起题来特别能沉得住。夏良没在，李猛也没怎么回头跟他说话，一直和王朝戴着耳机打游戏，他就能一套接一套往下刷题了。

他不懂的题就做上记号圈起来，等着回头问樊以扬。

几节晚自习下来，他竟然觉得挺不错的，甚至有点儿感动他们班里发出的动静比隔壁十三班体育生们透墙而来的咆哮温和得多。

人的适应能力真是很可怕，他忍不住在心里慨叹。

“嘿，嘿，放学了，神仙！”第四节课结束，李猛又跟昨天一样，背着书包敲他的桌子。

柳小满抬头看看，王朝的书包都已经收拾完了，跟他们俩招个手就麻溜地从座位上挤了出去。

“你的屁股属铁的吧？”李猛往桌子上一靠，一边摇头一边咂巴嘴，“我都没见你说句话，你不觉得恶心吗？”

“嗯？”柳小满一脸疑惑地看着他。

“我不是说你恶心，你做题做得不恶心吗？”李猛拽着胸口的衣服，做了一个夸张的反胃动作。

“没有，”柳小满被他逗得想笑，“我是做题，又不是怀孕。”

能踏踏实实地坐在一个地方做题，什么都不去想，其实是他最满足的状态。

“厉害。”李猛朝他竖起大拇指，“我做不来，跟做题比起来，我宁愿怀孕。”

说完，他又补了一句：“怀个哪吒都行，怀三年都比在这儿坐三年让我舒服，光看那些题，我都从脑仁儿里觉得恶心。”

虽然他说这话用的是开玩笑的语气，但是看着他认真的表情，柳小满一下子倒是笑不出来了，换了一个话题：“你不跟王朝一块儿走？”

“他跑得跟兔子似的，我其实不想那么早回去，回去比在学校里更难受。”李猛晃荡一下腿，“哎”一声蹬了蹬柳小满的桌斗，“我要是不跟你说放学了，你是不是能在这儿做一宿题啊？”

“怎么可能，”柳小满摇摇头，“班里都没人了，我又不是傻瓜。”

“哦，是吗？”李猛乐得不行，柳小满也不知道自己说句实话怎么就戳中他的笑点了。

他的书多，各种练习册也多，他怕李猛等得心急，尽量加快了收拾东西的速度。

结果李猛一点儿也不在意，还反过来劝他：“你慢慢收，一本本收，越慢越好。”

两人在大榕树底下分开，樊以扬已经跨在车上等他了。

柳小满走过去，把书包往车筐里放，樊以扬笑着说：“这两天都是我等你啊。”

柳小满不好意思地笑了一下：“我做题做得忘了时间。”

“这么认真？”樊以扬等他在后座上坐稳，才滑着车轮在放学的人潮里慢慢往校门外骑，“看来你们班里的氛围比我想象中好。”

正相反，柳小满在心里接了一句。

“对了，扬扬哥，”他戳了戳樊以扬的背，“你每天从手机里听的那个听力，高二的也能找吗？”

“嗯？”樊以扬回头看了他一眼，“能啊，怎么了，你想听？”

“广播里的我有点儿跟不上。”柳小满不想告诉樊以扬他们班能在放听力的时候闹腾到打起来，就随口编了一个理由，“我想对答案的时候也能跟一遍。”

“行，”樊以扬点点头，“那就每天晚上我去你教室的时候把听力给你找出来放，你晚上回去记得跟爷爷说一声。”

“哎。”柳小满答应下来，感觉一桩心事解决了心情很好，甩了甩小腿。

出了校门路就宽敞了，但也宽敞得有限，门口除了学生和接学生的家长，侧门旁边还有很多推车的小商贩。

酸辣粉、臭豆腐、煎饼、炸串，每台三轮车上罩一个透明的小橱窗，挂一个黄澄澄的小灯泡，围着一圈圈的学生，热热闹闹、乱糟糟的，满地的竹签、纸盒、塑料袋子。

柳小满闻着香味想到了小锅，快到小岔口的时候，他想让樊以扬停下来，带他进去找找小锅，给它一点儿东西吃。

不知道小锅吃不吃雪饼。

结果樊以扬在他张嘴之前先开了口：“回教室以后他难为你了吗？”

“谁？”柳小满愣了愣，“夏良？”

“嗯。”樊以扬说。

“没有，”柳小满回答樊以扬，“他晚上没在。”

“又没在？”樊以扬说了一个问句，语气倒没显得多奇怪，还带着一点儿漫不经心的嘲弄。

穿过小吃摊到了街角，路面彻底宽敞了，这是一段下坡路，樊以扬开始加速。

柳小满看看右边闪过去的岔口，攥着樊以扬的衣角，没再说什么。

到了柳小满家楼下，樊以扬借着光，把车停在宋叔家超市门口。

“扬扬哥，你等我一下，”柳小满从后座上跳下来，书包没拿就先往楼上跑，“我把衣服给你，应该干了。”

“我跟你说了不急，”樊以扬叹了一口气，一条腿抻直了踩在路牙子上，“你慢点儿，不用跑。”

柳小满跑上去，把衣服用一个小兜装好，又跑了下来。

爷爷跟着他出来，站在阳台上往下看，喊他：“放学了，扬扬。”

“爷爷，”樊以扬跟他打个招呼，“还没睡呢？”

“我不是得等他回来吗？”爷爷咳了两声，“家里熬了稀饭，你来喝一碗？”

“不了，爷爷，让小满喝吧。”樊以扬笑了笑，接过柳小满递来的袋子，将它挂在车把上，接着把书包拿给他。

“每天都麻烦你，带着他骑来骑去的。”爷爷看着他说。

“瞧您客气的。”樊以扬接了一句，“对了，爷爷，以后我们可能得回来得更晚，小满分班了，有的科目我怕他跟不上，我们打算放学以后在学校里多学一会儿。”

爷爷“哦”了一声，拖着嗓子没立刻说话，柳小满跟着一块儿抬头看他。

“那多耽误你。”爷爷说完又咳了咳，“回去跟你妈也商量商量。”

“哎。”樊以扬答应一声，“我不碍事儿，爷爷你进屋歇着吧。”

爷爷冲他摆摆手。

“那咱们明天见。”樊以扬对柳小满说，接着车头一掉转，车子滑向斜对角自己家。

柳小满回到楼上，给爷爷冲了一杯板蓝根。

“回头让红梅阿姨拿点儿药吧。”他看着爷爷喝板蓝根，小声说。

红梅阿姨是他们这片儿诊所的医生，大家有点儿头疼脑热的毛病犯不上去医院，就去诊所拿药。

“不碍事，我什么状况自己知道，你好好学习。”爷爷说。

柳小满“哦”了一声。

“复印件都交了？”爷爷问他。

“交了。”柳小满想起那些证件还在书包里，就拿出来放回小抽屉里。他起身的时候没注意，膝盖被抽屉角磕了一下，疼得他“嗞”了一声。

“慢点儿，别急。”爷爷看着他，“锅里热了粥，你喝完早点儿睡觉吧。”

柳小满不饿，一肚子砂锅羊肉，也不怎么想喝稀的，但他还是“哎”

了一声，把粥盛了出来，坐在爷爷腿边的小竹凳上，祖孙俩一人一个碗，吸吸溜溜地一起吹着热气喝粥。

他每天能陪爷爷好好说几句话的时间，也就这会儿。

第二天就比头天有经验了，柳小满比以前提前一点儿起床，拾掇完自己就帮着爷爷支摊子。

柳小满一直忙忙碌碌到樊以扬拨着车铃铛来早点摊子喊他，才突然反应过来夏良还没来。

怪不得一早上他潜意识里总觉得自己在等什么人。

昨天夏良说今天要来买早饭抵他的砂锅羊肉钱的。

他冲着十字路口的方向看一眼，也没看见什么，再等下去肯定不行，他咬掉手套去拿书包，让爷爷卷了一个大点儿的卷饼，用油纸包好再拿塑料袋装上。

“你今天比平时吃得多。”樊以扬看着他的卷饼笑着说。

柳小满咧咧嘴，跨上了车，没敢跟他说这个饼要进谁的胃里。

小岔口是没法去了，樊以扬在校门口停了车，他直接往操场的方向走。

今天时间刚好，柳小满到操场时班里人差不多到了，李猛也不知道到了多久，举着一个胳膊那么长的烧饼啃得满嘴渣子，乐呵呵地跟他打招呼。

烧饼太长了，柳小满没忍住多看了一眼。

他从没见过这么长的烧饼。

尚梁山从办公室的方向过来，让韩雪璧和余首整队。

估计昨天的事儿对韩雪璧打击不小，她整队的声音都没有平时那么精神。

余首也绷着脸，两人一人负责男生一人负责女生，眼神都不交流，撞上了就赶紧错开。

柳小满有点儿尴尬，倒不是因为他们俩，而是队列里没有自己的位置，他不知道该站哪儿。

“老师。”余首也注意到了，回头喊了一声尚梁山。

尚梁山冲着一个方向盯着，柳小满跟着往那边看，在三三两两的学生里看见了夏良的身影。

两人离得远，他又戴了一个黑色口罩，但是看那身形和走路的姿势，应该是夏良。

“你先带队跑吧，柳小满留下，还跟夏良一起跑。”尚梁山发出了指令。

余首“哎”一声，带着队上了跑道，柳小满在原地看着尚梁山。

“你们俩可以多磨合磨合，昨天我看你们跑得挺和谐的。”尚梁山说。

柳小满想起昨天晚上班主任提的运动会和组队，内心一片麻木。

然后他跟着尚梁山一起盯着那个戴着口罩，不急不缓，丝毫没有因为被注视就加快步伐的人。

这绝对是夏良，他非常笃定。

等那人来到跟前，柳小满确定自己没猜错。

尚梁山瞪了夏良一眼，懒得多说什么，估计对他来说，人能到就算不错。

他丢给他们俩一句“跟昨天一样，跑吧”，就抱着胳膊不知道去干什么了。

夏良没说话，口罩也没摘，把书包扔在跑道边上，看了柳小满一眼，用眼神示意他跟上。

“你怎么没来？”柳小满没动，先问了他一句。

“什么？”夏良看着他。

“我家，”柳小满把书包拉开，将爷爷卷的大卷饼递过去，“不是要抵羊肉砂锅钱吗？”

夏良愣了愣，目光从柳小满脸上转向他手上的早点，又从早点转向他脸上。

“啊，”他应了一声，“我忘了。”

他把卷饼接过来，顺手轻抛了一下，分量很实在，沉甸甸的。

“谢了。”他把卷饼搁书包里，对柳小满说。

“昨天不好意思，”柳小满抿了一下嘴角，“扬……扬哥不是故意针对你，他可能有点儿急了。他人挺好的，也是好意。”

柳小满说到“扬扬哥”的时候舌头还打了个结，话脱口而出的同时想把昵称改成大名，又想了想反正夏良也知道，干脆就这么继续了。

“我替他跟你道个歉吧。”柳小满挺认真地说。

一小列十三班的体育生从操场上跑过去，后面跟着他们班的晨跑大队，余首沉着嗓子喊着“一二一”。

夏良没说话，他不仅没说话，还盯着柳小满看了半天。

他真的是盯着，像看见了什么来自旧文明的产物，盯得柳小满都要怀疑自己是不是又把牙膏沫刷脸上去了，伸手想摸摸。

结果他的手腕还没抬起来，夏良的胳膊先动了动。

下一秒，柳小满感觉脑门被弹了一下，挨了一个栗暴。

他没有一点儿心理准备，冷不丁被弹得往后一仰脖儿，整个人都愣了，捂着脑门儿惊诧地瞪着夏良。

夏良的眼睛在口罩上方，他望着柳小满，眼角弯了弯。

就一下，柳小满甚至都没怎么看清，夏良就把包往边上一搁，转身上了跑道。

“过来。”夏良像昨天一样喊他。

柳小满揉揉脑门跑过去，站在他旁边。

跑起来的时候，他忍不住别过头看一眼夏良的眼睛——双眼皮，睫毛密密的，像月牙儿。

“上瘾？”夏良说。

“嘁。”柳小满轻轻一撇嘴，也莫名其妙笑了一下。

今天跑完步，尚梁山没让他们自行解散，卡着快结束的点绕了回来，在跑道边上等着他们。

柳小满估摸他是吃饭去了，嘴角还带着一点儿闪闪的油光。

不知道是不是因为吃太饱了，尚梁山的心情明显很不错，在前面抱着胳膊，踱着脚步给他们训话：“你们要是有精神，或者有些压根儿就不想上课的，早上可以多运动运动。”

“要考试啊，老师！”底下有人喊了一声。

“考试？”尚梁山嘴角一歪，“我在教室怎么没听见你们喊？还起哄……我看你们有些人的心思也没在考试上，倒是更愿意运动，对吧，李猛？”

“啊？”李猛突然被点名，还被点得无从反驳，有点儿尴尬地应了一声。

“对吧，夏良？”尚梁山又看向夏良。

“别叫我。”夏良在后排摁着手机，头也没抬地说。

班里的同学笑了两声。

“昨天我跟你们说的运动会，都上点儿心。”尚梁山背着手在前面晃着，“你们男生喜欢打球的，就可以报个球赛，短跑、接力赛，还有乒乓球……哪几个人玩得好，一块儿练练，到时候都得上。”

“你们三个，”他点名炸金花三人组，“还有余首，不就正好能报个 4×100 米接力赛？”

“我的天，”金花之一耙了一把头发，“把我炸了得了。”

“不想运动的话可以准备节目，”尚梁山接着说，“反正开幕式每个班都得出个节目，韩雪璧琢磨琢磨，看是排歌还是排舞蹈，都参与进来。”

“他疯了吧？”李猛小声嘀咕着，“几年级啊，还玩这一套，我们又不是小学生。”

柳小满虽然觉得尚梁山没什么错，但是这么半强制地搞，也确实让人提不起兴趣。

他惦记着回去早读，还有些人惦记着去食堂吃饭，底下“嗡嗡”声一片，都催尚梁山解散。

“回头我给你们排排，看每个人适合什么，你们自己有想法的也可以来跟我说。”尚梁山坚持说着。

最后他喊了一声“夏良跟我过来”，摆摆手就让大家散了。

“我帮你拿东西回去？”一班人“哗”地四散开来，王朝冲夏良的书包扬扬脸。

夏良看了他一眼，把书包扔过去：“谢了。”

“他还真够不客气的！”李猛乐着说。

夏良在尚梁山身后两三米的位置跟着，尚梁山不紧不慢，他也不紧不慢，尚梁山停，他也停。

“你离那么远干什么？”尚梁山回过头喊他，“我跟你聊聊天，你怎么还越走越往后了？”

夏良非常不想配合地晃过去：“咱能有事儿就说事儿吗？”

尚梁山不说事儿，他盯着夏良脸上的口罩看了几眼，指了指说：“你能摘了它吗？”

夏良看着他，既不说话也没反应。

过了半天，夏良看尚梁山一副“你不摘口罩，咱俩今天就晾这儿”的架势，无奈地把口罩往下拉了拉，兜在下巴上，露出了鼻子和嘴以及左脸靠近颧骨位置的几道抓痕。

这是他老妈的杰作，明明她踩着高跟鞋都比他矮半个头了，火气一上来就扇人的毛病还是一点儿没改。

他用手挡开了巴掌，但是没防住她的长指甲，长指甲从脸上飞过去的时候，他明显感到自己被刮掉了一层。

其中一根指甲太长了，连带着嘴角都给他刮了一道，几道杠参差不齐，乍一看跟他直接用脸擦地了似的。

就为了不被问东问西，他才专门戴了一个口罩，尚梁山突然搞这一套，肯定是去查了他。

果然，尚梁山看清他的脸后也没显得意外，直接呼出一声长气，说：“昨天你妈妈给我打电话了。”

“哦。”夏良应了一声。

然后他看着尚梁山，尚梁山也看着他，两人沉默了半晌。

其实尚梁山在等着他问话，按尚梁山的猜想，他应该会挺心烦自己涉足他家里的事儿，至少得不耐烦一下，问一句“你有事儿吗”，结果他像听别人家的事儿一样，张张嘴的兴趣也无。

这其实比直接发火更让人难做。

“她跟我说了些你的情况，我从你之前的班主任那里也了解了一些。”尚梁山只好接着说，“按照你妈妈的想法，她觉得把你转到她附近的学校，能更方便教育你，对你来说会更好。”

“你觉得呢？”他问夏良。

“随便。”夏良说。

“我没赞成她这么做。”尚梁山说。

夏良抬了一下眉毛，看着他。

“你的情况我从你之前的班主任那里了解过，但你父母的状态、你跟你父母之间的关系、包括你的生活……”尚梁山观察着夏良的表情，停顿了一下，“总之，你妈妈想给你转学的原因是觉得你脱离她的管教太久了，觉得你‘学不好’‘废了’。”

“那我跟她说的是，我觉得你没有她认为的那么不好，我觉得你还是很有希望的。”尚梁山在原地踩了两下，“本来你这一学期也是留级，我就跟你妈妈保证，这一学期能让你学出个样子来。”

“我有信心能改变你，”尚梁山背着手开始远眺，“就拿咱们下个月的运动会来说……”

夏良突然叹了一口气。

尚梁山停止长篇大论，看着他。

“谁给你的信心啊？”夏良跟他对视着，心里烦得想笑。

柳小满背完一章地理，正从桌斗里往外拽他整理的历史大事记，夏良就从教室后门晃了进来。

夏良看见柳小满掏得挺费劲，就弯腰帮他拽了一把。

夏良拽的时候没注意，掌侧压住了柳小满的拇指，把柳小满吓了一跳，猛地一回头，脑门正好顶上夏良的下巴。

“哎。”夏良被顶得一仰脖儿，皱着眉毛站直身体，揉了两下下巴。

“不好意思。”柳小满赶紧道了个歉，抻着脖子往夏良下巴上看，他怕磕了夏良的牙，再把舌头撞出血。

他以前被撞过一回，疼得半天说话都艰难。

结果下巴似乎没怎么样，他先被夏良颧骨上那几道抓痕看得愣了愣。

“你的脸，”柳小满指了指自己的颧骨，被想象中的画面吓了一跳，“班主任打你了？”

夏良揉下巴的手都停了，莫名其妙地看着柳小满，又往他脑门儿上弹了一下：“你的脑子被我弹出去了？”

柳小满拍开他的手，揉揉脑门儿，也觉得有点儿没谱。

那应该是昨天或者今天早上的伤口，都有点儿结痂了，之前被口罩挡着，他没看见。

本着同桌的关系，他可以再多问问，关心一下同学，但是想想公告栏上夏良背着大过的公告，好像也没什么意外的。

可能夏良又打架了。

“你也不说一声，”他坐正了接着背书，随口说了一句，“你突然伸手，吓了我一跳。”

“说什么？”夏良拉开凳子坐下，“‘快坐好，我要帮你拿书了’，欠不欠？”

柳小满想象一下这对话，没忍住笑了起来。

夏良抬手推开了窗户。

每天这会儿都是班里味道最难闻的时候。

半个班的人一齐吃早饭，什么味儿都有，在教室里待着就跟鸡兔同笼似的，似乎还有人脱鞋。

新鲜空气流动进来，鼻子仿佛都干净了。

夏良推窗的动静把李猛吓了一跳，他正蹬着桌子腿儿啃烧饼，以为检查的来了，胡乱卷了两下烧饼就往桌斗里塞，一脸警惕地回头看。

“没人啊？”他松了一口气，又把烧饼掏出来继续啃。

“哎，夏良，”他啃了两下干脆直接站起来掉了个头，倒骑驴似的抱着椅背跟他们说话，“尚梁山找你干什……”

话刚说一半，他就骂了一声，指着夏良的脸喊了一句：“尚梁山还打你了？”

“什么？”王朝也猛地转了过来，冲着夏良的脸爆出一句脏话。

“他竟然打你？”王朝说。

柳小满摸摸鼻子，头都不想抬，直接体会了刚才自己脱口而出的话有多蠢。

夏良跟他们俩对视一会儿，叹了一口气，重新把口罩拉上去，掏出耳机往耳朵里一塞。

一天被几个傻瓜围着，也确实挺愁人的。

也不知道尚梁山跟夏良说了些什么，这一天下来，柳小满惊奇地发现夏良竟然没逃课。

下午最后一节课快结束的时候，罗浩几个人来走廊等他，他也没搭理，一只手托着下巴，另一只手有一下没一下地转着笔，听历史老师在讲台上扯皮。

他们的历史老师不错，起码是一个正常人。

他最大的问题可能是总喜欢跟他们分享野史，讲着讲着课，就联想起某一段相关的野史，话题立马拐个弯直奔考试范围外去了。

柳小满看夏良听得还挺有意思，想起尚梁山跟他说的那些话，突然觉得好像也没那么不切实际。

而且夏良还会看书。

虽然《海底两万里》是推荐在小学生必读一百本书的书单里，是儿童读物，但这是一本好书，是名著。

夏良和儿童读物……柳小满笑了一声。

他是真笑出了声，夏良听见他“嘿”了一声，别过头就看见他偷偷抿着嘴角。

柳小满假装什么都不知道。

等到傍晚，夏良吃完晚饭回来，发现桌上多了一个笔记本。

是一本历史笔记，是柳小满的。

夏良一头雾水地翻了翻它，里面还夹了一张字条，工工整整地写着：借给你抄，不许乱画。

还有一句话估计是后来补上的，看字条上没空间了，字都小了一号：不用客气。

柳小满吃撑了？

夏良觉得有点儿好笑，但他想了想，还是把笔记本搁进了桌斗里。

柳小满还不知道自己热心助人的举动被当成了吃饱了撑的，他能把笔记本放在夏良那儿，其实做了半天的思想斗争。

——他怕夏良不当回事。

夏良不当回事其实也无所谓，直接还给他就行了。

他更怕夏良不爱惜。

他跟樊以扬吃饭的时候都惦记着他的笔记本，从食堂回到教学楼下，樊以扬朝他挥挥手，说：“晚上我过来，你别忘了。”

他答应一声，转身上楼。

一楼的台阶还没迈完，柳小满就听见尚梁山在背后喊他：“柳小满。”

“啊。”柳小满正惦记着回去看看夏良抄没抄他的历史笔记，冷不丁听见这声儿，就像任务还没启动就被裁判提前验收一样，莫名心虚了一下。

他站在台阶上往地下看，尚梁山也不知道是什么时候过来的，跟他就隔着几层台阶，两三步就跨了上来。

“走，”他示意柳小满边走边聊，“刚才那人是高三的吧？”

“嗯。”柳小满走下一层台阶，在尚梁山后面跟着。

“他是不是成绩挺好的？我对他有印象，总上光荣榜。”尚梁山说，“他是你邻居？”

提起樊以扬的成绩，虽然跟自己无关，柳小满也有些骄傲，点点头说“对”。

“不错。”尚梁山一副很认可的模样，“就是要多跟能带给自己好的影响的人待在一块儿。”

柳小满悄悄看他一眼，没接这话。

他总觉得尚梁山只要一夸人，就没琢磨好事儿。

他的直觉基本上八九不离十是对的。

到了教室后门，尚梁山没让他进去，自己站在窗户旁边往里面窥探了半天，什么新鲜鸟蛋也没看出来，跟昨天一样，英语听力的音乐已经响起来了，班里该怎么样就怎么样，走廊上晃荡着的学生像在赶集，慢慢悠悠也没个反应。

甚至包括尚梁山自己，一点儿没想着让柳小满回去把听力题做了。

柳小满本来挺无语的，站了一会儿倒是有了一个意外的发现——站在外面听着全年级每个教室的广播一起响，竟然都比在他们教室里听的声儿清楚，也太离谱了，说出去都不会有人信。

他为自己未来一年半的学业感到深深的担忧。

“脑袋，”夏良把手机扔给李猛，让他往旁边挪挪，“你挡着我看电影了。”

李猛一边喊着“我的错”，一边手忙脚乱地抓住手机直起身，猝不及防跟窗外的尚梁山来了个四目相对。

他惊得把刚抓到手的手机又抛了出去。

王朝也喊了一声，手忙脚乱地往后动了一下，没让手机直接冲着前座脑袋上砸过去。

刚才夏良看电影的时候余光就看见窗户外站着人了，他被李猛他们俩这通操作逗得直想乐。

“你们两个给我出来。”尚梁山拉着一张脸说，又指了一下夏良，“你也出来。”

夏良拿下一个耳机，指了指自己：“我什么都没……”

“快点儿！”尚梁山黑着脸打断他。

三个人踢凳子推桌往外走，班里终于静下来，看戏的看戏，偷乐的偷乐。

三人从后门一出去，发现柳小满竟然也在外面，四个人互相对视，大概猜到了什么，有点儿无奈地跟着尚梁山往楼下走。

王朝、李猛走在中间，夏良和柳小满在最后面跟着。

“你什么情况？”夏良问他，顺便从兜里摸出一管口香糖，用拇指顶开，往嘴里抛了一颗。

李猛也不知道是听见声儿了，还是用眼角余光观察着他们俩的动向，一只手悄悄地往后伸了伸。

王朝学着他，也默默地伸了一只手。

两人也没回头，就这么保持着一只手朝后的姿势，继续跟在尚梁山屁股后面走着。

夏良这次是真乐了，觉得这两人特有意思，他往他们俩手心里一人放了两粒口香糖，又朝柳小满敲了敲瓶身。

柳小满没心思吃口香糖。

他真的要被尚梁山这种分不清主次，想一出是一出的模式搞迷糊了，他只想回去做题，哪怕教室里听不见听力，那也是教室，是他这个时间该待的地方。

但是一共四个人，三人都吃了口香糖，他如果这时候拒绝，总觉得自己像一个融不进集体的异类。

柳小满犹豫了一下，把手伸了过去。

“我吃完饭回来，上楼的时候被尚老师喊住了。”他小声回答夏良刚才的问题。

夏良“哦”了一声。

这是尚梁山能干出来的事儿。

“桌上的历史笔记是你放的？”他又问柳小满。

“你收好了吗？”柳小满立马问。

夏良好笑地看了他一眼：“你给我笔记干吗？”

“我感觉你好像对历史还有点儿兴趣。”柳小满想了想说。

“他让你这么干的吧？”夏良说。

手机在兜里振动了两下，他掏出来看了看，随手摁着。

“他”是谁不言而喻，柳小满也没反驳，虽然尚梁山不切实际，但也确实是好意。

“你没事儿干的时候抄抄也没坏处。”柳小满挺认真地小声劝他，“那本笔记是我照着扬扬哥的笔记整理的，很明白的，你只要看了就能看懂。”

夏良掀起眼皮看向他。

“你晚上吃的什么？”他突然问。

“拉面。”柳小满也不知道他这话题怎么跳过来的，回了一句。

难道自己嘴里有味儿？不是还含着口香糖吗？

“还是跟你扬扬哥一起吃的？”夏良说。

柳小满张张嘴，也不知道怎么就被“你的扬扬哥”刺激了一下，说不上来是不好意思还是觉得有点儿被笑话了，他耳朵根儿发红，急着回了一句：“什么啊？”

“你是不是……”夏良动了动眉毛。

“嗯？”柳小满看着他。

“没事。”夏良若有所思地收回目光。

尚梁山一路上也没说一句话，直接把他们带去了操场旁边的室内体育场。

这个室内体育场建的时候花了不少钱，很大，篮球、羽毛球、乒乓球，该有的都有，学校对这儿宝贝得不得了。

这个时间这儿没什么人，几个流里流气的高三学生在打球，看见有人进来，纷纷往这边看了一眼。

其中两个人跟夏良认识，拍着篮球喊他一声：“来打球啊，夏良！”

“我良哥今天带弟弟呢。”另一个人笑着说。

几个人嘻嘻哈哈都笑了。

夏良没搭理他们，冲他们弹出一根手指，朝下晃了晃。

“你们几个，出去。”尚梁山停下来，看着他们说。

那几个学生估计是常来的，跟体育组的老师都熟，跟尚梁山耍了几句贫嘴：“别啊，尚老师，我们正嗨着呢。”

“出去嗨。”尚梁山往球场边上一杵，“我要用。”

“不是吧，”李猛用手捅着王朝，“课都不上了，他让我们来打篮球？”

“旁边不也有场地吗？”蹲在场边的一人说完，盯着柳小满看了看，笑了，“让给您也得能用啊，他这样的行吗？”

尚梁山不说话了，看着他们。

“你说呢？”夏良在旁边靠着玩手机，他本来就对这种莫名其妙的状况挺烦的，盯着那人接了一句。

柳小满在他侧面，正一个劲儿地自我催眠不听不想，闻声便看了夏良一眼，心里对尚梁山这次的举动真是反感透了。

“哎，走吧。”刚跟夏良打招呼的那个人也算这群人里带头的，他把球往场边的篮圈那块儿一拍，跺了两下地，“那是人家亲生的学生，咱们已经是后娘养的了。”

几个人叨叨着散了，各自去拿自己的衣服。

“走了啊，夏良！”带头的那个拽着衣服往肩上搭，从夏良旁边过去的时候往他肩上拍了一下，“不是，你跟这儿站着干吗？不然一块儿去小球场？”

“嗯。”夏良根本没管他说什么，继续低头摁着手机，毫无诚意地应付一声。

尚梁山把打篮球的人赶走后，也没像他说的那样让他们打篮球，而是继续带着他们从篮球室过去，上楼梯朝二楼走。

二楼呈中间掏空的U形，一水儿的钢化玻璃墙，从底下就能把里面的构造看得一清二楚。

“乒乓球？”王朝望着那些乒乓球台愣了。

夏良正发消息的手指一顿，抬头看了看，当场就想转身快走，头都不回的那种。

“这边是乒乓球台，旁边还有羽毛球，你们都可以试试。”尚梁山推开乒乓球室的门，不知道从哪儿够了一个球在手里抛着，转身靠在桌台上，面对着他们说。

他竟然还有点儿得意，仿佛给学生提供了什么天大的便利。

“真不上课了啊？”李猛蒙了，但带着一丝窃喜。

尚梁山抬起手腕，看了一眼时间，说：“还有十五分钟。反正你们在教室也不会老老实实听听力，我先带你们来看看，以后想用了就可以过来。”

“我听。”柳小满无奈地看着他。

王朝和李猛一起看向他，王朝都忍不住笑了：“也是难为你了。”

“那我现在能不能玩会儿啊，老师？”李猛兴致勃勃地撸起袖子，转着圈儿找球拍，“我小学还学过乒乓球呢，上了初中就被我妈打断了……这发球机能用吗？”

尚梁山“哦”了一声，抱着胳膊，饶有兴趣地问他在哪儿学的乒乓球。

“你会打乒乓球吗？”他又问王朝。

“我没打过。”王朝摇摇头，抓了一个球拍出来研究，“这两面儿有什么区别？”

“来来，我教你。”李猛立马把他拽过去，占了一张球桌。

尚梁山用欣慰与试探的表情看向夏良。

“不。”夏良想也不想就说，然后把手机往兜里一揣，“我宁愿回去上课。”

“我也回去。”柳小满立马说。

“我得回去补历史笔记。”夏良的表情一本正经。

四个人一齐看向他，柳小满欲言又止。

“你们真没意思。”夏良不扯谈了，转过身直接出门下楼，“走了。”

“你真没兴趣吗？”尚梁山把目光又投向柳小满脸上，像一个变态一样不断诱惑他，“你打过乒乓球没有？可以试一试，不要觉得自己不行。”

“是啊！来啊，柳小满！”李猛像一个鬼一样，在尚梁山身后手舞足蹈冲他喊。

“我真没有兴趣。”柳小满连连摇头，赶紧追在夏良屁股后面出去了。

夏良不知道是不是有意放慢了速度等柳小满，当柳小满跑到楼下时，他还没从体育馆出去，刚推开一扇门，冲柳小满喊：“快点儿。”

柳小满忙走过去。

出了室内体育馆，他就像从魔窟里成功逃生一样，狠狠地松了一口气。

他松完气，涌上来的就是一股难以形容的疲累。不是身体疲累，而是心累，累得他都没心思赶着回教室上课，反正回去面对的也是一个闹哄哄的垃圾窝，没有丝毫学习的氛围。

他能理解尚梁山的意图，虽然不是全部能理解，但有七八分吧。

但他无论怎么理解，也理解不来尚梁山让他们在听听力的时间去打乒乓球。

这真不是一个班主任该干的事儿。

他的理由竟然还是“反正你们也不会听英语听力”

柳小满长这么大，如果说有什么烙在他脑海里，怎么都忘不掉的道理，那就是“克服”。

人不能因为条件恶劣就去死，不能说少了一条胳膊就不活了。

班里的学习氛围不好，身为班主任的尚梁山不去抓纪律，而是把全班的方向往体育上转，还转得不分你我，眉毛胡子一把抓，往乒乓球桌上运，他真的想不明白尚梁山在琢磨什么。

也许有的人对晨跑有意见，有的人无感，但那是集体的，也没有占用上课时间，在合理的时间里锻炼身体，没什么不妥。

但这跟把他们稀里糊涂直接抓过来打乒乓球不是一码事。

尚梁山太糊涂了，这一点他真的没法理解。

柳小满像那天上学时一样，不远不近跟在夏良身后，在心里试着理清尚梁山的思路。

他们折腾一圈到现在，回教学楼的路上已经没几个学生了，除了刚从食堂出来的体育生，就是捧着纸笔奔办公室问问题的学生。

他看着那些学生，脑子里突然灵光一闪，反应过来了尚梁山的逻辑。

——尚梁山并没有一把抓。

像韩雪璧和余首，就不会被尚梁山以“反正你们也听不见英语听力”为由，在这个时间里被他从教室里带出来。

余首的成绩似乎还不如王朝。

尚梁山把他跟李猛他们一起带来，可能尚梁山本人觉得自己挺不偏不倚，没有因为他是一个残疾就对他特殊照顾。

其实换一个角度来想，他能做出这种举动，恰恰是出于他自己都没觉察到的、最大的偏颇。

——因为柳小满是一个残疾，所以他学习好也没什么当成重点生培养的希望。

因为柳小满是残疾，所以英语听力听不听也没什么所谓。

因为柳小满是残疾，所以他尚梁山给出再多不可理喻的“关照”也理所当然。

他和夏良，两个在班里最特别的学生，配上对学习恶心到宁愿怀孕的李猛，尚梁山是在抓他们四个当“典型”。或者说，尚梁山是把他们四个当作自己教育理念的“试验田”。

柳小满的头皮一麻。

他看向前面夏良的身影，想到尚梁山三番五次把他往办公室叫，跟他的谈话，还有樊以扬对夏良的态度……甚至包括他对罗浩的厌烦，突然都觉得特别残忍。

他还一直认为，自己虽然不能与樊以扬那类的学神比肩，但在学习上至少比夏良、李猛他们“高”一个层次。

结果在一个当体育老师的班主任眼里，他跟那些学生混子没什么两样，不过是一个成绩好一点儿的“废物”。

他不由得快走了两步。

夏良好像感受到他的步伐变化，停下脚步，回过头看着他。

柳小满就像一条追着什么东西的小虫，目标一回头，他又在原地蠕动了。

柳小满把速度调回刚才不快不慢的状态，朝夏良走过去。

“你想去看猫吗？”夏良站着没动，问他。

如果这话在他去室内体育馆之前问，他会一口拒绝。

但他眼下自顾自地跟夏良产生了一点儿“同病相怜”的惨淡感，下意识犹豫了一下。

“不了，”柳小满抬头看了看天色，路灯已经全亮了，不远处高一的教学楼里传来阵阵背书声，他还是摇摇头，“我不想逃课。”

"我猜你也不会去。"夏良说。等柳小满差不多走到跟前了，他转身继续往教室走。

"逃课有意思吗？"柳小满问。

他不是跟夏良呛，他是真挺疑惑的，要是让他在上课时间溜出去，他根本想不到要去干吗。

"看你。"夏良看他一眼，"你有想做的事儿就有意思，没想做的事儿在哪儿都没什么意思。"

我也没什么想干的，柳小满幽幽地想。

他可能会回家帮爷爷蒸烙饼。

想到爷爷，他问了夏良一句："李猛说你也住纺织厂老房那一片儿。"

"啊。"夏良应一声，"是我姥爷。"

"你跟姥爷一起住？"柳小满又问。

"嗯。"夏良点点头。

"真巧。"柳小满也点点头，"我也跟我爷爷一起住。"

夏良用眼角余光看着柳小满，柳小满的步伐现在基本上跟他持平了，不用他专门回过头去找柳小满。

从前面穿过小篮球场就能到高三主楼，刚才被尚梁山赶走的那些学生转移到了那儿，从暗下来的天色里望过去，那就像几张剪影画，大家热热闹闹地追逐蹦跶着。

"樊以扬呢？"夏良突然问。

"什么？"柳小满脑袋上的天线"咻"一声竖起来，他还以为夏良看见了樊以扬，扫了一圈并没有，又重新看向夏良。

"他跟你家住在一块儿？"夏良被他这反应搞得有点儿无语，挺想笑的。

"没，"柳小满摇摇头，又点点头，"也差不多，他家跟我家离得很近。"

"斜对楼。"他想了想，补充一句。

夏良"哦"了一声。

柳小满想起刚才去体育馆的路上夏良没说完的话，问他："你刚才想说什么？"

"什么？"夏良没反应过来他问什么。

"你说我是不是，是不是什么没有说，只说了一半儿。"柳小满提醒他。

“啊，”夏良脚下顿了一下，又看了柳小满一眼，“我忘了。”

柳小满瞪着他。

“你就当没听见吧。”夏良笑笑，朝小球场边上的小路走。

“你这人……”柳小满的好奇心都被夏良吊起来了，关键是当时那句话接在“你的扬扬哥”后面，让他特别想知道。

“你要么就别开头，开了头又只说一半儿，”他追着夏良问，“你倒是把话说完啊。”

夏良停下来看他，见他一脸执拗。

人在有些时候呢，就是会产生一些无法解释的心理反应。正因为无法解释，所以人们将之称为“第六感”。

柳小满隐隐有种感觉——夏良那句缀在“你的扬扬哥”后面没说完的话，会像地震前低飞的燕子一样，在眼前轻飘飘一晃而过，却足以带来一场把他现在还算平和的生活弄个天翻地覆的浩劫，但他就是忍不住想知道。

他就是想不信邪，在原地等着，等着看燕子会不会应验。

或者说，他自己也没往深处去思考，但潜意识里已经有冒了尖儿的东西，在等着夏良这句话把它剜出来。

这感觉让他心里莫名有点儿紧张。

而经过了昨天的垃圾桶事件，夏良大概琢磨出了这个小残疾要是真轴起来，能倔到什么程度。

他本来已经打算随便编一个话题糊弄过去，但看着柳小满认真的表情，也不知道出于什么心态，忽然就想把心里想到的事情说出来，看看柳小满会有什么反应。

“你真想知道？”他又问了柳小满一遍。

“你倒是快说。”柳小满催他。

夏良的身后是路灯，柳小满跟他面对面站着，身旁是一块半人高的大石头，被设计成了指路石，写着“求知路”。

他干脆停下来，让柳小满的脸明晃晃地露在灯光底下，挺平静地看着柳小满说：“我当时在想，你是不是没事儿总琢磨樊以扬啊？”

柳小满一愣，整个人都愣了。

“夏良！”小球场上，有人吹着口哨喊了一声。

夏良看过去，结果人脸都没看清，先看见一个直飞过来的篮球。

扔球的家伙投着三分球，用的却是扣篮的力气，仿佛扔的不是一个球，而是在朝他投炸弹。

这炮弹球他倒不是接不住，关键是他前面还有个发愣的柳小满。

夏良本能地伸手去扣柳小满的肩膀，结果捞了个空，只扣上一截空袖筒。

他关键时刻忘了柳小满比一般人少了一条胳膊！

柳小满被扯了一下袖子才反应过来，直觉有危险在朝后脑勺靠近，他也下意识一边侧身埋头，一边推了夏良一把，想让夏良也避开。

夏良本来是能避开的，如果柳小满没来这神来一推的话。

总之，电光石火间，两人也不知道怎么错的位，夏良换了左手把柳小满整个人揽到身后护着，脚底的小路有限，自己只能跟他掉个边，用肩头顶住这一球。

他在寻找支点的时候，一条胳膊狠狠甩到“求知路”突出来的棱角上。

“咔。”夏良感觉自己听见了一道细微又清脆的声响。

如果这不是石头发出来的声音，那就应该是他的骨头发出来的。

他狠狠皱了一下眉毛，把柳小满推开，捧着自己发麻的右胳膊。

“我的天！夏良，你没事儿吧？”扔球那人也咋呼着飞奔了过来，他是真没料到夏良会躲不开球，看见没砸中夏良的头还松了一口气，没轻没重就上手拽了一下夏良的小臂。

夏良本来还只是胳膊发麻，被他这么一拽，手臂上的疼痛神经像被叫醒了似的，疼得钻肉烧心，直接沁出一脑门冷汗。

他又骂了一声，拎起左胳膊肘就朝那人狠顶了一记。

夏良的左胳膊正好顶在那人的肋叉子上，那人“嗷”地捂着肋窝弯下腰，号得比他还嘹亮。

“你瞎啊！”夏良一脸暴躁地瞪着他。

第七章
你给我当右手吧

夏良这人虽然从某个时期开始没少打架，但是由于技术比较好，还从来没真被人伤筋动骨过。

他觉得自己还算比较能扛疼的那种人，有点儿磕着碰着都不怎么当回事儿，破皮冒血就拿双氧水冲冲，有时候连冲也懒得冲，手背一抹，该干啥就干啥。

有一回他忘了为了什么事儿，被他老妈拎起小凳子照着后背抡了一把。他低头挡开，凳子腿儿砸在了耳朵根儿后面，当时他就觉得脑子一蒙，蒙过劲儿来感觉脖子上全是血，摸摸才发现豁了一道不小的口子。

他妈抡完也蒙了，瞪着他在原地愣着，最先反应过来的人还是他姥爷。他姥爷一句废话没有，抽了一条毛巾让他捂着伤口，接着推开他老妈，带他直奔诊所缝针，行动力在老中青三代人中一骑绝尘。

缝了三针还是四针他忘了，现在还能摸着拆线后留下来的疤。

夏良老觉得自己左后鬓的头发比右边薄了点儿，估计是当时剃头发缝针造成的。

他也不知道怎么会在这时候突然想起那些事儿，小球场上其他几个人也赶紧过来了，这回没人敢随便动他，围着他骂来骂去，都有点儿傻眼。有的人说去医务室，有的人说直接去医院吧，不知道哪个傻瓜还冒出一句“打 120 吧”。

夏良疼得不想说话，却被他气笑了。

他笑一半没笑出来，胳膊里有根筋仿佛直连着太阳穴似的，动一动都扯得头晕。

他的右胳膊是真的疼。

“叫台车。”他抓着胳膊从这群人围成的圈里往外走。

他再能挨疼，基本的常识还是有的，刚半分钟的工夫半截小臂都肿起来了，去医务室白搭。

三四个人赶紧掏手机，刚被他顶了一肘子的人骂了一声，直接冲校门先跑过去：“我去门口拦车吧，等你们叫车过来，他的胳膊再长上……跟老尚说一声！”

“我去吧。”站在路边上的人跟着跑了。

“谢了。”夏良不认识去找老尚的人，说了一句。

“都是同学。”那人朝他摆摆手。

夏良朝前走了两步，突然想起来还有个柳小满，回头看了一眼。柳小满还站在路灯旁边，他被这群突然拥过来的人挡在外边了，估计还没反应过来这状况，一脸茫然又错愕，正要往他身边挤。

“你回去上课。”夏良对他说。

说完，夏良没再管他，皱着眉毛抓着胳膊走了。

跟他一块儿过去的还有两人，都是认识的，加上去叫车的郭魏，一共四个人。

夏良一开始没顾得上其他人，等上了郭魏拦的出租车，车都开出去一个红绿灯那么远了，他被身边一左一右两人挤得动都不能动，才一脸莫名其妙地问他们：“你们俩上来干吗？”

“夏良，你的脸呢？”左边的方正收回目光，看着他。

“我们陪你去医院还挑上了？良哥，你现在都该抱着我们俩哭，你知道吗？”右边的高宇翔边说边发语音，“我陪哥们儿去医院了，没给你带饭，自己小超市买点儿吧。”

“你倒是直接给人发一个红包。”郭魏从副驾驶座上转过来说。

“夏良，你什么情况啊？”他又问夏良，“手断了？”

“不知道。”夏良试着动动手臂，想再感受一下它，刚一抬就疼得停下了。

“哎，你快别乱动了，”郭魏喊了一声，“手臂肿得跟开过光一样。”

“‘开光’是这么用的？”沉默了一秒，方正问。

“随便，你不是懂我的意思吗？还磨叽。”郭魏说。

夏良闭着眼，仰头靠向椅背，叹了一口气。

离他们学校最近的医院是朝阳医院，上了车后，郭魏一直在催司机快点儿，司机被他催得心里发毛，十分钟的车程硬是减成了六分半。

司机刹车的时候，夏良都觉得自己被惯性弄得往前冲了冲。

医院不大，有些年头了，最近正要搬迁，门诊没什么人，坐班的大夫看见他们拥进来，指了一个人去挂号，就直接把夏良带进去了。

“打球摔了？”夏良先拍了一张片子，大夫看了看，习以为常地问。

“他被球打了。”高宇翔说。

科室里还有一个护士，挺年轻的，估计刚毕业来实习没多久，抱着一沓病历本笑了一声。

夏良懒得解释，直接问他：“您就看手断了没。”

“还‘断了没’”，这大夫不急不缓地戴上手套，站起来，捞着夏良的胳膊摆了摆，“看看你那脸色儿，煞白，你也是能忍。”

“我——”夏良被他这两下弄得，冷汗从后脑勺直往外冒，咬着牙没让自己叫出来，另一只手使劲攥着大腿。

没等他缓过劲儿接着说话，大夫两只手扶着他的下臂突然一掰，也不知道把劲儿用在哪儿了，就听见一声特别脆的“咔”，这比他的胳膊磕在石头上时发出的动静响上十倍。

“啊——”夏良感觉眼前闪过一片金星，头皮都发麻了，差点儿没忍住抬腿朝他踢过去。

“我的天！”郭魏他们全部听见了，三个人挤在旁边，一个比一个脸绿。

“这是什么声儿啊？”郭魏一副牙疼的表情，“我怎么听着这才像手断了？”

大夫笑了一声，坐下写病历：“断的时候要能‘咔’这么响，他这胳膊就废了。”然后大夫才招呼护士，“拿石膏带。”

“什么意思？”夏良问他。

夏良先是疼得眼冒金星，等金星散完，他又试着动了动手臂，竟然……

好像没刚才那么疼了。

“你的胳膊不严重，别乱使劲儿，打个石膏个把月就好了。”大夫把片子抖了抖，指给他看，“这儿。”

“那刚才‘咔’一下是什么动静？”郭魏执着地问。

“歪了，明白吗？”大夫咂咂嘴，给了一个简单粗暴的解释，“给他推回去。”

当夏良石膏绷带缠到一半的时候，尚梁山来了。

人生头一次以班主任的身份遇上状况，他比看见体育生受伤还紧张，风风火火地走进来，嘴里还喊着：“夏良呢？”

夏良被人围着定在凳子上不能动，抬抬手接了一句：“这儿。”

尚梁山把郭魏他们往旁边扒拉开，一看夏良缠上绷带的右胳膊，眉毛“唰”地就绞了起来。

“什么情况？”他问。

“折了。”夏良说。

这会儿他其实还挺疼的，但已经处于他可接受范围的疼。他表情挺平静，声音也挺平和，回答“折了”的语气就像在说“吃了”。

尚梁山猛地呼出一口气，一脸严肃地去找医生。

夏良处理完胳膊，听大夫交代了几句能吃什么不能吃什么，大概什么时间来复查。夏良脖子上挂着自己的胳膊，校服只能披在肩上，他去缴费口缴费。

出诊室的时候，他看着胳膊上的绷带还想起了他爸，他爸的腿骨折过，当时他还小，才几岁，别的都没记住，就记得他爸腿上那个石膏做的大笨壳子了。

来医院的时候，他还以为现在打石膏跟以前一样，得上壳子上夹板，没想到变成缠绷带了，还挺利索。

当他推开诊室的门，看见外面等着的柳小满时，整个人实打实愣了一下。

“我不是让你回去上课了吗？”他脱口问了一句。

也不知道柳小满是一路跟来的，一直在外面等到现在，还是跟着尚梁山一起来的，不敢进去。

“你什么时候来的？”夏良又问了一句。

柳小满没说话，看见夏良挂着绷带出来的那一刻，就一直盯着他的胳膊，嘴角向下抿着。

“你什么表情，小姑娘啊？”夏良得歪歪头才能看见柳小满的表情，推了他的脑门儿一下，“哭就揍你。”

柳小满：“……”

这人都半残了，还威胁残疾人？

“关心你都多余。”他瞪着夏良，轻轻吸吸鼻子。

柳小满是跟着尚梁山一块儿过来的，也确实没敢进去。

当时在小球场边上，夏良让他回去，他是真愣了——脑子空得乱七八糟，什么都反应不过来。

夏良的胳膊可能骨折了，还是因为他。

他愣在那儿，满脑子就这一个念头，跟着涌起来的就是隐约的幻肢痛，以及当初在漫长的痛苦中被一次又一次清创、缝合、上药、恢复……那些回想起来仍会痛苦的滋味，全部枉顾他的意愿，强行伤了他一遍。

没有人比他更知道胳膊有多重要。

其实柳小满挺能接受现实的，他自己的胳膊没了就是没了，没办法，别人哪怕长三条胳膊也跟他没关系。

但是真到了目击身边人胳膊受伤的时候，他内心的恐惧与紧张却远远超出了他的想象。

他看着夏良走远，其实想跟上去但冷静下来想想，已经有人陪着他过去了，自己跟着也帮不上什么忙，还是得去找尚梁山。

来的路上，他紧张到快要神经质的地步，不停想着可能产生的后果。

明明他心里知道应该不会太严重，但还是把那些能载入“最惨倒霉蛋儿”的病例都往夏良身上安了一遍。

万一夏良不小心割断了韧带……

万一夏良的骨头断开插进肌肉里……

到了医院门口他也没敢进去，夏良出现在他眼前的时候，他正想到万一肌肉和韧带、血管都……

“对不起。”他很认真地对夏良说。

夏良看着他，一时间也不知道说什么。

他好好的胳膊断了，责怪柳小满虽然够不上，但要说真的一点儿感觉没有，那也不现实。

尤其刚才他疼得连话都不想说。

不过现在事件解决了，他确实没什么负面情绪。

“啊。”他接了一句。

然后他看看自己的胳膊，再看看柳小满的，突然有点儿想笑。

“还挺对称的。”他说。

柳小满看着他。

夏良冲他晃了晃自己缠着绷带的胳膊：“我是右边。”

柳小满缺的是左边胳膊。

夏良不提还行，但柳小满一想到他断的是右手，心里更不好受了，眼皮又耷拉了下去。

夏良真是冲着调侃去的，没想到一句话又把柳小满弄得一脸丧气，无奈地叹了一口气，说：“你给我当右手吧。”

“嗯？”柳小满吃惊地抬起头。

“做作业、打扫卫生，还有吃……”夏良顿了一下，“吃饭不用你，你买饭，像今天早上那样就行。”

“一直到我拆石膏为止。”他抬抬眉毛，把时间补上。

柳小满眼神复杂地看了他半天。

“其实我……”他缓缓地说，“就想给你交个打石膏的钱。”

“想得美。”夏良说。

去医院的时候是四个人，回去的时候车上的人变成了三个。

郭魏他们一见尚梁山就直接跑了，还跑得“理直气壮”。方正在路边拦车，回头跟尚梁山打招呼：“老师，我们先走了啊！您带夏良回去吧。”

“你们去哪儿？”尚梁山和柳小满在等夏良拿药，严肃地问。

“你猜？”高宇翔笑嘻嘻地说，推着郭魏上车了。

尚梁山“哼”了一声，抱着胳膊看他们乘坐车子的车牌号，也不知道是自言自语还是对柳小满说：“一看就知道不是回学校。”

柳小满对他们回不回学校没兴趣，他看看彻底黑下来的天色，犹豫了一下，问尚梁山："老师，几点了？"

"八点四十——"尚梁山看了一眼手表，"七。"

"哦。"柳小满愣了愣。

他也没觉得有多久，只是等夏良包完伤口，说一会儿话，去缴费拿药而已，怎么就到这个点了？

"你回学校还是？"尚梁山问他。

我当然回去。

柳小满一脸奇怪地看他一眼，点头"嗯"了一声。

夏良拎着装药的纸袋从大门里出来，手往兜里伸，想掏手机，胳膊一转他才反应过来，自己只有一只手能用了，只好把纸袋先夹在吊起来的右手指头间，然后再伸手去兜里掏手机。

要说人的心态也是怪，平时也是这个流程，但是只剩一只手时，就觉得怎么着都不方便。

他掏手机也掏不利索，捏也捏得费劲儿。

尚梁山在旁边看了一会儿，黑着脸过来，粗手粗脚地帮他把手机拽了出来。

夏良有点儿无奈，看着他说："谢谢尚老师。"

"德行。"尚梁山瞪着白眼说他，抬手拦了一辆车。

柳小满在旁边看了他半天，想帮手但是没来得及。

夏良也没搭理他，尚梁山已经拦到车了。夏良径直朝车后座走，经过他身边的时候把药袋子往他怀里一搁，他赶紧伸手接着。夏良把车门拉开，抬抬下巴喊他："进去。"

等他们俩在后排坐好，尚梁山报了学校名字让司机开车，半侧着脸对夏良说："我给你妈妈打电话了。"

夏良对这个话题既没兴趣也没反应，头都没抬，靠在椅背上往外掏手机。

尚梁山等了两秒，没等到他出声，只能清清嗓子继续说话："但是她现在外地，出差了，所以让你姥爷先照顾你。"

"嗯。"夏良答应一声。

真是一丁点儿都不让人意外。

他那该投胎成一枚火箭的老妈要真会因为他骨折就跑过来，他才得吃惊。

“你现在是想先回去休息，还是怎么着？”尚梁山问他。

“学校。”夏良想了想说。

尚梁山的目光中带了一点儿欣慰，赞许地看着他。

“充电器在学校。”夏良又说。

尚梁山一脸麻木地盯了他一会儿，转身坐回去了。

手机在右边裤兜里，坐着用左手不太好掏，他拽了半天，拽得耐心尽失，拍了一下柳小满，冲柳小满撩起校服右下摆。

“右手。”夏良吹了一声口哨。

这就开始了是吗？

柳小满看夏良一眼，认命地开始履行“夏良的右手”的职责，伸手塞进他的裤兜。

口袋有点儿紧，加上夏良坐着，他不好使劲儿，手往里面掏了掏，指腹从夏良的胯骨那块儿滑过去，才夹着一个角，把手机抽了出来。

两人是齐着坐的，这个角度抽手机，柳小满的脑袋几乎得顶在夏良的下巴底下。

在整个掏手机的过程中，夏良的目光在柳小满的后脑勺上转动，研究他的头发旋儿。

一个乖，两个坏，老一辈似乎有这个说法。

柳小满只有一个旋，长的位置和形状都很好，挺符合他的形象。

夏良就着车窗外面投进来的各种光看了柳小满的后脑勺一会儿，又看向柳小满因为动作支棱起来的领口，那里有一截微微凸起来的骨头。

夏良意外地发现柳小满的脖子其实挺长的，整个线条特别流畅，不由得让人顺着往下看。

整个过程其实很快，夏良的视线被衣服挡住了，柳小满也把手机掏了出来，拿给他：“嗯。”

“谢谢。”夏良说了一句。两人对视一眼，他把手机接过来。

手机的呼吸灯在疯狂地闪。

夏良猜测至少有十条罗浩的消息，他猜他们应该已经知道他的情况了，估计都排着队给他发“哈哈哈哈”。

屏幕一亮，消息没看见，他先暗骂了一声。

“好好说话。”尚梁山从前面后视镜里看他。

柳小满往他手机上扫了一眼，“啊”一声也愣了。

“啊。”夏良学着他重复了一遍。

“怎么了？”尚梁山这才问。

其实对夏良来说没怎么，但是对柳小满来说，无疑是往他已经愧疚又复杂的心上继续刺一刀。

——夏良的手机屏裂了。

还不是一般的裂，是四分五裂的裂，摁亮以后一片花花，什么都看不见。

估计用罗浩的话说，就是一张好好的屏碎得像高德地图一样。

应该是当时夏良的胳膊磕在石头上碰着了。

柳小满的太阳穴一阵突突，他仿佛能听见计算器的声音，一个键一个键地加着：石膏加手机屏……

“你这个……”他心情复杂地把夏良的手机拿过来看看，“天桥底下二十五块钱能换吗？”

夏良愣了一下才反应过来，这是那天他让罗浩滚的时候随口说的一句话。

“你真是……”他都不知道是无奈还是想笑了，这其中竟然还带着一点儿心酸。

“能啊。”他拎着手机一角转了一圈，把手机揣回去，“再记二十五块钱的早饭吧。”

手机掏出来费劲，塞进去倒是麻利得很。

柳小满皱皱鼻子看着他。

尚梁山看没人理他，自己在那儿说：“手机怎么了？烂了？”

“嗯。”夏良把车窗降下来一点儿，吹着风，“屏幕裂了。”

“内屏？”尚梁山问。

夏良又“嗯”了一声，没继续这个话题。

尚梁山有些意外，回过头看他一眼，停顿了一会儿。

柳小满听不懂内屏外屏，张着眼看车窗外一排排刷过的风景，计算大概还有多久能到学校，同时计算二十加二十五的早餐大概得带多久，每天都得换个样子，不然容易吃腻。

胳膊断了得补钙，他每天还得多给夏良加一个茶叶蛋。

“到底怎么回事？”尚梁山接着问，“你从室内体育馆出去的时候还好好的，怎么就把胳膊搞断了？”

“这问题还真得问您自己。”夏良也没看他，继续看着窗外说。

“什么？”尚梁山盯着他。

“该上课的时候你不让学生好好上课，瞎往体育馆里带。该打球的学生不让人好好打，瞎往外赶。”夏良把视线从窗外收回来，跟他对视。

他的声音不高，语气也不急，像聊天儿似的，但是听在耳朵里，司机和柳小满都忍不住一起看了过来。

“有时候呢，事儿就是这么巧，人就是这么寸。”夏良看着他，“老师，教小金鱼爬树可以，但真没必要。”

出租车在校门口停下，夏良和柳小满往教学楼走，尚梁山往办公室走。

“你先回去好好休息，有什么事儿明天再说。”下车的时候，尚梁山绷着脸留给夏良一句话。

夏良他们俩都想不到有什么要跟尚梁山说的，点了下头，道个别就走了。

还是夏良在前，柳小满在后。

“你能不能过来点儿？”夏良跟他说句话还得专门回个头，有点儿无奈地对他说，“我是揍过你吗？”

柳小满看了夏良一眼，不怎么情愿地走到夏良旁边。

柳小满倒不是不情愿跟夏良并排走，就像他说的那样，自己没被他揍过。

柳小满是不自在。

——回到学校里，他因为夏良胳膊骨折而被抛到脑后的、先前未说完的话题一下子全回到脑子里了。

你是不是总琢磨樊以扬啊？

夏良是这么说的。

当时夏良说完这句话，柳小满都没来得及往深了感受，夏良就出事了。

夏良看他的表情比刚才还凝重，心思一转，大概猜到他脑子里在想什么，故意问他："你想什么？"

"没有。"柳小满说。

"樊以扬吧。"夏良望着前面直接说。

前面第一排就是高三的教学楼，最后一节课了，高三楼也跟高一高二的一样，每个窗户口从里往外透着淡淡的松懈和躁动。

柳小满看了他一眼。

柳小满还真怪不了夏良说话不留面子，毕竟刚才人家已经明显不想开口了，是他打破砂锅问到底，心里像长草似的逼着夏良把话说了。

而面对这个怎么想都很费解的话题，夏良的反应一直特别淡定，或者说自然。

夏良这样的反应让他平静不少，不像刚听见那句话时那样，脑子"轰"地炸开了，让他有余地去思考别的问题。

比如——

"你为什么，"柳小满斟酌了一下措辞，仍有点儿艰难地开口问，"会这么觉得？"

夏良看了他一眼，眼神里有点儿似笑非笑的情绪。

"感觉。"夏良叹了一口气。

"所以……"他问柳小满，故意掀掀眉毛没说全。

"我……"柳小满张张嘴，又说不出话了，"想学习。"

"樊以扬有什么好学的？"夏良看他这反应，故意逗他，"榆木脑袋一个。"

"你不要这么说扬扬哥。"柳小满立马说。

说完，他自己都愣了愣。夏良扬起一边眉毛，"哦"了一声，带着笑看着他。

"你不觉得奇怪？"柳小满看着他。

夏良的步行速度本来就慢，不急不缓，在柳小满问出这一句后，他干脆停下了，看着柳小满。

“我不觉得，但有人会觉得。”他对柳小满说，“所以你不要随便谁都告诉。”

我能告诉谁啊？柳小满心想。

光把这些事儿琢磨明白，就够他头疼的了。

回到教室门口，他们遇上了余首。

余首去办公室抱作业了，柳小满隔着一段距离就看见那个封皮儿，是郭大嗓子让他们统一买的政治练习册。

“回来了。”余首跟他们打了个招呼。

说完，他看见夏良挂在胸前的胳膊愣了愣，抬了抬下巴问：“胳膊怎么了？”

“磕了一下。”夏良说。

“没事吧？”余首犹豫一下又说，“有什么要帮忙的你直说。”

“嗯。”夏良冲他点了下头。

余首从前门走，夏良直接去推后门。柳小满犹豫了一下，还是跟着余首去前门打报告。

“哎哟，”郭大嗓子趴在讲台上，不知道在看什么东西，看见跟在余首后面的柳小满就喊了一声，跟着又听见动静，抬眼看见从后门进来的夏良，夸张地提高了音调，“夏良，你不学就不学了，怎么还把我的好学生拐走了？”

“我？”夏良笑着拉开凳子坐下，“我现在还真没这能力。”

“胳膊怎么了？”郭大嗓子看见他受伤了，惊讶地问。

他这么一说，全班立马“呼啦”一下转过头去看。

“我的天！”李猛第一个叫出来，整个人恨不得从座位上跳过来研究，“你的胳膊咋了？”

“你瞎啊！”王朝朝他脑袋抽了一下，“都打石膏了，手臂肯定断了啊。”

“你说谁瞎？”李猛还给他一肘子，“我能看不出是断了？我这不是问原因吗？”

“是啊，你的胳膊怎么断了啊？”王朝揉揉被捣的位置，跟着一块儿问。

“磕了。”夏良说。

“你磕哪儿了，能成磕这样？”郭大嗓子过来问。

“那就摔了吧。”夏良叹了一口气。

他真是不想再跟人重复自己是怎么被一个篮球打成骨折的，丢人。

“注意点儿啊！”郭大嗓子说了一句。等柳小满也过来坐下，他看着这两个人一个左手不方便一个右手不方便的，先是“啧”了两声，啧着啧着忍不住就笑了，“这两人弄的……”

“小满不满，夏良不良。”李猛接了一句。

班里“嘿嘿”地都笑了。

王朝又说：“你们俩加上巷子里的奥力给，简直就是吉祥如意的一家。”

“什么奥力给？”李猛问他。

“小猫。”王朝说，还用手比画着，“就三条腿。”

“什么？”李猛惊讶地说，“我咋不知道？”

“你知道什么。”王朝说。

“奥力给？”柳小满看向夏良。

不是小锅吗？

“哦。”夏良也看着他，“一千个人喊它一千个名字，上回还有两个高一的喊他‘奥利奥’。”

“什么乱七八糟的。”柳小满笑了一下。

还是小锅听着最顺耳。

“你们什么时候从体育馆回来的？”他问李猛。

李猛跟王朝对看一眼，回忆着：“没多久吧，尚梁山出去了，我们俩也就走了，好歹是上课时间，心里没那么有底。”

“我不催你，你能在那儿打一辈子乒乓球。”王朝说。

“我要真不想走，你在那儿催一辈子也没用。”李猛说。

柳小满算算时间，差不多。

他去找尚梁山的时候，跟先跑过去的那个人是前后脚到达的，尚梁山当时已经到室内体育馆门口了，应该是他跟夏良撤退没多久，尚梁山也走了。

真让人捉摸不透。

夏良的胳膊一断，瞬间觉得全世界都变麻烦了。

掏书、掏笔、掏手机、够东西、手机掏出来再塞回去……不但麻烦，而且烦琐得毫无意义。

柳小满本来想在最后一节课把前面浪费掉的时间都补上，结果夏良隔三岔五喊他一声，不是让他接个练习本，就是让他帮着拔个笔帽。

“我不是给了你一支笔吗？”柳小满像是无实物表演，在夏良眼前用手装作摁了两下笔，“一摁就出来了，不用拔。”

再说了，你没手还没嘴吗？不能上嘴咬掉？

而且一个连作业也不写的人拔什么笔？

“你管我。”夏良看都不看他一眼，麻利地用左手写着什么。

柳小满凑过脑袋去看夏良，估计是手机没法用了，实在是无所事事，他发现夏良竟然不知道从哪儿弄了一个本子，正在抄他的历史笔记。

夏良写字的姿态很好看，很大方，后背靠着凳子，既没前倾也没趴在桌上。

“你果然能用左手写字。”柳小满“哦”了一声，小声说，“你这是把吃饭的本事都用上了吧？”

夏良的笔头顿了一下，笔在手上转了个圈，照着柳小满的头顶敲了一记。

柳小满捂着脑袋坐回去，两个人都莫名地想笑。

放学铃响，班里的人慢慢开始撤退，王朝一如既往第一批跑开，李猛听说柳小满还要再学一节课才走，忙不迭喊着王朝一块儿溜了。

韩雪璧应该是犹豫了一会儿，等班里人走了一半，才过来对夏良说：“你有什么需要帮忙的就说，我都会跟尚老师提的。”

“嗯。”夏良看她一眼，手上还在抄着笔记，没停，道了声谢。

这两人还挺搭。柳小满看着斜对角收着书包的余首，不禁这样想。

又过了一会儿，班里人几乎走了，他有点儿开始坐立不安。

他看夏良还没有要走的意思，忍不住问了一句：“你不走吗？”

“你在等我？”夏良看向他。

他并没有。

柳小满刚想说话，夏良就放下笔，在桌斗里掏了掏，摸出一瓶饮料，是上次李猛放他桌上的益生菌，瓶口朝着柳小满一伸。

“我不渴。”柳小满摇摇头，想想又加了一句，“谢谢。”

“不客气。”夏良看他一眼，“我是让你帮我拧开。”

柳小满都不知道该做什么表情了。

晚上十点后，校园里还充斥着一天学习结束后的片刻轻松，在这样美好又宝贵的时间里，他和夏良两个人，却在跟一瓶水较劲。

“你攥好。”柳小满调整一下姿势，这个瓶口格外紧，竖纹直搓掌心。

夏良把瓶子又往他跟前挪了挪，柳小满刚要使力，窗户外突然闪过一道人影，喊他：“小满？”

柳小满抬起头，耳朵根儿“倏”地一红，手没握好瓶口，顺着瓶子往下滑，搭在了夏良的手指上。

夏良看他一眼。

“你们在干吗？”樊以扬微皱着眉头，盯着他们俩。

柳小满像扔什么东西似的，把夏良的手和瓶子一起推开了。

“扬扬哥。”他喊了一声，就差站起来鞠个躬了。

夏良在旁边看着。

有些时候，他还挺喜欢这样去观察一个人的。从说话的语言、肢体的小动作，还有脸上的微表情，能看见很多不一样的，或者说潜于内心深处，没表现出来的东西。

当一个人的一些小心思不小心暴露出来的时候，会让他显得很可爱，也可能很烦人。

“你的胳膊怎么了？”樊以扬在窗户口看了半天，像那种替儿子甄选小伙伴的家长一样，一脸提防又谨慎地问他。

“你猜啊。”夏良从窗户里回看着他，好一会儿才语气平平地回了一句话。

他们俩一个站一个坐，一个在里面一个在外面，明明什么都没做，也都没什么表情，就是给旁边的柳小满一种死活不对盘的感受。

“扬扬哥。”他没忍住又喊了一声。

樊以扬跟夏良对视一会儿，从敞开的后门走了进来。

“他过来干吗？”夏良问柳小满。

“补课。”柳小满小声又快速地说。

夏良简直不知道说什么好了：“就因为今天少上了三节晚自习？”

“什么？”柳小满愣了愣，忙说了一声“不是”，说完他挺为难地看着夏良，又问，“你还不走吗？”

“怎么了？”夏良用左手转了两下笔，仍靠在凳子上不动弹，“我在你们还学不成了？”

“不是……”柳小满被他哽得说不出话，眼睛睁得溜圆，用商量的目光看着他，“你就不能先走吗？”

不然怎么坐啊？难道让樊以扬坐在李猛的位置上，再转过来跟自己用一张桌子吗？

还是他跟樊以扬去坐李猛他们俩的座位，把夏良丢在这儿？

一个是来给自己补习的，一个刚间接地因为自己折了胳膊，要是夏良的胳膊没断，随便怎么样都行，现在这情况，让他怎么都不自在。

樊以扬走过来，看了一眼没有想挪窝意思的夏良，直接往前一步，拉开了李猛的凳子，对着柳小满说：“过来吧。”

柳小满犹豫一下，又看了一眼夏良。

“这一课剩下的，你帮我抄了吧。”夏良突然把笔记本往柳小满桌上推过去。

“嗯？”柳小满和樊以扬同时看向他。

夏良把笔也往笔记本上一抛，推开桌子站起来，什么也没拿，利索地从后门出去了。

“我……”柳小满看着夏良走出去，呆愣地看看笔记本，一抬头发现樊以扬正盯着笔记本紧锁眉头，忙把两个本子都收了起来。

这叫什么事儿啊。本来就是自己的笔记，现在还成免费代笔了。

“莫名其妙。”樊以扬沉声说了一句，说完看着柳小满问，“他的胳膊怎么了？”

“打篮球，被撞了一下。”柳小满没敢跟他对视，撒了一个小谎。

他本能地觉得，如果自己实话实说，夏良是为了拉自己被篮球撞到石头上了，樊以扬对夏良的印象只会更差，不会变好。

而现在的状况是，无论樊以扬怎么说，他都不可能疏远夏良。

柳小满有点儿想叹气。

好学生和学生混子之间的不对付，估计一辈子都消弭不了。

在教室里只剩下他和樊以扬两个人后，他突然前所未有紧张起来。

楼下有大批学生拥过，更衬托出教室里连互相呼吸都能听见的安静。

这种情况以前从来没有出现过。

柳小满的脑子像卡带一样无限循环着夏良那句话，感觉浑身的毛细孔都被放大了，满鼻子呼吸到的、满耳朵听到的都是“樊以扬”，眼皮也抬不起来，不敢往樊以扬那儿看，连手脚都不知道怎么摆了。

“你别搭理他。”樊以扬的话题还在抄笔记的问题上，他见夏良走了，就把李猛的凳子推回去，回到柳小满这边。

他刚一靠近，柳小满就像踩了电门似的猛地往旁边一弹。

樊以扬一脸奇怪地往底下看看：“我踩着你了？”

“没有。”柳小满挠挠脸，坐到里面夏良的位置上，把自己的座位空出来给樊以扬，迅速地转移话题，“你坐我这儿吧，扬扬哥。”

“嗯。”樊以扬看看夏良连一本摊开的书都没有的干净桌面，没再说什么，在柳小满的位置上坐下了。

“给你这个。”樊以扬坐下来后，先递过来一只耳机。柳小满顺着耳机线往前看，另一只耳机在樊以扬自己耳朵上卡着，樊以扬本人正把耳机线连上手机，滑着手机屏快速翻找什么。

“是这个吗？你给我看看你们的听力书。”樊以扬举着手机问他。

柳小满正盯着他的侧脸发愣，冷不丁对上他的目光，“哦”了一声，忙伸手往桌斗里掏书。

“你今天怎么了？”樊以扬看着他，“老发愣……你的桌子在这边。”

“没……”柳小满又要说没有，樊以扬提醒了，他才发现自己竟然在掏夏良的桌斗，登时说不出话来。

夏良的桌斗，怪不得除了一个纸袋，什么也掏不出……纸袋？

柳小满动作一顿，把摸到的纸袋拿出来看了一眼，果然是刚从医院拿回来的药袋子。

“啊。”他轻轻叹了一口气。

“什么？”樊以扬看了一眼问。

“夏良的药。”柳小满朝窗外看看，走廊里早没有夏良的影子了。

樊以扬没当回事，从柳小满桌上摞起来的书里找到了听力书，直接抽出来继续给他找听力，翻了翻问：“从这一章开始？”

柳小满点点头。

这会儿他脑子里的重心转移到夏良的胳膊上，跟樊以扬离得近倒也不紧张了，又找到了以前两人独处时的状态。

“找到了。”樊以扬把耳机摁进柳小满耳朵眼儿里，就要点播放。

“等等，扬扬哥，”柳小满喊了一声，显然他是做了半天的心理斗争才敢开口的。他把耳机抠出来对樊以扬说，“你给夏良打个电话吧，夏良应该还没走远。”

伤筋动骨一百天呢，这才第一天就把药落了，得哪辈子才能好。

樊以扬皱皱眉，他觉得今天晚上的柳小满很奇怪，这跟夏良突然胳膊骨折一定脱不开关系。

柳小满有秘密了，因为夏良。

而且显然现在柳小满不想跟他多说，柳小满不说他也不好多问，只能装作什么都没发觉。

这体验还真是第一次，樊以扬的心思飞快地转着，他感觉有点儿不愉快，一时间却说不上来这份不愉快是因为“秘密”，还是秘密的原因是“夏良”。

但就算他不愉快，打个电话让人回来拿药这要求确实没什么为难人的，于情于理都说得过去。他只能把耳机拔掉，去收件箱里找上次柳小满给他发短信的手机号。

他刚把号码调出来，柳小满又“啊”了一声，说：“算了，别打了。”

“又怎么了？”樊以扬的手指悬在拨出键上，看着他。

“夏良的手机应该坏得接不了电话了。”柳小满想起那块花花绿绿的屏幕，抿抿嘴。

“那就赶紧听听力。”樊以扬果断地把后台切回听力界面，重新给柳小满戴上耳机。

柳小满的耳朵本来就薄，被他这么擦来擦去，擦得直发麻。

他不好意思地揉揉耳朵，随口问了樊以扬一句："扬扬哥，手机是不是还分内外屏？"

"嗯，分。"樊以扬说，"他是内屏坏了？"

"应该是。"柳小满回忆着夏良和尚梁山在出租车上的对话。

"那挺麻烦的。"樊以扬说，"得去换一块屏才能用，坏得严重可能还要返厂。"

"返厂？"柳小满愣了愣，"不能去找贴膜的直接换吗？"

"那是外屏。"樊以扬把自己的手机拿给柳小满看，"内屏是里面的显示屏，贴膜的可干不来这个。"

柳小满半天才回过来神，又问："那换内屏要多少钱？"

"每家不一样。我上学期换了一次内屏，三四百。"樊以扬说着，看向他，"怎么了，你怎么这么关心这个，夏良的手机是你给弄坏的？"

"嗯？"柳小满不知道在想什么，好一会儿才重新看向他。

夏良从学校出去后，发现手机一坏，没有罗浩他们一条接一条的信息轰炸，这个时间意外很清闲。

他照旧拐去小岔口喊小锅，从兜里给它掏罐头时动作一顿，看着小锅说："你今天还真吃不成了。"

他冲小锅晃晃自己裹着石膏绷带的右手："我的右手还有点儿使不上劲，硬给你掰罐头会把骨头抻歪的。"

小锅听不懂他在说什么，只仰着脖子冲罐头喵喵叫，绕着他的小腿又蹭又转。

夏良蹲下来看着它，它蹭了蹭他的手。

"这么馋？"夏良戳了一下它的脑袋。

小锅拖长嗓子尖尖地叫。

可能有些事真的得到了那一步才能稍微感同身受，之前夏良只觉得小锅是一只自食其力的小野猫，不用人照顾也能活得蛮好。

现在他看着小锅和小锅眼睛里自己的倒影，就多了一点儿"同是天涯沦落人"的情绪。

还挺诗意，他自己评论了一句。

他应该把柳小满也拽过来。

小锅还在冲罐头叫着，夏良握着罐头抛了抛，干脆把罐头往兜里一揣，手一抄把小锅抱了起来。

“自己趴好，掉下去我不捞你。”他反手把小锅搁进了兜帽里。

“喵——”小锅没敢动，整个身子缩在兜帽里，一只猫爪紧紧扒着夏良的肩膀，惊奇地探出脑袋。

第八章
没长手吗?

夏良从十字路口右转的胡同进去，还没到家门口，隔着一根灯柱的距离，就闻到一股说不上来是鸡汤还是排骨汤的味道。

他在自家院门口推开门，把小锅从脖子后面提溜出来，随手搁在院子里，自己朝里屋走。

姥爷家住的这条胡同都是老建筑，当年纺织厂还红火的时候，这种带院子的两室、三室小平房专门分给领导住，前面隔着一条街的家属楼还是从筒子楼换过来的。

现在到处都规划发展了，年轻人都愿意搬去新房。夏良他老妈前几年在市中心买了一套二楼的新房子，老头儿不愿意去，他从年轻到老，大半辈子给纺织厂和老院子,老伙伴们都在这儿,每天没事儿一块下下棋、打打太极，比在楼房里闷着舒坦。

夏良是在胡同里长大的，后来跟他爸妈搬了出去，夫妻俩离婚后又搬了回来，跟他姥爷住一块儿比跟他爸妈住清静。

如果他姥爷做菜时能多放点儿盐就更好了。

夏良掀开帘门，汤的味道不受阻挡地钻进鼻子。姥爷正站在书桌后头画画，一只手拿笔，一只手端着冒热气的大海碗。

“回来了？”姥爷听见动静，把手底下一朵牡丹画完才抬头看了他一眼。

“嗯。”夏良答应一声，把校服脱下来往沙发上一扔。

他一边扔校服一边打了个喷嚏，皱皱眉，用食指顶了一下鼻子：“我都说了别点这个香，一股老味儿，你真当自己是老神仙了？”

“你懂什么？”姥爷把毛笔放下，端着汤碗过来，瞅了瞅夏良的胳膊，“我看看怎么断的。”

夏良见他还想上手摁两下，忙往旁边一避：“你别管了。”

“我还懒得管你，小男孩哪有不磕碰的，有磕有碰才正常。”姥爷站回书桌后头，活动两下脖子，“锅里有汤，你去喝了吧。”

“给我煮的？”夏良说了一句。

“你妈让煮的。”姥爷说。

夏良一边的嘴角扯了一下。

要不是知道他妈妈有给他脑袋上豁出一道口子，一句关心没有，拎着包直接走了的行为，这话简直合情合理到他都要信了。

他跟姥爷说着话，去厨房看了一眼。怪不得他闻着汤味儿又像鸡又像排骨，大汤锅里直接煨了一整只鸡，还有一锅底的排骨。

这做派，更不可能是他那恨不能用称重器称食材做保养的老妈的主意。

他没用碗盛，直接用汤勺舀了一点儿汤抿抿，就把汤勺丢回了锅里。

“又没味儿？”姥爷在外面听见了，喊了一声。

“我妈没从生活费里克扣你盐钱吧？”夏良说。

“是你们年轻人爱吃咸的，口味重。”姥爷说，“我尝着正好，汤嘛，补身子还是得原汁原味。”

夏良没继续反驳他，把盐罐子从橱柜上够下来打开，用小勺熟练地舀了半勺。

他正要往锅里撒盐，又想起来什么，把小勺插了回去。

“姥爷，”他喊了一声，同时在厨房里到处翻了翻，“有小碗吗？给我一个。”

“桌上有涮笔的小碟儿。”姥爷说。

“那不行。”夏良说。

“干什么使的？”姥爷问。

“喂猫。”夏良说。

姥爷在外面说了句什么，夏良没听清，也没管。他在柜子里看见一摞摞起来的旧碗碟，底下有个小汤碗，正好能拿出来给小锅用。

上面乱七八糟的东西堆得挺多，他蹲下来往外掏，都是些没什么重量又碍事的杂物，还掏出来一大包旧塑料袋，估计是姥爷想留着套垃圾桶用的，也不知道放了多久，摸着都黏糊了。

他估摸能直接把整摞碗碟都拽出来了，才攥着最底下的大盘子开始使力。

“爷爷！”有人在院子外面大喊了一声。

夏良手上的力道没控制好，抽猛了，一摞碗碟稀里哗啦全倒了。

“唉。”夏良蹲在柜子跟前闭了闭眼。

罗浩！

“怎么了？”姥爷一边问一边进来了。

“什么动静啊？”外面喊“爷爷”的家伙跟着一块儿蹦了进来，果然是罗浩，一见夏良这阵仗，就指着他先乐了一通，“还真断了？厉害啊，我良哥！”

“你干吗来了？”夏良不想搭理他，朝他脚边的垃圾桶指了一下。

“您别费手了，老爷子。”罗浩赶在姥爷弯腰之前赶紧将垃圾桶拎了过去，蹲下来要帮着夏良一块儿捡破碗碟，听夏良这么问，又挺直上身，挺费劲地从兜里掏出一个纸袋，往夏良腿上一拍，“雪中送药。”

这回没等夏良问，他主动把前因后果交代了：“郭魏他们不告诉我，你胳膊折了，给你发消息、打电话，你一直没回，我寻思去你班里找你。结果你没见着，见着樊神了……哎，樊神过去干吗啊？看那架势像要给小残疾补课似的，至不至于啊？”

罗浩说话就跟下跳棋一样，一个没刹住就往轨道外面跑。夏良看他一眼，他“哦”一声又把话题拐回来：“然后那人让我把药袋子带给你，我就直接奔过来了。哎，对了，我刚进院子看那三脚猫跑你家来了。”

“人家有名字。”夏良说了一句，“谁让你送的？”

“什么？”罗浩看了一眼装药的纸袋，“当然是小残疾啊，你还指望樊神跟你有同学情呢？他不拿鼻孔看我就不错了，一天天的，你看他看得起谁。”

夏良的眉毛动了一下，没管罗浩后面还在叨叨什么，想想柳小满对罗浩烦的那个劲儿，还得忍着让他把药带来，心情莫名好了些。

柳小满还算有良心。

他把纸袋递给姥爷，姥爷戴上老花镜研究了一会儿，将它搁在了客厅里。

“喝汤吗，罗浩？”姥爷问罗浩。

“哎，我听他们说，你还是帮小残疾挡球才把自己弄残的，真行啊，你们俩，配上院子里那只三条腿的，整个一个‘锅满粮’大礼包……”罗浩还在说着，听见姥爷这么问，顿了一下，小声问夏良，“汤是你姥爷做的还是你做的？”

“你觉得呢？”夏良说。

“我不喝了，爷爷。”罗浩喊了一声。

夏良给小锅盛了一碗老母鸡排骨汤，又让罗浩把罐头打开，直接把罐头倒在汤碗里一擢，就端着汤碗去院子里喂猫。

小锅没被人这么往家带过，估计挺紧张的。夏良出去的时候，它正对着院门想越狱，夏良喊它一声，它蹦蹦跶跶赶紧过来了。

“想跑？”夏良把小碗放在它跟前，自己也蹲下来，看着它冲着汤碗犹豫。

“这个碗是你的了。”他指了指小汤碗，“你想在院子里待着就待着，想出去玩就出去玩。你在外面没找着吃的，就回来吃。”

小锅扒拉他一下，他没管，让它自己玩儿。

罗浩在屋里跟姥爷说了几句闲话，出来看见夏良蹲在院子就暗骂了一声：“你不叫我啊？”

“叫你找心烦？”夏良说。

“怎么就没把你这张嘴闪折了呢？”罗浩在他旁边蹲下了。

夏良笑了笑。

罗浩用肩膀撞撞夏良：“哎，良哥……”

罗浩这一撞正好撞在夏良骨折的胳膊上，夏良的脸色猛地一变，差点儿反手擂罗浩一拳：“你长点儿心，行不行啊？”

“我……我没注意。”罗浩差点儿直接蹦起来，赶紧转了一个圈，去夏良另一边蹲着，“你没事儿吧？”

夏良调了调绷带的位置，怎么调都不得劲儿，干脆把绷带从脖子上摘下来了。

“你别啊，”罗浩赶紧拦他，“你这再往哪儿一磕，我说得清吗？”

“你接着说。”夏良把他挡开，“我这样不舒服。”

“那你明儿别忘了再戴上它啊！”罗浩说，“不过你是不是要请个长期病假了？干脆直接别去学校了，老尚也不能把你怎么着。”

“我还毕不毕业了？”夏良看他一眼。

“哦，你还在乎啊？”罗浩乐了，“我还当您已经看破红尘，无所忌惮了。”

夏良没接他这话茬儿。

这不是忌惮不忌惮的事儿。

虽然他没想靠着上学有什么出路，但既然上学了，就不能连个毕业证都拿不着。他再无所谓，这点儿事心里还是明白。

人再随便总得有个底线，不然自己都瞧不上自己。

还有，他老妈和尚梁山成天想着招儿折腾人，他之前应付一个已经够烦了，真要连学校都不去了，尚梁山能联手他老妈过来把家给他拆了。

他想到这儿，脑海中又浮现出樊以扬那张招人烦的脸。他一直想不明白，怎么就真有那种把学习当成乐趣的傻瓜，一天光靠考试靠分数看人。

他遇上柳小满后就更想不明白了，竟然还有人去学樊以扬这样的傻瓜。

柳小满在学习上倒是挺使劲儿。

但是他那样子，以后学出来了能干点儿什么？

夏良看了一眼自己的胳膊，光被绑着就够心烦的了，干什么都不稳当。

虽然他身边不把上学当回事儿的混子不少，但是那些人家里条件都还过得去，拿罗浩来说，家里有一个超市、两个火锅店，没条件的也好歹有两条手，怎么着都不会把自己饿死。

柳小满总不能把自己学成霍金 2.0 版。

夏良想到这儿，突然觉得老天爷真是公平到冷漠，给了柳小满上进的心、懂事的性格，就非得收走他一点儿别的东西。

老天爷对每个人都一样。

罗浩见夏良一直没搭理自己，也懒得贫嘴了，开始说正经的。

“我听他说你手机也坏了？”罗浩朝夏良裤兜上看，“你拿给我看看，坏成什么样了。”

夏良掏出手机扔过去。

“我的天！”罗浩摁了一下屏幕，直接叫了出来，“这屏幕炸得，芝麻开花啊。”

“你家楼下是不是有个售后服务店？”夏良看着小锅问他。

小锅这会儿开始埋头吃东西了，刚才换了新环境，它见着人有点儿疯，在院子里东一头西一头地扒拉了半天。

“啊，有。”罗浩摁着手机研究。

“你帮我把手机拿去换一块屏，该多少钱，开了机我转你。”

“好说。”罗浩点了下头。

“这小玩意儿，你决定拎回家养着了？”临走之前，他又问夏良。

“天快凉了。”夏良说。

罗浩用“这人是不是疯了”的眼神定定地看着他：“你也没磕着脑子啊，还知道现在是九月吧，大哥？”

夏良没忍住笑了，站起来踢他一脚：“滚吧。”

夏良回到里屋，发现姥爷已经撂笔了，他打开了电视，边晃着老年操边看晚间新闻。

“有什么大事儿等着您拿主意？”夏良随口开玩笑。

“没什么事儿。这周有雨，就这几天。”姥爷指了一下屏幕右下角的天气小分格。

夏良说了句“知道了”，就去房间换衣服。

没几分钟他又出来了，短袖T恤脱了一半，另一半卡着胳膊肘，堆在绷带上。

姥爷看他一眼就笑了：“还真是有点儿麻烦。”

“剪了吧。”夏良去电视机柜上找剪刀。

“败家玩意儿。”姥爷照他后背上拍了一巴掌，“你把胳膊伸过来。”

夏良叹了一口气，配合姥爷半天，才把衣服扒拉下来。

“你别穿你那睡衣了。”姥爷说着，去后面阳台上取了一件自己的二道杠背心给夏良套上，边套边乐，“就这个吧，也不勒手。”

夏良无法反驳，冲着镜子看一眼自己的造型，忍不住跟着姥爷一块儿笑了。

“裤子呢？自己还能脱吗？”姥爷看了一眼他的裤腰。

“您就别操心这个了。”夏良捂着腰带转身回房间。

他换完衣服出来，又在几个抽屉里翻了翻。姥爷看他晃来晃去，问了一句：“你又找什么？”

“那小猫是你自己弄回来的自己照顾，别指望我给你养。”他又接了一句。

夏良“嗯”了一声，头也没回，继续翻着抽屉：“不用管它，它自己会找东西吃。我把你塞桌底的纸箱子掏给它了，它来了，你给它小碗里倒点儿水就行。”

“你到底找什么呢？”姥爷又问。

“我的旧手机放哪儿了？”夏良说。

“你自己的东西，不在你屋里找，出来瞎翻。”姥爷说。

“我找了，”夏良又合上一个抽屉，“没有。”

“那可能是我收拾老物件儿的时候卖了。”姥爷想了想，问夏良，“你的手机坏了？”

“啊。”夏良答应一声，“屏幕碎了，我让罗浩拿去换了。”说完又加了一句，“您扔旧手机那么勤，厨房那堆塑料袋子都快长毛了，您倒是收得挺好。”

“那都是留着装垃圾的，你别给我瞎扔。”晚间新闻播完，姥爷拿遥控器调着台，“手机坏了就再换一部。”

夏良翻了一圈没找着旧手机，也懒得找了，往沙发上一靠，陪姥爷看电视，笑着说：“衣服、塑料袋舍不得扔，手机倒是换得不眨眼，您在老年人里挺独具一格啊。”

“这叫生活的智慧，孙崽。”姥爷也笑笑，“你还嫩着呢。”

夏良本来以为断胳膊最大的麻烦也就到脱衣服那儿了，反正衣服能换就能穿，也挺好克服。

结果等他去卫生间洗漱的时候，才发现自己遭遇了最大的阻碍。

——从刷牙洗脸到洗头洗脚，洗澡都不算在内了，没有一轮方便的。

他把牙刷放下去拿牙膏，本来想用拇指将盖子搓开，搓了两下也没成，只能用牙齿。

他用牙咬着牙膏盖，手腕转着圈地使劲。他看着镜子里自己这形象，觉得丢人又傻透顶。

他刷完牙，用手掬着水随便泼了泼脸，对着镜子擦脸的时候，他打量自己的脑袋，怎么看都觉得该洗个头，毕竟傍晚沁了一脑袋冷汗。

他试了几个法子，最后还是把脑袋往水龙头底下一扎，囫囵地冲洗了一遍。

他摁着毛巾在脑袋上胡撸的时候，姥爷在外面敲门，喊他："良良，是不是有什么不方便？"

夏良本来想说没有，想想到底是自己的亲姥爷，也没什么不客气的，就把门拉开，喊了声"姥爷"，说："你帮我举下吹风机，我吹吹头。"

"这事儿你自己还办不来？"姥爷打量着卫生间里泼洒得到处都是的水花说道。

"我不得抓两下啊，"夏良一本正经地看着他，"干吹吗？"

"哦，"姥爷笑了，"臭小子还臭美，讲究个发型。"

夏良转身去拿吹风机。

"姥爷给你吹。"姥爷把吹风机拿过来，直接搬一张小凳让夏良坐下，"你小时候吹头不都是姥爷给你吹，保证吹得帅呆了。"

此时此刻，夏良已经懒得流露心累以外的情绪了，只想赶紧弄干头发去睡觉，他顶着一脑袋湿毛在凳子上坐下了。

姥爷宽大糙实的手掌伴着热风在他头上揉搓的时候，他昏昏欲睡间又想到了柳小满。

真不知道这些年他是怎么过来的。

第二天早上，夏良站在卫生间镜子跟前看着自己被炮轰过一样的鸡窝头时，已经露不出表情了。

姥爷起来晨练，看着他都忍不住乐，过来摩挲一把他的脑袋说："昨天我看挺好的，你睡觉是不是又打把式了？"

"这造型打把式都不够吧？"夏良叹了一口气，"我得倒立半宿。"

“你干脆剃光头得了。”姥爷给他扣了一顶帽子，“不然还是费事。”

“嗯。”夏良点点头，看了眼外面的天色，从墙角立瓶里捞了一把雨伞。

柳小满是真没想到一大早会突然下雨。

他知道这周有雨，爷爷天天看天气预报。爷孙俩儿早上醒来发现天色发暗，还专门提前一点儿支了摊。樊以扬来喊他的时候，他正往包里装夏良和自己的早饭，着急忙慌地，就把雨伞的事儿抛脑后了。

樊以扬倒是带了伞，但尴尬的是，这雨不是他们来的路上下的，是他在操场等着集合的时候“唰”地下来的。

也不知道是不是因为李猛他们疯狂“祈雨”。

校园里脚步或快或慢的学生们“呼啦”一下，全部脑袋顶包作鸟兽散。

操场上的人不用说，肯定也散了，男生们怪叫着跑得飞快，有几个女生撑开了伞，但人家女孩子是三三两两一起撑着，柳小满再怎么着也是一个男的，不能去跟小姑娘挤伞，他也张不开那个嘴。

“快点儿啊，柳小满！”李猛像一阵快乐旋风一样，带着水花从他身边飞奔过去。

“快！”李猛后面跟着王朝。

柳小满赶紧加快脚步，跟着他们一起往教学楼跑。

但他还是慢了点，因为他没舍得用书包顶脑袋，一边跑还一边护着书包，他的书包是斜挎的，两边有缝儿，特别容易进水。

万一书包进水了，早饭湿了不重要，书湿了麻烦。

而且他一只手把书包顶上，也固定不住。

柳小满跑进教学楼底下，狠狠松了一口气。李猛他们已经跑上去了，门廊底下都是刚跑过来还在跺脚擦脸的学生，他也赶紧用袖子擦了擦书包。

他就这么一边擦书包一边往二楼走。到楼梯转角的时候，他隐隐感觉有人快要跟他撞到一起，但是脚随着惯性还是迈了出去。

“噗。”挺闷的一道声响，柳小满觉得自己踩上一只脚的同时，肩膀也被使劲搡了一下，差点儿没站稳从楼梯上倒仰下去。

“不好意思。”他还没看清眼前的人就赶紧说。

“你倒是长眼啊！”跟他撞上的人声音挺大，喊了一句。

柳小满抬眼看这人，这人他知道，分班前就在他们班隔壁，大鼻子小眼睛、满脸痘，天天在走廊上咋呼，老想着当个能在楼里说得上话的，他听他们班的人喊过他马硕。

马硕所在的七班不在西头，从楼梯往东走，跟他们班离得挺远的。估计他是因为下雨匆忙跑过来，直接从西头楼梯上来了，准备往东边去。

他这么一喊，好几个走过的学生脚步都慢了下来。

“我刚换的鞋！”马硕又骂了一声，声音比之前还大。

柳小满心里真是挺不好意思，不管怎么说也是他一脚踩上去的，下个雨，脚上都湿淋淋的，心情也都烦，他直接在马硕的鞋上踩了个黑脚印，如果换作是他，肯定也不高兴。

但是马硕这个态度以及周围人看过来的目光，一下子就让他不舒服起来。

他本来就够狼狈了，浑身湿淋淋的，还要因为这种事站着被围观挨骂。

“对不起。”他又道了句歉。

“对不起什么啊！对不起能抵我这双鞋？”马硕骂骂咧咧，脚一会儿抬起来一会儿跺地，“我真服了你，少了一条胳膊也没碍着你眼睛什么事儿吧？让你给我擦鞋，别人会说我欺负残疾人，什么玩意儿！”

这话一说出来就有点儿过了。

柳小满一直半垂着的脑袋抬了起来，周围有认识的人也张嘴说了一句：“算了吧，马硕，拿纸一擦就没了。”

“擦掉什么，”马硕立马说，“给你踩一个试试？”

“我不是故意的。”柳小满抿了抿嘴，看着他。

“那你是不是踩着我了？我不要你赔，不要你擦，说几句发泄发泄还不行？”马硕抬手又推了他一下。

“哎，算了算了。”几个人围了过来。

柳小满被推得趔趄一下，扶着墙站好，就听见余首在后面喊他：“柳小满？”

虽然柳小满跟余首不熟，但这时候听见自己班里人的声音，还是让他一下子找到组织似的，回头看过去。

结果余首的脸他还没看清，就有人推开身后围着他的几个学生，从人墙后面挤了过来。

柳小满眼前一花，夏良直接大步从他身边掠了过去，抬起胳膊，卡着马硕的脖子往前一摁，所有人都没反应过来，马硕已经被他带得后退了两步，“嘭”的一声卡在了栏杆上。

栏杆外斜飘进来的雨水“劈里啪啦”打在马硕脸上。

“我的天！”有人小声喊了起来。

“你没长手吗？”夏良用一只手做完这一切，看着柳小满没什么情绪地说。

一直到大半节早读课结束，柳小满都没想明白夏良是怎么用一只手就那么……酷的。

那会儿真的完全没人反应过来。

连马硕自己也是，被摁上栏杆以后还愣了愣，喊出的第一句话是挤出来的，声调都变了：“你快松开！我的脖子转筋了！”

夏良冷眼看他，一句话也没说，手又往上一推。

马硕仍骂咧着，柳小满都有点儿担心他对夏良动手。

但马硕看清眼前人以后，气焰下去不少，整张脸都皱在了一起，瞪着夏良说：“我没惹你吧，夏良？你也别招我啊！”

“你瞎。”夏良说。

柳小满看着，感觉后脑勺到尾椎骨的一整根大背椎被振得哆嗦了一下。

他比了比自己跟马硕的身形，决定以后不去惹夏良，真要打起来，自己还不得被打着玩儿似的。

马硕一只手捂着脖子，一只手揉着脑门儿，咳了好几声，这会儿不管是面子还是里子都过不去了。他骂了一声，抡了一下拳头，刚要往夏良这儿扑，西楼梯口上突然传来一声狂吼：“干什么呢？”

打架这种事儿，尤其是在学校里当着这么多人的面打架，其实就靠那一股火气撑着。

这凌空一声吼，别说把马硕的气吼散了，还差点儿吼得他脚底一滑，原地趴下磕个头。

“秃驴来了！”有人小声说了一句，围观的学生直接先散了一小圈。

秃驴是高二年级的教导主任，大名史来宝。

这人跟郭大嗓子一样，也是柳小满在校园里没正式接触就已经如雷贯耳的名字。

不过他"贯耳"史来宝的方式跟郭大嗓子不一样，郭大嗓子"贯耳"纯粹是因为嗓门儿，史来宝"贯耳"是真能干出吓人的事儿。

比如，樊以扬说他曾经拎一把大剪子挨班检查学生的仪容仪表，见到不合格的，直接"咔"一刀，剪哭了半个年级的小姑娘。

而且他还是在尚梁山之前，整个学校已知的老师名字里，最让柳小满费解的一个——柳小满无论如何也想不明白，他爸妈在给他取名字的时候究竟想了些什么，就没把这三个字先连起来读一读吗？

"干什么呢！干什么呢！"史来宝一路吼着冲了过来，先看见了夏良，立马指着他大喊一声，"夏良，我就知道有你！你就是嫌我活的时间太长是不是？"

柳小满恍惚间觉得这话似曾相识，想了一下想起来了。他第一天去班里的时候，经过几个女生身边，就听见她们在说"学校再多几个夏良，秃驴不得少活十年"。

夏良叹了一口气，懒得解释，抬手扶了扶帽檐。

"你还不耐烦了？"史来宝又吼了一声。

"你问他啊。"夏良朝廊柱旁边的马硕抬抬下巴。

其实这会儿马硕还想维持一下怒不可遏的神色，但是他实在是有点儿怵史来宝，只能挪开目光，瞪了一眼柳小满。

"你瞪人家干什么？"史来宝瞪着马硕，知道他也不是省油的灯。

走廊上人来人往，正是晨扫早读的时间，都在这儿晾着也不好看。史来宝大概问了问情况，干脆把人都带去了办公室。

"一大早倒血霉了！"马硕还在小声嘀咕，揉揉脖子先跟着史来宝去了，暗骂了一声。

柳小满跟在夏良后面，一直盯着夏良的背影看。雨声"哗哗"的，他就看着夏良肩头被雨水浇得有点儿泛湿的痕迹。

但是夏良一直没回头搭理他。

从办公室出来后，柳小满没直接回去，他在走廊里靠着等了一会儿，没把夏良等出来，倒是先等来了尚梁山。

尚梁山看见他也没多说什么，匆匆问了两句，知道没他什么事儿了，就直接推开教导主任办公室的门进去了。

又过了几分钟，夏良从办公室里出来了，马硕的班主任进去了。

他看见门口等着的柳小满，比上次在医院推门见人的时候习惯了许多，但动作还是顿了一下，看了柳小满一会儿。

“你没事吧？”柳小满直接问他。

“有啊。”夏良看着他说，“记过，直接开除。”

柳小满猛地一愣。

“骗你的，写检讨就行，三千字。”夏良嘴角一翘，直接从柳小满身边擦过去，往教室的方向走。

两个半残的人对望着，那画面想想也太凄惨了。

柳小满赶紧抱着包追上来，这回他没跟在夏良屁股后面，在夏良身边歪着脑袋盯着对方的脸仔细看。

“你看什么？”夏良脚下没停，扫他一眼。

“你没骗我吧？”柳小满不确定地问。

“骗你什么？”夏良说，“你巴不得我被开除？”

“你这人……”柳小满皱皱眉。

“我没骗你。”夏良说，“所以检查你来写。”

“嗯。”柳小满点点头。

这回轮到夏良愣了愣，停下来看着他，说：“三千字啊。”

“嗯。”柳小满还是点头，也看着夏良，“我给你写。”

“本来就是我惹的事，你又没做错什么。”他小声接了句，“谢谢你啊。”

“但是下回……也不会有下回了，你以后别上来就把人往柱子上摁了，”他想了想又说，“当时你们俩要是真打起来了，我都不知道怎么收场。”

“啊。”夏良抬起一边眉毛，朝柳小满身后满走廊挂着的名人图框看，突然有点儿接不上话。

刚开始他看见柳小满被马硕骂着推来搡去，也不知道还个嘴，都看不下去了。

柳小满没手，还没嘴吗？打不过，还不能张嘴骂吗？

这是他在胡同里一直熟练掌握并遵循的良式逻辑。

但是他从办公室一出来，看见柳小满带着湿气站在走廊里，安安静静地等他，又轻声细语跟他说话，他心里那点儿窝着的火说散也就散了。

这就是柳小满，少了一条胳膊，只能用柔软的方式自我保护的柳小满。

如果让他跟奓毛的猫一样，不管不顾地豁出去跟人硬碰硬，那确实不该是他这种人该干的事儿。

“你答应这么快，搞得我都不好意思了。”他的目光在墙上的李大钊和爱因斯坦脸上转了一圈，又转到柳小满脸上。

“你还会不好意思呢？”柳小满突然有点儿想笑，眼睛弯起来，看着夏良。

“是啊，厉害吧？”夏良跟他对视着，也笑了一下。

夏良把头发剃了，特别利索，早上出门姥爷说剃了吧，中午放学他看雨停了，就直接去街道理发店理发了。

理发店是街上邻居开的，见了夏良也不用招呼，擦擦手就拿着锥子过来了：“剃头啊，良子？哟，胳膊怎么折了？”

“嗯。”夏良应了一声，把帽子摘下来扒拉两下头发，就坐在理发的大白椅子上。

“什么造型？”老板在他身后看着镜子问。

“全刮了吧。”夏良说。

他对头发其实还是有点儿随意，不像罗浩他们那么偏执，被史来宝抓着剪个头跟要命一样。

他是有造型就抓抓，麻烦直接贴发根刮了也行，主要还是对脸自信，什么都能驾驭。

“光头啊？”老板给他抖上挡布，比画了两下，“还是圆寸吧。大小伙子还是圆寸像样，你看我那墙上贴的，精神。”

“都行，你看着剃。”夏良点了点头说。

也是赶得巧，他中午剃完头发，下午史来宝就站在校门口开始抓仪容仪表。

史来宝抓得还挺严，男生发根不能到哪儿，额发必须在眉上；女生就算扎马尾，也不能烫头，扎起来不能太长，不能过背，不然天天早上梳头耽误时间。

在校门口被抓着的不合格的，直接不用进校，转身去理发店该剪的剪，该拉直染黑的通通拉直染黑，不然就在校门口打电话把家长叫来，让家长领回家直到弄规范了再来学校。

学校里，学生们一下午都怨气冲天。

当夏良从校门进去的时候，史来宝扬着嗓子专门把他喊过去，一脸“我就在这儿守你呢”的表情。

“帽子，摘了。”他抬着下巴对夏良说。

夏良看他一眼，把帽子摘了。

“口罩摘吗？”他看着史来宝问。

史来宝瞪着他的圆寸足有半分钟，最后还有点儿不甘心，黑着脸让他赶紧进去，别在这儿碍事。

“夏良你这个垃圾！”罗浩、郭魏他们从门卫亭里伸个脑袋出来骂他，“你什么时候得的信儿啊？也不告诉我们，是不是人啊？”

这是一网打尽啊。

“呆子。”夏良在口罩后面笑了一下，戴上帽子直接走了。

这次突击检查，班里中招的不少，后排几个人里除了柳小满和夏良，李猛、余首都去剃了头才过关。

“我小心翼翼留了一夏天……”李猛不知道从哪儿弄了一面小圆镜子，对着镜子一个劲儿心疼自己的鬓角。

但谁都没想到，这回班里被检查，最惨的人却是韩雪璧。

据说韩雪璧的头发从小学几年级开始就没再剪过，每天扎得高高的，及腰长，过校门的时候被史来宝逮着了，非让她去剪掉，不然不许进校，盘起来也不行。

她进班的时候眼圈还是红的，及腰长的马尾一下短到了背心。

小姑娘跟男生还是不一样，李猛心疼一会儿鬓角，就晃着凳子跟王朝该说说该笑笑，韩雪璧却是直到唱班歌之前都趴在座位上闷闷不乐。

其实别说韩雪璧了，柳小满看着也觉得有点儿可惜。

仪容仪表的过度强调可能是他对校园制度最不能理解的一项了，他不知道女孩子早上梳头要多久，但是再长的头发梳起来也不会比他每天帮爷爷支摊子收摊子用的时间长。

而且，对于韩雪璧这种已经足以当学生楷模的学生来说，实在是太没有必要了，这反而是另一种程度的浪费时间。

总而言之，愿意学习的学生，你把他扔鸡窝里他都捧着书；不愿意学习的学生，你把他的脑袋剃秃了，他也不乐意学。

“活该！”几个女生在后面喝着奶茶，还是那天韩雪璧在讲台上管纪律时在底下笑的那几个人，“自己现，看见老师就巴巴地过去，还‘老师好’，不剪她剪谁？”

“现。”另一个女生“嘻嘻”笑了一声，重复一遍。

柳小满看她们一眼，发现余首也在盯着她们。

那几个女生也发现了，别过脸瞪着余首说：“你看什么啊？”

“你们说够了吗？”余首没有表情地看着她们。

“你有病吧？”几个女生没理他，小声说了一句。

余首应该是听见了，他推桌子站起来的时候几个女生还吓了一跳。

但余首没看她们，朝教室前门走过去，经过韩雪璧的时候看她一眼，像犹豫了一瞬，还是没说话，往她桌上扔了一包纸巾，直接出去了。

“哦——”李猛和王朝同时唏嘘了一声，“酸臭哦！”

这两天韩雪璧也是蛮可怜的，柳小满又在心里想。

不过余首人不错，根据这几天他对韩雪璧的种种表现，应该是对韩雪璧有好感。

柳小满最近觉得有点儿无措。

自从夏良跟他说完那些话以后，昨天晚上他跟樊以扬在一块儿学习，怎么都进不去状态。

平时他可是一翻开书就能逼着自己快速投入学习的类型。

他的脑子被这个命题占满了，真伪姑且不论，也论不出来，但学习是真受影响。

樊以扬给他戴个耳机，给他指某道题，甚至只是凑近点儿跟他说一句话，他都能立马走神。

怪不得从初中开始，学校就总强调走神的危害，这危害确实有点儿大。近一个钟头的课后辅导下来，他的状态比晚自习自己闷头做一节课的题还差。

“小满，你今天老走神啊。”连樊以扬都发现了。

“嗯。”这种评价对于柳小满而言无异于一种批评，他点点头，耷拉着眼皮收拾书包，没敢看樊以扬的眼睛。

“是因为夏良？”樊以扬又说了一句。

“什么？”这下柳小满倒是抬起头看了过去。

樊以扬靠坐在旁边桌子上，歪头定定地看着他。

“没有。”柳小满重新垂下眼，摇了摇头，“我就是……可能早上跑操，晚上就有点儿困。”他又对樊以扬撒了一个小谎。

这个小谎言还挺合理，樊以扬没继续追问他，只说：“那确实多多少少都会受影响，人一天的精神头就那么多。”

是啊，一天能学习的时间就那么几节课，额外的事情和情绪却莫名冒出。柳小满在心里接了一句。

现在他想起来这些，学习的进度又卡带了。

他定了定心神，甩甩笔头刚要继续做题，身边的凳子被拉开了，夏良坐了下来。

柳小满下意识看他一眼，然后目光就没挪开。

夏良的座位每天到了这个时间光线都特别好。

可能因为早上下了大雨，这会儿云散了，天空跟太阳都被涮得透亮，光从打开的窗户洒进来，夏良的侧影像打了一层金粉一样。他的口罩一摘，鼻梁特别挺，下巴到脖颈的线条特别流畅，睫毛特别长，脑袋……特别圆。

“你看什么？”夏良突然转过脸来，看他一眼。

“你的发型……”柳小满在自己后脑勺上比了比，忘了手里拿着笔，还扎了自己一下，“嘶”一声赶紧收回来。

“酷吗？”夏良接着他的话说。

虽然是挺酷的，但这人也太恬不知耻了，哪有没事儿自己夸自己的。

柳小满动了动嘴角，不想跟他说话了，低头继续做题。

“夏良，你也被逮了吧？”李猛回头喊了句。

王朝跟着转过来，看见夏良的新发型就乐了，搓了一个响指说：“这个新头不错。”

“你会聊天儿吗？”李猛捶了他一拳，“哪有说人是新头的？”

“你这个新头就比较傻。”王朝加了一句。

李猛暗骂了一句，笑着撸了撸袖子，跟王朝打成一团。

唱班歌的时候，尚梁山过来了。

他把夏良和柳小满分别叫出去问了问话，主要是早上马硕的那件事，又顺便称赞了一下夏良的新发型，搞得夏良好像是因为他才去剃头一样，一脸让人摸不着头脑的欣慰。

他了解完情况，这次倒是拎得挺清，没有直接责怪夏良又用拳头解决问题，还对夏良保护同学和“集体荣誉感”的精神表示了认可，不过最后还是说了一句“如果还有下次，希望你能用更妥善的方式解决问题”。

夏良“哦”了一声，看着他：“我能进去了吗？”

“进去吧。”尚梁山朝教室一摆手。

唱完班歌，他也进来了，照例要在班里说“两件事”。

“第一件事，相信你们也知道了，我也能感觉到，我们班整体的仪容仪表上升了一个层次。”尚梁山背着手在讲台上说。

班里的人愤愤地“噫”了一长声。

“安静，第二件事。”尚梁山拍了两下巴掌。

“马上就要摸底考试了，考完试，马上就到十月了。”尚梁山这次比前几次开会都严肃了点儿，“这是你们升到高二分班以来第一次考试，我希望你们重视起来，因为它不仅是一次考试，还是对你们基础的一个考核，同时也是对于你们能力，或者说学习空间的一项评定。”

“这次成绩出来后，我可能会根据我们班里的情况安排一些我的计划，对你们进行督促和帮助。”他又补充了句，“而且这次考试是八校联考，你们一定要重视起来。”

“哦——”底下的同学们拖长声音说。

尚梁山走后，班里闹哄哄的，等着老师来上课。夏良慢悠悠地往外拽着书，突然想起来什么，喊了柳小满一声。

“我问你一件事儿。”他说。

柳小满“嗯”了一声，看着他。

“你每天刷牙、挤牙膏不嫌费劲吗？”夏良皱了一下眉头，挺认真地看着他。

柳小满没反应过来，问了句“什么”。

“就牙膏，不得一只手捏着一只手拧盖吗？”夏良解释着，“难道回回都上嘴？”

说起这个，他是真觉得挺烦的。

如果光是上嘴拧开也就算了，关键是挤完牙膏，用牙咬着重新把盖子拧上的时候，夏良觉得自己真的像一个傻瓜。

他这么一说，柳小满就明白了。

他看了一眼夏良吊着的右手，想象了一下夏良一脸不耐烦咬着牙膏盖的样子，有点儿想笑。

“你笑出来我就揍你。”他的嘴角刚一翘起来，夏良就看着他说了一句话。

“你是不是没见过那种，”柳小满忍着笑看他，“盖子是能直接顶开的那种牙膏？”

他放下笔，又开始无实物表演，假装在半空中抓了一支牙膏，拇指在大概盖子的位置上往上顶了顶，嘴里还配合着“啪”了一声：“这样直接就能顶开牙膏盖，挤完再给摁上就行了。”

说完，他看着夏良，犹豫了一下又说：“要不然我……明天给你带一支牙膏？”毕竟夏良的胳膊是因为他才弄断的。

夏良的手机要多花那么多钱去修，还专门没告诉他，用一支牙膏补偿，他还是挺情愿的。

“哎。”夏良已经不知道是觉得丢人还是想笑了。

他发现柳小满这个人看着不大，心思倒是真的重，特别能藏情绪，同时会想很多其实无所谓的事儿。

上午他答应写检查，下午连牙膏都要买给自己了。

“你接着写吧。”夏良终于掏对了书，将它扔在桌上，又抬抬手背，把柳小满的手撢了回去。

虽然尚梁山强调了一下摸底考的重要性，但真的只是强调了一下，接下来的几天，他还是跟之前一样，一大早在操场看着大家晨跑，不分时间地突然出现在教室里“讲两件事”。

夏良还是不怎么听课，但无聊的时候会抄抄柳小满的历史笔记。

李猛、王朝依然每天逗闷子打游戏，打到最后，他们总是输到扔掉手机，互相掐起来，互相大骂“坑货”。

柳小满依然每天在这样的学习氛围中学习。

也不知道是该说可悲还是说万幸，他觉得自己已经慢慢适应了现在的班级氛围。

应该还是幸运多一点儿，虽然班里的人一疯起来是真的不像样——炸金花三兄弟和奶茶姐妹团渐渐熟悉起来以后，就像一窝晨息夜行的蝙蝠鬼，白天蔫着，一到晚自习就开始叽叽喳喳，群魔乱舞。

有天晚上，他们甚至直接换了位置，几人聚在一起肆无忌惮地玩桌游，把当天脾气挺好的看班老师气得直拍桌子，让他们都“给我滚出去”。

有了这群人作对比，再看看身边的夏良和前面的李猛、王朝，柳小满真的觉得自己已经非常幸运了。

而且就算是“可悲”更多点儿，他也没什么办法。接下来的时间，直到高考，这些不着调的人还得是他的同学，他还是要在这个班里待到最后一秒。

树挪死，人挪活。

山不向我走来，我就向山走去。

与其让环境适应自己，不如我主动去适应环境。

每天到了晚自习，柳小满就得先在心里默背这三句话给自己打气，然后逼着自己一头扎进题海里，最好闷死拉倒。

罗浩把夏良的手机修好拿来了，送过来的时候正好快放学了，教室里还上着课，他跟之前一样直接去推夏良座位旁的窗户。

当时正好是历史课，历史老师又在扯野史，夏良靠在凳子上听得还挺认真，他看了一眼窗外冲他举着手机挤眉弄眼的罗浩，竟然直接把手里转着玩儿的笔朝窗台滑条上一卡，把罗浩拦在窗外了。

柳小满隔着窗户都听见罗浩一句破了音的脏话，他在心里偷乐了半天。

罗浩不死心，又推了两下窗户，窗户没推开，历史老师倒是注意到了。

他原本双腿交叉站在讲台边，一只手叉腰，一只手撑着讲桌，此时抬起那只放在讲桌上的手，推了推鼻梁上的眼镜，使劲眯缝着眼朝后面看，说：“外面什么东西？”

李猛笑得差点儿从凳子上溜下去。

人倒霉起来真就不分时间地点。

历史老师话音刚落地，尚梁山就背着手来查班了。

本来他只是经过，想从后门偷偷往里瞅瞅，结果直接把罗浩抓了个正着。

历史老师野史讲多了，下课后还拖了两分钟，等夏良终于从教室后门晃出去，罗浩正抱着脑袋一脸崩溃，恨不得跟尚梁山鞠躬，嚷嚷着：“您就饶了我吧，我就来送一部手机！”

“谁的手机？”尚梁山说。

“狗的！”罗浩恨恨地说。

夏良走过去，踢了踢他的小腿，他骂着脏话回头，夏良直接说：“手机。”

“哦，你还要手机啊？接着听你的课啊！”罗浩朝他肩上捣了一拳，从兜里把手机掏出来递过去。

夏良看了一眼手机，满屏的消息推送，乱七八糟的，什么都有，他在后台一键清除了，给罗浩把钱转过去。

“我都忘记你的手机坏了，”尚梁山在旁边抱着胳膊对夏良说，“看来这几天你的表现不错，跟不拿手机也有关系。”

夏良不用猜都知道他下一句就得劝自己以后别拿手机了。

“走了，班头。”他把手机揣兜里，直接转身朝楼梯口走。

罗浩忙跟着他：“拜拜了，尚老师！”

“你去哪儿？”尚梁山一脸警惕地问，“你给我好好待在教室里上晚自习，后天就考试了。”

“吃饭。”夏良说。

柳小满跟樊以扬去食堂还带了两道题，拿练习册不方便，他将题目抄在了小字条上，叠成板板正正的小四角，吃饭的时候掏出来了。

“你这么用功？”樊以扬笑了笑，把小字条拿过来看。

题不难，就是问法太刁钻，容易把人绕进去。

他大概跟柳小满捋了一下思路，柳小满立马“哦”了一声。

“快吃饭。”樊以扬催他。

“嗯。”柳小满看看樊以扬餐盘里阿姨给他加的小菜里有咸萝卜丁，就伸筷子夹到自己盘子里。

樊以扬不爱吃咸菜，这种小配菜阿姨总是随手加，有时候一句没拦住就舀了一大勺，都是柳小满替他吃掉的。

柳小满不挑食，从小到大都不挑，这跟他的性格相似，温温暾暾，给他什么都能包容接纳。

“这几天你怎么样，是不是还有点儿紧张？”樊以扬搅着一碗南瓜羹问他。

“还好。”柳小满咬着筷子尖想了想。

要说不紧张，那是假的，主要他不是紧张，是心里没底。

在蝙蝠洞一样的教室里，他不知道自己究竟会受到多少影响，虽然一大部分人都不怎么学习，但前面几排还是有韩雪璧那样的学生，他们应该抱着跟他一样的想法，在暗暗使劲儿。

柳小满不怕排名暂时落后，他就怕跟之前的自己比起来在不停后退。

尤其这次还是八校联考，基本上把他们市重点的学校连起来了，成绩还是有一定参考性的。

不知道卷子的难度怎么样，他心里实在是没什么底。

“班里氛围还行？”樊以扬又问。

“嗯。”柳小满又点点头。

“没事儿，放轻松，”樊以扬说，“越是联考反而不会太难，几个学校都得看得过去，你也别太当回事，现在开学没多久，就当找状态了。”

说着，他从自己盘子里夹了一块肉挺多的排骨放进柳小满碗里：“这两天你主要把不会的部分整理整理，政史需要背的部分放在早上，别占用晚自习的时间，放学我过去给你讲解。”

“好，谢谢扬扬哥。”柳小满冲他笑了笑。

临到考试，他把前几天对着樊以扬心神不宁的事情暂且抛到了脑后。樊以扬搞起学习计划来还是很有一套的，他喜欢跟着樊以扬的思路走，明晰又顺畅。

两人回到教学楼底下，樊以扬根据刚才那两道题又给柳小满讲了两种解题思路，正好有同学叫他一块儿回教室，柳小满赶紧摆摆手让他走了，自己也要上楼回教室。

当柳小满迈了几层台阶，到达楼梯转角的时候，他感觉自己左边的耳朵被人弹了一下，可回过头朝左看，没看到人，又往右看，夏良不知道什么时候来到他旁边，一脸若无其事地走着。

柳小满搓搓耳朵看着他。

“开心吗？”夏良说。

“什么？”柳小满问。

“你扬扬哥给你夹菜。”夏良抬起一边眉毛，带着一点儿看戏的意思。

柳小满的耳朵根儿“唰”地红了。

他小声问夏良：“你看见了？二食堂？”

“啊。”夏良应了一句。

“你坐哪儿？我怎么没看见你？”柳小满随口又问。

“你上哪儿看见我？”夏良有点儿好笑地看他一眼，“你扬扬哥坐在你跟前儿，你还能看见谁？”

柳小满看着他，张了张嘴，又闭上了。

“怎么了？”夏良说。

“夏良，”柳小满喊他，又凑近了点儿，犹犹豫豫地问，“你真不觉得奇怪？”

他们没有血缘关系，连邻居都算不上，顶多算是邻楼的两个男生，可他们的关系比许多女生还好，相处得那么和谐。

他被夏良说得都觉得有点儿奇怪了。

夏良又看了柳小满一眼，这回没说话，推了一下柳小满的脑门儿，抬腿上楼了。

这人真是的。

柳小满用手背揉了两下额头，抬脚跟着他。

两人回到教室后，李猛难得已经到了学校，正趴在桌上，用脑门儿顶着桌沿玩手机。

除了打扫卫生那天，他一日三餐基本得回家吃，每次回去的时候拖沓，来的时候又磨叽，总得磨到上课铃响了，冒着被尚梁山当场抓包的风险进教室。

现在距离听听力还有半个钟。

王朝回来看见李猛“哟”了一声，跳了两下，蹦起来摁着李猛的肩膀往下一压，喊他：“今天你怎么没等尚梁山逮你就来了？”

“你别弄我。”李猛动了一下肩膀，声音不怎么欢快。

“怎么了，我猛哥？”王朝听出他的声儿不太对，扒拉着他的脑袋往上抬，“你吃了一顿妈妈爱心餐回来就不猛了？”

不知道是戳着哪儿让他疼了，还是王朝哪句话没说好，他突然坐直身体，往后使劲擂了一拳，还挺大声地吼了一句：“我说了别弄我！”

班里的人静了静，都朝后面看过来，但也就看看，看完就该干啥干啥了。

可李猛有点儿惨，他的角度不得劲儿，这一拳没捣准，一半的拳头直接捶到柳小满桌沿上去了，“砰”的一声，看得周围几个人都牙酸了一把。

“你抽什么风？”王朝挨半个拳头虽然不怎么疼，但也有点儿蹿火，推了李猛一下。

柳小满看着李猛的背影，感觉他深吸了一口气。

下一秒，李猛没继续跟王朝怼，而是扭头朝柳小满看过来。

柳小满看见他的脸一下子愣了，脱口说：“你的脸……”

李猛的脸上隐隐有一个巴掌印，看颜色还新鲜着呢。

夏良一直低头玩手机，听到这一声才掀眼皮看了一眼，一眼就看明白了，特别懂行地接了一句：“被你妈抽了吧？”

“真的假的？为什么啊？”王朝立马转头看了过来。

他们的话李猛都没接，他就看着柳小满，用一种“我真是够了”的表情问柳小满：“柳小满，你放学是不是还要在班里再待一节课？”

柳小满点了点头，“嗯”了一声。

“带我一个。”李猛说。

第九章 一只耳机

李猛没说他脸上的大巴掌印是怎么回事，但通过他没有反驳夏良说他被他妈抽了来看，十有八九是这个原因。

他说完“带我一个”，柳小满都没来得及说一句“好啊”，他又转过身去，继续脑门儿顶着桌子玩手机了，一晚上都没怎么说话。

放学铃打响以后，王朝照旧先溜了，窜出去之前专门拍了一下李猛的肩膀：“明天再见面，继续猛起来啊，同桌！”

李猛捶过王朝半拳以后挺不好意思的，但是碍着本来就在生气的状态，也没好意思张嘴说什么，王朝来这一下估计把他温暖得够呛，他赶紧跟王朝抵了一下肩膀，“啊”了一声。

“活了？”夏良说。

“我早活了，就是没心思说话。”李猛抓抓脑袋，转过来面对他们俩，把下巴抵在椅背上说。

“你今天怎么了，跟阿姨吵架了？”这时候柳小满才敢问他。

“唉。”李猛长长地吐出一口气，眼皮又耷拉下来，“烦。”

这人要么一句话不说，要么像开了闸的河坝一样刹不住。

柳小满一边做题一边支着一只耳朵听李猛说话，总结起来大概就是，随着他升了高二分了班，他跟他老妈之间的火药味儿越来越重了。他对学习恶心到宁愿怀孕，他老妈伺候他到像他真怀上了。

她不仅从好好的家里搬出来，还专门在学校门口竣工不久的二期楼盘里租了一套什么都没有的破毛坯房，方便他走读。每天母子俩唯一的交流就是今天学得怎么样。他妈妈稍微有一点儿发觉他没努力，就要开始循环口述“妈妈为了你，连工作都辞了，你这样对得起妈妈吗？”

老妈越这样，李猛越觉得压抑，两人的状态就这么恶性循环着。

循环到今天傍晚，两人的矛盾在饭桌上就爆发了。

——老妈对这次摸底考很重视，专门去跟尚梁山聊了聊，回来就开始叨叨“妈妈容易吗”。李猛平时左耳朵进右耳朵出，应付一下就过去了，但考试眼见着就来了，他也烦。

他如果考了个难看的分数，想象一下老妈的反应，他连菜都咽不下去。

“你能不说了吗？我让你出来租房陪读了？我让你辞职了？”一股火蹿到脑门儿，他直接摔了筷子，冲他老妈吼了一句。

然后他被扇了一个大嘴巴。

“我真的烦透了，我压根儿就不是学习的料，她怎么就不信邪呢？我真的宁愿泡教室也不想回去了。”李猛说完又有点儿心烦，扒了两下头发。

柳小满和夏良看着他。

李猛等了一会儿，连一句安慰的话也没等来，忍不住说了一句：“你们俩都没反应的吗？”

“什么？”夏良说，“你想要什么反应，陪你骂你妈？”

李猛张张嘴，瞪着眼看他。

“别说她抽你一嘴巴，就是她捅你一刀，你不还是她生的吗？不还是得顶一个巴掌印儿来学校？”夏良的表情很麻木，手上的动作没停，还在有一行没一行地抄着历史笔记。

“我烦啊！”李猛靠在椅背上，撅着屁股往下出溜，“我感觉自己快疯了，我妈也快疯了。”

夏良直接懒得说话了，嘴角翘了一下。

李猛转而盯着柳小满。

“你……”柳小满眨眨眼，放下笔，手在校服里摸了摸，还真把前两天攒的几颗糖摸到了。

“你吃糖吧。”他把糖都抓了出来，放在李猛眼前的桌子边上。

李猛更无力了，“啊”一声抱住了头：“你们俩有毒吧？”

柳小满确实没法在这种事上代入情感，跟李猛感同身受。

说实话，他还有点儿费解。

有个妈妈，妈妈放弃自己的生活，每天来给他洗衣服做饭，二十四小时围着他转，关心他的学习……这种生活十年前就已经离他远去了。

他不知道他妈妈现在哪儿，这些年她连一通电话也没有。

今天樊以扬晚到了一会儿，放学后十分钟才过来。

而今天夏良的屁股跟铁打的一样，樊以扬已经出现在柳小满座位旁边了，他依然一丁点儿要走的意思也没有。

昨天柳小满半求半暗示，把人撵走了，今天他无论如何不好意思开口说一样的话。人家好好地抄着笔记呢，眼皮都没掀一下，他只能干巴巴地看着樊以扬，喊了一声“扬扬哥”。

樊以扬看着眼前的三人组，一脸莫名其妙。

“咱俩见过，上周我们班卫生区……”李猛虽然没有得到一丁点儿安慰，但是发泄了一通以后，这会儿又松快了，见了樊以扬就喊了起来，也不知道是酸的还是真佩服樊以扬，又说，“我记得你，文科光荣榜一哥，我们高一开学的时候，你还作为学生代表发言呢，叫什么来着？”

“樊以扬。”樊以扬看着他说。

“啊！对，樊神。”李猛点点头，笑嘻嘻地说，“今天我也跟小满待一块儿，蹭蹭学霸的光环。”

柳小满咧了咧嘴，对他这自来熟的程度感到尴尬。

“所以怎么坐？”樊以扬问。

“要不你坐里边儿？坐我同桌的位置，我把桌子拼一块儿吧。”李猛从凳子上跳了起来，“你跟夏良面对面，反正他桌上也空……”

“不。”没等他说完，夏良和樊以扬同时开口。

“啥？”李猛有点儿傻了，去看柳小满。

“那我坐对面吧。”柳小满说着就要站起来。

“你坐着，”夏良对他说，“别动。”

李猛和柳小满："……"

"那我坐里面呗？"李猛说。

这次没人吭声了。

樊以扬其实有点儿不爽。他倒不是不爽多了一个蹭课的，也不完全是因为夏良也在，更多的不爽是这二位没点儿自觉，也没个眼力见儿。

这个李猛就算了，上次在卫生区自己对他有点儿印象，人还不错，帮柳小满倒了垃圾——自从柳小满残疾以后，从柳小满上小学到现在的每一个班，自己都会稍微了解一下。

夏良为什么在这儿死赖着，他是真想不通。

他看不出自己是格格不入的那一个吗？这简直是幼儿园"选出错误那一项"的数学题里的标准答案。

但樊以扬这个人除了学习好，自我控制力也还不错。

像对罗浩一样，虽然他挺瞧不上他们的，但是每次罗浩他们跟他说话，抽风了找他要作业抄，他也无所谓，反正抄过去也不是自己的。

李猛现在就是"反正听了也不是自己的"状态。

他让柳小满"带他一个"，真就是"带"他一个。像他说的那样，宁愿在教室里待着，也不愿意回家。他摊着一本书在桌上晾着，然后戴着耳机打游戏。

夏良也差不多，除了李猛扯着嗓子跟他说话的时候应一声，基本没怎么抬头。

柳小满跟樊以扬脑袋顶着脑袋刷题，偶尔交流几句。柳小满用余光偷看夏良，觉得在这种勉强算是美好学习的氛围中，夏良面无表情写笔记的样子其实挺像回事儿的。

不过夏良这状态没维持太久，他抄了一会儿笔记，手机突然来了一个电话，他看一眼就站起来出去接电话了。柳小满听着他的声音越来越远，直到他们仨收拾东西准备各自回家，他也没回来。

第二天是周三，也是摸底考前的最后一天，正好轮到柳小满他们去卫生区值日。

还是上次的分配，两人一组，垃圾桶搁在中线上。

本来上周李猛和王朝两个冤大头倒了两回垃圾，这周该交给柳小满和夏良倒了，但看着他们俩一个残左边一个残右边，拿了扫把就没法拿簸箕的惨样儿，两人一边骂着自己“心软是傻瓜”，一边又把垃圾桶拎了起来。

“你们太客气了，其实没必要。”夏良在一棵大法桐底下靠着，看着他们说。

“你来！”李猛冲他吼了一声。

夏良做了一个“请继续”的手势。

“我告诉你们俩，也就是这一周这样！”李猛还在喊着，“夏良，你的手刚断，我让你适应一下，到了下周……”

“我真的能……”柳小满说。

王朝他们俩把桶往地上一搁。

柳小满：“……”

夏良被逗笑了，说了句“把嘴闭上”，就抬起胳膊圈上柳小满的肩膀，直接把人带走了。

柳小满几乎没被人这么揽过肩膀，吓了一跳，瞪着夏良还带着笑的侧脸。

但是他仔细想想，又觉得没什么，男生之间动不动就爱搭个肩，只不过他情况特殊，没人敢这么直白。

他这么一琢磨，本来紧绷的肩头反倒在夏良松开他之前就放松下来了。

晚自习前，尚梁山来开了一个临时班会，这次他讲得很实在，是考试的科次和时间安排。

其实在他想起这事之前，大多数人已经通过其他班同学的嘴知道了。

“老师，到底排不排考场啊？”底下有人问，“有的班说不排，高三的说排。”

“不排。”尚梁山说完，看了那人一眼，“你跟高三的比什么，不被高一的比下去就不错了。”

底下的人笑成一锅粥。

考试前天的氛围总是这样，紧张的更紧张，嗨的更嗨，莫名激动的更加激动，有点什么事，班里的人能笑上半节课。

在今天格外嘈杂的教室里，柳小满皱着眉头。

他虽然不是临时抱佛脚的类型，但一定要在考试前一天把所有要考的内容都过一遍，加深印象。

现在的氛围，别说加深考试内容的印象了，他只是看着一行文言文，还没从眼睛送进脑子里，就被不知道谁突然喊的一声“选择、填空都要”给挤了出去。

柳小满呼出一口闷气，抬起右手捂住耳朵。

柳小满正逼着自己凝神，左边耳朵突然一麻，有一根微凉的手指往他耳朵里塞了一只耳机。

……

Someone throws a lifeline. I don't want to drown.（有人扔了一条救生索，我不想被潮水淹没。）

I can't hold you closer without just sinking down.（我没法将你抱得更紧而不沉沦下去。）

……

音乐如同清冽的河水，毫无预备地流淌了进来。

在嘈杂的环境里突然来上这么一段英文，柳小满毫不夸张地觉得，自己连脑子都麻了一下，他惊讶地别过脸，看着夏良。

柳小满长这么大，其实没怎么接触过音乐。

非要细了说也不算没有，爷爷以前有一台小收音机，支起天线就能收到戏曲频道。

夏天的傍晚，几个大爷、大叔吃了饭，就爱端着小马扎，摇着大蒲扇，往楼下小超市跟前一扎，就着橙红的夕阳下两局象棋，听着“咿咿呀呀”的戏曲，抽几根烟，影子拉得长长的。他就坐在爷爷旁边，看街上差不多大的小孩子们从那些影子上跑过。

那时候的小超市是一个小电器行，后来被宋叔盘下来开了超市，当时宋叔还没留胡子。

时间真是“唰”一下就过去了，现在他回想起那些画面，它们像泛黄的旧贴画一样。

到了初中，班里开始流行用随身听，他没有，也没什么兴趣。

樊以扬从那时候起就跟一个小大人一样，有着难以想象的自控力，他觉得耳朵边整天“哼哼哈嘿”，又追星，耽误时间。柳小满身为他的小跟屁虫，深以为然。

再之后就是中考。

再然后，就到现在了。

柳小满做过很多跟“音乐”有关的阅读理解，古今中外的典故、名人一说一大堆。历史书里关于文艺复兴那一节，有专门针对音乐的一小段文字，他从樊以扬的笔记上弄得挺明白的。

类似“没有音乐的心灵是枯涸的”“音乐荡涤灵魂”等这类句子，虽然柳小满能罗列一大堆出来，但他像一个只知道海鲜好吃却没真吃过海鲜的人，不知道海鲜到底多好吃。柳小满从来没有切实领会过音乐到底能如何让人“荡涤”。

而这一瞬间，他脑内的世界被这阵旋律突然覆盖住的瞬间，他看着夏良，冷不丁觉得自己可能感受了一点儿音乐的魅力。

“不好听？”夏良滑着手机，转过头看着柳小满，“今天你老看我啊。”

“没有，歌挺好听的。”柳小满被这人的无耻打败了，干巴巴地张张嘴，想问的话一句都没了。

“继续做你的题。”夏良靠在椅背上，继续滑着手机。

歌曲一首接一首自动切换着，柳小满本来还担心自己会不会分神，但是跟班里的噪音比起来，耳机里传来的音乐简直是让人凝神静心的天籁之音。

虽然中间穿插了几首很“嘻哈”的歌，光是前奏响起来就“哐哐哐”地炸脑子，把他听得一愣，但被夏良笑着切换过去了。

当两个人共同做一件事的时候，一个人笑，另一个人就忍不住会被带着笑起来。

柳小满笑着笑着，又偷偷地看了一眼夏良。另一只耳机在夏良耳朵里，连在两人之间的线晃晃悠悠的，他刚才还有点儿烦躁的心情这会儿也被晃得平静下来了，真神奇。

这种感觉在柳小满跟樊以扬共享耳机的时候没有产生过。

他莫名觉得，自己跟夏良的关系因为这根细细的耳机线近了一步。

快放学的时候，尚梁山又过来了，这次是要搬书。

“你们把书都摞到后面的空地上去。”他在后面的黑板前转了一圈。

“没这个必要吧，老师？”底下有人贫嘴，“我们也不是那样的人，书摊开，我都不瞅一眼。”

“我看你是想抄都不知道抄哪儿吧。”尚梁山冷笑一声。

班里的人推桌子挪凳子，动了起来。

柳小满朝后面看了一眼。

他和夏良的座位后面就是墙，夏良身后的位置最好，是一个墙角，书往那儿一堆也不怕被人撞了碰了，翻得乱七八糟。

“摞一块儿吧。”夏良说。

“好。”柳小满点点头。

他把抽屉里的书往外掏，想了想又问了一句：“你在上面还是下面？”

“嗯？”夏良看着他，缓缓地“哦”了一声，嘴角带了点儿笑意，说，“随你，我都行。”

“那我在上面吧。”柳小满说，“我可能考试开始之前还要翻翻。”

夏良“嗯”了一声，抽出一摞书就要朝墙脚扔过去。

“你用这个垫垫，”柳小满赶紧把自己的草稿本搁过去，“别弄脏了。”

夏良把自己的书压在柳小满的草稿本上，还没说话，前面王朝先转过来了，笑着“啊”了一声：“我都听不下去了！这不是去考场的车，你们俩差不多就停下吧！”

“啥？”李猛没听见，好奇地追着王朝直问，“开什么车了？”

柳小满反应过来了，看着他们，觉得既无语又好笑，什么跟什么啊。

“你别看我，”夏良被他这么一看，嘴角忍不住往上扬，“都是你定的。”

柳小满：“……”

自己这一辈子大概就得输在没胳膊和嘴笨上了。他惆怅地想。

考试日的时间跟平时上学不一样，第一场语文九点才开始，柳小满还是一大早上就起来，跟爷爷一起支好了早点摊。

樊以扬的考试时间跟他们的是错开的，因为要排考场，高三的教室不够用，等他们考完，得把高二的教室划过去用，这两天该正常上课还是要上课。

樊以扬从早点摊子前面经过的时候，停下来跟小满爷爷打了个招呼，又喊了一声“小满”，问：“你是现在去学校再看一会儿书，还是给爷爷再帮一会儿忙？”

“去吧，”爷爷正卷着一个饼，头也没抬，对柳小满说，“你不是要考试吗？别迟到了。”

“不会迟到，”柳小满摇摇头，找出去一张毛票儿，想了想对樊以扬说，“你先走吧，扬扬哥，我回头自己过去。”

“也行。”樊以扬踩上车蹬，车子滑出去之前又问了柳小满一句，“你的感觉还行？”

“上午考语文，没什么行不行的。”柳小满笑了笑。

该背的他都背了，基本没难度。

樊以扬给他做了一个“加油”的手势，骑着车走了。

柳小满一直帮爷爷忙活到八点，才合上他的小钱盒，帮着爷爷把摊子收了，又收拾收拾自己，拿了一支笔塞进袖口攥在掌心，准备去学校。

他往门口走了两步，想了想，又折回去多拿了一支笔。

“今天你不背书包了？”爷爷在客厅里歇着，看着他在屋里走来走去，咳嗽两声问他。

“考试，不背也没事儿。”柳小满说。

“来。”爷爷朝他招了一下手。

柳小满正要穿鞋，一只脚已经踩进去了，赶紧又脱出来，勾着拖鞋回到爷爷跟前儿。

“你慢着点儿，稳稳当当的。”爷爷把他的衣服拽了拽，捞起他左边空着的校服袖子挽了挽，塞进衣兜里。

“去吧，好好考。”爷爷拍了他两下。

“哎。”柳小满答应一声，继续去穿鞋。

他穿了一半又脱了，转回客厅，把好久好久没怎么用过的小电视机打开。

“你开它干吗，不够闹人的？”爷爷又咳了一声。

柳小满抱着一点儿希冀，快速摁了一圈遥控器，竟然真让他找到一个唱戏的节目。

他冲爷爷笑了笑，这次终于把鞋穿好出门了。

柳小满到学校的时候刚好八点半，还没上去教室，只进了教学楼门廊，就感到一股股考生考试时特有的紧张和松懈。

——哪儿都是人，脸熟的脸不熟的，不管文理科，各个班的学生都在找战友、要答案。

一楼、二楼楼梯口，甚至他们班和隔壁十三班门口，竟然也有三三两两的人扎着堆儿交流战术。

柳小满走到教室后门，专门看了一眼前门上挂着的是不是十二班的班牌，等他确定了才抬腿迈进去。

结果他一进去，就被李猛一声“小满哥哥”吓得一哆嗦，也可能不是吓的，纯粹是被恶心了一把。

他愣在原地没敢动，下意识先看了一眼夏良的座位，空的，人还没来。

就像樊以扬说的，学校似乎没太把高二的摸底考当回事，重心都放在高三那边。

尚梁山在开考前五分钟夹着一个牛皮纸袋的卷子进来，他才知道高二这回联考，别说考场没分，连监考老师都直接用的各班班主任。

“你给我们监考啊，班头儿？”有人问。

“感动吗？”尚梁山说。

班里一阵沉默，接着众人尴尬地笑了笑，没人接他的话。

这人一张死鱼脸，竟然还会玩个梗。

尚梁山让他们把桌子都拉开了点儿，他在讲台上一边数卷子一边点人数，看到夏良空着的座位，刚要问“夏良人呢”，夏良就从教室后门晃进来了。

“快点儿。”尚梁山瞪他，“这要是高考，你都不用来了。”

夏良拉开凳子坐下，柳小满看了他一眼。两人的目光一对上，估计是又想起昨天的对话了，他的眼睛就在口罩上方弯了弯。

柳小满没忍住，把笔尖磕回去，在夏良的胳膊上小扎了一下。

夏良伸过来两根手指，直接把笔杆夹了过去，还顺手架在手指上转了半圈，说："谢了。"

"我就知道。"柳小满小声说，然后把从家里多拿的备用笔掏出来。

"大家都安静了，卷子往后传。"尚梁山把卷子从第一排分了下来。

在"唰唰"的纸页翻动声中，考试铃打响了。

考试持续了一天半。

第一天考试总体不算难，在数学考完后，柳小满心里松快了一半儿。

周五上午是最后一门考试，考英语。

答题卡填满后，他又确认了一遍姓名和班级，尚梁山正好喊停作答收卷，这会儿他的心才算彻底放松了。

"爽！"李猛把笔往桌上一扔，朝后仰着，使劲伸了个懒腰。

"你呢？"他又问夏良。

夏良也没什么动静，他感觉夏良全程几乎自己写自己的，虽然写一段停一段，但竟然也有东西往上写。

"我懒得写。"夏良把笔抛回他桌上，转身一摞摞地开始拿书。

柳小满有点儿想笑，皱皱鼻子，转过去跟他一块儿搬书。

"哎，你们去唱歌吗？"李猛还在兴奋，仿佛他结束的不是一场普通的联考，而是高考。

"什么时候啊？"王朝立马问。

"下午？下午不是不上课吗？"李猛站起来蹦了蹦，"要不明天……哎，明天不行，尚梁山说明天还要上课，那周末？"

"我都行。"王朝说。

"你们呢？柳小满？"李猛扑过来，趴在柳小满桌子上拍了拍，"还有夏良，一块儿去呗？你把你朋友也叫上，人多热闹！"

"你妈又不抽你了？"夏良看他一眼。

"哎。"李猛一下子弹了起来，"你就不能说点儿让人开心的事？"

"等成绩下来你还能开心也不迟。"夏良说。

"也是。"王朝跟着说，"你跟我们不一样，你考不好还得挨巴掌。"

"不是，我就不服气了，凭什么就我一人要遭受这种待遇啊？"李猛蹦不动了，整个人半瘫回凳子上，"夏良、柳小满就算了，一个已经这样了，一个是好学生，王朝，你家人也不抽你的？”

“我哪样了？”夏良接了一句。

“我家人？”王朝想了想，笑着说，“我家比较放养，跟他们俩的状态没法比，跟你比还是绰绰有余的……起来，我去搬书。”

“唉，我就想唱歌。”李猛又往下滑了一截，冲着教室高高的天花板叹气，“那只能等我生日了，我生日的时候我妈能少念我几句。”

“你生日是什么时候？”柳小满犹豫着问。

刚才李猛说去唱歌的时候他没接话，心里直接默认这种活动跟自己无关。

但是无论什么情况，无论交情到了什么程度，只要对方提到生日，似乎就成了一个不好拒绝的理由。

提了生日这个茬儿还不赴约，显得自己怪冷漠的。

“下周！”李猛立马来了精神，坐起来看着他们，“九月二十八日！”

“那正好成绩也出来了，”王朝说，“到时候你要是没挨打，我就去给你过生日，到时候也该到国庆了。”

“也行。”李猛说，“到时候大家都去啊！”

这次成绩出得挺慢，高二联考完了后，接着就是高三的考试，主科老师们全部恨不得一人多长两只手批卷子。韩雪璧、余首这样靠谱稳当点儿的学生，还直接被他们英语老师借过去帮忙了。

李猛跟着他们去了一回，回来的时候整个人说不上来是紧张还是激动，连说带比画：“我的天，他们绝了，曼丽直接拿答题卡把正确答案都掏个洞，往卷子上一对，唰唰就批。”

曼丽是他们英语老师，王朝听他说得这么起劲儿，也被勾得心痒，问他：“你看见自己的卷子了？”

“没有。”李猛哆嗦了一下，搓搓自己的胳膊，“名字都遮住了，我看哪张卷子都像我的。”

“你的事儿是真多。”夏良说。

当成绩全出来的时候，正好离李猛的生日还差一天。

尚梁山拿着成绩单，一路边看边往教室走，眉头一会儿皱起一会儿舒展。李猛在底下抻着脖子，一会儿晃晃一会儿挠挠，急得坐不住。

“一会儿你去帮我看成绩吧，我不敢。”他又小声跟王朝说。

“你给我放松，整得我都紧张了。”王朝用掌心蹭蹭裤子。

“我心慌。”李猛说。

李猛说完这话，正好尚梁山从成绩单上抬头，朝他们这边看了一眼。

“我的天！”李猛尖着嗓子使劲抓了一把王朝，“尚梁山看我了！”

“你！”王朝“咝”了一声，把他拍开，“给我滚！”

他们俩在前面嘀嘀咕咕，后面柳小满几乎没抬头，还在刷题刷题。

能考什么样儿，他心里差不多有底。

“尚梁山在看你。”夏良突然说了一句。

柳小满抬头看了一眼，尚梁山正好转开目光去看韩雪璧，两人成功错开了视线。

“尚梁山看我干什么？”他小声问。

“可能你考得不错。”夏良靠在凳子上，挺悠闲地看着讲台，抬抬下巴，“你没看他脸上都放光了。”

柳小满又看了尚梁山一眼，他的脸放没放光自己没看出来，光看见李猛的后脑勺像一个靶子似的上下摇摆。

“哎，柳小满！”他正想着，靶子扭头喊了他一声，“你不会考个第一出来吧？这谁遭得住啊！”

他们都感觉尚梁山再拖一会儿，李猛能靠猜想把自己吓死过去时，尚梁山终于说话了。

他把成绩单递给韩雪璧，让她去贴在黑板旁边，自己拍了拍手让班里安静，说：“你们的成绩已经出来了，考得怎么样，相信你们心里也有一个大概的判断。”

“没有——”底下的人拖着长音说。

尚梁山瞪了他们一眼，接着说：“不管怎么样，考试已经过去了，排名也已经出来了，这次我们班总体的成绩还不错，跟隔壁十三班拉开了比较明显的差距。”

他一提隔壁艺体班，班里立马嘘声一片。

“但是，你们也不要松懈。”尚梁山强行把声音盖下去，在半空中抬起手往下摁了摁，“排名靠前的要继续保持，靠后的也不要气馁，要寻找问题，下次把分数追上来。”

“国庆放几天假啊，老师？”有人扯着嗓子喊了一句。

“就知道放假。”尚梁山皱着眉，“关心该关心的，其他安排到时间了我自然会告诉你们。”

班里的人“嗡嗡”地开始讨论，尚梁山侧身问韩雪璧：“你贴完了吗？”

“嗯。”韩雪璧粘上最后一绺胶条，转身回座位。

她下讲台的时候，看了柳小满一眼。

这回柳小满捕捉到了。

他觉得自己的成绩估计还跟分班时的名次差不多，跟韩雪璧不相上下。

不过上次韩雪璧的总分比他高了零点五，这次不知道会怎么样。

李猛说他不敢看，结果尚梁山前脚一出门，他直接就从座位上弹起来，弹了两步又扭头把王朝拽上，一块儿奔到黑板旁边。

他过去刚看了一眼，就挺高声地喊了句“我的天”。

“第一啊，柳小满！”王朝回过头，竖了一根拇指。

班里“哗”的一声响，全转过头来了。

“啊。”柳小满张张嘴，被这么盯着都不知道该做什么反应了，有点儿不好意思地答应了一声。

虽说他心里差不多有底，也知道班级排名没什么意义，得看全年级的排名掉没掉——尤其是他们这种。班主任要跟艺体班去比高低的后进班，这个第一属实没什么含金量，但毕竟是第一，他松下一大口气的同时，还是挺开心的。

夏良在旁边轻轻吹了一道上扬的口哨。

柳小满别过头看他，也对他笑了笑。

尚梁山说总体成绩都还不错，基本上也没说错。

柳小满熟悉的几个名字都往前挤了挤，挤得最猛的是李猛，一下进了近三十名，从五十多直奔第二十九。

王朝、夏良和余首的排名挨着，分别是三十九、四十、四十一。

韩雪璧跟他掉了个个儿，从第一去了第二，也没差几分。

“你知道咱们班一共就六十二个人吧？”王朝晃着李猛的肩膀，连着问了三遍。

李猛的表情看着像喝醉了，惊喜里带着藏不住的迷茫和恐慌，喊着“你让我静静”，就一头扎卫生间去了。

柳小满对他们什么样无所谓，但夏良的名次真是出乎他的意料。

“你的排名还挺……靠前。”他斟酌着说。

他以为夏良那个状态怎么着也得在后十名里趴着，而且他如果没记错的话，夏良考语文时连作文都没写，交答题卡的时候背面一张大白板。

“麻烦，累手。”当时夏良是这么说的。

成绩单上，夏良的语文考得果然不怎么样，六十分都没拿到，考了五十九分。

夏良的英语和政治也不怎么样，都没及格，可是数学和历史、地理的分数出人意料还挺高，尤其是数学，竟然有……

柳小满以为自己看错了，又个十百地数了一遍，没错，一百一十二分。

“你进班不是成绩排在最后的吗？”他惊讶地看着夏良。

“分班用什么成绩排？”夏良滑着手机，头也没抬地问他。

“上学期期末考。”柳小满说。

“哦，”夏良想了想，“我没去参加考试。”

“可是你……”柳小满愣了半天，“你以前不是老打架被全校通报，上课也不听……”

“小同学，”夏良锁上手机，将它放回兜里，有点儿无奈地打断他，“谁告诉你被通报跟脑子不好是挂钩的？”

柳小满愕然地瞪着他。

他现在终于明白尚梁山跟他说，夏良不是那种没救的学生是什么意思了。

快上课的时候，李猛从外面回来了。

他冲出去的时候还有点儿心神不宁，这会儿再回来，整个人只剩下容光焕发。

“唱歌！一放假就去！我跟我妈说了成绩，把她乐疯了！”他激动地嚷着。

“我的天，你还真跟你妈报喜啊？”王朝也乐了，“你也不怕下一回分考场，把你打回原形，来个考场现形记？”

“下回再说下回的！”李猛的手一挥。

他这次是真舒服了，一想到接下来至少能安生小半个学期，不被他妈念，就笑得嘴都合不拢。

连余首踩着上课铃从教室后门进来，他也兴奋地招呼了一声：“鱼头，放假唱歌去啊，我生日，叫班长一块儿来！”说完，他还伸手“呼啦”了一圈，把柳小满、夏良他们都囊括进去，“他们都去！”

“哦，”余首被李猛吓了一跳，愣了愣，柳小满都怀疑他是不是条件反射才点点头，答应下来，“行啊。”

学校把能调的课全调满，至少安排了两个周末补课，才终于舍得挤出一个勉强能凑出两天半连休的国庆小长假。

“这个‘小’长也太切题了，学校怎么不多安排几天补课，直接放个七天得了。”王朝看着黑板上密密麻麻的作业叹了一口气。

“我以为从初中开始就没人抱怨这种事儿了。”李猛抱着书包接了一句，一脸看破红尘的兴奋。

他看破红尘是因为压根儿没期待能有七天假。

他兴奋是因为两天半假也是假，就算只有一天假，他也能乐一星期，特别能知足。

这会儿刚说了放假的消息，他连书包都收拾完了，就等着各科老师来布置完作业，抱起来就溜。

王朝看他这样也懒得管作业了，反正记了也不一定写。

“明天我们去哪儿？步行街？还是万达？”他掏出手机开始查地址。

“就那个路口，我不是跟你说过一遍了吗？万达旁边不还有个小的吗？你一过去就看见了。”李猛勾着脑袋往他手机上指，又回头对夏良和柳小满说，“你们俩都知道那儿吧？别让我再重复了。”

“什么？”柳小满问他。

别说什么唱歌了，他连商场都没怎么去过，李猛之前跟他说的那一串坐标他听着都晕。

“唉。”李猛叹了一口气，看向夏良，“夏良，你带他去吧，反正你们俩住得近，就银河欢……”

“你定位后发地址给我。”夏良直接说。

“我也没在那儿啊。”李猛说。

“那你在了再发。”夏良说。

“行吧，你怕无聊，叫几个朋友一块儿来也没事儿，我姨在那儿有卡。”李猛点点头，又交代了一遍，才去找余首。

柳小满咬着笔杆发愣。

他还是有点儿犹豫，真的要跟夏良、李猛他们去唱歌吗？听李猛这意思，到时候还不一定只有他们，一屋子半生不熟的人在一块儿唱歌……

如果放在开学前，有人告诉他，开学一个月后你会跟新同学一块儿去唱歌，他绝对不敢信。

他实在是对这种超出校园范围的同学社交没经验，也从没有人叫他一起参加。

不对，有过一次，是小学六年级的时候。

当时他的同桌说放学后几个人一起去学校门口吃很好吃的麻辣烫，他纠结了半节课，说服了自己跟他们一起去。

结果放了学，那个小同桌被其他几个人一招呼直接就跑走了。他在座位上等了半天，把已经上初中的樊以扬都等来了，才确定那个小同桌把他忘了。

第二天上学，同桌见了他才“哦”一声反应过来，问他：“昨天你怎么没去啊？”

那种明明是被人遗忘，却要装作自己忘记了的感觉，直到现在柳小满想起来，也能嗅到陈旧的尴尬味道，让人脚指头都想蜷起来。

他几乎能想象明天到了唱歌的地方，李猛他们闹成一团——可能还有罗浩那些人，而自己这个唯一的异类，待在角落里，走也不是，不走也不是的画面。

柳小满垂下脑袋，抓了抓自己的头发。

不知道现在自己再跟李猛说不能去了，对方会不会有一点点的不愉快。

“明天我去你家接你？”夏良在旁边突然说了一句。

“嗯？”柳小满看着他，犹豫了一下，说，“不用了吧。”

夏良对他会有这反应一点儿也不觉得奇怪，“哦”了一声，说：“那你去接我。”

“嗯？”柳小满一脸惊讶。

我说“不用了”的意思，是我不想去了，不是想反着来啊！

“我在家等你，你去喊我，送我过去。”夏良无视他的目光，继续说着。

“我……”柳小满张张嘴，“为什么？”

“我胳膊疼。”夏良说。

柳小满猛地一愣。

“啊，我的胳膊好疼，快不行了。”夏良面无表情地接着说。

柳小满想不到他能拿这个耍无赖，一瞬间无语又想笑，可更多的还是无奈：“可是我也不知道你家在哪儿，怎么接你？”

“那不就行了。”夏良看他一眼，接着摁手机，“你收拾完了老实在家等我找你，应该不会超过两点。”

柳小满不由得看了他好一会儿，才“哦”了一声。

等各科课代表把作业都写在黑板上，走廊上已经蹿着不少乱喊乱叫的学生了。

“你等会儿去哪儿？”夏良抬起手机，对着黑板拍了一张照，又问柳小满。

“回家。”柳小满说。

“跟你扬扬哥？”夏良说。

“没有，”柳小满摇摇头，“高三学生要上完下午的课才放假。”

他说完忍不住指指夏良的手机：“你会写作业吗？”

“不会。”夏良把手机揣兜里，“这叫仪式感。”

“神经。”柳小满没忍住笑了一声。

“你去看猫吗？”夏良问他。

他还真是有一阵子没见小锅了。这种事儿就是要么想不起来，一想起来不去看一眼就跟少点儿什么一样。

“好啊。”柳小满想了想，点了点头。

结果夏良没带他去小巷里找小锅，经过小岔口的时候，他看都没看一眼，直接继续往下走。

“我们不是去看小锅吗？”柳小满在小岔口的垃圾桶旁停下来，指指里面。

夏良转过来面对着他，脚下没停，倒退着继续走了两步：“它搬家了。”

“啊？”柳小满将信将疑，站在原地没动。

夏良叹了一口气，停下来看着他：“我们好歹是同桌，你多少给点儿信任吧？”

柳小满还是没动。

“你在那儿杵着，是等我过去扛你吗？”夏良看着他。

“那它现在……”柳小满立马跟上来，这回他反应过来了，“在你家？”

“你还没蠢到那份儿上。”夏良脸上带着点儿笑，看了柳小满一眼。后面过来一辆车，司机冲他们摁喇叭，夏良往外走了两步，让柳小满走在里面，不紧不慢地带着他往家走。

路上吵闹的都是学生，还有不少接孩子的家长。

柳小满用了一半的时间思考自己为什么要去夏良家，然后用另一半时间回答自己，是为了小锅。

“你姥爷家，我过去不好吧？”他有点儿紧张。

“他不在，早上出去钓鱼了，不到晚上回不来。”夏良说。

柳小满悄悄松了一口气。

到了路口，正好是个绿灯，柳小满看着前面直走下去就能到的自己家，有点儿迟疑地跟着夏良往右边拐了一下，走过几间门店，转进了一条老胡同。

他知道这儿，小毛裤胡同，离他家不远，中间就隔着两排楼，几乎平行，穿过胡同往左就是十字路口。

原来夏良家……夏良的姥爷家就在这儿。

这也太近了，说不定他姥爷都去自己那儿买过早点。

“你一直住这儿吗？”柳小满问了一句。

“我去年才回来。”夏良在前面带着路，应了一声，“之前都在南门。”

南门在靠近城中心那一片儿，柳小满没忍住又问：“在那边上学不是更好吗？你为什么回这边？”

“我爸妈离婚，谁看谁都烦。”夏良不想多说这些烦心事儿，简单带了一句。

柳小满眨眨眼，又轻轻地“啊”了一声。

如果当年他妈妈没走，可能到了现在也会跟他爸离婚吧。他忍不住想。

没人说话以后，胡同里静了许多。

很神奇，明明巷外还是满街的车子喇叭声，居民楼上这个点大家也开始炒菜做饭了，胡同里也不时有人经过，但就是给人一种这里在闹区之外的安宁感。

可能爬山虎真的会吸音。柳小满望着弯弯绕绕的爬山虎墙想着。

大概走到胡同三分之一的位置，夏良在一根路灯旁边停下来，推开一扇院门。

小毛裤胡同29号。柳小满看了一眼墙牌。

“这是我家，你记着了，下次好来接我。”夏良对他说。

“哦。”柳小满好笑地看着他。

夏良的姥爷果然不在家，柳小满站在院子里看了一圈，在小石桌子旁边的墙根儿底下看见了两个小碗，应该是小锅的。

但是他没看见小锅。

夏良掀开门帘去屋里找了一圈，也没看见它。

“它出去玩儿了吧。”他对柳小满说。

“它自己？”柳小满条件反射接了一句。

他刚问完就觉得这个问题有点儿蠢，但是实在是……说什么啊。

柳小满有点儿手足无措，没事找事儿般蹲下来看那两个小碗。

他是一时脑热来看猫的，现在猫没看着，挺大一个小院房里就他和夏良两个人，他总不能盯着夏良看吧？

“它也可能认识了我没见过的小伙伴。”夏良比他自在多了，毕竟是在自己家，说着，他还拎起桌上的水壶给小锅的碗里加了点儿水。

“那我……”柳小满想说那我先回去了，一抬头，夏良正好在他侧上方，两人的目光撞个正着。

黑。每次柳小满这样直视夏良的眼睛，都觉得自己望着两个黑色的旋涡。

夏良的眼睛时常透露出的情绪，看起来总是很散漫，却让人觉得里面深不可测。尤其这个视角，微微背着光，他的眼睛黑得几乎让人心惊。

柳小满也不知道自己怎么就恍了个神，他下意识想往后躲，结果没稳住重心，晃了晃，一屁股坐在了地上。

“你也想喝水？”夏良被他逗乐了，把水壶放回小桌上，把手递给柳小满。

柳小满其实很不好意思，但他也不好迟疑太久，匆匆攥着夏良的手，被拉着从地上站起来。

他起来的时候还想着，一般人的眼瞳其实没这么黑，大家的都是深棕色；一般同龄人的手指也没这么长，这么……挺好看的，能把他的手指头都攥在手里。

他站稳以后，赶紧松开夏良的手，低头拍了拍屁股。

“正好，我给你个东西，你过来。”夏良掀开门帘去了里屋，然后招呼他。

柳小满又犹豫了，他有点儿想走，虽然他知道夏良应该不会揍他、捉弄他，但就是想走。

“我家是有妖怪等着抓你炖肉吗？”夏良一个小时内叹了第二口气，从帘子后面伸出来一只手，不由分说地把他拽了进去。

第十章
大章鱼和小世界

第二天是一个莫名其妙的大风天。

柳小满趴在窗台上往外看，窗户刚推开，灰尘跟着风兜脸吹过来，迷了他的眼，作业本也“呼啦啦”被刮开好几页。

他赶紧拉上窗户，手忙脚乱地收拾半天。

收拾完东西后，他坐在床上对着窗户愣了一会儿，看了一眼闹钟，一点三十二分。

昨天夏良说应该不会超过两点。

他无所事事，东摸摸、西碰碰，又拽了拽衣服。他朝房门外看了一眼，爷爷在午睡，估计不会突然来找他，他有点儿鬼祟地伸手往枕头底下摸过去。

手指摁在手机上的触感还是很神奇，不论是昨天在夏良家里，还是现在自己床上。

昨天，夏良把他拽进屋里，也没说废话，直接递给他一部手机，还把他吓了一跳。

“什么？”他不敢接手机，看了一会儿，又抬头盯着夏良。

“你先拿着用，旧的。”夏良把手机拍在他怀里，去冰箱里拿了一瓶豆奶，在冰箱上摸了两下，没摸着起子，他也懒得到处找，用牙轻轻一磕，毫不费力地就把盖子起开了。

他放下豆奶，又去拿了一罐汽水。

柳小满一时间不知道该先赞叹他的牙功，还是惊讶怀里的手机。

“我不用，你别给我。”他把手机放在桌上，像躲什么一样，还往后退了一步。

“干吗？”夏良看他这副避如蛇蝎的模样，像多好玩儿似的，笑了笑，“你以为我是为了你？”

柳小满的耳朵根儿红了，瞬间什么表达欲都没了，脸皮还有点儿发紧。

“我是想着，放假这几天，万一我需要我的右手了，比如缺支牙膏，想吃点儿煎饼，让你给我写作业……”夏良从上往下捏着汽水罐，送到嘴边喝了一口，一边喝，还一边将带着笑的目光从易拉罐上方转移，看着柳小满。

柳小满：“……”

这人是真不要脸啊。

夏良放下啤酒罐，把豆奶递给他，接着说：“或者明天我去抓你，你逃了，我去哪儿逮你？”

手机确实是旧的，夏良刚断手那天在家里没找着，姥爷还以为自己卖了，结果前两天又翻出来了。

他的手机也修好了，用不着这个，反正搁着也是搁着，正好柳小满今天过来，他想了想，拿给柳小满用也一样，也能方便点儿。

结果柳小满的重点没在这儿，他攥着豆奶瓶子看着夏良，小声说了一句：“你的牙碰过了。”

夏良差点儿被他气得笑出来，往冰箱上一靠，歪着脑袋看他，“你是男的吧，事儿怎么这么多？”

他虽然嘴上这么说，但不知道从哪儿抽了一根干净吸管出来，还是那种特别长，长到能系朵花的吸管。他将吸管打了个结，插进柳小满的玻璃瓶嘴儿里，也没个好气儿：“喝吧。”

柳小满看着这样的夏良，明明挨了龇儿，却莫名有点儿想笑。他的眼睛弯了弯，抿着吸管吸了一口。

后来，柳小满几乎没怎么说话——他本来也不知道说什么，总是两三句就被夏良拿住了。

只要夏良把“胳膊”往外一搬，多没道理的话都有理了，他只能闷不吭声地喝豆奶。

该。

柳小满在心里骂自己。

谁让你间接害人胳膊断了，长点教训吧，柳小满。

“我让你拿着它不是给你干别的用的，手机卡是我的旧卡，没人找，里面就存了我现在的手机号，所以，你的联系人只有我。”夏良把自己的号码存进去，“明白了？”

“那我能用这个给扬扬哥发短信吗？”柳小满问。

夏良一边的眉毛冷不丁抬了抬。

“就比如，我半夜想问他一道题什么的，行吗？”他赶紧补充一句。

“你觉得呢？”夏良看着他。

“哦。”柳小满不说了。

夏良把手机朝他一扔：“你自己研究去吧，明天我打电话找你。”

“那它要是坏了怎么办？”柳小满赶紧接好手机，像拿了一个手榴弹似的，谨慎地问夏良。

“只要你别没事儿砸它玩儿，一般没那么容易坏。”夏良去了院子里。

“手机没坏你为什么不用了？”柳小满跟出去问。

“哪有那么多为什么，”夏良回过头扫了他一眼，“我给你就拿着。”

柳小满轻轻撇撇嘴。

昨天直到离开夏良家，他也没见着小锅。

当他从夏良家出来，走到胡同口往自己家拐的时候，手机突然在兜里振动起来，他差点儿没反应过来。

他掏出手机看，来电人竟然叫“接电话”。

“喂？”柳小满滑下接听的时候莫名心虚，觉得身边的路人都知道他在用别人的手机。

“你能听见我的声音吗？”夏良的声音从听筒里传来。

大概是因为电流，也有可能是因为他刚喝了啤酒，他的声音听上去有点儿沙哑。

柳小满像那天突然被灌了一耳朵音乐一样，挨着听筒的半边脸说不上来地麻了一下。

“哦。”他有点儿紧张，接了一句，还下意识把手机往外举了举。

“哦什么？”夏良笑了一声，“手机能用就行，我挂了。”

等柳小满再回过神，夏良已经挂了电话。

他在原地盯着手机看了一会儿，发现不用摁电源键手机也会自己熄屏，这才放心地揣着这个不属于自己的新鲜玩意儿回了家。

到家后，柳小满也没敢怎么研究手机，他总觉得夏良能看见自己用手机干什么，每摁一下，那种“别人的东西”的感觉都太强烈了。

而且，他不想被爷爷发现自己带了同学的手机回来。

这一切都发生得莫名其妙，他不知道要怎么解释。

柳小满还在床边盯着手机愣神儿，屏幕突然亮了。

柳小满的眼睛跟着睁圆，果然，紧跟着“接电话”三个字就在屏幕上闪了起来。

他连忙把手机拿起来，在它开始振动之前接听。

“你的手速这么快？”夏良说，他的声音有点儿模糊，还带着外面乱叫的风声。

柳小满不敢说话，连呼吸都放轻了。

“不方便出声？”好在夏良猜到了，直接说，“那你下来吧，我在你家楼下了。”

这还是除了樊以扬以外，第一次有同龄人在楼下等他。

柳小满没忍住，用脑门儿顶着窗户往下看了一眼。

夏良正从一辆车的后座上下来，今天他穿了一件白色的、看起来料子有点儿硬的半长外套。柳小满说不上来衣服的款式，但是觉得挺酷的，他还戴了一顶黑色棒球帽和黑口罩，也抬头朝上看着。

他只知道柳小满家在这栋楼，不知道具体是哪儿，所以看得很随意，被风吹得眯着眼睛。

柳小满匆匆“嗯”了一声，就把电话挂了。

当他蹑手蹑脚穿鞋出门的时候，都快觉得自己是要离家出走，或是去参加什么不便示人的神秘活动。

车是夏良直接叫来的，没走，柳小满一下楼就被夏良推进车厢里。司机一踩油门，车子朝目的地开去。

“他们已经到了。”夏良靠在座椅上，摁着手机说。

柳小满“哦”了一声，然后就不知道说什么了，盯着窗外不停变换的风景看。

路程不算远，中间夏良接了一个电话，柳小满隔着一小段距离都能听见罗浩的大嗓门儿，背景音乐已经播起来了，都压不住他在那头骂来骂去的声音：“你不先过来带动气氛，我们两边像呆子一样，谁也不认识谁，大眼瞪小眼……不对，等一会儿，啊，我想起来了，你小子是不是上回想关窗户夹死我那个？”

“啊？谁？”王朝也大声地喊回去。

夏良笑了好几声才停，朝窗外看了一眼，说了句：“车子上桥了，我们再有几分钟就到了。”说完，他就把电话挂了。

柳小满忍不住看他一眼，说：“你每次挂电话都好干脆啊。”

“嗯？”夏良掀掀眼皮看他，“我习惯了。你喜欢先挂电话？那以后就都留给你挂。”

“我不是……”柳小满张张嘴。

“什么？”夏良说。

“没什么，当我没说吧。”柳小满叹了一口气。

夏良这话接得，搞得自己跟他在要求什么一样。

出发前和在路上的时候都还好，等车真停下来，眼前就是目的地的时候，柳小满又忍不住开始紧张。

他还不是一般紧张，比昨天他在班里瞎回忆过去时还紧张。

“不然我还是……”他是真有点儿发怵。夏良已经下车绕过来，把他这边的车门拽开了，他还坐在后座上，“吭吭哧哧”地想打退堂鼓。

“你怎么像一个姑娘似的。”夏良看他这副可怜样儿，一点儿没留情，把他从车厢里拉了出来。

为了防止他跑，夏良还直接抬手把他揽在胳膊底下，暗骂了一声，迎着风朝“银河欢唱”所在的商场里走。

柳小满听着耳朵边儿猎猎的风声，只庆幸今天刮大风，出来逛街的人没那么多。

虽然现在人也不少，但按照往年国庆假期的架势，这会儿这种地方都该人山人海，别的不说，围观他们两个断臂少年冒着寒风也要坚持来唱歌的路人都得有两圈。

他都快被他们的精神感动了。

进了商场，风声一下下去了，两人都跟活过来了一样，不约而同舒了一口气。

“风差点儿把我的帽子掀飞了。”夏良松开柳小满，把口罩拉下来兜着，又抬手把帽子往下压了压，开始找电梯。

他还看了一眼柳小满：“你别跑，也别丢了，跟着我。”

柳小满又呼出一口气。

若这会儿他还跑，那确实是说不过去。

但走在这种地方，他确实很别扭，不是熟悉的街道、熟悉的学校、熟悉的两点一线，陌生环境中的陌生人直观的打量让他神经很紧绷。

夏良感觉到柳小满的异常了。

他一直觉得柳小满是他长这么大，在认识的差不多年龄的人里少见的坚强和坦然的人，看来也不是。

不管柳小满断臂十年还是二十年，被迫失去的东西都永远成了被动承受的生命之重，成了心里永远的一块短板。哪怕他一千次一万次、十年如一日地告诉自己“别在乎别人怎么看”，也没法真正做到坚强，每到一个新的环境，他这种心理建设就要一遍又一遍地重建、坍塌，再重建。

夏良又回头看他一眼，这么瘦的身板，真不容易。

两人七拐八拐跟着指示牌来到电梯间的位置，都没看见电梯在哪儿，夏良又往里面走了几步，才发现电梯竟然藏在里面，门外被两个巨大的夹娃娃机挡着了。

设计师真是一个鬼才。

他转了半个身子出来推门，想喊柳小满过来。

结果他探头一看，柳小满还在外面盯着娃娃机看，用那种有点儿兴趣又不好意思表现出来的目光看着。

他突然有点儿张不开嘴了。

从小就只有一只手的孩子，一定一次也没试过这玩意儿，虽然这玩意儿挺无聊的。

夏良在心里叹了一口气，走过去站在柳小满身后，问了一句：“你想玩儿？”

“啊？”柳小满像有什么见不得人的目的被人发现了一样，差点儿弹起来，张嘴先否认，“没有啊，我就看看。”

夏良又一次险些被他顶着下巴，“哎”一声往旁边挪了挪，迅速扫了一眼夹娃娃机，看见了扫码付款。

他掏出手机扫了扫码。

“你干吗？”柳小满盯着他，“我真不玩儿。”

“我玩儿。”夏良说。

他的左手在操控台上敲了一阵，研究了一下，这机子跟他以前玩过的那种不一样，有两个把手，一个横控、一个竖控，再加一个确定钮，其实比一个遥控配一个按钮的模式更蠢，也更难抓。

“我要我的右手。”夏良攥着左边的遥控把，看了柳小满一眼，冲右边的遥控把抬了抬下巴。

柳小满只是看着他。

“这玩意儿计时，你的感动、开心待会儿再表达。”夏良催他。

果然，他一说完，音乐立马“嘀嘀嗒嗒”地响起来了。

柳小满并不知道自己现在是什么心情，是不是像夏良说的这样含有感动和开心的成分。他挺蒙的，因为太突然了，也没个心理准备，夏良莫名其妙就开始抓娃娃。

但是……胸口热腾腾往外膨胀的东西，他也完全说不出是什么。

他的胸口很充盈，很饱满，尤其在他握上另一个把手的瞬间，某个藏在心底深处、从没好意思向任何人——包括对爷爷和樊以扬也从没提过的、微不足道的小小心愿，就这么实现了，他确实很没出息，感到了一点点雀跃。

而帮他实现心愿的人，竟然是夏良。

“你那个是横的还是竖的？动一下。”夏良在他左耳朵边儿上说。

他们俩一个左手一个右手，操控台又窄，要想配合好就得前后挨着，夏良比他高，骨架也比他大，几乎是从侧后方把他整个人包在胸前。

但这会儿柳小满顾不上这点儿由于近距离接触带来的不好意思，他用做数学题般的严谨操控着他的遥控把，一点点将爪子推到一个张牙舞爪的大章鱼上方。

“你想要这个？”夏良笑了一声。

“它好抓一点。”柳小满也笑了笑。

“那就它了。”夏良又往前凑了一点儿，看看角度，又调了一下。

催促音这会儿已经响起来了，再不摁下去，机械手自己就要往下掉。

“差不多了，你摁吧。”夏良说。

“我摁？”柳小满看着靠近夏良手边的大红按钮。

“快！”夏良用下巴顶了一下他的后脑勺。

柳小满朝这边伸手的同时，机械手晃了一下，夏良眉心一跳，也伸出了手，盖在柳小满的手上，两只手同时按上了操控钮。

“我……”他们俩都想跟对方说话，柳小满转过头，从夏良的下巴擦了过去。

“恭喜！”娃娃机里“当啷”爆出一声。

夏良下意识低头看了一眼娃娃机。

他们张牙舞爪的大章鱼竟然夹到了，已经被机械手从投递口扔了进去，正面容扭曲地卡在出口瞪着他们。

“干什么？”他抬起手蹭了一下下巴，重新盯着已经宕机的柳小满。

柳小满：“……”

“我没……”他有点儿蒙，说话还结巴了，“没干吗。”

夏良估计也没想到他蹦出这话，笑着“哦”了一声。

他的手还按在操控钮上，夏良把大章鱼从投递口里掏出来，戴帽子似的将它往他脑袋上一搁：“你的战利品，抱着吧。”

柳小满想抬手将它拿下来，夏良已经把手抽出来，转身朝电梯口走了，并招呼他：“走了。”

电梯正好从楼上下来，一开门先出来一拨人，夏良把柳小满往旁边挡了挡，等往外走的人走干净，想进去的人也都进去了，他才推了一下柳小满，从柳小满身后一块儿进了电梯。

银河欢唱在七楼，四五六层的电梯按钮全被摁了，一层停一下，身边人挤挤挨挨，说说笑笑，柳小满也不知道自己在想什么，只觉得身边虽然都是人，但都离自己有八百米远，声音也都飘在半空中，跟自己无关。

他的脑子持续着半放空的状态，只有肩头跟夏良手臂接触的地方是真切的，他随着夏良的动作或避或让。

六楼是影院，一整架电梯的人几乎往外挤，夏良抓着他的胳膊把他往旁边一拽，塞在身侧和电梯角落的空间里。他感受到拥挤，喉咙一紧，差点儿连喘气儿都忘了。

终于到了七楼，他从电梯里出来时在心里吼自己。

吼完有没有用他不知道，但他确实没法继续紧张了。

柳小满一脚踏入银河欢唱，这儿与楼下亮堂的商场相比，完全呈现另一种晦暗风格的灯光与音乐，里里外外还在排号，已经出来的男男女女们直视过来的目光，让他迅速陷入另一种对于未知的紧张。

当服务员在门厅冲他微笑并九十度鞠躬的时候，他差点儿条件反射给人回一个。

夏良跟他比起来就太自然了。

到了这种地方，夏良像回自己家一样，服务员跟过来问话的时候都没多扫对方一眼，脚步也没停，直接报了一个房号。服务员往前两步走在他们前面，七扭八拐地把他们领到一扇嵌着暗色小玻璃窗的房门前，又鞠躬嘟囔了一句“祝您享受欢唱时光”还是什么的，柳小满也没听清，他的注意力都被隔着门也能听见的鬼叫声吸引了。

夏良点了点头，推门之前又回头看了眼柳小满，冲他翘了翘嘴角，说：“欢迎来到我们的世界。”

门推开后，荒腔走板的音浪如同脱缰的野狗直击耳朵。

罗浩在唱《死了都要爱》，正飙到高潮，看见夏良进来，嗓子像被人捏了一样猛地一转音，指着夏良就骂了一声：“你还舍得来啊！”

其他人立马看了过来，李猛不知道从哪儿捞了一支麦克风，兴奋地往下压罗浩的声音：“你们俩赶紧的！”

李猛拿麦克风的时候不知道是用力过猛还是怎么着，麦克风发出特别刺耳的声音，包间里的人纷纷别过头“哎”了一声。

几个人直接蹬桌子踩沙发，围过来要拉夏良过去，柳小满就着五颜六色乱闪的光大概看了一眼，屋里有十来个人，除了李猛、王朝、余首他们，罗浩那边的人他竟然也有点儿印象，当时小球场上打球的几个人中有两三个眼熟的。

除了男生，沙发那头点歌台旁边还有三四个女生，包括韩雪璧和他们班前排两个女生，其他披头散发、影影绰绰的，他就不认识了。

包间里还有两张大茶几，立麦前有一个小吧台，上面摆了几座小塔一样的盘子，还有桌游，女生那边果塔多点儿，其他全是饮料，样式挺全，林林总总，也不知道喝不喝得掉，地上滚着俩易拉罐，也不知道是喝完的还是没开的。

韩雪璧在这样的地方竟然能待得住。柳小满自己都惊讶脑子里冒出的头一个念头竟然是这个。

“给我良哥点歌！他唱歌贼带感，能拉我几万分！”罗浩热情得仿佛今天是他生日，一只手挥麦克风一只手攥着一瓶啤酒，还要扯着嗓子号。

“跟你比，谁都能拉你几万分。”夏良从包围圈里出来，脱着外套说了一句，“今天我不唱，你独领风骚吧。”

“你赶紧拉倒啊，你不唱歌来这儿干吗？”上次送夏良去医院的郭魏立马说，说完还挺小心地凑近看了一眼夏良的胳膊，“你的手就能动了？脱个袖子这费劲……”

“不能，所以你别招我。”夏良看他一眼，“你们再让我断一次胳膊，自己去门口拿胳膊怼灯柱。”

“不是，那夏良的胳膊断着呢。”王朝的声音不知道从哪儿冒出来。

“胳膊断也不影响你唱歌啊，你的舌头又没断。”罗浩执着地喊着。

“疼，张不开嘴。”夏良拨开他们，舒舒服服陷进沙发里靠着，看罗浩还想追过来叨叨，直接抬起腿往茶几边沿上一蹬，“来的路上我都失声了。”

“你走吧！走吧！”李猛一脚踩上桌子，冲他唱了一句。

包厢里的人都笑了。

柳小满找了靠门的沙发角悄悄坐下。

这种场合跟他平时的生活太不匹配了，他进了门就不知道该干吗，也不知道能说什么，本来还想着是不是该跟李猛说句生日快乐，看大伙儿似乎没有提这茬的意思，一个个都闹得挺嗨。

李猛和罗浩他们虽然原本不认识，但既然凑到一块儿了，大家都差不多是同龄人，也没什么隔阂，很快就互相飙着歌玩了起来。

他看了一眼夏良，夏良在他左边，大概隔着三个人的距离。虽然夏良不唱歌也不喝酒，但这会儿也没闲着——夏良刚坐下，郭魏就拎着一瓶酒在夏良左边坐下了。包厢里吵，罗浩又开始挑战“这是一条神奇的天路”，他们俩脑袋挨得挺近，不知道在聊什么，郭魏也学着夏良那样脚踩着桌沿，看起来不像短聊的架势。

自己果然不该过来。

柳小满反倒挺坦然的，之前他想的那些都应验了。

柳小满正想着不然坐一会儿就走吧，突然身边的沙发往下一陷，李猛嚼着一牙大哈密瓜在他旁边一坐，冲着他的耳朵喊了一声：“我的天，你也不说话，我就记得刚刚明明看见你进来了，乌漆墨黑的，找你半天——”

柳小满揉揉耳朵，冲他笑了一下：“我想着过一会儿再找你。”

“什么？”李猛喊回来。

“我想——”柳小满清清嗓子，也把声音提了提，“想过一会儿再……”

“啥？”李猛像一个聋子一样，一脸迷茫。

柳小满都不想说话了，费嗓子。

李猛估计也没想听清，他应该是已经喝嗨了，一张脸红扑扑的。他看见柳小满手边那个大章鱼，“啊”了一声，恍然大悟般欠身将它够了过来。

“送我的？”他生怕柳小满听不见他说话，抬手抱着柳小满的脑袋，把柳小满的耳朵往自己嘴边凑，挺高兴地大喊了一声。

“啊？”柳小满这次还真让他喊蒙了。

真不能怪李猛这么想，人家过生日，看见别人拎个东西过来了，第一反应肯定以为这是送自己的礼物。

李猛要没问也就算了，这都直接张嘴问了，还揽着他的脖子呢，他都不好意思说“不是”。

“这是……”他不由得朝夏良的方向看了一眼。

没想到两人的目光竟然对上了。

郭魏依然在说着话，夏良也在听，甚至点了点头，但他的脸却是转向自己这个方向的，倒也没什么表情，就跟平常他们在班里对视了一样，只不过这次换成了光怪陆离的环境，耳朵边响着高亢的歌声，中间还隔着一个喋喋不休的李猛。

“这个不是，”柳小满解释不来，产生了一种被“抓包”的错觉，忙收回目光，特别不好意思地跟李猛道了个歉，“这是我在楼下抽……奖送的。”

他撒了一个谎，实在是没好意思跟李猛说实话，好像只要说了这是他跟夏良一块儿抓娃娃机抓到的，李猛就会把所有事情知道得一清二楚。

想到这儿，柳小满觉得自己脸也有点儿发烫。

“我……你还挺会合理规划啊，”李猛都忍不住乐了，“出来给我过个生日，还抓紧在半路上抽个奖，一点儿没耽误。”

柳小满一脸尴尬，咧咧嘴。

“我回头给你补一个。”他挺真诚地对李猛说。

说到底还是自己没准备充分，光顾着紧张了，来参加人家生日会竟然没想着带礼物来。

“得了吧！”李猛无所谓地摆摆手。他是真开心，开心得都不知道抓哪儿了，他不敢拍柳小满的肩膀，就在柳小满的脑袋上揉了一把，“我去给你点一首歌。”

“我不用，你快去唱歌吧。”柳小满连忙说。

“放心，我把你的歌往前调。”李猛牛头不对马嘴跟他比了一个拇指，站起来去点歌台了。

柳小满把大章鱼塞回自己跟沙发之间，悄悄松了一口气。

他感觉夏良又看向了自己这边。

柳小满真的觉得这里的氛围很奇怪，每个人都更加容易放肆。

可能是因为屋子里很黑，头顶还有五彩斑斓的灯。

可能是因为耳边能把人的皮肤都撕裂的歌声。

总之，在这种环境里，柳小满如同有了掩体，也如同什么都可以展露，让他心里那点儿说不上来的小情绪乘以百倍的兴奋因子膨胀着，他明明不敢在这时候再去看夏良，却还是鬼使神差地转过了头。

他想看看夏良在看什么。

夏良果然在看他。

跟刚才的对视不一样，不知道是不是郭魏说了什么好玩儿的话，夏良脸上带了一点儿笑。一束白光从他脸上侧着扫过去，他的脑袋向后抵在沙发靠背上，很轻松地微微抬着下巴，看着柳小满，搭在腿上的左手冲柳小满轻轻招了招。

过来。夏良仿佛在这么对他说。

柳小满朝夏良那边挪了挪，专门留心控制了一点儿距离，没敢让两人挨着。

“怎么了？”他问夏良。

“你给我当右手，离我这么远？”夏良看着他说。

已经很近了。柳小满在心里接了一句。

他不自在地耷拉下眼皮，感觉自己短时间内都不敢再跟夏良这么近距离对视。

夏良这话乍一听像多有理似的，其实根本上就不是一个能成立的命题。

但不管命题合不合理，就跟昨天夏良塞给自己旧手机一样，在夏良痊愈之前，“夏良的右手”这个身份柳小满都得认。

在这一刻他也挺愿意认的。

在这种场合，能跟认识的人一块儿坐着，他就觉得踏实，一个人实在太不是味儿了。

“你就是那个小残疾啊？我听过你，柳小满。”郭魏从夏良腿上横过来，手上还攥一个酒瓶，一边打量他一边喊着，“上回我都没细看，罗浩说你跟夏良是同桌？”

“嗯。”柳小满点点头。

“你怎么也不唱歌？你们俩这同桌当得还挺同化。”郭魏笑了一声，从桌上捞了一罐饮料往柳小满跟前儿一磕，“那你喝饮料吧！咱俩就当头回见了，我叫郭魏，以前跟罗浩、夏良是一个班的哥们儿！”

“谢谢，我不渴。”柳小满连忙摇摇头。

“不是，”郭魏看了一眼夏良，“那你们俩来干吗了？一左一右……合体啊？”

他们平时说话都挺不讲究，什么玩笑都开，柳小满被罗浩烦过几回，基本麻木了，但这时候被这么连珠炮一样连着问，还是直接词穷了，张张嘴不知道该说什么。

幸好夏良抬了一下腿，把郭魏挡了回去：“你别逗我右手。”

“哎，我可乐了！”郭魏乐了，一拍沙发往后挪挪屁股，抬手比了一个方框，像小孩儿比画照相机似的，透过方框看着夏良和柳小满，“这哪是你的右手啊，搞得他是你小弟一样！你还护上了，怎么没见你护过我呢？”

“你丑。”夏良说。

“你也发现了吧？”罗浩不知道什么时候关注到他们这边，怪叫着蹦过来，蹲在郭魏旁边，撞他一下，“我跟你说了，夏良断条胳膊，整个人都变了，也不嫌憋得慌。”

说到这儿，罗浩对夏良眉飞色舞地说：“您还缺右手吗，哥？我也能给你当，什么都能帮你干。”

“你行了。”郭魏笑着用肩膀把罗浩顶开了，“用得着你？我良哥的左手玩得溜着呢！”

“哈哈哈……”半个包厢的人发出笑声。

“没完了？”夏良有点儿无奈地看他们一眼，“你们看不见女生都不想搭理你们？”

“听见没有？一个个活该！”罗浩立马跟着骂。

“哎，唱歌唱歌！”郭魏喊了一声，“轮到谁了？”

“还是男女对唱，鱼头跟班长来吧！”李猛起了个哄，班里几个人全跟着嚷了起来。

夏良叹了一口气，伸手够自己的外套掏手机，一转头发现半天没吭声的柳小满正用眼角余光悄悄打量他，脸上还带着点儿没来得及收的笑。

“你看什么？”夏良问。

“嗯？没什么。”柳小满看他一眼，迅速把表情调整好。

夏良一边的眉毛扬了扬。

随着接触越来越多，很多时候他真的觉得柳小满这个人特别有意思。

现在该唱歌的唱歌、该闹的闹，在一群人嘻嘻哈哈的环境里，柳小满坐在沙发上自己跟自己琢磨着玩儿，安安静静的。

夏良看着柳小满，就像看着那天在小球场边儿上追问他想说什么的柳小满一样，突然又想逗逗他。

用“逗”也不那么准确。

夏良身边常年围着的都是罗浩那样不着四六的家伙，咋咋呼呼，一个比一个没皮没脸。柳小满应该是这么多年来他见过的最安静的男生，不管是情绪还是表达，或者说性格，在这个人人嚣张、渴望表现的同龄孩子里，呈现出一种罕见的温和，没棱没刺。

上一个让他觉得能这么安静的人，还是在……

思路卡了带，夏良直接掐断，没继续回想。

夏良的记忆太模糊了，很多在当年懵懂的心绪，当时没弄懂，现在明白了，也不想挖得太明白，没有意义。

倒是柳小满，他联想了一下他简单到乏味的成长过程，成天嘴里就能念叨出的名字，好像也就一个樊以扬。

扬扬哥长，扬扬哥短。

一个所有情绪都内敛、安静的男孩，从几岁到十几岁，没两三年都要二十岁了，所有抛却亲情以外的情感重心，全部寄托在另一个亦兄亦友的扬扬哥身上。

柳小满跟在樊以扬屁股后面，只看着他，追随他，还不能容许别人说一句他不好的话。

夏良脑子里闪现出每次跟柳小满说到他的扬扬哥时的反应，那股想“逗”他的心情又加了一层。

如果刚才抓娃娃的人是樊以扬，不知道他又会是什么反应。夏良不由得想着。

说不定柳小满做梦都能笑出声来。

快到饭点的时候，李猛开始准备转移阵地，他提前订好了桌，去楼下吃自助烤肉。

“我就不去了。”柳小满跟李猛说了一声，“我爷爷不知道我出来玩儿，我得回家吃饭。”

“啊？这就走？”李猛愣了愣，“你也没玩什么啊，歌没唱，好歹吃点儿吧？蛋糕都没吃，你用我的手机给你爷爷打个电话？”

“不了，你们去吧。”柳小满有点儿不好意思，摇摇头，想想补充了一句，“生日快乐。”

“那你……”李猛抓抓头发，转头去看夏良。

“我给你叫辆车。”夏良把手机掏出来。

“不用，”柳小满连忙说，“我自己出去打一辆就行。”

“你去吧，这个点在这儿打车，你得打到我们吃完下楼，正好能跟夏良一块儿回去。”罗浩接了一句。

柳小满看了他一眼，实在是不想说话。

打不着车我还不能坐公交车？

“叫上车了，还得几分钟过来，我们先下去吧。”夏良站起来把外套拿上，问了一句李猛饭店在几层，等会儿他直接上去。

“这么快？”柳小满愣了愣，“那我自己下去就行，你别去了。”

“你知道是哪辆车？”夏良看他一眼。

你倒是跟我说车牌号啊。

夏良已经拉开包间的门出去了，柳小满匆匆道了个别，一头雾水地赶紧跟上。

离开银河欢唱后，商场明亮的灯光让柳小满有种重见天日的感觉。

他跟来的时候一样，走在夏良身后，进电梯出电梯。外面吹了一天的大风，到了傍晚终于歇了一口气，从商场的大转门出去，逛街吃饭的人也多了不少。

车停在马路对面，夏良对完车牌号，指给柳小满看：“那辆打双闪的白车，你上去坐着就行，到家直接下，不用给钱。”

柳小满前面还点着头，听到最后一句，看了夏良一眼：“那我回头把钱给你。”又拎了拎手里的大章鱼，“还有抓这个的钱。”想想又加了一句，“还有来的时候的车钱。”

“你能不能……”夏良有点儿无奈地看他。

他本来想说你能不能别这么一板一眼，想了想又觉得自己就算说了，柳小满还是会算，转了个话头说：“全算早饭里吧。”

柳小满点了下头：“也行。”

柳小满拎着他的大章鱼转身。

“你到了给我打个电话。”夏良在身后又说了一句。

“打电话不方便，”柳小满停下来，有点儿犹豫地扭过头，“发短信行吗？”

“随你。”夏良的嘴角又往上勾了勾，靠着一根路牌柱子看他。

身侧有喇叭“嘟”地催了一声，柳小满心里一惊，他赶紧扭头走了。

上车的时候，他能感觉到夏良还在对面看着自己。

他没好意思再看回去，匆匆拉开车门上了后座，跟师傅确认了一下地址。

直到车开出去几米，他才把车窗往下摇了摇，被风刮得直眯眼也不敢关。直到他脸上的热度下去了，才悄悄呼出一口气。

这一天过得，什么跟什么啊。

到了家楼下，柳小满先跟司机道了声谢，问：“车费是多少？”

“你手机上直接付就行。”司机点了一下行程结束。

“不是我叫的车，”柳小满跟司机解释，“是我朋友，我想知道该给他多少钱。”

司机笑了一声：“都是朋友了还这么客气，你给他二十三块钱就行。”

柳小满也笑了笑，摸摸大章鱼和夏良的手机，就推开车门下车了。

下去的时候他还有点儿谨慎，怕被爷爷或者樊以扬看见，暗想刚才在路口就该让司机停下，自己走着过来。

好在今天风大，爷爷没在阳台晒太阳，一眼扫过去，路上也没有樊以扬的影子。

他匆匆走进楼道口。

“小满？”柳小满一只脚刚踏上楼梯，熟悉的声音从楼梯转角处传下来。

柳小满眉心一跳。

生活对有的人而言，似乎完全构建在墨菲定律上。

他心虚地抬起头，对上樊以扬直直望过来的目光。

樊以扬是来喊柳小满去家里吃饭的。

结果樊以扬到了柳小满家里，柳小满不在，只有小满爷爷在发明天要用的面，看见樊以扬来问，爷爷还诧异一下，以为柳小满是去他家玩儿了。

“没事儿，爷爷，小满可能跟同学出去了。”樊以扬给小满爷爷打了下手，等了一会儿，还是没等来人，心里大概想到八九分，“我先回去，等我妈忙完，我给你端点儿过来，今天家里酱了一锅排骨。”

“你不用端排骨，赶紧回去吧。”爷爷连说带咳，刚才两人面对面他没法咳，一直憋着，这会儿胸腔里痒得厉害，咳得发疼，“我这儿也没什么吃的，就不留你了。”

“您歇着吧。”樊以扬走到门口又犹豫一下，回头问，“不然我陪您去医院看看，抓点儿药。这回您咳半个来月却不见好，这样下去也不是个事儿。”

“今天风大。”爷爷又摆摆手，言简意赅地拒绝。

类似的对话，这两年不时就要来一次。老头儿省钱，坚持也没用，樊以扬点点头：“那您多注意点儿。”

下楼的时候樊以扬还在想，等柳小满高考完，自己可以买一部手机送他当毕业礼物，不然像这样一句话没留就跑出去，还真没地方找他。

他刚这么想完，一辆车停在楼道口，柳小满从里面拎着一个什么东西下来了。

柳小满被他喊一声，还跟做了坏事儿被抓包一样，顿在楼道口，不好意思地喊了声“扬扬哥”。

樊以扬望着他的眼睛，从楼梯上走下去。

走过没多高的十级阶梯，他发现了一件事儿——

柳小满十有八九是出去玩儿了，这跟目睹他真的背着自己跑出去玩儿，是两种截然不同的感受。

柳小满就像一只一直跟着他、只能靠他取暖的小狗，虽然他知道小狗早晚有一天会长大，长结实，会离开自己去觅食，但眼睁睁看着屁股后头的小狗拐个弯跑了，尾巴摇得还挺欢，这种心情实在没法跟“欣慰”之类的词语挂钩。

虽然他知道柳小满不是小狗，更不是自己的附属品，但那个跟自己有小秘密的柳小满确实出现了。

“你出去玩儿了？”樊以扬走到柳小满跟前，停下来看了眼他手里拎着的东西。

一个章鱼型的布偶，没吊牌没包装，一眼看过去都能感觉到这个东西粗制滥造。

“啊。”柳小满点点头，有点儿不好意思，把大章鱼拿起来给他看。

“跟谁，你同学？”樊以扬没接他的话，只扫了一眼章鱼，又问。

“李猛过生日。”柳小满说，看他对大章鱼没什么兴趣，讪讪地把手放下，“就是坐我前面的那个人，你见过的。”

樊以扬知道李猛，没说什么，笑了笑。

他这一笑，柳小满才觉得松了一口气，生怕他又要问“夏良去没去”，赶紧转移话题说：“你来找我吗，扬扬哥？”

“嗯，我找你去吃排骨，”樊以扬看着他，“还想顺便看看你这次的卷子，我光听你说成绩了，考得不错，但也得找找丢分的原因。”

“那我……”柳小满不太敢说：那我现在回来了，咱们上去吧。

樊以扬又不欠他的，好心好意来帮忙，自己不能总这么理所当然。

“不然明天吧，明天你有空吗，扬扬哥？”柳小满说。

“你先上去吧，爷爷不知道你出去了，还以为你在我那儿。”樊以扬抬起手腕看了看时间，“我等会儿端点儿排骨过来。”

“行。”柳小满点点头，又摇摇头，“别折腾了，扬扬哥，你跟叔叔阿姨好好吃，谢谢阿姨。”

“你上去吧。”樊以扬没接他的话，直接错开他出去了。

扬扬哥不高兴。柳小满在楼梯口愣了一会儿。

虽然樊以扬什么都没说，也没表现什么，但他能感觉到。

扬扬哥不高兴也对。想想如果是自己高高兴兴地去找扬扬哥，结果没找着人，回家路上遇上了，扬扬哥也没有想跟自己多说几句话的意思，他也高兴不到哪儿去。

柳小满在心里叹了一口气，两人认识这么多年，从小到大他都是跟在樊以扬身后走，情绪也一样，不由得会被樊以扬影响，随着他的变化而变化。

樊以扬不高兴，他一下子也挺不得劲儿的。

他看着樊以扬的背影消失在斜对楼，才抬脚往楼上走。

柳小满到家后，爷爷刚冲了一袋板蓝根，正在凳子上歇着等它凉。

“您又咳了？”柳小满闻见板蓝根的味儿就问。

“你出去了？扬扬刚来找你。”爷爷没理他，反问了一句。

“我知道，我上楼见着他了。”柳小满点点头，刚才跟樊以扬没好意思表现，现在对着爷爷一点儿顾忌都没有，他连鞋都没脱完，就把大章鱼往爷爷跟前儿一摆，带点儿眉飞色舞的小得意，让爷爷看，“这是我抓的！”

“你抓的？”爷爷拿起来看看，笑了一声，“你怎么抓？”

“我朋友帮我一块儿抓的。”柳小满忽略那些有的没的，只把第一次体验娃娃机的小激动说给爷爷听。

爷爷听着，前面一直带着笑，后来看着柳小满随着比画动作空荡荡的左胳膊，胸口就一阵阵发酸。

他的孙子从小就懂事，这些娃娃机啥的，从来没跟他提过，童年光是遭罪，大了点儿，连个懒觉也没睡过，每天就是跟他摆摊、收摊、上学，除了樊以扬，也没人愿意带他玩儿。

他再怎么懂事，说到底，就是一个什么都没玩过的孩子。

“你有新朋友了？”爷爷嘴角噙着笑，一边听一边一口一口啜着板蓝根，等柳小满说完，只问了这一句。

柳小满针对这个问题想了想，有点儿害羞地点点头：“嗯。”

他们应该算得上一句朋友了。

他跟爷爷聊完，带着大章鱼回房间，先在桌子上摆摆，桌上都是摞起来的书，放哪儿都碍事。

他又在衣柜、床头都摆了一遍，最后将它放在了床头柜上，靠着墙，不会一抬手就碰着，每天也能看见。

他盯着大章鱼又乐了一会儿，想起来跟夏良说了到家要发短信，赶紧从兜里把手机掏出来。

——我到家了。

四个字一个句号，他点了一分钟，又捯饬了好几下才弄明白怎么选收件人。

短信发出去以后，他盯着屏幕看了一会儿，夏良没给他回消息。

他站起来换了身睡衣，把手机弄亮再看一眼，夏良还是没回。

没见过世面。柳小满忍不住嘲了自己一声，把手机往枕头底下塞了塞，拿上内裤去洗澡。

他洗澡的时候，正好樊以扬来送酱排骨，隔着浴室门跟他打了个招呼。

柳小满急匆匆冲干净出来，人已经走了，餐桌上留了一小盆排骨，是用一个小铝盆扣着端来的，掀开都直冒热气儿。

“也太多了，一小盆。”他跑去厨房拿筷子，出来后夹了一块吃，“好吃。”

“回头你再舀一盆米酒，给人送回去。”爷爷交代他。

“嗯。”柳小满吃得直点头。

柳小满再次回房间，他找了一个小本子，一笔笔认真记上该补给夏良的早饭：

打车（23×2）：6 顿

大章鱼：1 顿

换手机屏（约 300）：43 顿

打石膏（约 500）：71 顿

柳小满的笔头顿了一下。

这就 121 顿了，一年才 365 天。

手机在枕头底下很轻微地振动了一下，柳小满有点儿发愁，走过去掏手机出来看，心想要是再把借手机的钱算上，那他估计得给夏良带早饭到高考的那一天。

不过一看到夏良回复的短信内容，他的心思瞬间从一百二十一顿早饭上转移了。

——拍一张章鱼照给我。

夏良是这么说的。

柳小满一脑袋糨糊，看着输入框。

——旁边有个加号，你点进去后再点图片。

夏良像知道他在想什么，第二条短信立马出现在屏幕上。

柳小满摁了两下，恍然大悟，把大章鱼捞过来，将它板板正正地摆在枕头上，拍了一张照片，给夏良发过去。

夏良要它的照片干吗？

留念？

柳小满刚把大章鱼摆回去，手机又连着振动了两下。

——账号：righthand，密码：6 个 1。

——微信，登吧。

柳小满盯着这两条短信看了一会儿，才把账号和密码都记下来，去手机界面上找微信。

他一个字母一个字母打上去，摁上登录键那一下，他甚至屏了一下呼吸。

叮咚叮咚叮咚叮咚。

好几条消息一条接一条涌了出来，顶在最上面的是李猛，他的名字旁边有个小红点，上面显示的未读消息一眨眼就从“4”变成“7”。

往下依次还有王朝、余首、“韩雪碧”。“璧”字都被夏良打错了。柳小满咧咧嘴。

甚至还有罗浩和郭魏他们。

最底下的头像“叮咚”跳了一下，弹到了最上面，这是一串没备注的英文名字，问他登上微信了吗。

——夏良？

柳小满打了两个字过去。

这时候他才发现自己这边的头像是刚才发给夏良的大章鱼。

——聪明。

夏良回他。

柳小满握着手机在床上滚了一下。

一股说不上来的开心从心里往外膨胀着，让他连心跳都加速起来。

他有微信了。

他看着这个微信的界面，看着界面里这些人，想象着他们坐在一起说着闹着笑着吃饭，然后一个个去加这个新微信号的好友，可能还唠唠叨叨的，那个画面让他觉得特别特别可爱。

这不仅是几个名字，对于柳小满而言，这是一个新鲜的、从未拥有过的、属于他自己的小小世界。

是夏良创造给他的小世界。

第十一章
夏良的耳机

两天半的假期，柳小满第一天玩了半天，剩下的时间就跟平时一样，该背书背书，该刷题刷题。

第二天晚上樊以扬来给他讲卷子，把这几天落下的英语听力补上，又一块儿做了一会儿作业。

对听力答案的时候，柳小满走了下神，琢磨着现在夏良的旧手机在他这儿，那以后就算没有樊以扬，他也能自己找英语听力出来听，想听多少就听多少。

但是手机这个事儿他不敢让樊以扬知道。

他有自己的微信号了，也不敢让樊以扬知道。

这一点让他有点儿惆怅，曾经他一直以为，以后等他有了自己的手机，有了自己的各种社交账号，建立的第一个联系人都会是樊以扬。

“草稿纸给我一张。”樊以扬喊了他一声。

“嗯？”柳小满转头看他，他在做一道数学题，头也没抬，笔尖虚虚地在练习册上划拉着，亟待推算。

他赶紧把自己的草稿本翻开递过去。

笔尖一落在纸上樊以扬就“唰唰”推出一长串公式，他手眼不停，思路几乎没有卡带，柳小满在旁边看着都觉得赏心悦目。

“快见底了。”樊以扬说。

柳小满知道他说的是草稿本，笑了笑。

“回头我再拿几本草稿本给你，”答案导出来后，樊以扬在上面画了一个圈，然后把笔搁下，翻了翻柳小满的草稿本，“昨天我爸刚从单位带了一摞稿纸回来。”

“好。”柳小满点点头。

把草稿纸打成草稿本来用的习惯，他是跟樊以扬学的，一组组、一页页跟着上课的进度走，草稿和纠错二合一，遇上难题好题都打个星，考试前翻一遍，考到哪儿翻到哪儿，思路立马捋得明明白白。

用完的草稿本标上号存起来，已经在桌角靠墙的位置堆起一小摞了。

他想到这些就朝桌角看一眼，目光还没投过去，余光里樊以扬翻本子的动作停了下来。

“这是夏良吗？”紧跟着，樊以扬问了一句。

冷不丁听见夏良的名字，柳小满眉心一跳，赶紧凑过去看。

——第一节课，给点面子。

——幼稚。

还真是夏良。

隔了一段时间再看他和夏良的这两句对话，他有点儿想笑，抿抿嘴跟樊以扬解释：“这是政治老师第一节课说的话，当时夏良跟我借笔，随手写了一句。”

“他连笔都没有？”樊以扬看着柳小满。

柳小满没想到樊以扬的重点竟然落在了这儿，一瞬间不知道该接句什么。

其实他该想到的，只要是跟夏良有关的话题，樊以扬从来都是这种态度。

之前樊以扬表现出对夏良的反感，柳小满会理解，也会自己琢磨琢磨，因为他心里明白樊以扬都是为他好。

现在他依然明白，但是夏良他也熟悉了，虽然时间没有太久，可夏良这个人真的挺好的。

就冲那一百二十一顿早饭的由来，夏良也非常好。

“其实他很聪明，可能就是对上课没什么兴趣，这次考试他的数学分数还挺高，也进步了。”柳小满试图挽回夏良在樊以扬心中的形象。

樊以扬不喜欢夏良，他能避免提到夏良的地方就都不提，结果谁能想到翻个草稿本都能翻出夏良的痕迹来。

以后这种情况还会更多。柳小满有这种预感。

他不想以后跟夏良有关的事都瞒着樊以扬，他真的不明白樊以扬为什么对夏良有这么大的意见。

“好学生”和“坏学生”——好像也不能算纯粹的“坏学生”，夏良应该算不把学习当回事的人——之间的鸿沟，简直是不可逾越。

“不只这方面。”樊以扬倒是没揪着学习这点跟柳小满讨论，他把草稿本合上，开始收拾自己的东西。

“他现在也不怎么翘课，胳膊折了，架也没得打。”柳小满赶紧接着说。

“跟这些其实都没什么关系。”樊以扬停下来看着他。

柳小满没再出声，跟他对视着。

“反正你跟他尽量保持点儿距离，具体的我也不清楚，不想在背后乱说话。”樊以扬说。

柳小满想让樊以扬说明白点儿，夏良有什么需要保持距离的。结果还没等他张嘴，樊以扬又把手里的书往桌沿上一放，非常认真地看他：“小满，你跟夏良不是一类人，我说过了。”

樊以扬很少用这种语气跟他说话。

柳小满愣了愣，慢慢“哦”了一声，突然什么也不想往下问了，捡起笔继续写作业。

假期最后一天，连“一天”也算不上，白天收拾收拾，时间一晃就到了傍晚。假期结束，他们得回学校上晚自习。

樊以扬把柳小满放在学校门口，算着课表跟他交代：“最后一节课老赵要讲卷子，不出意外又要拖堂，今天我就不过去了，你还在榕树底下等我吧。”

“知道了，”柳小满点点头，“放学见，扬扬哥。”

樊以扬跟他摆摆手。

柳小满到教室后，班里的人来得七七八八，至少有百分之七十的人正在疯狂补作业。

“你可算来了，你再不来，我真要喊你爷爷了！”李猛一见他就扑过来，直往下扒拉他的书包带子。

“你要抄作业吗？”柳小满被他扒得直晃悠，赶紧把书包摘下来搁在桌上。

“我贡着它！夏良弄个微信给你，你倒是看一眼啊，紧催催不来你！”李猛仿佛一个土匪，招呼王朝一声，王朝连笔都没停，身子往后一转就抱走一半作业，李猛兜底儿，搂走另外一半。

他们这一套动作行云流水，看得柳小满连话都说不出来，偷偷在袖口竖了一下大拇指。

今天没有听力，班里因为聚众补作业，反倒意外地多了一点儿学习的氛围。

这么一想他觉得有点儿悲壮，一个学习氛围要靠抄作业来烘托的班……

在这种悲壮的氛围里，柳小满把自己跟夏良的桌子板凳擦了擦。他看看时间，把夏良桌斗里连背都懒得往回背的作业一本本掏出来，码在桌上等夏良过来补。

码完了他觉得不太现实，又从每科里挑出一项量少好抄的，摞成一小沓在桌角放着。

布置完这些，他开始背书。

尚梁山上课前来转了一圈，班里座位靠前排的一些人还要点儿脸，意思意思把别人的作业收了收，后面这些人连意思都懒得意思。

炸金花那哥仨儿里还有一个正在吃包子，一只手往嘴里塞包子一只手在本子上写，左右开弓，抬眼看见尚梁山在瞪他，还打了个招呼。

“抄、抄、吃。”尚梁山卷了一个纸筒，击鼓传花似的，一个脑袋一个脑袋敲过去，“你们考完试，放假在家都干吗呢？”

“挨打。”有人接了一句。

尚梁山苦着脸，纸筒敲到柳小满这儿，他停下来例行一问：“夏良呢？”

柳小满还是摇头。

"厕所。"前面李猛和王朝两人异口同声地接了一句。

"厕所、厕所！"尚梁山给他们俩一人敲了一下。

王朝在尚梁山走后摸摸脑袋，小声嘟囔："条件反射了。"

两人这一条件反射就反了快一整个晚自习。

第三节课下课，尚梁山又来了，看见夏良的座位还是空的，故意问李猛和王朝："他还在厕所？"

"他……"李猛刚撂笔，浑身松快得不得了，在椅子上瘫着，扭头看着王朝。

"他回来了，可能又去厕所了。"王朝眼也不眨地说。

"对。"李猛点头，"刚刚我还见他呢。"

尚梁山冷哼一声，瞪着他们："这厕所去得够久的。"

"谁知道啊。"王朝小声接话。

周围几个男生"嘿嘿"一阵低笑。

"毕竟左手不太方便。"不知道谁尖着嗓子又接了一句。

"谁说的？"李猛一本正经状，学着那天在银河欢唱里郭魏的语气，"我良哥左手贼溜！"

靠窗这一小片的人全抖着肩膀闷声笑。

尚梁山干瞪了一会儿眼，企图用眼神威压四方，也没压出什么效果，最后干巴巴地憋了句"什么乱七八糟的，好好上课"，转身就走了。

"走你！"李猛撅着屁股扑过去，两个抄完作业一身轻松的家伙互相把对方的脑袋往胳肢窝底下夹。

两人掐到预备铃打响，李猛满血复活，站起来蹦了蹦："厕所！"

"猛哥要去解决一下了，"王朝跟着站起来，继续贫嘴，"然后一进去遇见夏良了。"

李猛又是一阵狂笑，转身打了王朝一拳。

"一起啊，柳小满。"他朝柳小满桌上拍了拍。

柳小满还在做题，他"嗯"了一声，摇摇头："我不去厕所。"

"小满得学习，你以为跟你似的，一天到晚满脑子就那点儿事。"王朝说。

"我满脑子你！"李猛笑着骂他。

这个年龄的男生就是这么无聊，等他们俩终于你一下我一下地从后门出去，柳小满一直竖着的一只耳朵才放下来，悄悄呼出一口气。

也不知道什么情况，这几天柳小满总能听见夏良跟他的左手……的话题。

在唱歌的地方说说没觉得有什么，在窗明灯亮的教室里听这些，他的脸皮莫名有点儿发紧。

得亏他们走了，再说两句，他脑子里都要浮现画面了。

柳小满一口气刚吐完，身边的凳子被人拉开，夏良长腿一跨坐了下来。

柳小满扭头看了一眼时间，是最后一节课没错。

“你给我翻的？”夏良朝桌上练习本和试卷的方向抬抬下巴。

“作业都收了，你现在抄不知道还来不来得及。”柳小满看着他说。

“无所谓，我没打算交。”夏良把卷子都塞回桌斗里，问前面空荡荡的座位，“他们俩呢？”

“去厕所了。”柳小满说，“你怎么现在才来？”

他问完觉得自己的表达不太准确，该说都现在了，你还过来干吗。

“我刚从医院回来。”夏良说着，转头看他一眼。

柳小满特别想低头接着刷题，但是“医院”两个字死死抓住了他的神经，逼迫他看向夏良还缠着石膏的右胳膊。

“怎么了？”他问。

“宠物医院，不是我。”夏良说。

“小锅？”柳小满脱口而出，“它的胳膊又断了？”

“那也不能总断。”夏良掏出手机点两下，“我带它去绝育了。”

柳小满没养过宠物，这些年养自己都没养明白，听见“绝育”这个词直接愣了：“给猫绝育？它是母猫？”

“公猫。”夏良调出一张照片给他看。

照片是隔着玻璃门拍的，一间挺有模有样的小手术室，玻璃门上还贴着小猫小狗的大脑袋贴纸，里头有手术台和输氧管，小锅肚皮朝上，眼歪嘴斜地躺着，医生拿着小刀还是小镊子之类的东西，动作定格在他拿工具对着小锅划拉的那一刻。

柳小满看着就感觉裆底一阵冰凉。

“它不疼啊？”他震惊地问。

“它打麻醉药了，睡一觉就完事儿。”夏良把手机收回去。

“猫都要绝育吗？”柳小满又问。

“也不是，看养的人怎么想。”夏良说。

“你怎么想的？”柳小满说。

“省事儿，”夏良看着他，“省得它以后发了情满地乱尿。”

柳小满想象了一下，还是想象不出来：“那它醒了能受得了吗？”

小锅睡一觉睁眼，什么都没了，这也太惨了。

“你代入呢？”夏良被他问笑了，目光往下一转，吹了一小声口哨。

柳小满条件反射，夹了一下腿，想挡开他的目光。

“哎。”夏良不知道怎么被逗乐了，左胳膊往窗台上一撑，指节顶着脑门看着他笑了半天。

柳小满做完这动作也有点儿不好意思，感觉自己这种反应活像一个被耍流氓的小丫头。

尤其被夏良一笑，他腿上的劲儿松开不是，不松也不是，耳朵尖儿烧得连太阳穴都跟着发烫，直想伸手往夏良嘴上眼上都拍一巴掌。

他还好意思笑。

夏良笑了一会儿，保持着撑脑袋的动作看着柳小满。

柳小满不想搭理夏良，上课铃响了，他把最后一道刚写了一半的题写完，然后掏红笔出来准备对答案。

他是每天上下学随身要背着书包的学生，笔记本和练习册塞得多，习惯了每次先把书收完，挎上包以后，再把笔从包缝里竖着别进去。

他没有笔袋，一只手拉拉关关的不方便，也没那么多笔要装。

——本来他没那么多笔，但认识夏良以后，现在养成了随手往包里多塞两根备用笔的习惯。

柳小满忍不住觑了一眼夏良的桌斗，夏良长了一双吃笔的手，每次从他这儿拿了笔，过一阵子就不知道扔哪儿了，等再要用笔的时候也懒得找，直接从他这儿再拿，虽然夏良也没多少能用得到笔的时候。

如果保持这种状态，到了毕业那天，像那种漫画小人儿一样，拎着夏良的脚脖子，把他倒过来抖落抖落，肯定能抖出一地的笔。

柳小满刚胡想到这儿，他拎出来的红笔就磕了一下桌沿，转着圈弹到了夏良那边，还连带了另一支笔出来，掉在地上。

“我的笔。”柳小满垂下胳膊捡笔，示意夏良把红笔递给他。

夏良本来捡起笔给柳小满就完了，可他看着柳小满朝他伸过来的手，突然有了自己的想法。他用拇指把笔杆往手心里推了一截，用食指贴着笔将笔递了过去。

他做这动作的同时，想起小时候跟着大人一块儿吃饭，桌上那些大爷叔叔、老婶儿阿姨没事儿就爱逗小孩儿，让他捏个东西喂过来，趁机吸一下手指头。

小时候他最烦这些，觉得又脏又无聊。现在他好像突然有点儿能理解这种事儿了，也觉得自己可能是真有点儿无聊。之前班里有郭魏、罗浩他们瞎闹，他想安静一会儿都难，现在成天没什么事儿干，只能就着柳小满逗。

每回他要么不逗，一逗就不想停，而且越逗越想逗，看柳小满也不知道伸个手还句嘴，只能红着耳朵不好意思干生气的模样，他又能乐一阵儿。

柳小满果然没反应过来，毫无防备地把夏良的手指跟笔杆一起攥进手里。

柳小满冷不丁碰到一只手，掌心像触了电似的一麻，差点儿把手甩出去。

夏良看着他愣怔一下，然后飞快地抽走了笔，握着笔杆假装什么也没碰到的样子，忍不住又想笑。

他收回手后，微微扣住被攥了一把的食指，拇指从指节上摩挲过去，配合着柳小满的反应，也假装什么都没发生，拿起手机继续玩。

李猛和王朝去厕所去了半节课，回来的时候两人袖筒里各藏了一袋卷面皮。

学校后门有卖卷面皮的，柳小满没吃过都知道。那是一个神奇的小摊，不仅卖卷面皮，还卖方便面，方便面是煮的那种，能卧荷包蛋，用塑料袋装着，每天老板隔着栅栏跟学生做交易。

也不知道是味道真的很好，还是当代学生就是喜欢这种没事儿找刺激的状态，一到晚自习，就有不少学生去买面皮吃方便面。后来把学校逼急了，专门装了一个监控在那附近，没事儿突袭一下，截点儿学生逃课去吃方便面的照片发出来，让广大班主任自行认领。

“哎，柳小满，”李猛含着腰啃面皮，小声打断他的思绪，“我扬哥今晚还来吗？”

“谁？”柳小满愣了愣，怀疑自己听错了。

“樊以扬，我樊神，我现在是他迷弟。”李猛说。

“你摸摸你的脸。”王朝跟他同一造型吃着东西，接了一句。

“干吗？”李猛用手背蹭一下脸，“有油？”

“你摸摸它还在不在。”王朝说。

“滚，我说正经的！”李猛伸脚要踹王朝，“我跟我妈说了，我能进步全靠我后桌跟他的好丽友樊神给我补课，我妈差点儿押着我来给你们俩披红挂彩……嘶，好辣！”

柳小满：“……”

“这我得继续坚持啊，在樊神旁边多吸点儿学神之气，回去晚点儿，我妈还能少念我几句。”李猛灌了一口可乐，叽里咕噜说了半天。

这番话里有太多让人不知道该说什么的地方了，柳小满脑子里首先冒出的是“他的好丽友”。

他不由得看了一眼夏良。

夏良朝后靠在凳子上，长长地叠着腿在看手机，眼皮都没抬一下。

“今天他不过来。”柳小满在那儿想了一会儿，还是只回答了主要问题。

李猛非常失望，骂了一句。

“那你呢？还留下吗？”他又充满希冀地问。

“我也不……”柳小满思考了两秒。

李猛没等他说完，又骂了一句，转回去继续吃面皮了。

离放学还有十分钟，班里已经彻底松懈下来，大家叽里呱啦做着迎接下课铃的准备。

“夏良。”柳小满犹豫一会儿，喊了夏良一声。

“嗯。”夏良滑着手机答应。

“我能用你那部手机找英语听力吗？”柳小满说。

“你会吗？”夏良撩眼皮看他一眼，“九宫格都摁不明白。”

我没吃过猪肉，还不能想想招儿闻个味儿吗？

“你不跟你的扬扬哥一起听听力了？”夏良说。

“我在家也想听。”柳小满说。

“过来，教你。”夏良看一眼柳小满桌上听力书的封皮，在手机上摁了几下。

柳小满立马拖了拖凳子，坐过去一点儿。

“浏览器，这个，你点进去就直接搜，”这种东西一搜就搜出来一堆，夏良也不知道哪个是哪个，把手机朝柳小满怀里随便一扔，“自己琢磨吧。”

这就是教完了。

“那我每次听听力的时候，都直接搜一下这个就行吗？”柳小满抓着手机问他。

“嗯，行。”夏良说。

“不会跑吧？”柳小满又问。

“谁？”夏良一脸疑惑地看他。

“就这个，搜出来的这些，不会没了吧？”柳小满把手机放在桌上，手指与手机隔着一点距离，怕点错屏幕上什么东西，虚虚指着搜索出来的那一条条结果。

搜东西他还是会的，就是玩得不溜。他之前上电脑课还用学校电脑搜过历史题，但就是那一次，他搜出来一个特别好的视频，是一部纪录片，讲大航海时代，他还专门记了一下位置是在第几条，结果下一次上课还想去找，但同样位置的视频却变成了“刘梅给刘星请家教，没想到老师竟然是她”。

“一般不会。”夏良都佩服自己竟然听懂了柳小满想表达什么，无奈地叹了一口气。

他把手机拿过来，随便点开一个网页给他示范：“你怕找不着就收藏网址，点这儿，收藏，以后再想找它，直接从‘我的收藏’里……”

夏良拇指来到“我的收藏”上方，他突然想到了什么，动作停了下来。

“嗯？”柳小满还在旁边等着看他收藏网页，抬眼看他。

“你……”夏良欲言又止，扭过头跟他对视。

“你别收藏了，直接搜吧。”夏良直接把手机锁屏，望着王朝的后脑勺说。

“哦。”柳小满的眼睫毛老想颤，他不敢多问，拖着凳子朝自己那边儿挪。

没两分钟，放学铃终于打响了，班里的人跟狂蜂离巢一样，一个接一个拖着长音往外冲。

夏良推开桌子站起来，转身走了两步，一揣兜摸到什么，又停了下来。

柳小满能感觉到夏良脚步停了，但他没回头，忍不住默默猜想夏良在干吗，在看什么。

“啪。”

柳小满正想着，有东西从后方被抛了过来，越过他的头顶，正好落在他桌上。

是一副耳机。

是夏良的耳机，白色的耳机线，两只耳塞，随着落下来的角度和惯力，其中一个耳塞还很缱绻地绕了一下他的笔尖。

柳小满愣了愣，转身去看夏良，可夏良扔完耳机直接就走了。

如果没有这副耳机，柳小满可能还不会说找听力就去找听力。

本来这只是他最近的一个想法，并不像背书和做题一样，是每天到了家就必须去做的事儿，是他的任务。而且家里还有爷爷，他也不敢堂而皇之地外放听力。

可是有了耳机，他这个小计划似乎一下就明晰了起来，根本没有理由不去试试。

柳小满就像想画画的人得到了画笔，想吃饭的人拿到了筷子一样，更多的是得到他人的温暖与鼓励。

回去的路上，他总想摸摸兜里夏良的耳机，手指头一缠上那些柔软的线圈，就像有一只小手抓了一下心窝，泛起一阵阵描述不来的心痒。

柳小满跟樊以扬在家楼下分开后，回到家，陪爷爷把今天的剩菜都打扫了，麻利地洗漱完就回房间做作业。他想快点儿把剩下的事都解决，戴耳机听听力。

柳小满本来以为自己会屁股长草似的坐不住，但是这些年习惯已经形成，他一开始做题，整个人就迅速进入状态。

等他把今天的任务都完成，时间也跟平时一样，将近十一点半。

他拿着耳机爬上床，先把短信、电话和微信看了一遍，除了下午李猛发了十几条“快来救我”，别的都没什么消息。

他在夏良指给他的搜索引擎里找了几个网页，还找到了专门提供他们配套听力的网址。他戴上耳机，听见熟悉的前奏播放起来，觉得自己的听读能力都能立马飙升一个阶梯。

柳小满连着点了好几个链接，还爬起来做了一套听力题，然后心满意足地去了一趟卫生间。爷爷已经睡了，他看了一遍窗门灯火，回来关灯上床。

手机界面还停留在刚才的网页上，在骤然黑下去的房间里亮得扎眼。

柳小满想起夏良提了一半却没说完的收藏，虽然网址他已经抄下来了，但还是觉得有必要收藏一下。

必不必要无所谓，主要还是他手痒。

毕竟这是夏良的手机，别的软件他还是不敢乱翻。

他按照夏良教的那样，先点了收藏的星星符号，然后返回首页，找“我的收藏”。

柳小满一点开“我的收藏”，除了最顶上他刚才收藏的网址，下面还有很多旧的收藏，应该是以前夏良用这个手机时留下的。

看看时间，有两三年了，应该还是夏良初中时收藏的。

柳小满大概扫了一眼，没怎么细看。他想起晚上在教室里，夏良在点开收藏之前停顿了一下，才反应过来这应该是什么不想让人看到的收藏。

虽然眼前的这些也没什么见不得人的东西，基本是与游戏和电影相关的东西，页面底下还有几条英文的网址。

柳小满不由得看过去，几个英文单词一下映入了眼帘。

柳小满：“嗯？”

有些人呢，就是有一种无师自通的本领。

柳小满被刺激到不知道自己是因为发现了神秘网址在心跳加速，还是因为在夏良的手机里发现了这一切。

有那么两三秒，他不知道自己在想什么。

好像他什么也没想，只是看着这些网址，心口“怦怦怦怦”地，一下比一下跳得快。

不管是有意还是无意，这种突然窥探了别人隐私的感觉很复杂，而且隐私的内容还这么的……不能看。

他把手机扣过来往枕边一搁，瞪了一会儿黑漆漆的天花板，可是瞪着瞪着，他感觉自己的胳膊划水似的在被单上划拉一下，又把手机握到了手里。

就看一眼。柳小满脑子里生出一个模糊的念头。

虽然念头模糊，但它一冒出来，他还是有种被“鼓舞”了的坦然感。

他握着手机翻了个身，带着点儿说不上来的感觉，动动拇指摁上那个收藏。

页面转过去，先弹出来一行字。

柳小满的喉咙下意识一紧，他都不敢细看，匆匆扫了一眼，跟着就愣了。

您访问的域名已失效！

他点击返回，又点了一下网址，还是一样。

什么情况？

人的好奇心就是这么古怪，明明一开始还在犹豫纠结，想着只看一眼，毕竟没见识过，看见了就看见，看不见正好拉倒。可是这“一眼”一旦没达成，心里反而执着起来，跟猫抓心似的，越看不见越想看。

这时候柳小满对于这些网址的疑惑，已经跟夏良和内容没什么关系了，就是一种纯粹的好奇。

收藏里不止这一个，还有其他的。

柳小满换了一个网址点进去。

这个网页倒是缓冲了一会儿，把他的心又吊起来，结果出来的提示还是失效。

到了第三个，柳小满看着那个缓冲的小圆圈，紧张的情绪都被耗光了，还默默背了一句文言文：夫战勇气也，一鼓作气，再而衰，三而竭。

该睡觉的时候不睡觉，这么执着地想点开一个网站……柳小满正自我反省，直接退出来。

柳小满的困劲儿上来了。

他迷迷瞪瞪，意识模糊起来。

第二天清晨，柳小满破天荒睡了个懒觉。

所谓的懒觉也没晚到哪儿去，爷爷见他到了平时该起床的点儿没起来，没舍得喊他，自己先把东西往楼下搬。

爷爷弯腰抬板子的时候力道没使对，估计哪儿被抻着了，肋窝猛地一疼，膝盖重重点在水泥地上撑了一下，才没使整个人扑倒在地上。

老喽。爷爷在心里叹气，缓了好一会儿才慢慢扶着墙站起来。

柳小满在梦里蹬了一下腿。

常年的稳定作息让他都不用看时间，就已经清楚今天自己睡过头了。

他顶着厚重的脑袋从床上坐起来，瞄了眼床头的小闹钟，五点十八分，比平常多睡了快二十分钟

上一次睡这么熟是什么时候，他都记不起来了。

柳小满掀开毯子准备下床，他猛地想起来昨晚为什么晚睡，顿时一点儿也不犯瞌睡了。

熬夜误人啊。柳小满在心里嘟囔，想到等会儿还要去学校见到夏良，他郁闷地“啊”了一声，臊得脚指头抓地，恨不得再一头扎回枕头上。

他闷死拉倒，别上学了。

柳小满飞快地套上衣服，当他弯腰叠被拽床单时，从枕头底下拽出还连着手机的耳机。

昨天他睡得太快了，都忘了摘耳机，现在耳骨都硌得慌。

他摁了摁屏幕，想赶紧把浏览器关上，结果手机屏幕没亮。

柳小满心里“咔嚓”降下一道惊雷，第一反应是手机中了电脑课老师说过的“病毒”。

“完了。”他心虚地望着手机。

他不会把夏良的手机弄得中毒了吧？

短暂的失智过后，柳小满合理分析了一下，觉得跟中毒比起来，没电的可能性更大。

毕竟他从夏良那儿把手机拿回来，到现在还没充过电，要真能中毒，

那这部手机早该被毒死了。

他从床头柜里把充电器拿出来。当时夏良连着手机一块儿把充电器拿给他，他还觉得自己应该用不着，又不可能真拿别人的东西当自己的瞎玩瞎用。结果谁能想到，第一次充电竟然来得这么快。

接上充电器后，手机很快亮起充电的图标，柳小满把充电线从大章鱼后面绕过去，重新把手机藏在枕头底下，收拾收拾就出门下楼。

爷爷在楼下已经忙活起来了，柳小满喊了一声“爷”，凑过去揪了一个塑料袋。

“昨天你睡晚了？”爷爷看他一眼。

“啊。”柳小满眨巴着眼睛，在早点摊上乱瞟，不好意思跟爷爷对视，抓了两个茶叶蛋。

他总觉得爷爷有一双庙里神佛的眼睛，什么都能看出来。

柳小满想象了一下，万一被他看见自己孙子半夜玩手机，老爷子指不定会生气。

早上起得晚，忙起来的时间就短，柳小满没觉得自己帮着扯了几个袋子找了几次零钱，樊以扬就跨着自行车来到了他跟前儿。

他匆匆装了两份早饭跟爷爷告别，就跨上了自行车。

人一旦做了点儿不好意思的事儿，那就看谁都容易心虚。

他在车后座上随着路障晃荡着腿，看着跟往常一样清爽利索的樊以扬，今天心里想的竟然是：不知道扬扬哥会喜欢什么类型的女生，估计是一些大长腿女明星之类的直男标配。

不过凭他对扬扬哥的了解，扬扬哥应该会比较喜欢看起来清纯脱俗的女生，太艳太俗的那种都不行，跟扬扬哥不是一个风格。

想到这儿，他突然质疑了自己一秒。

在他的印象中，自己没听樊以扬说过什么跟女生有关的话题。

别说女生了，其他男生喜欢玩的那些游戏、篮球，这这那那的兴趣，樊以扬都没怎么提过。

他总觉得樊以扬满脑子都是学习，自制力在十年前就甩出了同龄人两条街。

“扬扬哥。”柳小满没忍住喊他。

“嗯？”樊以扬没回头，答应一声。

“你是不是……”柳小满想了想该怎么表达，最后还是采用了委婉的说法，“没谈过恋爱？”

“我谈没谈过，你还不知道？”樊以扬笑了。

“万一呢。”柳小满也笑笑，“你也没提过。”

“你怎么突然问这个？”樊以扬说。

“没怎么，我就突然想到了。”柳小满说，“我们班体育委员喜欢我们班长，还挺明显的，我想了想，你好像也没喜欢过谁。”

“你是喜欢上谁了？”校门口到了，樊以扬停车下来，转头看他，眼睛里带了一点儿促狭。

“啊？”柳小满一愣，看着樊以扬。

怎么问一圈子反倒问到自己身上了？

他忙摇头：“没有。”

夏良从家里出来，顺着胡同往下一抬头，发现罗浩在前面不远处晃荡。

他吹了一声口哨。

罗浩听着声儿就直接回头蹦了蹦：“我还寻思这个点你指定起不来，都没敢找你。”

夏良走下去，罗浩本来想撞撞他的肩膀，肩头都提起来了，看一眼他的胳膊也没敢撞，又放下，继续问他：“今天你怎么起这么早？没睡？”

“跑步。”夏良说。

“什么？”罗浩愣了，“你有病啊？”

“啊，”夏良挺认同地点点头，“大概有吧。”

罗浩盯着他，心想这人是疯了啊。

他弄明白是尚梁山的主意后，又骂了一声：“班主任都一个德行。”

“老猪又搞你了？”夏良说。

“我都服了他了，让我一大早在班里罚站。早读前他看不见我，就打电话让我妈过去替我罚站，他什么事儿都干得出来。”罗浩说。

夏良笑了，老猪是他之前的班主任，上课教东西都不错，治学生混子也是一把好手，使的都是这种看着不痛不痒，但能把人烦死的阴招。

他属于不怎么能被拿住的那种学生，不怕记过也不怕叫家长，在老猪班里的时候也没占着好儿。

尚梁山这样没什么手段又爱讲情怀的班主任，老猪一只手能打十个。

“你又怎么惹他了？”夏良说。

“我最近还真没敢招他，知道他一开学就等着抓典型呢。”罗浩郁闷地踢飞一颗小石子，“我就没写国庆作业，他就这么整我，也不说让我补，就让我一大早过去罚站，站一天，还要给我做一块牌儿让我拿着——‘我没写完作业被他赶出来了’，真逗！”

“就你自己？”夏良笑着问。

“那不能，”罗浩摇摇头，“郭魏、小胖几个家伙今天得跟我站一排，我们就是高三楼最傻的风景线。”

他说完自己都笑了，横着胳膊肘捅夏良：“你要不跟我回去站一会儿？你们班多无聊啊。”

“你还挺客气。”夏良扫他一眼。

罗浩笑了半路。

到学校门口卖煎饼的摊子前，他停下来买饭，问夏良：“你吃什么？我请你。”

“有人带早餐。”夏良拒绝了，掏手机看了一眼时间。

“哎，黄慧还追你呢？”罗浩扫着摊子上的二维码，又抬头喊老板，“两根肠、两个蛋，不要香菜。”

“谁？”夏良没听清。

“咱能不这样吗？”罗浩把钱付了，回过头冲夏良叹了一口气，说道，“十班那个女生，上学期不是天天给你买饭吗？上午送饭下午送水晚上送饮料，中元节送你巧克力，你不要，还把人气哭了。”

“哦。”夏良想起来了。

是有这个人，但没有罗浩说得这么夸张，有一阵子那个女生总想给他送吃的，他都拒绝了，没当回事儿，也没兴趣。

敢情对方是在追人，这个追法也就能追个饭桶。

但这都不是罗浩这段话里吸引他的重点。

“那是中元节吗？”他看着罗浩，“你闲着没事儿过中元节？”

“不是吗？”罗浩一脸傻样，张嘴忘词，“不就七月半那个情人节吗？中什么来着，农历的！”

“中考。”夏良说。

“中个西瓜！”罗浩笑着要伸手打他。

这个时间学生多，都在买饭，校门口几个摊子全是人，夏良嫌烦，说句“走了”，抬腿就朝校门走。

“你不等我啊？”罗浩踮着脚朝周围看，想找个熟人搭伴儿，结果熟人还没看见，先看见了柳小满。

“哎，夏良，”他朝夏良背上拍拍，“你的小同桌。”

夏良顺着罗浩手指的方向转头看了一眼，是柳小满，不过不是一个人，旁边还有樊以扬，两人在卖鸡蛋灌饼的摊子前面有说有笑，推着一辆自行车。

“其实吧，我每次看见樊神骑车载着小残疾上学放学的，”罗浩抄着胳膊抖着腿，笑着往对面看，“都有种以前上岗工人载着家属去上班的感觉。”

他自己抖不过瘾，还要问夏良：“是不是？有没有？”

夏良看他。

“你看什么？”罗浩说。

“我看你什么时候瞎的。”夏良说。

说完他又走了，罗浩“啊”了一声，在原地一边等他的煎饼一边揉眼角：“你说的什么……眼屎没抠干净？”

考试加上放假，班里的人有一阵子没跑步，重新开始晨跑，都有点儿不情愿。

尚梁山准时准点抱着胳膊来操场点人，班里六十多人，有二十多个迟到的。

“看看你们什么样子。”他站在跑道边上，皱着眉毛，“懒散、怠惰，一点儿朝气都没有。”

“谁早起跑步还能起得心花怒放啊？”底下有人接了一句。

有一个起头的，其他人立马开始附和：“是啊，别跑了，拉倒吧！”

"安静！"尚梁山喊了一声。

"不过年不过节的跑什么跑。"有人没及时刹住嘴，尚梁山瞪过去，班里的人东倒西歪一通乐。

"刚开学，你们还想过节？"尚梁山哼了一声，"下一个节日等冬天吧。"

"老师，不是说有运动会吗？没假放，开运动会也行啊。"有人问。

"运动会延期了，十月底举行。"尚梁山说，"我也没见你们多想运动。"

"啊——"班里的人又拖着长音喊。

运动会运不运动不重要，主要是每年一搞运动会就不上课，搞个两三天，比放假还自在。

"不然你们都收不了心，一个比一个散漫。"尚梁山不跟他们废话了，朝余首摆摆手，喊号子开跑。

大队人马拖拖拉拉地跑开，跑道边儿上就剩下柳小满和夏良两个人。

尚梁山盯着他们看了一会儿，突然有点儿想笑。

"你们俩……"他清清嗓子，挺认真地琢磨了一下，"能跑吗？"

柳小满没说话，转转眼珠看了夏良一眼。

他倒是能跑，但是尚梁山一直让他和夏良一块儿跑，两个人跑习惯了以后，一个人感觉特傻，也没什么意思。

"你觉得呢？"夏良看着尚梁山。

"你能来，这份精神我已经很感动了。"尚梁山冷着脸说。

"唉。"夏良叹了一口气，一个字都不想多说，转头看着旁边。

柳小满耷下眼皮，用鞋尖踢了踢地。

他从刚才在操场上看见夏良以后，就有点儿不太敢跟他对视。

夏良也没有带伤运动的意思。尚梁山在旁边踱了两步，突然挺有兴致地"哎"了一声。

两人一块儿望向他。

他们俩看见尚梁山眼里放光，同时心里咯噔一下。

不怕体育老师当班主任，就怕他当了班主任以后想一出是一出。

"不然这样，反正你们俩也不想跑，那就练练走路吧，"尚梁山果然又想到了新的点子，自己还挺满意，卖了个关子才说出后半句，"两人三足。"

第十二章
格格不入

这个词儿一出来，夏良看着尚梁山认真的表情，差点儿烦得笑出来。

“您的教师资格证是买的吧？”他拎起书包就要走，“体育界知道你管‘两人三足’叫‘运动’吗？”

“你等会儿。”尚梁山也没指望夏良多积极，直接问柳小满，“你有兴趣吗？”

柳小满没等他问完就飞快地回答：“没有。”

尚梁山：“……”

夏良这下是真笑了，看了柳小满一眼。

今天，柳小满还挺坚决，一点儿没犹豫。

“你玩过两人三足吗？”尚梁山不死心，接着问，“挺有意思的。”

“我真……”柳小满摇摇头，“没兴趣。”

虽然他没玩过两人三足，但是他小时候体育课上见过别人玩儿，摔成什么模样的都有，没觉得有趣，只觉得特别傻。

哪怕这些都忽略不计，只是让现在的他去跟夏良贴腿挨肩挤在一块儿，他都觉得不太行。

尚梁山又去看夏良，夏良掏出手机滑着。

他叹了一口气，抱起胳膊朝跑道上看，悠悠地拖着嗓子：“我让你们运动运动，难得跟干吗一样。”

“我能走了吗？”夏良说。

尚梁山摆摆手，对这两个身心俱残的学生毫无激情。

柳小满跟在夏良屁股后面，维持着之前的距离。

快经过食堂的时候，夏良问了句：“今天你带的什么？”

“嗯？”柳小满正神游，“什么？”

“脑子。”夏良停下来回头看他。

柳小满也停下来，看了夏良一眼，眼睛下意识往旁边瞟。

夏良跟着他看过去。

柳小满再转移方向。

夏良抬了抬眉毛。

“我脸上有刀？割你的眼？”他对柳小满说。

柳小满眼皮一跳，只能跟夏良对视，又被夏良这句话逗得有点儿想笑。他觉得自己有毛病，明明挺别扭的，还是没憋住嘴角往上扬，赶紧别过头笑了一下。

他一笑，夏良也笑了笑，没继续跟他扯，转身继续往教室走。

其他同学还在操场跑步，班里空荡荡的，走廊里人来人往，更把班里衬托得无比安静，拉凳子推桌子的动静都显得很大。

柳小满在位置上坐好，先摸摸兜，把耳机拿出来，放在夏良桌上。

“你不听听力了？”夏良靠在凳子上，摁着手机，用眼角扫了扫柳小满。

“我也不一天到晚听听力，耳机放我这儿不怎么用得上。”柳小满说。

“听歌，看电影，怎么都能用。”夏良把耳机扔回他桌上，“你拿着吧。”

柳小满瞟了一眼夏良问他：“那你呢？”

“我有多的。”夏良说。

柳小满“哦”了一声，把耳机从桌上拽下来，重新收好。

他打开书包，把带给夏良的早饭掏出来递过去：“给。”

夏良伸手接早饭的时候，碰到了柳小满的手。

这次他不是存心的，就是纯粹没细看，离得近了，指节磕指节。

结果柳小满的反应很大，好像不是碰到一根手指，而是碰了一颗大头钉，挨扎一样把手扬开了。

夏良差点儿没拎住袋子。

“你怎么了？”他看着柳小满。

“有静电。”柳小满搓搓拇指，觉得自己一惊一乍很烦人，不好意思地绷着下巴。

这个天哪来的静电？

夏良没说话，看他一眼，慢条斯理地开始吃饭。

上午有两节地理课，夏良趴在桌上补觉，柳小满记着笔记，看他一眼，脑子里“噔”地弹出来一条网址。

这要完蛋了。

他有点儿心烦，在草稿纸上画了两道，画着画着又忍不住想：夏良现在用的手机里肯定也收藏了那些网址。

有些人表面看起来人模狗样，其实手机里全是……

地理老师说了一个大考点，柳小满注意力回笼，赶紧记上。

在一堆关键词为“生态”“排泄物”“循环”的知识点里，他又想到，如果夏良……

柳小满刚想到这儿，夏良突然醒了，也不知道是睡醒了还是鼻子哪儿进毛了，坐起来打了个喷嚏。

柳小满后脑勺的头发差点儿立起来，做贼心虚般埋着头，把一句话连着写了两遍。

“第几节课了？”夏良皱着眉毛轻声说。

柳小满没看他，飞快地吐出句“第三节课”。

到了傍晚，李猛拎着扫把来拍桌子，柳小满才想起来今天又轮到他们值日。

“今天你们俩倒垃圾啊！”去楼后的路上，李猛说道，“我们俩倒一个月垃圾了，这次我得主抓全面工作。”

他说句话，手里的扫把荡来荡去，一会儿扛着一会儿拖着，夏良被他舞得心烦，拉开距离在后面走着：“你先抓好扫把。”

李猛笑了一声，王朝也懒得理他，在前面拎着桶。他凑到柳小满旁边挤了一下：“哎，柳小满。”

“嗯？”柳小满看他一眼。

“没事，我就感觉你今天好像没怎么说话，”李猛抬起脑袋看他，“情绪不是那么激昂。”

柳小满对着这个词陷入沉思，开始反省自己平时是有多“激昂”。

“有吗？”他感受一下，“还好。”

“没有吗？”李猛扭头喊了一声夏良，“你有没有觉得你同桌今天话特别少？”

柳小满竖起耳朵。

“你有没有觉得你今天问题特别多？”夏良看着李猛。

“何止今天。”王朝接了一句。

李猛又骂一遍，摆摆手：“我关心你们都多余！”

不用李猛说，夏良也觉得今天柳小满不太对劲。

不应该用“不太”，应该说很不对劲。

平时他逗柳小满，柳小满会不好意思，也会躲，在逗狠了的情况下，柳小满小半个钟不想搭理他，他喊柳小满，柳小满就耳朵红。

今天别说逗了，话都没说几句。他跟柳小满说话，柳小满也会理他，但是哪哪儿都透着不情愿。

要说柳小满是因为上次抓娃娃不好意思，那跨度也太长了，而且昨天他还好好的。

夏良想到昨天，望着柳小满的后脑勺沉思了两秒。

自己逗过火了？

柳小满没想那么多，他还挺不舒服的，心里明明很想装作一切都没有发生，但总觉得不自在，要让他说，他都说不清具体是因为什么而不自在。

可能什么原因都有，情绪这个东西本来就像滚雪球一样，东堆堆西垒垒，就成了老大一团，梗在那里上不去下不来。

柳小满这么想着，不禁又感慨，欲望这个东西真是太现实了，起兴的时候什么情绪都让道，一完事儿，它们全涌出来了。

李猛和王朝那边速度快，柳小满刚把自己负责的这一小片垃圾扫成一小堆，他们俩已经把自己那边的垃圾倒完，甩着桶往回走。

“你们快猜猜我们看见了什么。”李猛与他们离着十米远就喊道。

柳小满正要去拿簸箕，听见他说话，别过头看一眼，再伸手，夏良已经把簸箕拿走了。

他没好意思跟过去，站在原地，无所事事地答应一声："什么？"

"是鱼头和韩雪璧！"李猛贼头贼脑，又一脸雀跃，"他们在倒垃圾那块儿呢！"

他们学校的垃圾点在后门，挨着小操场，用一小片银杏树隔开。

这个构建挺烦人的，那一小片银杏树到了秋天特别好看，很多同学下了晚自习喜欢朝那儿扎堆，偏偏转过去就是一个垃圾点。

"啊，"柳小满对于余首和韩雪璧之间发生点儿什么青春故事毫不意外，等着李猛的下文，"然后呢？"

"也不知道他们在吵架还是干吗，韩雪璧看着还挺……"王朝在旁边思索一下用词，"激动的。"

"鱼头跟她一个姑娘能吵什么架？"李猛冲王朝做无语状，"是不是傻？"

"那我看她也没个喜悦的表情啊，跟要哭似的。"王朝耸了一下肩。

李猛灵机一动："难不成是她跟鱼头表白被拒了？"

"不能吧。"柳小满忍不住说。

余首对韩雪璧有意思，傻瓜都能看出来。

"不知道，咱们也不敢过去听。"李猛搓搓手，八卦得没边儿了，"等会儿回班里我问问余首，说不定他们俩就是咱们班第一对儿。"

"你真是……"王朝摇摇头，叹了一口气。

只要不上课，李猛对什么都来劲。

柳小满笑了一下，看夏良差不多把簸箕堆满了，他拎着垃圾桶过去。

"你们把东西给我吧，我拿上去，省得你们倒完还得跑回来捡。"李猛等他们把垃圾都倒进垃圾桶，直接把四个人的扫把和簸箕都拿走了，还眉飞色舞地交代，"别忘了看看他们俩还在不在！"

他说完又犹豫了一下："不然我跟你们一块儿再去一趟？"

夏良把垃圾桶往他跟前一踢。

"走了走了。"李猛立马转身。

今天垃圾不算多，柳小满去抓垃圾桶的把手，夏良没说什么，跟他一左一右拎起来，朝垃圾点走过去。

中途柳小满停了一下，他的手从把手外面往里提，胳膊累得慌，只能停下来重新拎。

“你行吗？”夏良问。

“行。”柳小满点点头。

“去看猫吗？”夏良又说，他没提时间，只看着柳小满。

柳小满犹豫一下，想到小锅被绝育了，他还挺好奇的，但是想想要跟夏良共处一室……

“不了吧，”他摇摇头，说完怕夏良察觉出什么，又补了一句，“也没放假，我没时间去，回头有空了再去。”

“嗯。”夏良没再说话。

到了垃圾点，柳小满专门朝银杏树小林子看了一眼，没看见韩雪璧和余首他们俩，只觉得银杏树开始泛黄了，挺好看。

垃圾点由两个大垃圾箱组成，食堂的垃圾不往这边送，里面基本上是叶子，不是盛夏，也不算多脏。

他们俩把垃圾桶托上去往里倒，夏良朝柳小满小腿上踢踢，让他起开，自己把倒完的空桶拎下来。

柳小满张张嘴想说什么，夏良看他一眼，他又闭上嘴了。

往回走的路上，夏良走在后面，柳小满走在前面，他几乎习惯了跟在夏良身后走，这么一换位置还有点儿不习惯。

也不知道夏良在看他哪儿。

这个想法一出现，柳小满差点儿同手同脚。

“别动。”夏良突然在后面说了一句。

柳小满脚步一顿，听见垃圾桶放下的声音，回头正对上夏良朝他伸过来的手。

他条件反射退了半步。

夏良的手没停，从他耳朵旁边擦过去，在后肩上拈下来一片碎纸。

柳小满是真不好意思了，别过脸，欲盖弥彰般往肩膀上够了够，小声嘟囔：“什么时候粘上的。”

“你躲我？”然而夏良没给他掩盖的机会，直视他的眼睛，很直接地问。

简简单单三个字，直击面门砸过来，硬是让柳小满有点儿心惊肉跳。

他看着夏良，眼睛睁得很圆，没想到夏良不仅感觉到了，还这么直白地问了出来。

什么人啊……

“我……”柳小满是不可能承认的，“没有。”

夏良歪歪脖子看着他，也没说话，又往前跨了一步。

夏良这一步过来，两人就真的挨得有点儿太近了。

他没有夏良高，还矮了半头，眼皮一耷拉，视线瞬间被夏良的胸口挡了个严严实实。

柳小满逼着自己没往后缩，硬着头皮在原地挺着。

“没有吗？”夏良发问。

柳小满处在躲也不是，不躲也不是的状态，已经觉得相当难了，被夏良这么一逼，顿时有种心里那点儿想法全被看得明明白白的窘迫感。

柳小满窘迫到了头，就有点儿憋屈。

“我不是没躲吗？”他闷着脑袋说。

“哦。”夏良在他头顶答应一声，声音里带了点儿笑。

柳小满在这么近的距离听夏良笑，耳朵根儿无端发痒，又难以自控歪着头想躲。

柳小满想躲的同时，又有点儿想抬头看看夏良现在的表情。

然而柳小满刚要抬起头来，夏良的一只手从上方扣下来，他没让柳小满抬头，轻轻摁着柳小满。

“不喜欢的事儿，你说，别躲。”夏良的声音不大，还有点儿沙哑，但是听到耳朵里每个字都很清晰。

“你说了我肯定不再招你，你什么都不说，我就当你什么事儿都没有。”说完，他还晃晃柳小满的脑袋，“有吗？”

柳小满在他手底下愣了一会儿才回神……柳小满说不上来，犹豫着点了点头。

“说。”夏良这才把手拿开。

柳小满抬头看他一眼：“你没洗手。”

夏良：“……”

“你刚还摸了垃圾桶。”柳小满接着说完后半句。

夏良看着他，都不知道是想笑还是怎么着了，忍无可忍，伸手往他脸上掐了一把。

夏良还不是就着一边儿掐，是拇指食指一张开，直接夹着柳小满两边的脸颊，把他掐成鸭子嘴。

“你受着吧。”他就这么掐着柳小满的脸，心情愉快地撒开手走了。

“垃圾桶！”柳小满的脸被揉得通红，瞪着夏良喊了一声。

“自己拎。”夏良头也没回地说。

柳小满错过了最佳的开口机会，后面就没机会再张嘴。

当时他就算想开口，也说不出个四五六来。

自己怎么说呢？我用你的手机看到了你收藏的网址，然后我看见你就不自在。

这根本就不是能张嘴的事儿。

再退一步，就算他说了这些又能怎么样？夏良依旧在他身边坐着，他依旧看见夏良就满脑子尴尬。

他只能慢慢习惯。

夏良倒是真的没再管柳小满躲不躲他。

他既然问了，柳小满又没说，那就证明没什么。

看来柳小满并不反感他们现在的相处模式，甚至挺愿意适应。

夏良没往深处想，在他与柳小满越来越熟悉的过程中，依然没事儿就想逗逗柳小满。

现在逗柳小满，他还觉得比之前有意思。

现在的柳小满，处于一个禁逗又不禁逗的奇妙节点上。

现在柳小满的反应比之前大，却又会主动把各种反应都压下去。

这有点儿像他之前抓小锅去打疫苗，小锅明明已经躲开了，在院子里谨慎地转一圈，还是要回来挨着他。

你来我往逗逗闹闹，时间转眼又到了月底。

尚梁山之前说延期的运动会都快被学生们忘了，学校冷不丁定下了日子，开始拉横幅做宣传，各班瞬间从半死不活的学期中段躁动起来。

当柳小满再去银杏树林旁边倒垃圾时，叶子已经全黄了，金灿灿的，挂了满树。

他恍然意识到，秋天要来了。

他们这里春秋短，冬夏长，秋天来打个飘儿，冬天就也不远了。

他在脑子里自动播放起运动进行曲，和“在这个秋高气爽的季节”中，他想到爷爷越来越不灵便的手脚、咳起来会痛的肺，还有那些臃肿难穿的衣服。

秋天真是最难熬的季节。

“能报名的尽量都报名，”尚梁山拿着与运动会相关的通知，将它们卷成筒，在讲台上大力动员全班学生，“不想运动的，当志愿者也可以，体验一下。”

“都有什么项目啊，老师？”有人举着手喊。

“基本上都有。”尚梁山把纸筒抖开，抽出一张，念了几个项目，然后让韩雪璧上讲台来，将它贴在黑板边上。

“她跟余首怎么没动静呢？”李猛看着韩雪璧脑袋后面高高竖起的马尾辫，晃着凳子小声说了一句。

“能有什么动静？”王朝在桌斗里打着游戏，头也没抬，“你不说我都忘了。”

“你能记住什么？”李猛调侃他，扭头想喊柳小满。

柳小满难得没有刷题，撑着腮帮子在发呆。

李猛看了一眼柳小满，以为他在琢磨运动会的事儿，惊讶地问：“你不会想去当志愿者吧？”

柳小满被他喊得一愣：“什么志愿者？”

“我就说你不能这么想不开，凑这热闹。”李猛嘟囔着，索性换了一个话题，“哎”了一声说，“出去玩吗？”

“王朝，”他捅捅王朝，又喊夏良，“夏良，运动会出去玩吗？”

夏良正在回消息，罗浩和郭魏也在想着运动会出去玩儿，他从屏幕上抬头，扫了李猛一眼：“去哪儿？”

李猛一脸呆滞，想了想，眼睛突然一亮：“邻市？”

“你快上一边儿去吧。”王朝都听不下去了，踢了李猛一脚，“早晚自习我们还得上，就上下午的时间，还邻市，你怎么不去天上飞？”

“我也得会飞啊！”李猛踢回去。

“你学！”王朝又踢了李猛一脚。

他们俩开始踢来踢去，还踢出了乐子，笑得停不下来。

柳小满对去哪儿玩，玩什么，都没兴趣，他有点儿疲怠，枕着胳膊趴在桌子上。

他的脸面向外面，目光本来无意识投向窗户上，往下一转，对上夏良的侧脸。

夏良长得好看。

柳小满在形容人的长相方面想不出什么词儿，笼统概括就是好看或者不好看，有点儿像看小猫小狗，或者路边商店里的小玩意儿，一眼看过去只觉得可爱或者不可爱。

但说是这么说，跟大多数可爱的猫猫狗狗比起来，一眼看过去能让人觉得好看的男生并不算多见，要么油头，要么油脸。

樊以扬属于好看的那一类，夏良也是，可两人也不是一样的“好看”。

两人不一样的地方，大概就在于……

柳小满正神游到这儿，夏良转过脸看他一眼。

柳小满被夏良黑漆漆的眼珠一盯，跟睡醒了似的清醒过来，他的眼皮往下一耷拉，想转头冲着另一边休息。

“躲。”夏良说。

柳小满的脑袋要转不转，僵持了一会儿，叹了一口气坐起来，摸摸耳朵。

这也不算躲，他在心里想，充其量是不好意思。

“累了？”夏良问柳小满。柳小满的自律基本达到了自虐的地步，除了午休，他基本没见柳小满往桌子上趴过。何况尚梁山还在教室里看着。

“没有。”柳小满摇摇头。

他没觉得累，就是对他人正叽叽喳喳讨论的运动会提不起兴趣。

跟着班里的人去晨跑还好说，让他去参加运动会，想都不用想，绝对不可能。

而且运动会期间，尤其是开闭幕式，必须要去看的，他不想看，也不想跑出去玩，就想在教室里安安静静地背书刷题。

他一想到要在操场上顶着太阳看开闭幕式，就有点儿惆怅。

在这样一个全校欢喜，但是独独跟他无关的氛围里，他觉得自己像一个惰性分子，跟全班人拉开了一道鸿沟。

有个词儿怎么说来着？格格不入。

夏良不知道他在想什么，只当他又嫌班里太吵，做不下去题，随口说了一句："你没心情就别做了。"

"什么？"柳小满没听懂。

"题。"夏良说。

柳小满看一眼摊开以后半天没进度的练习册和这阵子总是忍不住乱画的草稿本，笑着"哦"了一声。

他想了想，问夏良："你去运动会吗？"

"我去干吗，两人三足？"夏良还在摆弄着手机，罗浩他们在抱怨高三运动会不给假，除了报了项目的，其他人都得老老实实在教室里上课，老猪要查人头，他们算好的又包机又包夜全白费。

——爽吗？

那边消息刷半天了，他打了两个字发过去。

——爽到飞起！

郭魏迅速回。

——我两天不上课，除了回家睡觉都不知道干吗。

夏良又发了一句。

郭魏飞快地发了一串表情包出来。

——已经可以了，还没有哪个高二的敢这么刺激我。

罗浩跟着回。

夏良笑了笑，从郭魏新发出来的表情包里挑两个点了收藏，然后锁上屏幕，把手机扔桌斗里。

"什么两人三足？"柳小满还在旁边跟他解释，"就开幕式，我们在操场傻坐着看的那天。”

夏良想不起来自己有被迫傻坐在操场上看开幕式的经历，不知道去年开运动会时自己去哪儿了。

但是柳小满的意思他听得明白。

“你是不是不想去操场，不能回教室，也不敢回家？”他直接问。

柳小满被夏良一句“不敢回家”噎了半天，想反驳却又驳不出什么。他确实不想让爷爷觉得他该上课时不上课，瞬间在惆怅的心情上又增添了一点点无奈。

家都不敢回，自己也太惨了点。

“我没有不敢回家，”想归想，辩解还是要辩解的，柳小满坚持说，“就是不想去看那个开幕式。”

“你想让我带你出去？”夏良说。

柳小满还真没这么想，他就是没话找话，问问夏良去不去。

“我回家睡觉，”没等他否认，夏良又望着他加了一句，“你想跟我回家？”

柳小满瞪着夏良，简直被他越来越坦荡的不要脸惊呆了。

同时，柳小满脑子里被“睡觉”和“回家”这两个关键词触发，一阵翻涌。

他又开始说不出话来。

柳小满还没从笨嘴拙舌的状态中解脱，李猛半个身子“呼”地从前座旋转过来，兴奋地朝夏良桌上拍了一巴掌：“好啊！”

开幕式那天，柳小满从楼道里刚迈出去一条腿，就被冷风打着旋儿抽了一个嘴巴子。

他“咝”了一声，缩了缩脖子，把校服拉链拉到顶端，怎么看这个阴天都不像能开运动会的天气。

樊以扬蹬着自行车过来时加了一件外套。柳小满正蹲在“老柳早点”的招牌底下码压脚石，听见车铃声，他回头喊了句：“等我一下，扬扬哥。”

“今天风大，”樊以扬下车帮他码石头，同时对小满爷爷说，“爷爷，差不多就收摊了吧。”

“天说冷就冷起来了。”爷爷摇着头叹了一口气。

去学校的路上，有不少学生都没料到今天会降温，一个两个穿着短袖，一道风刮过来就恨不得弹着走。

还有很多人穿着统一的班服，三五成群，你挽我，我挽你，挨挨挤挤互相挡风。

“是冷空气来了吗？”柳小满跨上自行车后座，看着他们，问樊以扬。

“不应该啊，有点儿太早了，应该是要下雨了。”樊以扬想了想，“但是这么一降温，流感肯定要来了。”

又一股冷风刮过来灌进脖子里，柳小满深以为然，点点头，同时暗暗地有点儿期盼下雨。刮风阴天都不会对开幕式造成什么影响，但只要下了雨，那什么开幕式也没得开。

“你们班定了吗？”樊以扬看着那些花里胡哨的班服问。

“没有。”柳小满抓着他的外套下摆，在自行车后座上张着眼到处看。虽然天气状况实在不乐观，但大多数人看起来还是乐呵呵的，没有影响到心情。

“本来班主任想给我们定做班服，结果他把选的图拿到班里征求意见，同学们都说太丑了。”柳小满说着，没忍住笑了一声，“后来他让班长定，搞了好几天，最后好像时间来不及了，就直接算了。”

“你们怎么天天跟一群蜜蜂似的，”樊以扬也笑了，有点儿无语，“从上到下，干点儿什么都没一点儿魄力。”

柳小满认同樊以扬的观点，本来没定成班服他没觉得有什么，运动会开幕式而已，多花钱买一件衣服怎么想都不值当，班里能把校服都规规矩矩穿得齐整利索，从视觉上来看就不错了。现在柳小满看着别的班的着装和准备，比较起来，尚梁山真像要带着他们去操场逛个大街。但好歹是自己现在正待着的班，耳边儿每天听到的“集体荣誉感”，他多多少少还是有一点儿。

于是他没接话，把话头折回去问樊以扬：“你们呢，扬扬哥？”

“我们什么？”樊以扬放慢速度，绕过一块路障，“班服还是运动会？”

“你们能参加？”柳小满一脸奇怪地问，“不是说高三的只能去看开幕式吗？”

“是啊，”樊以扬答应一声，“所以我们也没定班服。按班主任的意思，开幕式都不想让我们去看，耽误时间。”

这话听起来也让人不知道怎么评价。

柳小满一直觉得樊以扬他们这种重点班的班主任都没什么仪式感，什么集体活动都表现得像打仗，压缩一切能压缩的时间去学习，没什么人情味儿。

但是结合实际想想，高三班主任确实不需要那些花里胡哨的仪式感和人情味儿。尚梁山就是太有仪式感了。

柳小满想象了一下到了高三，尚梁山还为了定班服参加运动会开幕式这种事儿唠叨好几天，真挺让人没法接受的。

到了学校门口，樊以扬把柳小满放下来，专门交代了他一句：“你白天没什么事儿就别回家了，我那边正常上课，没法送你。”

“嗯，我本来也不回家。”柳小满点点头，答应下来。

他一边说着，一边想起那天夏良说的话。

当时李猛听话听一半儿，一句话直接自行理解成“去我家”。

他回头的时候连去夏良家干吗都想好了，兴致勃勃，一边说一边比画：“你家是不是没人啊，夏良？能去你家吗？或者我带桌游过去，到时候点个外卖，直接拉窗帘看电影也行啊！”

“什么电影？”夏良把他当神经病，没搭理，王朝跟着来了精神。

两人扯着扯着不知道又扯到了看什么电影，凑着脑袋眉飞色舞地小声说着。尚梁山很快开始说别的话题，正好柳小满不知道怎么应对这种玩笑，有关“回家”的话题就那么过去了。

其实想一想，如果他是一个双臂健全，哪哪儿都健康的正常人，李猛所描述的那种一小堆同学聚在谁家里，没什么顾忌地吃吃喝喝玩玩游戏，也挺舒服的。

像小时候他去樊以扬家里玩儿一样，那时候两人都小，没什么学习上的压力，樊以扬也愿意带他玩儿，看一本故事书或看一部动画片，两人就能消磨一下午。

这么一回忆，柳小满都有点儿记不起是从什么时候开始，自己渐渐不再去樊以扬家里长时间泡着。

应该是上了中学以后。

虽然他仍然很喜欢跟樊以扬待在一块儿，但高一个年级到底是存在的事实，爱好、眼界、想法，很多小时候他不在意的东西，都在无形中被拉开了。

而且他大了以后，知道了美丑，知道了掩藏自卑，在樊以扬家里漫长地暴露残肢，自己也很别扭。

不知道以后樊以扬成家了，有了爱人和孩子，跟他的关系还能不能维持得住。柳小满突然想着。

他也不知道自己以后的生活会是什么样子，会不会有个不嫌弃他的残缺，愿意跟他一起生活的人出现。

想到这里，他摇摇头，不让自己继续发散思维。

可能是天气明显要转凉了，最近他总容易发呆胡想。

他想这些是最没有意思的，也没有意义。

他穿过今天洋溢着轻松气息的校门，朝自己班级所在的教学楼走去。

任何一个肢体健全的人的憧憬，对他而言都是不切实际、只能祈盼有人“瞎了眼”的幻梦。

开幕式上午十点才举行，早读和前两节课照上，操场里外都要布置，所以今天他们不用跑操。

柳小满从楼梯口迈上二楼，远远地就看见尚梁山在教室后门背着手站着。

今天，他倒没面向班里，就站在走廊边儿上，冲着操场那边观望。

柳小满顺着他的视角望过去，运动会的横幅都快被风从钟楼上扯飞了。

取消开幕式吧，他在心里祷告。

为了防止尚梁山再想到什么惊人的点子带他去做，他没敢从后门走，直接从前门埋头进了班里。

李猛已经到了，他搞得像小学生春游，柳小满还没走到座位上，先被他一把拽过去，拉开书包给柳小满展示里面的东西。

“看！”他抖着包里的大纸盒，一脸夸张，“这可是我的传家之宝，以后得传给我儿子玩儿。”

“啊？”柳小满一头雾水，看看他，做不出评价来。

“你没玩过桌游？”李猛问。

柳小满摇摇头：“没有。”

李猛很惊诧，“嗯”了一声，好像桌游是九年制义务教育里的必修课，没玩过桌游等同没上过学一样，比柳小满没手机、没微信、没去唱过歌还让人难以置信。

柳小满一脸平静地看着他，点点头：“嗯。”

“那没事，”李猛反应过来他是个残疾，抓抓脑袋，“玩‘狼人杀’也行。”

柳小满也没玩过“狼人杀”。

但他们俩都没把这当作一回事儿。

柳小满心想：反正他们不可能真凑成一堆去夏良家里玩儿，而且自己对这些没有丁点儿兴趣。

李猛心想：反正什么都不会也能现学，世上有死学学不会的人，我还没见过死玩玩不溜的人。

在班里人基本到齐以后，尚梁山又进来讲了一遍开幕式的流程与注意事项。

“当你们听见广播里开始放歌的时候，就可以准备下楼排队了。”尚梁山指了一下鱼头和韩雪璧，“就按咱们跑操的队列，跟在十一班后面，顺着操场溜达一圈就行。你们负责整队带队，我有别的工作要负责，你们不要给我添乱。”

班里的人欣然答应。

柳小满看了一眼夏良的座位。

夏良还没来，桌上是空的。柳小满头一次有点儿希望他能准点来上课，赶在他们班入场之前到也行。不然像尚梁山说的那样，按照跑操时的队列来排队，他只能一个人缀在班队最后面，从全校师生眼前晃着空袖筒子路过。

他越想那个画面，越觉得不舒服，越想让夏良赶紧过来，别真在家里睡一天。

等到第一节课下课了，夏良还是没来，柳小满已经从不舒服发展为极度不舒服。

班里其他同学已经抻胳膊动腿等着广播出去了，班里的人哇哇乱叫，嘈杂得让人心烦。柳小满自暴自弃，在心里想：其实我不出去，在教室里坐着刷题，尚梁山也不能对我怎么样，顶多拉出去说几句，讲点儿“集体荣誉感”的大道理。

可想是这么想，也许他骨子里就是一个逆来顺受、循规蹈矩的人，不敢脱离大部队，跟班主任对着来。

广播里运动会的专属音乐一响起来，班里的同学们像泄洪一样往外涌，李猛、王朝他们回头招呼他一声，他还是不由自主地跟着站了起来。

夏良依然没来。

丢人就丢人吧，他也不是丢一年两年了。

柳小满磨蹭到班里剩他一个人，才从教室后门走出去。

走廊里人群乌泱乌泱，全是因为不用上课而雀跃的学生。

柳小满雀跃不起来，心情跟走廊外的天色差不了多少。他顺着人流走到楼梯口，一只脚已经迈出去准备往下走了，有人从身后握住了他的胳膊。

这人的力气还不小，显然不是手滑扶一把的意思。

柳小满生怕踩歪了从楼梯上滚下去，忙收回脚，惊讶地回过头，对上了夏良那双暗沉沉的黑眼睛。

夏良的眼睛弯着，带了一点儿弧度。

“我带你出去。”夏良没说二话，把他从人潮里拽了出去。

柳小满在毫无准备的情况下，莫名其妙地体验了一次“逃课”。

他们逃得太轻松了，也不是在上课，用“逃课”这个词儿都牵强。

他从看见夏良的瞬间就基本没来得及思考，喉咙口也不知道是什么在跳，跟心脏的频率全然一致，敲得颅腔胸腔里都只剩下这个节奏。

柳小满跟着夏良从另一头人少的楼梯走下去，他们在喜气洋洋的循环背景音乐里穿越全校学生，隐约中似乎听见有人喊了一声夏良。他们俩都没管，直接走到学校后门，传达室的老头儿不知道干吗去了。夏良推了一下柳小满，两人就这么没人管没人问，从学校里走了出来。

柳小满扭头看了一眼校门，突然心里有一种说不上来的奇妙感。

明明刚才他还要死不活准备下楼排队，现在就出来了。

运动员进行曲还在播着，但听起来跟他已然隔了一段距离，是另一个“世界”的事儿了。

他不用去操场上丢人现眼了。

柳小满确定了这件事，很舒畅地松了一口气，风还在一阵阵地吹，但这时候挨吹的他都觉得空气清新。

“你什么时候来的？”他看着夏良问。

“刚到。”夏良带着他往前走，“我正好看见你顶着一张受气包的脸要下去。”

柳小满自动忽略他后半句，跟着他，回手指指空无一人的传达室：“你平时就这么出去？”

这成本也太低了，他以为得爬墙、翻狗洞什么的。

“老头儿每天这个点去吃饭。”夏良朝操场的某个方向抬了一下下巴，他具体是朝哪儿指柳小满也没看明白，“平时从那边翻。”

“手断了也能翻？”柳小满惊了，挺认真地问。

“不能。”夏良也挺认真地回答他，“我手断以后只能爬狗洞。”

柳小满：“……”

真的假的？

他就那么一想，现在还真有学生爬狗洞？

“这也是有歧视链的，高一只能翻狗洞，高二翻墙，高三了才有资格走传达室。”夏良说得有鼻子有眼儿，“我手都断了，当然直接打成最底层。”

柳小满再听不出来他在胡扯就是笨蛋，没忍住乐了。

这会儿他心情很好，有种头一次干了没干过的事儿的新鲜感，“哦”一声配合夏良胡扯：“那你这个情况，三不三、二不二，手没断的时候怎么走？”

“我手没断当然横着走。”夏良伸了个懒腰，感觉空气里藏着沉闷的水汽，朝柳小满的后背拍了一下，“快走，不然等会儿得游着回去。”

他们要走去哪儿，柳小满心里明白，但是跟之前夏良提到时比起来，他不自在的情绪少多了，他大概有那么点儿一回生二回熟的意思。

他在心里分析着，还主动给自己找了一个绝佳的理由——去看小锅。

“今天小锅在家吗？”他问夏良。

“我来的时候它在家。”夏良说。

“它都做手术了还能乱跑？”柳小满又问。

“猫在某方面的复原能力呢，比起你要厉害得多。”夏良看他一眼。

柳小满闭上嘴，拒绝再就小锅绝育的事发言。

回回夏良都能把那事扯他身上来。

一直走到小毛裤胡同口，柳小满突然想起来一件挺重要的事儿。

“你姥爷……”他想说你姥爷在不在家，刚说出三个字，脑门被一颗挺重的水珠拍了一下。

他愣了愣，第一反应是谁家晾的衣服没拧干，还没等他抬手抹掉水珠，“唰”的一声，雨水就像开了闸似的，劈头盖脸地浇下来。

夏良骂了一声，又推他一把，两人来不及再说话，迈开步子直往家里跑。

两人冲进院子里，天色已经迅速暗沉下来，地面上被雨水激起了一层淡淡的雨雾。

这雨下得实在有点儿突然，是真切的疾风骤雨。雨粒又大又密集，砸在人的脸上带着明明白白的重量，兜头把两人浇得湿透。

夏良一把推开门，柳小满跟着他迈进屋里，专门回头看了一眼下的究竟是雨，还是雹子。

是雨。他抹了一把脸上的雨水。

这雨也太霸道了。

夏良进了家门后脚步没停，甩了甩头发上的水，径直朝卫生间走，一边走一边用完好的左手拽起衣服下摆，一歪脖子扯了下来，随便往地上一扔。

柳小满转过来，正好看见夏良的后背。

夏良的背上还带着点儿水汽，肩胛随着拽衣服的动作绷出漂亮的曲线和肌肉。

柳小满别开视线，余光看见夏良拐进某个房间没出来。他在进门的小玄关站着，一时间有点儿不知道该干吗。

他半身湿漉漉的，还穿着鞋，也不好往别人客厅里走，但是干站在这儿……手往哪儿放来着？

柳小满还在发怔，夏良已经从卫生间出来了。

他脖子上挂着一条毛巾，手里还拎了一条毛巾。柳小满见他出来，眼珠子又开始乱转。他吹了声口哨，也没等柳小满反应，直接一抬手把毛巾扔了过去。

柳小满最怕别人给他递东西的时候用扔的，抻着只有一条胳膊的上身去捡东西又蠢又狼狈。

“别……”他也不知道是想抓还是想挡，抬了一下手，结果夏良的技术太好了，根本没用上他的手，毛巾直接劈头盖脸扑在他脸上。

柳小满收回还没伸直的胳膊，手摁在毛巾上慢慢擦了擦脸。

毛巾是干的，好像还是新的，有一股新毛巾特有的味儿。

夏良又找出来一双拖鞋，柳小满换上，脱鞋的时候看见袜子没湿，柳小满还悄悄松了一口气。

他要是湿个袜子尖儿什么的，在别人家也太难看了。

鞋柜里除了夏良的鞋，还放着几双明显年代久远的鞋，柳小满这才想起来这件重要的事，忙问夏良：“你姥爷在家吗？”

“他在家早出来了。”夏良在卧室里说。

柳小满松了一口气。

“过来。”夏良又喊他。

柳小满拿着毛巾过去，停在夏良卧室门口。卧室里开了灯，夏良依然光着膀子，在衣柜里翻着。

柳小满上次来光顾着别扭，注意力也都在手机身上，在夏良卧室里待了一会儿，跟人参果去猪八戒肚子里游了一圈一样，几乎没印象。

现在他靠着门框看了看，夏良的房间，其实挺单调的，但是该有的都有，跟外面客厅的布置比起来，要现代得多。

床很大，正对着的墙上挂着很大一张投影布。

电脑桌前没配电脑椅，是一张说不来形状的靠背高脚凳。

房间里除了衣柜和电脑桌，窗户旁还搁了一张小沙发。窗户没关，暗色的窗帘拉了大半，透出窄窄的一溜灰暗天光。好在雨水没有往屋里流，窗帘微微地鼓动着，沙发被映衬得看起来很高级，但感觉不怎么舒服，棱是棱角是角的。

沙发上方的墙上还有一个储物架，里面杂七杂八放着一些东西，沙发底下竟然铺着麻绳编的地垫。

这个不扎脚吗？柳小满忍不住想。

夏良的房间算不上多整齐，但也不让人难受，看着挺安逸的——床上两只枕头有一只歪着；薄毯没叠，一看就是主人睡醒了，掀开下床就没再管的状态；椅子上挂着一条裤子和滑出去半截袖子的外套；桌上东西倒是不多，充电器、口罩、打火机，还有半瓶没喝完的矿泉水，靠窗的位置放着一大捧蓬松的干草，还不是纯粹的草。

柳小满探探脑袋又看了一眼，这有点儿像放大加长款的柳叶，长叶子底下还缀着不少灰灰白白、像小莲蓬一样的东西，不知道是果实还是花骨朵儿，很随意地扎在一起，不仅不突兀，还挺好看。

“那是什么草？”他问了一句。

“尤加利。”夏良看都没看就说，“这问题我至少回答了十遍。”

“每个人来你家都要问一遍？”柳小满的目光在他肩头上打了个转。

“是罗浩每次看见它都要问一遍。”夏良拽出来一件黑色的无袖背心，“什么脑子。”

柳小满没忍住笑了，随口说：“你竟然还会弄这些东西。”

“我妈弄的。”夏良套着背心说，然后朝衣柜里抬抬下巴，“过来自己换。”

柳小满没怎么听夏良提过他父母，就上次来他家的路上听他说父母离婚了，再就是刚开学时在学校门口目击的大黑车，以及车里追出来的人踹他那一脚，柳小满觉得那应该是他的爸爸。

夏良身上有一种很“独”的味道，能说也能笑，但给人的感觉是，他对很多事情都无所谓，甚至带着一点儿麻木，提起爸妈像提门口卖煎饼果子的老头儿，而且凶起来是真凶，动起手也是真狠，冷着眼看人的时候，两个黑眼珠里一边一个“滚”字。

柳小满有点儿好奇他的家庭，但也只是好奇，有些事儿能问有些事儿没必要问，有些人能往细腻话题里扒拉，有些人不能。夏良明显属于后面那一类。

柳小满对于第二次到别人家里就要翻人衣柜、拽人衣服有点儿抗拒。

他用毛巾在身上又吸了吸水，不自在地拒绝：“没事，我的衣服不怎么湿，一会儿就干了。”

夏良隔着半个房间都能看见他从前襟到胸口湿了一片的水痕。他们的校服跟全国任何一所学校的校服一样垃圾，遇水就氲，湿了就往身上贴，夏天一场球打下来，衬衫都能透视，外套不至于透视，但也没好多少。

他指了一下柳小满空着的那条袖子。

柳小满这条袖子时常给他一种后娘养的感觉，没什么存在感，总想不起来看，一低头才发现湿得稀里哗啦，估计他跑的时候它从衣兜里荡出去了，袖口边上甚至凝出了半颗水滴，正随着他的动作摇摇欲坠。

他的脖子根儿一麻，连忙用毛巾把袖子团起来攥着。

“你不想挑，我就随便拿了。”夏良从衣柜里拽出来一件上衣，扔在床沿上，指了他一下，“脱了吧，你还攥着它干什么？”

说完，他拽过那张高脚凳一屁股坐上去，看着柳小满。

袖子都湿得能滴水了，他还坚持不脱不换，那就有点儿太矫情了。

柳小满挺为难的，又纠结了几秒，硬着头皮把外套拉开脱掉。

柳小满里面的T恤也潮了一大片，贴着肉的外套一掀开，里面一层立马就能感觉到嗖嗖的凉气。

夏良一直看着柳小满，柳小满没敢跟他对视，拿着外套茫然地看了一圈。夏良脚一蹬，从高脚凳上站起来，走到他跟前，接过外套，把他往床头推了推。

“这件也脱了，我一块儿拿去扔洗衣机里。”他对柳小满说。

“你先拿过去吧。”到了这一步，柳小满也不执着自行烘干了，抓着T恤下摆看他。

夏良跟他对视两秒，“啊”一声反应过来，笑了：“不好意思？”

你说呢？柳小满梗着脖子不说话，耳尖儿不受控制开始发烫。

对于任何一个身体健全的男生来说，在同伴跟前儿光个膀子换件衣服——别说上衣了，就是换条裤衩可能都没什么不自在的。

但是柳小满不一样，能坦然接受自己残疾是一回事；能在夏天穿着短袖，把空荡荡的袖口示人是一回事；而要毫无遮掩地把残肢袒露在人前，绝对又是另一回事。

不管是身体上还是心理上，衣服都是他保护自己的最后一道防线。

夏良看着柳小满，柳小满是一个动不动就容易不好意思的人，脸皮比春饼还薄。

虽然柳小满被他逗了两个月，抗逗能力上升了不少，但现在他看着自己，眼睛里带着点儿警惕。

两人都没说话，窗外斜风细雨，雨声像把这间屋子以外所有的声音都冲散了。

又一股凉风卷进来，柳小满的头发梢释放出很稀薄的洗发水香，在夏良鼻前打了个转儿。

夏良一边眉毛抬了抬，突然觉得喉咙有点儿痒。

“你先拿衣服过去，我换完了再出去给你。”柳小满见眼神暗示无效，只能开口，不过声音不自觉地放低放轻。

他一这样，夏良就忍不住想逗他。

“你是不是觉得房里太亮了？”他抬手越过柳小满的脑袋，往床头墙上“啪”地拍了一下，整个房间瞬间暗了下来。

雨声一下子变大了。

柳小满一惊，说不上来有点儿慌。

“我看不见了，”关灯后夏良离他很近，夏良往回收手时还很自然地在他耳朵上弹了一下，“脱衣服吧。”

柳小满无言地瞪着他。

“你还不动，等着我给你脱衣服？”夏良说。

“不用。”柳小满赶紧摇摇头，有了垃圾桶事件的教训，他相信夏良什么事儿都能干得出来。

柳小满在夏良带着笑的视线里又挣扎了一会儿，紧攥下摆到有点发僵的右手动了动，心慌意乱地掀起一个小角。

房间里其实还是透着光，从那一小溜窗帘缝里透进来。

但是跟刚才灯光明亮的环境比起来，这种能够把五官弱化下去的环境已经让他觉得安全太多了。

人真是容易自我妥协。

其实他如果继续坚持让夏良出去后再脱衣服，夏良是会出去的，他知道。

夏良对自己没有恶意，多少会有点儿好奇，可绝对不会拿他的残疾当成打发时间的笑料，玩笑都是点到为止，会控制分寸。

但是他有点儿不知道，自己为什么没继续坚持。

这个问题在柳小满的潜意识里冒出个头，都没来得及清晰地浮上水面，就被他手忙脚乱的动作摁了下去。

可能昏暗的环境真的能带给人极大的安全感，柳小满胡乱找了一个理由，转过身，冲墙壁把光秃的左肩在夏良的目光里藏起来，用右半身对着他。

说实话，夏良也没想到柳小满竟然就这么同意了。

夏良以为凭柳小满的羞涩，他会抓着衣摆跟自己耗到天荒地老，自己已经打算再逗他一下就转身出去。不承想柳小满都没再坚持，直接妥协。

平心而论，夏良对柳小满的残疾有那么点儿好奇，但也就那么点儿，是好奇链里最低端的那一种，对没切实见过的事物自然而然的那点儿好奇。

他没想过研究柳小满的残臂，但现在问题是……

“这雨……夏良！”夏良气儿还没吸上来，院子里突然“噼里啪啦”一阵响，听着不止一个人的动静，罗浩扯着嗓子趴在门上疯狂地拍打，“开门啊！”

第十三章
见你还要找理由吗?

罗浩一嗓子直接把他喊清醒了，太尴尬了。

夏良心惊了一瞬，没忍住在心里骂了一声。

他的反应比柳小满的还快，身体在大脑指挥之前就做出反应，上前一步，伸手把柳小满的衣摆拽了下来。

柳小满的腰真的很细。

柳小满也被吓了一跳，一脸惊诧地张大了眼。

他本来是想朝门口看，冷不丁挨了夏良这么一下，半截身子像通了电一样打个激灵，整个人都“醒”了。

“换你的衣服。”夏良没再看他，用拳头抵在嘴上清清嗓子，关上卧室门出去了。

他还没忘了带上柳小满换下来的外套。

柳小满哪还有心思换衣服。

他听罗浩在外面拍着门，一颗心跳成了蹦豆儿，有一种奇妙的感觉。

他把灯重新打开，他在“先等等，看情况”和“飞快把衣服换掉”这两个选项中犹犹豫豫地选择了前者。

夏良拉开门，罗浩和郭魏几个人猛地扑进屋里。

罗浩在最前面，他贴着门板，差点被活活挤趴在地上，伸着两只手，张牙舞爪地保持平衡，想朝夏良腿上抓。

夏良往后退了一步。

罗浩连忙扶住鞋柜，回头骂了一声："别挤我！"

"我的后背湿透了！"郭魏"砰"地把门拉上。

几个人淋得像落水狗，在玄关甩头又抖水。郭魏递过来一团半湿的缩成一个球的毛怪："你的猫，它在门口桌子底下快淋死了。"

"我忘了。"夏良这才想起来家里还有只猫，伸手将它接过来。

小锅估计吓得不轻，到他怀里就一只爪子扒在他肩头不愿意动。夏良只能一只手托着它，再一抬头，罗浩已经脱得只剩一条大裤衩，还是阳光沙滩棕榈树的图案。

夏良有点儿无奈地看着他们："谁让你们来了？"

"别提了，"罗浩鞋子一蹬，光着脚朝卫生间走，"本来我寻思喊你一块儿出去，结果走到路口下起雨了。我八百年没见这么大的雨了，还以为哪个浑蛋从楼上泼了一盆水，把我淋傻了。"

"就是，本来我浩哥就不怎么聪明。"方正接了一句。

"滚！"罗浩在卫生间里骂。

"有喝的没？"郭魏不知道什么时候摸进了厨房，跟着喊。

"冰箱。"夏良托着猫，把地上湿漉漉的衣服踢成一个堆儿，头也没回地说，"地拖了。"

"罗浩！"高宇翔比了"OK"的手势，扭头冲卫生间喊。

"马上！"罗浩答应了一声，"我尿手上了！"

客厅里几个人很恶心地"哎"一声。

郭魏嘴上叼着一个易拉罐，怀里又抱了几罐，从厨房里出来，熟门熟路地歪在沙发上，摸遥控器开电视，笑着说："在家干吗呢，良哥？你的脸色这么难看，难道我们打扰你的雨天小娱乐了？"

"是啊，"夏良蹲在柜子前面翻吹风机，想给小锅吹毛，"所以你们快滚吧。"

"别啊，独乐乐不如众乐乐，我给你们放个视频！"方正掏出手机准备投屏，高宇翔立马凑过去看。

夏良没搭理他们，他家人少，只有一个姥爷，四舍五入等于没人管，他并不喜欢一群人闹哄哄来家里烦人，但他实在没地方去，也实在无聊的时候，他们来他这儿待上半天还是最佳选项。

主要是这群人还算要脸，会自觉不制造垃圾。

就算他们造了垃圾，走前也会收拾完，不用他自己动手，这就还在他愿意接受的范围。

但今天的情况跟有没有垃圾还真没关系。

夏良看着他们在沙发上瘫着看电视，属实有点儿“被打扰”的不爽。

“点点儿东西吃，我早上到现在什么都没吃上。”罗浩拽着拖把从卫生间里出来，揉着肚子说。

“吃什么？比萨？小龙虾？”郭魏拿手机看外卖菜单。

“随……”罗浩话还没说完，鼻孔一痒，感觉有个喷嚏呼之欲出。

他停下来瞪着天花板酝酿两秒，张了张嘴，眼泪花儿都憋出来了，终于打出一个连眼泪带鼻涕的巨大喷嚏。

罗浩搓着鼻子站直：“震得我脑浆都出……”

他的话还没说完，瞪着夏良的房间爆出一声大叫。

“没完了？”夏良皱着眉毛扭头看他。

“你家里有人怎么不说啊？”罗浩泪眼蒙眬，扔了拖把冲过去，“我打个喷嚏，一抬头就看见个人！”

“我来得及说话吗？你们一个个的。”夏良没找到吹风机，关上柜门站起来。

“谁啊？”郭魏他们立马弹过去。

他们看见是柳小满，先是一愣，然后一个接一个“啊”了一声。

柳小满只是想伸头出来看看都有谁，毕竟在别人家，外面热热闹闹的，他像一个贼一样在卧室里藏着说不过去。

谁能想到，他一推门正好对上打喷嚏的罗浩，两人互相吓了一跳。

接着他就被三四个脱成半原始状态的“潮”男们包围了。

上次柳小满在银河欢唱同时看见这么多的“罗浩”时，环境很黑，镭射灯乱闪，想看清楚鼻子眼都困难。眼下他们离得这么近，看得这么清清楚楚，一个个还这么光溜，阴阳怪气的，他就有点儿紧张，连忙去看夏良。

夏良怀里还托着猫，过来一看柳小满衣服还没换，就把小锅往他怀里一放。他赶紧用胳膊夹着小锅，又被夏良朝门里推了一把，让他回卧室："你别管他们。"

"我伤心了啊，夏良！你不能自己那什么，就把兄弟们不当人啊。"高宇翔笑嘻嘻地说。

"你想多了，"方正一脸怜悯，手搭上他的肩，"咱们在一起玩的时候也没把你当人。"

这群人说话一直是什么玩笑一通乱开，夏良朝他们挥了挥手，拍上门也进卧室了。

柳小满夹着小锅站在卧室里发愣，看见夏良也进来了，整个人开始不自在。

柳小满看着夏良朝他跟前走，脑子"嗡"的一声响，感觉刚才淋的不是雨，是一桶滚烫的开水，把他从脸到脖子都浇得发烫。

小锅还被他用胳膊和胸膛夹着，它被突然加重的力气勒得"喵"了一声，也不敢动，有气无力地蹬了蹬腿。

夏良捏着它的后脖子把它拎出来，扔到地上。

"你赶紧换衣服。"他没再逗柳小满，直接把灯关上，去柳小满身后的储物架找吹风机。

它果然在这儿。

估计是当时他刮完头发觉得用不着了，就顺手装起来塞上去了。

他将吹风机拿下来之后，没直接把小锅抓过来吹毛，而是坐在沙发扶手上，一边慢条斯理地拆包装，一边看着柳小满的后背。

柳小满在又一次暗下来的房间里发愣，只觉得屋里的温度直线上升。夏良在他身后不到一米的位置看着他，视线如有实质，像钉子一样扎在身上。

外面闹哄哄的，屋里热乎乎的。

他的脑子一团糨糊，转来转去，只能转出这一句话，胳膊腿儿都不像自己的，夏良让他赶紧换衣服，他就绷着胳膊赶紧换。

柳小满胳膊紧绷的同时还有一点点难以觉察的安心——夏良在屋里，他就不用担心外面那些人突然推门进来胡闹，看见他不愿示人的残端。

到这场不讲道理的大雨停下来，已经是中午放学的时间了。

两节课，说长不长，说短也不短。

罗浩他们像一窝土匪，从夏良的衣柜里一人拽了一件衣服换上，拎着垃圾就往外奔。夏良随便收拾收拾，把一堆衣服塞进洗衣机里。

柳小满站在门框旁犹豫着开口："我的衣服就不洗了吧？"

"你穿湿的？"夏良回头看他一眼。

"我用袋子装上，晚上拎回家洗。"柳小满说。

夏良没理他，估摸着分量往洗衣机里倒上洗衣液，直接摁了开启。

柳小满张张嘴，没再坚持。

"你现在回学校？"夏良问他，"还是跟小锅玩一会儿？"

柳小满朝客厅看了看，小锅在咬装比萨的隔温袋，半个身子都拱进去，扑着袋子在地板上乱滚。

它长大了一圈，也灵活了不少，身上的毛被吹干以后，猫身看着都蓬松松的，一副心情很愉快的样子。

"回学校吧。"柳小满挠了挠脸。

他有点儿不自在，明明来之前给自己找的理由是看小锅，结果小锅没看上，还把人家忘得一干二净。

夏良"嗯"了一声，没再多说，换上衣服抽了一把雨伞，带他出门。

来的路上两人已经并肩走了，回去的路上，又变成了一前一后。

柳小满跟在夏良身后往下走。天上乌云还在，从缝隙里往外渗透着天光，雨后特有的清新味道荡涤着胸肺，他看着胡同两边墙上被雨水涮得晶亮的爬山虎，听着墙檐上麻雀喳喳地叫，有种重回人间的错觉。

纺织厂附近都属于老城区，排水系统不那么好，出了胡同，外面大路上车来车往，把路边的积水轧得像浪花一样。

"你看着点儿水。"等红绿灯过斑马线时，夏良回头说了句。

柳小满正盯着夏良的背影发愣，两人目光撞个正着，他连忙"哦"了一声。

上坡往学校走的路上有不少学生，有的不想吃食堂出来买饭，有的跟他们一样，趁着大雨把开幕式弄得乱七八糟，溜出来玩了半天。

柳小满重新回到学校的范围，跟着夏良穿过校门，朝教学楼里走。楼道里虽不认识但都脸熟的各班学生从柳小满身边经过，柳小满重新回到学校的氛围里，恍惚的神经才终于一点点反应过来。

——他体验了人生第一次“逃课”，还是逃去了夏良家。

柳小满回想最近跟夏良相处的经历，从同桌到一块儿跑步、一块儿抓娃娃、一块儿搞卫生，再到今天，他连夏良的衣服都穿上了，真的很奇妙。

以前夏良这种学生，他避之不及。

不是一个世界的人，难道真的可以玩到一起吗？

柳小满垂着脑袋，拽了拽领口挡脖子，刚拽了一下，前面传来一道熟悉的声音：“小满？”

他抬起头，樊以扬站在他们班后门的窗户旁，皱眉朝他看过来。

樊以扬嘴里喊着柳小满，眼睛却是看着走在前面的夏良。

夏良继续不快不慢地走着，没看他，直接进了教室。

“扬扬哥。”柳小满赶紧过去，喊了一声。

“你的衣服怎么了？”樊以扬看一眼他身上夏良的衣服，盯着他的眼睛。

柳小满跟樊以扬认识那么多年，第一次对他的问题感到头痛欲裂，为难得一个字儿也挤不出来。

怎么说啊？他是真不知道该怎么说。

“衣服湿了，”他语焉不详，囫囵一句，寄希望樊以扬不要刨根问底，“我换了一件。”

“夏良的？”樊以扬毫不掩饰地直接问。

“啊。”柳小满不自在地扯扯领口，发声的瞬间感觉自己整个人都泡在水里，周围人来人往，右边窗户里就坐着夏良，而他却被心虚兜头盖脸地包围着，头皮不受控制地发麻。

樊以扬抿了抿嘴角，没继续说话，用两道直白、带一点儿恨铁不成钢的目光盯着他。

他知道柳小满跟夏良相处得很好，从柳小满敢跟夏良一起出去玩儿就能看出来。

但他没想到两人的关系已经发展到了这么好的地步，这就有点儿超出他的预期了。

樊以扬是一个心里极能搁事儿的少年，柳小满不敢分析他眼神里的情绪，趁他不说话赶紧转移话题：“你吃饭了吗，扬扬哥？”

“没有。”樊以扬说。

“那去吃吧，”柳小满拉他一下，“我跟你一起去吃。”

“你吃过了？”樊以扬没动。

我吃了，吃得还挺饱。柳小满在心里接了一句。罗浩他们点了很多外卖，刚才他整个人脑子还木着，不知道说什么做什么，只能坐在那儿跟着吃。

现在想想，他有点儿没心没肺。

但不论他吃没吃，这会儿必须当作没吃，他摇摇头：“没有。”

他话一出口，余光里，夏良撩起眼皮扫了他一眼。

“走吧。”柳小满不敢看他，又拉了拉樊以扬。

樊以扬叹了一口气，抬手扒拉一下柳小满的头发：“嗯。”

柳小满着急忙慌要走，看在夏良眼里，就是明晃晃地躲。

他又要开始躲了。

如果柳小满是跟之前一样躲着自己就算了，这次还直接躲到樊以扬跟前儿了。

夏良转了两下手机，有点儿心烦，将它扔进桌斗里。

他跟樊以扬到了食堂。这个点，最早一波吃饭的学生已经下去了，但人还是不少，樊以扬问他想吃什么，他不饿，说不出个所以然来，只说“都行”。

樊以扬看他一眼，没继续问，让他先去找一个位置坐着。

柳小满去取了筷子、勺子，在水池拧开水龙头涮了涮，径直朝他们常坐的靠窗那一排走过去。

他坐下来后就开始发呆。

樊以扬托着托盘回来，腾出手背先在柳小满的额头上试了一下。

“你的脸怎么这么红？”他又在自己额头上比了比，不烧，“下个雨还热着你了？”

“没有。”柳小满躲了一下，把筷子递给他。

樊以扬接过筷子坐下，把托盘往桌子中间一推：“水饺和炒饭，你想吃哪个？”

柳小满选了水饺，单个的方便，吃不完能给樊以扬吃。

樊以扬把炒饭拉过去，这才开始不慌不忙地问他："你去夏良家了？"

柳小满知道关于夏良的话题不会轻易过去，老实地点点头。

"路上下雨，你淋湿了，换了他的衣服？"樊以扬接着问。

水饺是三鲜馅儿的，柳小满自己吃了一个，往樊以扬盘子里舀一个，"嗯"了一声。

樊以扬把饺子吃下去，心里计算了一下时间："开幕式跑去的？"

算是吧。柳小满又点点头，脸朝碗里一埋，闷着头连"嗯"都不敢"嗯"了。

"只有你们两个？"樊以扬说。

"不是。"这个问题柳小满能说，虽然他不好提罗浩他们的名字，但是"五六个"还是可以说的。

樊以扬连着六个问句甩出去，到了这一个，终于没再接着问。

两人在嘈杂的食堂里无言地对着吃了一会儿饭，柳小满又往他盘子里舀了两个水饺。

"你吃吧，别给我了。"樊以扬把筷子放下了。

柳小满本来就不饿，樊以扬一放筷子，他更吃不下去了，也把勺子倒扣在碗沿上。

"小满。"樊以扬喊了他一声，他抬头看着樊以扬。

"我知道现在我说夏良什么，你也不会往心里去。"樊以扬的眉毛微微皱着，继教学楼里的"恨铁不成钢"之后，现在又多了一点儿无奈。

"我不是不让你交朋友，也不是不让你跟同学出去玩儿。"樊以扬接着说，"我虽然对夏良的印象一直不好，但在针对他这件事上，这么长时间了，我说什么你也没听过。"

柳小满听不得别人说樊以扬的不好，更听不得樊以扬以这种语气暗示自己不把他当回事。

但是他张张嘴，辩驳不出什么来。

"你可以跟夏良交朋友，可以跟他出去玩儿。"他重新拿起筷子，拨了两下柳小满舀给他的饺子，"只要你觉得他带给你的东西是好的、有意义的，你能从他身上学到东西，他能帮着你进步。"

说到这里时，樊以扬心里的无奈已经从对着柳小满到对着自己了。

他觉得现在的自己像是他老妈，可该说的还是得说。

“这才是交朋友。”他看着柳小满，“否则的话，你对他而言，只是一个留级消磨时间的乐子，他对你而言，什么意义也没有。”

说完这些，他看了沉默的柳小满一会儿，笑笑说：“接着吃吧。”

人和人之间的亲疏远近，真的很神奇。

如果樊以扬还像之前几次那样直接让柳小满跟夏良保持距离，柳小满还是不会听。

也不是不听，可能跟微弱的叛逆有关系，最主要是他相信自己的判断，夏良这个人真的不坏，远远没到需要让樊以扬提防到这个地步的程度。

但樊以扬用上这种态度和语气，以退为进，他就有点儿遭不住了。

樊以扬是他从小到大，除了爷爷以外，对他最好，跟他最亲近的人，对他而言，樊以扬亦兄亦友，绝不可能害他。

何况樊以扬说得确实有道理。

他跟夏良在一起是很开心，很新奇，偶尔还很刺激，可如果因为这些把成绩落下去，那真的不值得。

早上他要是没跟夏良从学校跑出去，这半天他能刷一张卷子和一套练习题。

这么一想，柳小满心里就溢出了一波波的不踏实，早上进校门时那些顶着阴天让人脚下没底儿的胡想又冒了出来。

夏良不用顾虑成绩，他就算什么都不学也还有家，有钱，有手，有父母。

他要是连成绩都没了，那就真的什么本钱都没了。

正好现在他也不知道该用什么态度面对夏良。

柳小满等着樊以扬吃饭，盯着碗里的水饺发愣。

索性就趁现在，他重新把重心都放回学习上。

柳小满回到教室，班里没有多少人，他盼着夏良的座位是空的，但看见他还在，从后门走到座位旁的短短几步路差点儿同手同脚。

夏良比他自在多了，听见拉凳子的声音扭头看他一眼，还打了一声招呼：“你吃完了？”

“啊。”柳小满答应一声。情绪就是这么互相带动的，夏良自然，他心里也轻松了不少。

李猛和王朝两人都在，一见到柳小满，李猛就转过来朝他桌子上一扑：“你上午去哪儿了？夏良也没来，我的桌游白带了！”

“我……”柳小满想了想，这问题李猛肯定也问过夏良了，而且夏良肯定没正面回答，他反问李猛，“你们去哪儿了？”

“我还能去哪儿，”李猛骂了一声，“被淋得跟傻子一样，回我家换衣服了。”

“猛猛的台灯是小兔子造型的。”王朝将脑门儿磕在桌沿上打游戏，闷笑着接了一句。

“你再说一遍信不信我打你？”李猛暴喝一声，提起胳膊肘就朝他后背上砸。

两人闹了一会儿，李猛又转过来“哎”了一声，问柳小满：“你也回家换衣服了？”

柳小满已经掏了一套卷子出来做，闻言朝夏良那儿瞥了一下，见他没反应，模棱两可答应一声。

这种“整个班里只有我和他知道的事”，感觉非常奇妙。

“你这衣服……”李猛歪着脑袋打量他。

柳小满心里一惊，抬眼看他：“什么？”

“没什么，挺好看的。”李猛从兜里抓出几颗梅子糖分了分，“就有点儿不像你平时的风格，有点儿……怎么说呢，我说不上来。”

夏良和柳小满一起看这件衣服。

衣服是夏良随手拽的，一件白色的薄卫衣，印象中夏良转班到现在还没穿过这件，李猛应该看不出什么。

“啊，我想起来了！”李猛突然搓了个响指，“你要再小一点儿，就跟我表侄儿穿他爸的衣服拍的小视频差不多。哎，我表侄儿老可爱了，我找视频给你们看看。”

夏良刚听到“他爸”那儿就笑了一声。

柳小满咯咯噔噔的心无声地跌回去。

“你都有侄子了？”王朝偏离了重点。

“我辈分高。”李猛翻着手机相册说。

“你一个侄子，又不是孝子贤孙，还扯上辈分了。”王朝说。

他们俩又你一句我一句互相扯起来，趁他们说话，夏良轻声说了句：

“你的衣服……”

“明天你带给我吧。”柳小满刚听见头四个字就脑门儿发紧，身上夏良的衣服顿时也缩水了一样勒着他的脖子，没等夏良说完，他匆匆地接了一句。

接完他觉得有点儿不太礼貌，垂着脖子小声说：“谢谢。”

夏良滑着手机的拇指顿了一下，别过脸看了他一眼。

开幕式被大雨弄得乱七八糟，学校也懒得重新张罗，趁着雨后清爽，天气还没开始降温，紧锣密鼓地继续进行。

尚梁山的重要性在这种时候体现了出来，他跟隔壁十三班的班主任一起，两人忙得见头不见尾。

运动会本来相当于学校闭着一只眼给学生放个假，高三的没资格参与，高一的没胆子往外跑，高二的已经成了玩得最野的一群人，连班主任都不在了。刨掉报项目的和去当志愿者的，整个班从早到晚就见不着几个人。

人少，氛围就好。

李猛、王朝两人点了个卯又溜了。柳小满一下午做了两套卷子，眼整个人全神贯注，头没再抬起来。操场上锣鼓喧天热闹着，声音飘过来像两个世界，配合着窗外一阵阵的小凉风，舒服得不得了。

等他搁下笔，从桌斗里往外抽册子准备对答案时，才发现夏良竟然没睡觉，没看电影，也没打游戏，而是靠在椅背上，耳朵里塞着耳机，懒懒散散地在做一本数学题。

真的假的？柳小满又看了一眼。

没错，蓝底白花，是他们数学老师统一给订的教材全解。

夏良这是无聊疯了？

他一瞬间说不上来是惊讶多点儿还是欣慰多点儿。

除了抄历史笔记和考试以外，这还是他头一次见夏良拿着笔干正事儿，平时上课夏良也听听，但是听三句落两句，能多记两个知识点都全靠懒得玩手机和投耳缘。

对，今天夏良连笔也没找他要。

柳小满没忍住，又看了看夏良手里的笔，还是自己之前借给他那一堆里的一根。

夏良做题跟他上课一样随意，挑着来，挑的还基本是章尾那些难度多加两颗星的提升题。他解起题一点儿也不讲究，用左手，虽然也蛮熟练，但多少还是费点儿劲，练习册碰一碰就碰歪了。

练习册歪了他也不扶，歪就歪着写，斜就斜着写，有些题空出来的位置不够，就哪里有空往哪里写。

柳小满从来不这么做题，他是老实派，一套题拿到手，就从头到尾一道道地捋，会不会的都要做。

夏良这样的做法，让他看起来好像很厉害。

不过想一想他成绩表上唯一看得过去的数学分数，柳小满也不那么惊讶了。

之前他只觉得夏良是脑子好，而且高二的东西毕竟学过一遍了，掌握起来比较容易。现在他看见夏良做题，再想想，别的科目不说，数学想考到不错的分数光靠脑子好绝对不够。

看来只要无聊到一定程度了，除了母猪能上树，夏良也能主动刷刷题。

能主动学习总是好事儿，柳小满挺想开个玩笑，说一句你竟然也会做题，但他酝酿了一会儿，喉咙却像裹着胶水一样，打都打不开。

毕竟中午是他先表现出想拉开一点距离的意思，跟夏良说完谢谢，让夏良帮忙明天把衣服带过来，两人也没再对过话。

夏良看不出什么情绪，现在反倒是他自己有点儿不舒服。

如果平时他这么盯着夏良那边多看一会儿，夏良总会先开口跟他说点儿什么。

现在别说说话了，不知道是夏良做题做出了兴趣还是懒得理他，连眼皮都没动一下。

他那么聪明，肯定明白自己的意思了。

从陌生到建立起一段有说有笑的关系需要两个月，让这段关系回到原点却只需要一句话。

柳小满愣了一会儿，收回目光继续对答案。

到了下午最后一节课，班里班外的人多了起来。

韩雪璧响应尚梁山的号召，一个人报了好几个项目，第一天的接力跑和跳远都有份儿。她回到教室时一张脸红扑扑的，外套都脱了，穿着短袖，还在用手扇风。

“这女的太猛了。”李猛和王朝拎着一袋吃的跟着回来，一坐下就扭头跟柳小满他们分享，“刘文慧给她递棒的时候掉了，两人一块儿捡，还磕了一下头，旁边七班的跑出去好几米，这姐竟然还追得上。”

他连讲带比画，柳小满都能想象韩雪璧在跑道上拔足狂奔的模样，正想接一句，夏良先开了口：“她赢了吗？”

“险胜！”李猛立马说，“幸好最后一棒是她给鱼头，鱼哥太猛了，那腿长的，跟踩了高跷一样，迈开一步能抵人家一步半！”

夏良笑了一声。

柳小满抿了抿嘴角，没跟着说话。

“我录了视频。”王朝嘴里含着一根棒棒糖，摸出手机摁了几下，回过头，举着给他们看，“真就最后两步超的车，整得我都有点儿激动。”

“我看出来了，”夏良背靠着椅子，左手搭在桌子上转笔，冲屏幕抬抬下巴，“你的手都抖了。”

“何止抖啊，他是没开声音，当时都喊起来了。”李猛边翻吃的边在旁边乐，“自己啥也没报，集体荣誉感还挺爆棚。”

“梁山听了都得哭。”王朝点点头。

柳小满看了一眼视频，人还挺多的，跑道两边不少人围着给自己班打气，镜头跟着余首飞快地转动，他好像还看见了上次被他踩鞋的马硕。

余首跑得确实快，身上的运动背心往后吹，头发被风吹开露出额头，倒是比平时看着更顺眼。

几人正在看视频，身边一个高个儿晃过去，余首拎着一杯奶茶回了教室。

“厉害啊，鱼头！”王朝喊了一声。

“啊。”余首回头看他们一眼，笑了笑。

然后他径直走到韩雪璧座位旁，把奶茶递给她，说了几句话。

韩雪璧没接奶茶，站起来往外走。

“你把衣服穿上。”余首皱着眉毛喊。

韩雪璧已经走到过道里了，又回身捞起挂在椅背上的外套，走到教室门口才往胳膊上套。

“这两人。”王朝跟看戏似的看他们俩，有点儿想笑。

“我怎么觉得鱼头今天变帅了？”李猛托着腮帮子研究，“酸臭味的力量？”

“发型的力量吧。”柳小满认真地说。

夏良抬眼皮看了柳小满一眼。

“真的假的？”李猛说。

“有点儿道理。”王朝点点头。

夏良和柳小满就这样一直待到晚自习，也没再多说一句话。

第三节课下课后，李猛又回头问樊以扬晚上来不来补课。柳小满点点头，说他应该会过来。

“高三的真难，”李猛叹了一口气，“对吧，夏良？”

“你问谁？”夏良说。

“你啊，”李猛说，“你不是高三下来的吗？”

夏良“嗯”了一声：“所以我上高三了吗？”

“我忘了。”李猛抓抓头。

没过一会儿，他又把头转过来，这回是连带着两人一块儿打量，说：“你们俩今天不对啊。”

王朝跟着回过头：“什么？”

“一晚上了，”李猛指指夏良和柳小满，“他们一句话没说。”

“这个不学习着呢，那个不是看电影吗？”王朝看了两眼，把头转回去，“你当他们都跟你一样，长了张嘴就会呱呱。”

“你长嘴不呱呱？”李猛踢了他一脚。

他们俩说话的时候柳小满一直没抬头，只当听不见，做好了只要李猛点名问他，就笑笑说“没有啊”的准备。

柳小满不得不感慨李猛真敏锐，上次问的是他，今天第一个发现情况的也是他。

但这回跟上次去值日区，他拉着自己问夏良有没有觉得今天不对劲，是完全不同的两种感受。

上次柳小满的躲避是无意识的，这次则是他和夏良达成共识。

不知道夏良心里会怎么想，他又不缺朋友，自己主动想拉开距离，他那边说不定直接就能重新当回陌生人。

柳小满磕着笔尖在草稿纸上戳了两下，突然有些烦躁。

这才刚第一天，不对，还不到一天，四舍五入只能算半天。

放学前，尚梁山来了，开了一个简单的小班会，讲了运动会的事儿，让他们这两天不管在操场还是在教室里都注意安全，同时学习也不许落下，早晚自习都是要点名的。

“最近会降温，厚衣服该穿的就穿上，不要贪酷耍帅。”最后他又加了一条。

经过早上那突如其来的一场雨，班里已经有人开始打喷嚏，瓮声瓮气扯着嗓子说“好”。

尚梁山前脚一走，夏良就站起来，直接从教室后门出去了。

李猛听见动静，扭头往后看，“哎”一声，问柳小满：“他是不是心情不好？”

“怎么了？”柳小满看着他。

“没怎么，就一种感觉。”李猛指指窗外，“他连句话也没有就走了。”

“他平时不也这样吗？”柳小满说。

这话柳小满也不知道是说给李猛听还是说给自己听。

“倒也是。”李猛想了想，接受了这个说法。

等樊以扬过来一块儿刷题，柳小满结束学习回到家，已经是放学一个小时后的事儿了。

柳小满跟樊以扬在楼下道别，又听他说了几句好好学习。柳小满上楼一开门，发现爷爷正在泡脚，桌子上放着刚冲的板蓝根，腿上搭着冒白气的热毛巾。

他赶紧喊了声“爷爷”，走过去蹲下来，摸摸爷爷的膝盖：“腿疼了？”

爷爷张嘴就是一阵咳，忙用一只手捂着，用另一只手把他往旁边拨。

柳小满被拨得晃了晃，蹲在旁边看着爷爷发怔。

柳小满感觉咳声重复了一个世纪那么久，爷爷才终于把捂在嘴上的手拿下来。他咳得都没力气了，哑着嗓子喊了一声：“满啊。”

柳小满听不得爷爷这么喊他，这种人到老年，对一切都无能为力又放心不下的语气，每次他听着鼻子都会发酸。

“咱们去医院吧？”他重新挨过去，一只手抱住爷爷的小腿，像小时候那样把脑袋枕在爷爷的膝盖上。

爷爷拍拍他的头，说了句“没事儿”，端起板蓝根灌了一口。

柳小满回到房间，把书包摘下来，没什么心情去洗漱，整个人跟一个包袱一样往床上一躺，什么也没想，望着天花板发愣。

他愣了一会儿，眼珠转了转，看向床头的大章鱼。

大章鱼安静地靠在床头桌上，也在看着他。

柳小满没觉得自己想伸手去够它，等他被枕头底下持续的振动振得回过神，才发现胳膊已经伸出去一半了。

他连忙翻个身，把手机从枕头底下掏出来。

他看见来电人的名字，心不由自主地加速蹦了蹦。

是“接电话”。

夏良给他打电话了。

柳小满一骨碌坐起来，从趴着的姿势变成盘腿坐着，捂着手机朝门口看。

房门关着，爷爷也回卧室了，应该听不见声音，他还是心虚地咽了咽口水。

接电话吗？他在心里问自己。

不接电话吗？他们已经一下午加一晚上没说话了，也不是面对面，接个电话总没关系吧？保持距离而已，也不能真就不再说话了。

而且他也不说话，就听听，万一有什么要紧的事儿呢？

柳小满犹豫了一秒，生怕下一秒振动就停了，连忙点了接听键，把手机贴在耳朵上。

“出来。”电话一接通，夏良在那边直接说，听动静像在走路。

柳小满差点儿“啊”了一声。

出什么来？

“我到你家楼下了。”夏良又说。

这句话是真把他听蒙了，慌着神从床上迈下去，步子扯大了，差点儿摔个倒栽葱。他跪在凳子上，推开书桌前的窗子往楼下看。

楼下没人，刚才他上来时连宋叔家的小超市都正要关门，从窗户里往外投出一束光，只有朝路口那边的路还有一盏路灯，路灯还正好卡在窗户的视觉盲区附近。灯底下站了一个人，他看不真切脸，大概是夏良的体型。

夏良已经把电话挂了，他来不及多想，把手机一搁就拉开门去换鞋。爷爷听见动静，从卧室里问了一声，他随口回了句“我去买点儿东西”。

“大半夜了，什么东西非得现在去买？”爷爷说。

柳小满没再回他，关上门就朝楼下跑。

他冲到楼下，看看附近没人，才直接奔路灯跑过去，想确定那人是不是夏良。

然而等他看清确实是夏良靠在那儿，脚步又慢了下来，不好意思再跑了。

气温说降就降，夏良换了一件外套，胳膊没在胸前挂着，两只手都揣兜里，左手腕上挂着一个纸袋，嘴里咬着一根棒棒糖。

隔着一两米的距离，柳小满停下来，张嘴问他：“你怎么现在过来了？”

“你不想去我那儿，也不想跟我说话，”夏良没动，在路灯下看着他，“我想见你，只能过来了。”

柳小满一瞬间有点儿想不明白，白天跟夏良拉出的那点儿距离，有什么意义。

他也不知道该说点什么来回应，感觉说什么都不太对，但夏良说完这句话就没有张嘴的意思，只在原地靠着灯柱继续看他，看得他的脑子里一塌糊涂。

“见我什么啊？”半天，他垂着眼皮憋出来一句。

夏良被他逗乐了，两只眼睛往下一弯：“我想见你就见你，还要找理由吗？”

话说得挺硬气，其实他还真找了理由。

毕竟一开始，夏良根本没想过自己会过来。

当他从学校回到胡同口的时候，罗浩发消息问他还在不在家，在的话他们直接去他家把衣服拿了。

夏良不想见他们，几个人聚在一起闹哄哄的，吵起来烦人。

他回了句“不在”，就推开门回家。

姥爷不知道几点回来的，他到家时姥爷正在厨房里熬鱼汤，听见动静也没出来，喊了一声让他过去喝汤，又问他洗衣机里哪来那么多衣服，洗完也不知道烘，自己看见就摁了烘干，这会儿应该已经完事儿了。

夏良“嗯”了一声，过去喝了一碗永远没盐的姥爷汤，拿了换洗衣服去洗澡。

他拿了衣服也不能直接洗澡，还得用保鲜膜把胳膊裹上，避免碰到水。

这项流程平时他已经做得很熟练了，右手心里攥一截儿保鲜膜，左手撕撕拽拽，最后用牙齿一咬就拉倒，但是今天就是不顺。

他不是裹歪了，就是手一滑，骨碌出去好一截。

他连着裹坏两次保鲜膜以后，心烦地皱皱眉，把整卷保鲜膜甩进面池里。

从下午柳小满想躲着他开始，随便什么事儿都让他觉得不顺。

夏良闭了闭眼，仰头靠着浴室的瓷砖墙。

对方不想理自己，自己就觉得啥事不顺，是因为什么？

直到他洗完澡从浴室出来，也没想出个所以然。

想不出来就不想了，夏良跟一个野孩子似的活到现在，性格上能称得上优点的一条大概就是坦然，他没有跟自己较劲的习惯，凡事顺其自然，收获总比失去的多。

他真要大事小事都去较劲儿，别的不说，只冲他那对闹着玩儿一样的父母，这小二十年他都过不下去。

他经过客厅，看见姥爷正在书桌后头边写着书法边听电视，手边还放了一碗鱼汤，在心里叹了一口气，心想这个优点大概还是隔代遗传。

他大概收拾了一下装扮，就去阳台捡烘干的衣服。

前面几件衣服拽出来他就随手扔进了旁边的衣篓里，捡到柳小满的校服和上衣时，他的手腕顿了一下。

把衣服拿给柳小满，顺便见他一面的念头，自行从夏良的脑中冒了出来。

柳小满从夏良手里接过装衣服的纸袋，拎在手里，之后就不知道该做些什么。

要按照之前的想法，现在他该转身走了，单独跟夏良相处是一件让他紧张的事。

柳小满虽然这么想，但他的腿像踩了两缸“502”一样，扎在原地。

“上去吧。”夏良说。

柳小满看了他一眼，又回头看看家楼下已经关了门的小超市，犹豫着没动。

“你不想回家？”夏良朝他脑门儿上弹了一下。

“不是，”柳小满揉揉脑门儿，“我得去一趟十字路口的便利店。”

“红日对面那个？”夏良一边的眉毛扬了扬。

“嗯？”柳小满看着他。

“红太阳网吧。”夏良重新说。

“对。”柳小满点点头。

就是上次遇见你那个地方，他在心里接了一句。

夏良带着笑“哦”了一声，又看了他一眼才转身：“那走吧。”

柳小满觉得夏良肯定误会了自己的意图，但是“为了下来找你，我骗爷爷说是出来买东西，所以不拎点儿什么回家说不过去”，这个原因说出来，也没长脸到哪儿去，只能闭着嘴跟在夏良身后不远不近地走。

从他家到十字路口，再到夏良姥爷家，大概是一个“古”字形。

他一边走一边在心里无意识地画着地图。

他家在“口”的左边线上，夏良姥爷家在右边，去十字路口的便利店要穿过街角那条小巷,他上次夜里从那儿走,还是去看复印店关没关门。

当时比现在时间还早些，现在路上基本没人，小巷里那一头一尾两盏破路灯暗得像两个装饰品，照明能力几近于无。

他想到这一点，脚下突然趔趄了一下，心口也“突突”地跳。他有点儿迟疑，不知道该不该继续往前走。

“怎么了？”夏良停下来，回过头看他。

柳小满摇摇头，拎着纸袋跟上去。

他刚迈一步又停了，这次是真有原因，他拍拍兜，小声说：“我没带钱。”

平时他的钱都放在书包的夹层里，除了吃饭也不怎么花钱，刚才着急忙慌地往下跑，把这茬忘了。

“我不是在吗？”夏良说。

“那我明天还给你。”柳小满说。

“记账吧。”夏良说。

他们俩之间的“账”已经不需要明说了，柳小满点点头，在心里给夏良带早饭的天数上又加了两笔。

两人平安地穿过巷子，柳小满被自己满脑子没必要的紧张感到脸皮发紧，拐上大路后路灯打得贼亮堂，他也不再像尾巴一样在夏良身后缀着，加快两步跟在夏良旁边，一起进了便利店。

夏良没东西买，坐在玻璃墙前供人用餐的高脚椅上等着。柳小满晃了半圈，在拿一提卫生纸和一瓶维生素C之间想了两秒，选了维生素C。

这个能给爷爷吃。

两人从便利店出去后，位置就变了，柳小满走在前面，夏良跟在他身后。

他们就这么一直走到小巷里，柳小满看着脚下夏良从后往前拉长的影子，突然反应过来夏良根本不用再走这条路，刚才从十字路口两人就能分开各自回家，夏良这是在送他。

他赶紧停下来，挺不好意思地说了句：“我不用你送，你赶紧回去吧。”

“你早说啊，”夏良没有要转身回去的意思，一步步走到柳小满跟前，逆着光的影子兜头盖了柳小满满脸，垂着睫毛看他，“马上到家门口了来这么一句。”

“我……”柳小满知道他是开玩笑，可是话还没说出来，又因为两人离得太近，脚后跟先退了半步。

“又来了？”夏良轻声说。

这是巷子里最暗的一段路，前后的光源都在远处，柳小满被笼在夏良的影子里，数着心跳不敢往前走。因为他自己都说不明白原因，所以又一次如同踩了满脚的“502”，没有转身飞快向后跑。

两人就这么站着，在接近午夜的无人巷子里沉默了好一会儿。

“柳小满，”黑暗中，夏良喊他一声，“明天跟我去一趟医院。”

“什么？”柳小满的神经一阵阵收缩，抬起眼皮看他。

“胳膊。”夏良说，“该复查了。”

这理由太无懈可击了，完全是他逃不掉的责任。

柳小满点点头，“哦”了一声：“上午还是下午？”

“中午。”夏良说。

中午好，不耽误上课。柳小满又点点头。

他答应以后，夏良抬起左手，在他脑袋上使劲儿揉了揉。

柳小满猛地一缩脖子，没忍住又往后退了退，这回脚后跟直接抵上了墙，手里的纸袋“哗啦”一下掉了，在空荡荡的小巷里响得惊人。

“哎，”夏良把纸袋捡起来，重新递给他，“你吓我一跳。”

“你别乱碰我。”柳小满抓过袋子，面红耳赤地嘟囔。

夏良笑了半天，重新回到刚才的路灯下，他对柳小满说：“回家吧。”

“嗯。”柳小满拎着袋子走了两步，扭头又看他一眼。

夏良靠在路灯底下，四周被光洒着，亮堂堂的。

第十四章
看我

第二天是一个晴天，没雨，但是有风。

操场上热火朝天，旗子被刮得三百六十度乱转。柳小满从班里往那边看，他想不通怎么每次跟夏良出去都会遇上大风天。

“中午你不能跟你的扬扬哥一块儿吃饭，你是发一条短信给他，还是等他过来再跟他说？”夏良在旁边滑着手机问了一句。

这个问题柳小满也在想，他跟夏良对视了两秒，摇摇头。

都不行。问题不在沟通的方式上，而在于不管他怎么说，都绕不过去“夏良”。

昨天樊以扬刚苦口婆心劝过他，劝说效力只持续一个下午加半个晚上就算了，转天要跟樊以扬一块儿吃饭的时间，自己还直接跟夏良跑出去。

柳小满本来觉得中午这个时间段蛮好，现在再想想，只觉得无比头痛。

“唉。”他把脑袋枕在胳膊上，轻轻叹了一口气。

“这么不情愿？”夏良看着他。

柳小满心里一动，脱口问：“你是不是故意的？”

两人一个坐着一个在桌上侧趴着，对视了一会儿，夏良突然笑了一下：“是啊。”

也不知道是真是假，不管真假，他这么一承认，柳小满反倒没话说了。

不要脸。他在心里嘀咕一句，有点儿不好意思地转过脑袋，朝走廊趴着，让夏良面对一个后脑勺。

愁归愁，到了中午放学的时间，该说的话他还是得说。

柳小满没敢跟夏良一块儿走，估摸着樊以扬快到了，去班门口等他。

樊以扬从楼梯口一过来就看见柳小满在栏杆上趴着，走过去拍拍他："你怎么还出来等，饿了？"

"扬扬哥，"柳小满转过来朝他笑笑，本着早死早超生的想法，直接开口说，"中午我要出去一趟，你跟陆航一块儿吃饭吧。"

"怎么了？"樊以扬问。

"我陪同学去医院。"柳小满说。

樊以扬点点头，看着他："夏良？"

柳小满猜他也能猜出来，不想撒谎，"嗯"了一声。

他做好了再被樊以扬训一顿的准备，结果樊以扬只是点了点头，什么也没说，转身直接走了。

"扬……"柳小满愣了愣，伸手想拉他，胳膊还没抬起来就被人朝后拽过去。

"走了。"夏良在他身后说。

柳小满皱皱眉，无奈地回过头："扬扬哥生气了。"

"嗯。"夏良看着他，"下一个就轮到我了。"

柳小满再朝楼梯口看，发现樊以扬走得很快，这会儿已经裹进走廊上的人流里，下楼不见了。

樊以扬气到不想跟自己说话，对柳小满的打击属实有点儿大。

一直走到校门口，他都没回过神来，思索着晚上怎么跟樊以扬解释。

可问题是，他实在没法解释。

这算什么事儿啊？他心烦意乱，跟在夏良身后走。

夏良停下来，他也停，望着脚前的路牙子发怔，脑子里还是樊以扬转身就走的样子。

"柳小满。"夏良喊了他一声。

"嗯？"柳小满答应着，抬起头，才发现他们已经走出去挺远，前面就是学校东边的公交站。

"看我。"夏良说。

柳小满看着他。

“你跟我在一起的时候，看我。”夏良望着他的眼睛，“别想别人，也别想别的事。”

四周人来人往，这本来是一句没什么用的废话，但柳小满听在耳朵里，脑子里绷着的那根弦却松懈了很多。

也是，他想也没用，想也不能去找樊以扬，让夏良一个人去复查。

樊以扬生气只是因为他不听劝，不会往后真的就不理他了，夏良的胳膊可是整个高中就断这么一次。

本来夏良的胳膊是因为自己断的，若自己一路苦着脸陪他复查，不像那么回事儿。

他这么想着，“哦”了一声，弯弯眼冲夏良笑了笑：“我看着呢。”

夏良的嘴角也翘了翘，继续往前走：“走吧。”

“咱们怎么去医院？”柳小满跟着他问。

夏良本来想走到路口拦一辆车，但看看跟前的公交站台，他停了下来。

“公交车吧。”他看了眼线路图，“二十六路能到。”

“好。”柳小满从身上摸出几张纸钞，抽了一张五块的出来晃晃，“我请你坐。”

夏良被他这炫宝似的小动作逗得想笑，食指抵了一下鼻尖，他靠在站牌边上看着柳小满：“这么好啊？”

柳小满被他笑得有点儿不好意思，没搭理他，把钱重新塞回兜里，站在他旁边朝来车的方向看。

有了昨天没拿钱去便利店的教训，昨晚回到家他就把钱准备好了，包括来回打车和吃午饭的钱，不然每次都是夏良掏，他心里过意不去。

没等几分钟，二十六路车从马路那头轧了过来。

这条线车上人不算多，但位子都没了，到了他们这一站再拥上去一拨学生，车厢里立马成了人贴人的状态。

夏良在车厢后部找了一个还算宽敞点儿的位置，把柳小满拽在身前站着，左手从后面抻着吊环。

柳小满身前就是一大扇安全窗，倒映着夏良和他。他不自在地错了错身，感觉自己就是窗户旁那柄救生锤，“哐哐哐”地往脑袋上敲着红色警告。

夏良用下巴顶了一下他的后脑勺：“别拱。”

这说的是人话？哪有说人用“拱”的？

“我又不是猪。”柳小满小声接了一句。

夏良没理他。车开了，旁边的人顺着惯力倒过来，夏良加了点儿力气拉着吊环。

从学校到医院有十二个站，半个车厢是学生，叽叽喳喳得厉害，中间上上下下了几拨人，车上的人加加减减，也一直没见少。

当人多一点儿的时候，柳小满的后半身总是跟夏良挨在一块儿。

当人少一点儿的时候，他就望着车窗上夏良的倒影看。

他也没想看，本来只是自然地看着街景，但是看着看着，目光就被夏良的脸吸引过去。

白天车窗玻璃上影子很模糊，透得几近于无，要不是他们这边背着光，可能连一个轮廓都看不清楚。

不过正因为模糊，映射出来的就全是线条分明的部位，比如夏良别过脸时的下颌角，笔挺的鼻锋，漂亮的眉骨，以及……

两人的视线在玻璃窗上对上，柳小满收回了视线。

夏良突然“哎”一声，平心静气地说：“胳膊疼。”

“真的？”柳小满一脸怀疑，小声问。

夏良望着车窗外笑起来，柳小满知道他又在逗自己，好笑地埋着头，懒得再搭理他。

公交车稳定向前开着，突然，司机来了一个急刹车，半车厢的人都猛地朝前歪过来。

他们右边是一个挺胖的中年男人，一只手抓着一个公文包，一只手从上车起就拿着手机，全靠人挤人立着。柳小满刚撑着车窗站稳，扭头就见他跟一个水桶似的往这边荡。

他没来得及想别的，心里喊了声“完蛋”，拧着身子就把夏良的右胳膊往怀里挡。

这要是被挤一下，夏良裹那么长时间石膏都得白费了。

好在男人虽然是一个胖子，但也是灵活的，在撞过来之前用大腿别住了旁边的座椅，像没事人一样，晃晃悠悠地继续看手机。

车里的人连声抱怨了几句，司机冲着窗外吼：“你骑个电毛驴，要上天啊？”

柳小满松了一口气，放开夏良的胳膊站好。

夏良垂着眼看他，眼睛和嘴角都带着笑。

他从后往前把自己的右胳膊伸过去，横在柳小满跟前：“你不再抱一会儿了？”

柳小满把他推开。

夏良手腕一转：“你给我当这么久的右手，就刚才最好用。”

柳小满本来想回一句你还想怎么用，话都到嘴边了，想了想，止住了。

夏良的胳膊恢复得挺好，医生对着片子看了看，没给他拆，重新裹了一遍石膏，这次没绑那么紧，让他再养半个月。

从医院出来后，夏良看了眼时间，问柳小满：“去吃饭？”

“几点了？”柳小满问。

虽然下午没课，但能不迟到他还是不想迟到。

“一点零七分。”夏良说。

他们还有一个半小时闲逛。

“行。”柳小满点了下头，“我请你吃饭。”

夏良没拒绝，医院附近缺什么都不缺饭店，他看了一圈，印象里斜对面有条美食街，他带着柳小满朝那边走。

他们在路边等红绿灯的时候，一辆卖糖葫芦的三轮车嘎嘎地从旁边驶过来，风大，糖葫芦外面裹着的透明糖纸被刮得簌簌作响。

柳小满看了一眼糖葫芦，夏良看他。

“你想要糖葫芦吗？”夏良说了句。

说完，他也没真管柳小满想不想要糖葫芦，直接拦下三轮车买了一串，还专门让老板拿外面裹着包装袋的那种，不沾灰。

“我不吃这个。”柳小满才反应过来夏良这是要买给自己吃，忙说道。

“你不吃举着它。”夏良将糖葫芦递给他。

“我不要。”柳小满又摇摇头。

旁边拎着一个菜篮子的阿姨飞快地朝他看了一眼。

夏良把糖葫芦塞进他手里，忍着笑，佯装平静：“没事儿，我举着。”

柳小满不想说话了，只想把这破糖葫芦往旁边垃圾桶里扔。

真扔他又舍不得，糖葫芦拿在手里沉甸甸的，连包装纸都没拆。

他涨红着脸，瞪了夏良一眼，还是只能举着糖葫芦。

在买这根糖葫芦的时间里，红灯变成绿灯，绿灯又飞快地跳回了红灯。

路上车水马龙，喇叭此起彼伏乱响，身边同时等红绿灯的路人已经争分夺秒地过去了，换了新的一拨人继续等待。

当对面的数秒器倒数到第十秒的时候，夏良突兀地想起了樊以扬，以及在樊以扬转身走了以后，柳小满又慌又愣的脸。

柳小满回去了不知道又要怎么扬扬哥扬扬哥地追着喊。

夏良看了眼身边也在读秒的柳小满，抬手弹了一下他的耳垂。

柳小满以为他还要扯之前的话题，一脸提防地看过来。

“你别总琢磨樊以扬了。”夏良望着他。

在柳小满愕然的表情里，红灯裹着风声跳过最后一秒，路人往来穿梭，从他们身边匆匆走过去。

柳小满不知道等个红绿灯的工夫，夏良是怎么突然跳到这个话题上的，他木着脸看了夏良半天，满脑子“什么跟什么”。

“我没……”他想反驳，说我没琢磨他。

“我对扬扬哥是那种……”他很纠结地跟夏良解释。

“哪种？”夏良说。

“你这种。”柳小满说。

“我这种？”夏良重复一遍。

“你说的这种。”柳小满赶紧补充，“想做好朋友……用你们的话说是‘好哥们儿’那种？”

夏良没再往下问，他只是看着柳小满，“哦”了一声，又问：“那你除了樊以扬，还有这种想做好哥们儿的人吗？”

柳小满愣了一会儿，莫名有点儿底气不足：“没有。”

“那你看看我吧。”夏良说。

风从两人之间卷过去，柳小满手里裹着糖葫芦的袋子“嘎啦啦”响了一声。

夏良说得那么自然，像真有什么狗屁不通的逻辑一样，让柳小满一瞬间不知道该说什么。

为什么呢？率先破开迷茫的是一个巨大的问号。

问号指向的却不是“为什么让我跟你做朋友”，而是“为什么想让我跟你做朋友”。

绿灯又要跳过去了，柳小满还陷在自己的思绪里没说话。夏良先把他拉过来过马路，说：“有这么犹豫？你跟我做朋友也不吃亏吧？”

这不是亏不亏的事儿。

柳小满还是一脑袋糨糊，不明白夏良为什么那么自然地把话说了出来。虽然他对自己做过的那些事儿早就已经更不自然了，那种不消明说的直觉也已经达到了临界点，但是做跟说带给人的感觉还是很不一样。

做只是让人发麻，一说出来，那就是把什么都搁到明面上，无法转圜了。

任何事情只要涉及感情，就不可避免地让人往复杂的方面想。很久以后，到了马路那头，他才轻声说了一句：“我没有胳膊。”

夏良先是一愣，在明白柳小满的意思后轻轻皱皱眉：“我有啊。”

柳小满眼神复杂地看着他：“你自己的胳膊都断了。”

夏良被他噎得有点儿想笑，可看着他小心侧身隐左肩的样子，又一点儿都笑不出来。

人这种生物总是很擅长欺骗，骗别人不一定好使，但骗自己往往一骗一个准。

比如罗浩一直觉得自己长得像巅峰期的金城武，因此把年轻时的王祖贤当作未来择偶的标准。

能力、性格、未来……甚至长相，这些主观因素对很多人来说，都能在失意时靠幻想来自我安慰。

胳膊这样的硬件少了一条，他却连自我安慰都做不到，每当他自我怀疑时，翻涌而起的只有空荡荡的袖口和不可低头的自卑。

很多时候夏良根本记不起柳小满是一个只有一条胳膊的残疾，在他看来，这条胳膊压根儿没影响柳小满的自理能力，甚至柳小满比大多数同龄人做得还要好。这让柳小满成了方方面面都很让人舒服的一个人。

不过这一刻，他实打实有点儿心疼柳小满。

——他对柳小满没说别的，只是做朋友，就这样而已。

“那你等我吧。”夏良朝四周扫了一圈，找美食街的街口。

柳小满以为这个话题终于过去了，松了一口气，跟着他看：“你去哪儿？”

夏良有点儿无语，冲他叹了一口气，心想还真是把人吓傻了。

“我去把胳膊长好。”他说完，带着柳小满去吃饭。

柳小满又愣了，他跟在夏良身后，望着他的背影不知道该说什么。

两人回到学校正好卡着预备铃，操场那边比昨天还热闹，班里只有前排还有两三个人，李猛和王朝正从后门出去，要去转一圈。

“你们俩吃饭去了？”李猛看见他们，在后门转了个身，绕到夏良窗户前，趴在窗台上问。

“嗯。”夏良拉开凳子坐下。

“学校门口有卖糖葫芦的？”王朝跟着问了句。

几个人的视线集中到柳小满拎着的糖葫芦上，柳小满假装不在意，将它塞进桌斗里：“没有，别的地方买的。”

夏良看着他的小动作，笑了一声。

“还藏上了，我又不吃你的。”李猛“嘁”了一声，伸长胳膊，从窗户外面拍他，“你们俩还泡教室啊？不无聊吗？一块儿去操场看看？”

“去吗？”夏良看着柳小满。

柳小满想了想，摇摇头。

今天他给自己定的任务还没完成，回到学校又想起樊以扬，整个人都开始发愁，一点儿去玩儿的心思都没有。

“夏良呢？”王朝问。

夏良摸出耳机戴上，摸出手机滑了一张歌单出来，往桌子上一趴：“困。”

“这两一天就跟活在自己的世界一样。”李猛和王朝嘀嘀咕咕地走了。

他们俩一走，班里立刻静下来，前排的三个人很快也出去一个，剩下两个，一个在做题，另一个也趴在桌上午睡。

操场那边运动项目开始了，熟悉的进行曲和着午后的风飘飘荡荡，荡过来一阵阵的桂花香。柳小满放轻动作，翻开一套文综卷子，凝神开始找状态。

他把选择题勾完，停下手里的笔来放松一下，朝旁边的夏良看过去。

夏良已经在阳光下睡着了。

本来他只是无意识地看一眼，结果一不小心就有点儿入神。

柳小满小心地换换角度，每次仔细看看夏良，他都觉得这人在高中阶段的男生里真是帅得有点儿超标。

就算夏良在胳膊上压了半边脸，也没影响整个颜值的高度。

他不止长得帅，性格也好，又酷又好，个子也高，身体健康，四肢齐全，还是一个不讲道理的数学小达人。

他在心里一条条地细数着夏良的优点，越数越有种说不上来的失意。

如果他是一个正常健康的人，如果他没有失去一条胳膊……

只开了个头，他就迅速让自己停止想下去，人也冷静下来。

没有如果。

跟未来的婚姻与家庭一样，他从不敢轻易做这种假设，除了伤神，一点别的作用也没有。

柳小满回过神，刚想继续做题，窗外吹进来一股风，挟着一小片桂花瓣，兜兜转转地落在夏良的颧骨上。

柳小满看了一眼，又看一眼，放下手里的笔，伸手过去想给他捏掉。

当柳小满的手指头捏花瓣的时候，手背正好挡在夏良眼睛前，一挪开，夏良本来闭着的眼睛在光里半阖半睁，望着柳小满。

“你醒了？”柳小满做贼心虚，吓了一跳。

“嗯。”夏良哑着嗓子应一声，继续看他。

“你脸上掉了这个。”柳小满伸手到他眼前晃晃，让他看那片小桂花。

夏良又“嗯”了一声，他的睫毛被照得金灿灿的，从这个角度看过去显得很长，说：“我没觉得你要占我便宜。”

柳小满错愕地睁大了眼睛。

夏良已经不要脸了，连鼻子带脸全不要了。

连鼻子带脸全不要了的夏良在一旁看着柳小满，眼睛弯出一道弧。

在运动会剩下的时间里，柳小满都在哄樊以扬。

用“哄”这个字儿不太准确，因为樊以扬不是闹脾气的小姑娘，没跟他发火，没吵他，也没不跟他说话，该一块儿吃饭还是一块儿吃饭，该带他上下学还是带他上下学。

他就是不跟柳小满多说了。

那天樊以扬生气后，晚自习放学，柳小满都没敢在教室里等他来跟自己一块儿做题，心头惴惴地去大榕树前面盯着高三楼的楼道口，怕樊以扬不等他，直接骑着车走了，那他还得找一个合适的时间去樊以扬家道歉。

关键是道歉的内容他都想不出来。

歉在哪儿呢，他不该跟夏良继续接触下去？

柳小满在心里捋了好几遍，越想越觉得自己没什么做错的地方。

先前他还会因为没听樊以扬的话而愧疚，中午碰了一鼻子冷灰以后，当时被撂下的心慌随着思考一点点儿地变成了郁闷。

他觉得自己可能到了所谓的叛逆期，毕竟长这么大也没什么经验，一直没爸管没妈问的，跟爷爷也逆不起来，头一次觉得不情不愿、想反着来的体验给了樊以扬，原因竟然是夏良。

可让他郁闷的是，他既不觉得自己跟夏良接触是多么值得大动肝火的事儿，又明白樊以扬做的一切都是为了他好。

对樊以扬有点儿恼怒，和不想让樊以扬不高兴，这两种情绪违和又毫不冲突地拧成了一股绳，像绕口令一样绕着柳小满的脑子来回地转，从中午转到晚上，他也没想出个四五六来。

等樊以扬的时候，他只能祈祷樊以扬的气已经消了，万一没消，他也真不知道怎么办。

好在樊以扬从楼里出来后，看方向还是打算朝着高二楼走，要去他班里找他。他连忙追着喊了一声，樊以扬听见了，停下脚步朝他走过来。

“你怎么下来了？”他问柳小满。

“你不生气了吧？”柳小满问他。

两人同时开口，又同时住口，盯着对方看了两秒，樊以扬没什么情绪地笑了笑：“既然你已经下来了，那我们就直接回家吧。”

当时柳小满松了一口气，以为樊以扬这是没事儿了，他都没敢主动提夏良的话茬儿，樊以扬说什么是什么，说回家他就跟着坐上自行车回家。

回家的路上，两人也聊天，柳小满说，樊以扬接，偶尔笑两声，但没有主动引任何别的主题。

连着两天一直这样，柳小满终于受不了了。

樊以扬从来没跟他这样过，从来就是有什么说什么，互相照顾对方的情绪。

现在他每天跟樊以扬一见面就紧张，说每句话都忍不住去看樊以扬的表情，搜肠刮肚地找话题，怕万一自己这边儿熄火，樊以扬又不主动说话，两人之间就会陷入无言的沉默。

这种感觉简直是另一种形式的折磨，不狠，也不疼，甚至是隐形的，但是时刻都存在，像软刀子裹在空气里不停地戳，直把他那点儿小郁闷戳成了筛子，透出压抑来。

柳小满没有处理这种关系的经验，只觉得闹心，闹到跟夏良待在一起时反倒心里更加敞亮，想到放学了要去找樊以扬，都有点儿不想走。

就这么过了好几天，运动会结束了，他们都重新开始上课了，柳小满明白过来，该说的根本躲不掉。

他陪夏良去医院这事儿要是不交代清楚，樊以扬不知道会不高兴到什么时候。

柳小满趁着坐在樊以扬车后座上看不见他的脸，一不做二不休，开了口："扬扬哥，那天我陪夏良去医院是有原因的。"

樊以扬没说话，车轮碾过一道路障，颠了一下。

柳小满只能继续："他那条胳膊是因为我弄断的，当时打石膏我也去了。那天他去复查喊我了，我肯定得过去。"

"你弄断的？"樊以扬终于稍稍往后回了个头，"不是打篮球撞的吗？"

"也差不多，反正都是打篮球弄的。"柳小满简洁迅速地跟他说明白前因后果，"有球朝我们这儿飞，我想推他，他想推我，弄巧成拙了，他捞我一下把自己甩在石头上，正好又有个棱，就'咔'一下……"

樊以扬又是半天没说话。

柳小满叹了一口气，说："就是这么回事儿，扬扬哥，他其实真挺好的，那天还做了数学题，你不用非把他当成一个混子。"

自行车停在学校门口，柳小满从后座上下来，绕去前面看樊以扬的表情。

樊以扬不知道在想什么，人有点儿发怔。柳小满的脸一凑近，他先朝柳小满的胳膊上看，看一眼空着的肩头，抿抿嘴："你注意点儿。"

之后他没再多说别的，告了个别，让柳小满不用等他买饭，先去操场跑步。

樊以扬愿意跟自己多说话了，应该没那么不高兴了，但很明显心情不怎么好，比他没说这事儿之前还不好。

柳小满站在原地，望着樊以扬的背影愣了一会儿。突然，一只大手从天而降扣在他的脖子上，让他朝后转。他肩膀一紧，转过去就对上夏良黑漆漆的眼睛。

"看够了？"夏良冲他抬抬眉毛。

最近柳小满被樊以扬不冷不淡的情绪磨出了条件反射，看见是夏良，绷紧的肩膀先松了下来，朝他笑了笑。

夏良的嘴角也翘起来，揉揉他的后脖子："走吧。"

柳小满跟夏良的相处，就在这种理论上应该尴尬又不自然，实际上自然到令人很舒服的状态下稳步前进着。

柳小满觉得很神奇，他以为自己会像樊以扬叮嘱的那样与夏良拉开距离，但是根本没这个机会。

之前是夏良不给他机会，他刚躲了一下午，夏良直接一个电话到了他家楼下。

现在不管他愿不愿意承认，他潜意识里根本不想跟夏良保持距离，跟夏良在一块儿真的舒服又自在。

运动会像在跟冷空气打仗，活动一结束，温度也迅速降了下来。

柳小满每天早上起床都觉得比前一天冷，天色也亮得更晚。他把冬天的衣服都提前掏出来洗净晾干。爷爷一到天冷关节就疼，每天早上手忙脚乱的，他怕回头真冷下来会来不及翻。

立冬那天是周六，学校要补之前举办运动会落下的课。柳小满一早起来右眼皮就直跳，他闻着空气中的味道，心里没着落。

立冬已，朔风起。

二十四节气里他最怵的就是这两个字，比冬至还怵，一立了冬，后面跟着的雪和寒没一个好东西。

“爷爷，要不今天别支摊子了？”他咬着牙刷去跟爷爷说。

“说蠢话。”爷爷往腿上绑着护膝，看了他一眼，“好好的怎么不支摊子了？”

“我心里不得劲儿。”柳小满皱着眉。

“你一到天冷就不得劲儿，”爷爷笑了笑，“比我还像一个老头儿。”

柳小满咧咧嘴，不好多说什么丧气的话，赶紧回卫生间接着洗漱。

今天樊以扬不用上课，柳小满得自己去学校，掐着时间一直忙到爷爷催他，才拎起书包往学校走，临走前还交代爷爷早点儿收摊。

一路上他总觉得忘了什么，想想又想不起来。

夏良的早饭？他带了。

他伸手进书包里确认了一遍，爷爷卷饼的时候看见一根被铲断成两半的肠，还给他们俩一人多放了半根。

柳小满到了操场，大家基本快集合完了。夏良自从胳膊断了以后就没跑过步，柳小满也跟着他不想跑。尚梁山看不下去了，左右不想让他们俩闲着，催他们绕着操场转圈。

柳小满转了大半圈，才终于想起自己忘了什么——昨天他背书背困了，把地理书搁在床头，忘了收进书包里。

偏偏今天上午还有两节地理课。

“完了。”他停下脚步念叨。

“怎么了？”夏良也停下来。

“我的地理书忘拿了。”柳小满说。

“你用我的。”夏良说。

柳小满皱皱鼻子，有点儿嫌弃地看他：“你书上什么都没有。”

“那你想怎么样？”夏良扫一眼跑道对面不知道在跟谁聊天的尚梁山，又朝后门看一眼，“回家拿吧。”

“现在？”柳小满有点儿犹豫。

“从操场一回去就早读，耽误早读你也不乐意。”夏良说着，笃定柳小满会跟上来，直接转身朝后门走。

柳小满赶紧跟上去。

这次从后门往外溜没有上回那么悠闲，是回家拿书又不是逃课，柳小满有点儿不好意思，看看夏良："其实你不用陪我一起回家拿书。"

"我说我是来陪你的了？"夏良说，"我就不能去红日，顺便带着你出个校门？"

柳小满一脸不信，笑着"嘁"了一声。

没到上课时间，路上还有不少学生，柳小满跟夏良逆着人流朝下走，在路口就远远看见自家楼下的摊子还没收，爷爷却没在摊上。

柳小满加快了脚步，他心里那种没着落的感觉一直在，这会儿像感应到什么，快速地达到了顶峰。

有两个路人在摊前喊了一声有没有老板，宋叔在超市里喊"上楼端菜了"，路人等了几秒没等来人，不耐烦地拔腿走开。

"怎么了？"夏良感觉到他的紧张，也跟着加快步伐。

"没什么。"柳小满盯着楼道门洞轻声说。爷爷一直没出来，他的感觉越来越不好。

到了家楼下，他都没来得及跟夏良说句"在楼下等我就行"，拔腿就朝楼上跑。

柳小满看到大敞的家门，开始慌了，冲进家里直奔厨房，隔着珠帘看见爷爷横在地板上的腿，他的脑子"嗡"地响了一声，连帘子都忘了撩，直接一脑袋撞进去。

他刚迈进去就脚底打滑，忙撑着案板稳住自己，然后看见地上除了爷爷，还有一整盆倒扣的土豆丝和没盖盖的暖瓶，油和水淌得到处都是。爷爷一只手护着膝盖，另一只手和膝盖还撑在地板上，爷爷想起来，地上抹出一道道挣扎的痕迹。

"你怎么回来了？"爷爷看见柳小满，绞着眉毛先问了一句。

"我……"柳小满蹲下来，架住爷爷的胳膊窝往上抬。

爷爷借着他的手使了使劲，手掌摁着地板又是一滑，他被带着猛地朝前扑了一下，怕压着爷爷，他赶紧把膝盖磕在地板上稳住自己，一抬头，后脑勺"哐"地磕在案沿上，眼泪直接被砸了出来。

"爷爷，你起来。"他想憋住眼泪继续用力，脸颊却像一个废物一样颤动着发酸，左肩徒劳地拱着，爷孙俩依然只能在地上倆动。

"你起来。"他咬着牙往上使劲，别过头往肩上擦眼泪。

在柳小满满心无助的情况下，有人从身后挤过来，二话不说把他挡开。

柳小满慌乱地抬起头，看见夏良把两只手架在爷爷的腋窝底下，鞋尖抵紧水池底下的管道，把他向上托。

随着夏良力气加大，很细微的一道“咔”声冒出来，夏良猛地皱紧了眉，脸色都白了，太阳穴旁鼓起肉眼可见青筋。

胳膊。柳小满脑子里炸起一道响雷。

他像被捅了一刀，赶紧扑过去顶替夏良的右手，跟他一起用力，嘴唇哆嗦着一个字也说不出来，眼泪不受制，大颗大颗往下掉。

他从没有这么恨自己是一个只有一条胳膊的残废。

第十五章
对夏良不需要说谎

在某些睡不着的夜晚，柳小满偷偷想过，如果有一天爷爷不在了，他该怎么面对。

这个问题跟那些让他不愿意假设的未来一样，每次冒出来，试探着思考到操办后事那一步，他就抗拒得无法继续。

有句话说“久病床前无孝子”，他始终无法理解，如同不能理解他的亲生父亲怎么舍得扔下自己的老父亲，这么多年杳无音信。

如果有一天爷爷真的身体差到起不来床，他一定像爷爷拉扯他长大一样，十年如一日地在榻前照顾，端茶送水端屎倒尿，只要爷爷还能在他身边。

他没法接受爷爷有一天会倒下，这个家里有一天会真的只剩下他一个人。

生老病死对他而言从不是人之常情，只是老天爷蛮不讲理的剥夺。

柳小满跟夏良一起把爷爷从地上架起来后，没心情去管地上的一片狼藉和楼下的摊子，他搀着爷爷在凳子上坐下。都说老年人不能摔，一摔就要出事，他心里焦灼一片，既想看看爷爷的腿，又望着夏良不住打战的胳膊胆战心惊。

“我没事，你看看你爷爷的腿断没断。”夏良比他冷静得多，先架着胳膊避免充血，接着紧咬牙齿摸手机出来叫车。

“爷爷？”脚步声在门外响起来，樊以扬拎着一个袋子走进来。

今天他没课，本来打算去学校自习，但老妈让他顺路给小满家送点儿东西。他在楼下没看见人，结果一上来就见夏良在门里掏手机。

他愣了愣，又看一眼屋里的情况，迅速问：“爷爷怎……”

“别爷爷了，”夏良有点儿暴躁，扭头打断他，脸色差得像裹了金纸，“你能下楼拦一辆车吗？”

柳小满眼眶通红地望向他，想喊一声“扬扬哥”，张张嘴没发出声音。

“我去叫我爸开车。”樊以扬皱皱眉，没多犹豫，东西一搁转身跑出去。

爷爷慢慢缓过劲儿来，看一眼夏良还裹着绷带的胳膊，咳嗽着叹了一口气。

直到在医院拍了片子，确定爷爷的腿没断，只有些软组织损伤，柳小满才回过魂来，抹了一把脸。

“老年人得多注意，得亏是穿得厚，戴了护膝也起了点儿缓冲作用，不然又是油又是水的，摔一跤真够呛。”医生“唰唰”写着单子，灌了一口茶水，看着柳小满空荡荡的左臂顿了一下，“谁去开药缴费？”

樊以扬爸爸忙接了单子过去。

“谢谢叔叔，”柳小满小声跟他道谢，“回去我再把钱给你。”

“你说这些干吗，爷爷没事儿就好。”樊以扬爸爸拍拍他。

柳小满扶着爷爷从科室出去，爷爷看了周围两眼，问柳小满：“刚才那个孩子呢？”

柳小满也心急火燎，担心夏良，他回过头去找，身边却只有樊以扬。

“夏良呢？”他忙问。

樊以扬一脸复杂地朝诊疗室指了指。

“你去……去看看他怎么样，我看他的胳膊好像还打着绷带。”爷爷说。

“他的胳膊骨折还没好。”柳小满快速地解释，这话说出来他自己都头疼，看看爷爷又看看诊疗室，不知道该怎么办。

“你去诊疗室吧，我跟我爸带爷爷先回去，衣服也得换。”樊以扬看着他说。

“快去。”爷爷推他，“处理完了要没什么事儿，你就先回学校上课，万一要手术，你就赶紧回家拿钱。”

把爷爷交给樊以扬一家没什么不放心的，柳小满就是觉得不好意思，冲谁都不好意思，心里像糊着泥巴一样憋得难受。

他点点头，“嗯”了一声，跟樊以扬一块儿把爷爷扶去大厅坐下，等樊爸爸，他转身跑回去找夏良。

不知道该说太巧还是太丢人，这次给夏良看胳膊的还是上回他复诊时见到的那个大夫。

他见到夏良还打了个趣：“我不是说过半个月再来吗？”

“我等不及。”夏良把片子拎给他，“我感觉胳膊又拧着了，您看一眼吧。”

“你这胳膊养得跟闹着玩儿一样……”大夫拽出片子抖了抖，“有点儿错位，还行，不严重。”

他抻着夏良的胳膊敲敲抬抬，说道：“上个夹板吧，本来都用不着的。你又用你胳膊干吗了？”

夏良去架柳小满爷爷的时候基本是本能，没想那么多，就算不是柳小满爷爷，别的老头儿挺冷的天趴地上了，他也不能看着不管。

这会儿他听大夫这么问，感受着从骨头缝里往外挤出来的疼，笑了笑没说话。

诊疗室有点儿忙，天一冷，来包胳膊包腿的老头老太太一点儿不少，还有被家长裹在怀里的孩子，他们扯着嗓子哇哇哭。

夏良排了一会儿队，折腾半天才出去。柳小满在门口等他，两人一对上，柳小满看着他胳膊上重绑的夹板，鼻子又开始发酸。

“对不起。”他过去想摸摸夏良的胳膊，不太敢碰，抿抿嘴又说了句，“刚才谢谢你。”

“你是不是还要给我鞠一个躬啊？”夏良歪歪脖子，看着他直往下耷拉的眼皮。

柳小满一弯腰就要给他鞠躬。

“哎，”夏良推着他的脑门儿把他拉起来，都不知道是更想笑还是更无语，“我还健在呢，你差不多得了。”

他往四周看了一圈，走廊里来来往往一窝窝的人，没看见柳小满爷爷和樊以扬父子，他边朝缴费处走边问柳小满：“你爷爷呢？”

“他没事，软组织挫伤，医生开了一点儿药，樊叔和扬扬哥先送他回家了。”柳小满吸吸鼻子，“你呢？”

“我啊，我挺严重的，”夏良说，“不知道多久能拆夹板。”

话还没说完，他就感觉说错话了，平时逗柳小满逗成了习惯，一个没在意张嘴就来。

现在显然不是适合逗闷子的时机，柳小满都要给他鞠躬了，听这么一句还不得给他跪下？

夏良一回头，看见柳小满一副要哭的表情，路都不走了，嘴唇抿成一条线，鼻头通红看着他。

“唉。”夏良长叹了一口气，有点儿受不了柳小满这样。刚才在柳小满家里，他看着柳小满跪在地上咬牙掉眼泪就觉得受不了，心里直抽。

“别哭。”夏良转过去，没管周围来来往往的人，抬起左手把柳小满圈过来，将他的脑袋扣在自己肩上，“你别看着我哭。”

柳小满在他肩头蹭了蹭，挺不好意思地把他推开。

“我骗你的。”夏良对他扯起嘴角笑，抬起胳膊让他摸摸，“这儿一点儿也不严重，夹板再固定一回就行了，不然这会儿你得去手术台上找我。”

柳小满轻轻摸了摸他的胳膊，重绑的夹板绷带还有点儿发热。

“疼吗？”他轻声问。

“你不哭我就不疼。”夏良看着他说。

两人从医院出来，已经上午九点多了。

夏良叫了一辆车，当他们去路边找车的时候，柳小满又看见了上次卖糖葫芦的小三轮车。

“你等我一下。”他身上正好带着午饭钱，对夏良说完，匆匆跑过去买了一根糖葫芦。

“给我的？”夏良接过糖葫芦。

“嗯。”柳小满跟着夏良上车，让他捏着竹棍，把包装纸褪下来，“吃口甜的没那么疼。”

这东西明明是酸的。

夏良是真不喜欢吃这种裹着糖稀的山楂球，咬了一颗下来意思意思，让柳小满重新将包装纸套上。

目的地定位的是小毛裤胡同，柳小满再一次跟着夏良到他家，这会儿也顾不上那两节连堂的地理课了，只想先把夏良照顾好，再回去看看爷爷。

夏良拍拍门，姥爷又不在家，老头儿喜欢钓鱼，上午只要不下雹子，他雷打不动要出门。

“你掏我右兜。”夏良对柳小满说。

“嗯？”柳小满看着他。

“钥匙。”夏良抬抬手里的糖葫芦，“左手被占用了，你这个右手得负责。”

要搁平时，柳小满估计会直接把糖葫芦拎过来，让夏良自己掏。

但现在这情况，别说让他掏钥匙，就是夏良让他翻墙进去开门，他也二话不说去爬。

早上九点多，胡同没什么人，洒水车刚过去，地上还带着水汽，太阳光斜着从檐上照过来，正好把他们笼在门前的阴影里。

夏良身体的重心放在左腿上，他靠着墙，垂着睫毛看柳小满把手往他口袋里塞。他不穿校服裤子，牛仔裤的兜有点儿紧，钥匙只有门里门外两片，柳小满跟他挨得很近才好使劲。

他动了动鼻翼，闻到了些……炝土豆丝的香味。

他别过头，又闻闻自己的肩头，也有那味儿。

真够可以的。

“我得换身衣服，一股土豆味儿。”夏良说。

柳小满刚把钥匙捏出来，手一抖，“当啷”掉了下去。

他弯腰捡起钥匙，夏良接着说：“你还得帮我。”

柳小满红着脸瞪他：“你这都不行？”

“你觉得呢？”夏良让他看胳膊上一直固定到手掌底部的夹板。

柳小满不说话了，闷头把钥匙插进门锁里，侧身顶开院门让夏良进去。

小锅摊着肚皮在院子里的石桌上晒太阳，估计正睡觉被吵醒了，懒得动，翻个身朝他们伸伸胳膊，蹬蹬腿。

柳小满把家门打开，把钥匙放在客厅桌上后，就不知道该做什么了。夏良翻出来一板芬必得，就着凉水嗑了一粒。柳小满看了一会儿，觉得总不能在客厅等着给夏良换衣服，就抬脚去院子里揉猫。

几只麻雀在墙上叫，小锅被揉得清醒了，躲开柳小满的手，蹲坐着朝墙上看。

柳小满没猫揉了，却能感觉到身后夏良的视线，他支着耳朵没回头。

“过来。”夏良把水杯放回去，在屋里喊他。

夏良喊完就直接进了房间，柳小满又在外面磨蹭了两秒才跟着进来。

夏良在他身后拉开衣柜，拽出几件衣服扔在床上，“扑”的一声将他的思绪拉了回来。

“你愣什么呢？”夏良嘴角挂着点儿笑，看着他。

柳小满没敢接茬，直接翻了翻床上的衣服，问夏良：“你换哪件？”

“你先帮我把身上这件衣服脱了。”夏良拉拉上衣下摆，露出一小截小腹。

这人是不会要脸的吗？柳小满很是困惑地看向他。

柳小满真不知道什么样的情况才会让他觉得害羞。

他这么一想，还真有点儿好奇，走过去帮着夏良把衣服往头上拽，说道：“你有没有不好意思的时候？”

“什么不好意思？”夏良把上衣掀过头顶，从脖子上掏出来，衣服就全堆在了右手手肘上。

“就不好意思啊，害羞，有什么能让你害羞的事儿吗？”

“我现在就挺害羞的，”夏良把胳膊递给柳小满，“你能看出来吗？”

“还真不能。”柳小满帮他往外扯着衣服。

夏良的身材在高中生里属于高配置的那一类，不像他，瘦成了柴火垛，也不是膀大腰圆。夏良有肌肉，不夸张的那种，线条流畅，紧绷绷的，从脖子到肩膀的曲线修长，有一股青春洋溢的韧劲儿。

“要真说不好意思，抓娃娃那时候我有一点儿。”夏良用膝盖拦住他想往后退的腿，“你躲什么，不帮忙了？”

柳小满刚要反驳，夏良突然又喊了他一声：“柳小满。”

柳小满还想掰他的手，却听见他的嗓子有点儿沙哑，说了一句：“我胳膊疼。”

就这么一句话，四个字，柳小满一下就动不了了。

怎么可能不疼？这可是骨折，骨折的胳膊又受伤，快要恢复的骨头和着肉一块儿撕裂，怎么能不疼？

现在柳小满回想当时夏良捞着爷爷使劲的表情，心里都疼得直抽。

他歪歪头去看夏良的侧脸，不知道夏良是不是要哭。

夏良没想哭，他说完这句就没再重复，语气挺平静的，没有抱怨的意思，也没掺着别的，像说自己渴了一样，只是在表述当前的状态。

柳小满看了夏良几眼，犹豫着抬起手，放在夏良的头发上摸了摸，又滑下去，在他的肩膀和后颈上抚了两下。

“我知道。”他轻声说。

我知道你疼。

“你要不要吃糖葫芦？”他想了想，又问夏良。

夏良没说话，过一会儿才笑了一声，掀起眼皮看着柳小满：“吃点儿甜的就不疼了？”

“嗯。”柳小满收回搭在夏良肩头的手，认真地点点头，想去给他拿糖葫芦，“初中生物老师说的，不舒服的时候吃点儿甜的心情会好，心里舒服，身上就不觉得那么……”

他话没说完，夏良拉了他一下，让他继续帮忙换衣服。

窗外的麻雀还在叫，小锅在院子里扑腾个没完，不知道它碰倒了什么东西，“稀里哗啦”一阵响。

夏良换完衣服后，出了卧室去卫生间。

夏良从卫生间回来后，柳小满也换好了衣服，多拿出来的衣服塞回了衣柜，两人换下来的衣服都叠成块，自己的摞在一起，夏良的搁在旁边。

干完这些他就不知道该干吗了，人虽然已经从刚才无所适从的状态里恢复过来，但心里还是很不自在。

他又待了一会儿，把夏良的电脑桌收了收。

夏良顺便洗了把脸，带着点儿水汽，过来看见两沓整整齐齐的脏衣服，挺好笑的，一把将它们抓了起来。

柳小满都没时间张嘴，他就将它们全塞进了洗衣机里。

“晚上你送我回家，顺便过来拿衣服。”夏良给自己套着上衣说。

为什么？柳小满条件反射想问。

话都到嘴边了，他又咽了下去，夏良的胳膊都二次骨折了，夏良说什么他只有答应的份儿。

好在今天樊以扬不去上课，左右他也得自己回家。

他们俩都没再提刚才的事，从胡同下来，夏良又问了一句：“你要不要回家再看看你爷爷？”

柳小满本来是这么打算的，跟夏良到家之前他还放不下心，现在不知道为什么，整个人都松弛了下来，早上那种没着落的感觉全部消失了。

“几点了？”他问夏良。

“直接回学校还能赶上第三节课。”夏良掏手机看了一眼。

柳小满犹豫了一下，夏良推推他：“你还是回家吧，没几步路，你的地理书不也没拿？”

“那你呢？”柳小满看着他。

“你想我陪你，还是想让我走？”夏良反问。

总是这样，夏良总能把问题抛回给他。

他可以拒绝，但同时骗不了自己，到底是真心还是撒谎。

柳小满张张嘴，夏良不逼不催，望着他，只说了句：“你对我不用说谎。”

“你陪我吧。”他吸吸鼻子望向旁边。

夏良笑了一声：“走吧。”

樊以扬父子果然把爷爷照料得很好，柳小满回到家楼下，摊子已经收了，他上楼打开家门，厨房地上干干净净。爷爷听见动静后在卧室里喊他：“是小满吗？”

“爷爷，是我。”柳小满答应着过去。

爷爷已经躺下了，撑着床要起来，柳小满忙把他扶回去不让他动，竖起枕头让他靠着。

床头小桌上放着几个拆开的药盒，半缸还在冒热气的白开水，柳小满匆匆看了一眼，问爷爷：“你药都吃啦？腿还疼吗？”

“我吃药了，没事儿。”爷爷叹了一口气，“扬扬跟他爸收拾完刚走，我给钱他们没拿，还把衣服给我抱走了，说拿去家里洗完再送来，你放学赶紧再把钱送人家里去。”

“好。”柳小满点点头。

“那孩子呢？”爷爷抻着脖子往门口看，“我刚听见是两个人的动静，是他吗？”

“是，”柳小满清清嗓子，扭头喊了一声，“夏良？”

夏良就怕老爷子跟他道谢，进了家门就在客厅里站着。他刚才进来光顾着救人，现在仔细看了一圈，打量着整间房子的布局。

柳小满家这一片都是以前纺织厂分配的职工房，厂子黄了以后，这些年搬走的人不少，还住着的也多少会翻翻新，这一套房算得上他见过的最原始的两室一厅，屋里的摆设和装修都是十几年前的那种格调。

他一直觉得姥爷家拾掇得够“老”了，看看柳小满家，还是没得比。

唯一带点儿活力的地方……

夏良扫视了一圈，目光定格在另一间卧室阖着的房门上。

屋里凡是装了门的地方都是同样的红板门，门身不仅掉漆，还掉皮，斑斑驳驳。

只有这扇门，虽然漆掉得差不多了，但在中间贴了一张圆头的贴纸，不知道是小丸子还是什么小胖仔。

贴纸看着也有年头了，外面的胶层泛黄掉色得厉害，贴的位置不高，还有点儿歪，刚好在门中间，估计是柳小满很小的时候踮着脚摁上去的。

小满爷爷住在靠南那间房，这间肯定是柳小满的。

夏良盯着看了两眼，嘴角轻轻翘了翘。

他听见柳小满喊他，过去打了个招呼。小满爷爷果然一百个愧疚，望着他的胳膊连着问了好几遍“没事儿吧”。

爷爷第四遍的时候夏良都被问笑了，叹了一口气，支起胳膊左右摆了摆，给他看：“您放心吧，我真没什么事儿。”

爷爷还没说话，柳小满先过来拍了他一下：“你别乱动！”

“嗯。”夏良勾起嘴角看他，“这儿已经不疼了。”

柳小满扔下他的胳膊转身扶着爷爷躺下，径直回卧室拿书。

夏良跟小满爷爷说了一声，关上房门让他休息，也跟着过去。

门上贴着贴纸的果然是柳小满的房间，很小，站在门口就能把屋里各个角落全扫进眼底，所以夏良一眼就看见了摆在床头的那只大章鱼。

地理书就在床头，柳小满拿了就要出去，一转身见夏良靠在门框上看着他，把他吓一跳。

“你怎么也没个声音。”柳小满嘟囔一句，推推夏良让他出去。

“你一直把它放那儿？”夏良没动，下巴抬了抬，指向大章鱼。

柳小满动作这么快就是不想让夏良看见他的章鱼，看见了肯定要拿来笑他。

果然。

柳小满挺不好意思，说了一句“干吗”，又用卷成筒的地理书捣捣夏良的腰，小声催他：“赶紧走了。”

夏良怕痒，笑着握住书筒的另一头。

夏良倒是没用大章鱼笑话柳小满，只问他：“这么喜欢它？以后我再带你去抓娃娃，去吗？”

柳小满跟夏良对视着，真的觉得自己现在的状态很诡异。

他不应该和夏良成为朋友，毕竟他们不是一个世界的人，可是这种情绪每天都在消散一点点。

他看见夏良怕痒，抓着他的书不松手的样子，心里泛起了一层层的小细纹，就像身边飘浮在空气中的细小尘埃，飘着荡着进入他心口里，让他也感觉痒，嘴角不由得就想跟着往上翘。

他对着夏良好像不需要说谎。

“嗯。”他很轻地笑着，点了点头。

他们回到学校，第三节课下课铃刚刚打响。

李猛随着下课铃声醒来，张牙舞爪地伸着懒腰，扭头看见空了一上午的两张后桌坐了人还被吓一跳。

他第一反应以为是尚梁山来盯梢了，“哦”了一声把胳膊收回去：“你们俩还知道来啊？”

柳小满直接进入学习状态，望着黑板上的板书边翻课本边问：“这节课讲了什么？”

“你问谁？”李猛一脸单纯地说。

柳小满盯着他看了一眼，再看看旁边还在睡梦中的王朝，叹了一口气。

他有点儿犹豫，朝韩雪壁的座位望过去，这班里要是还有谁的上课状态和笔记能让人信得过，也就是小班长了。

但除了开学那天韩雪壁让余首帮他换了一张板凳，他们俩基本没怎么交流过。

一个班的前后排到底还是有前和后的区分，就算这个破班已经在年级里连后进班都算不上，就差脱轨跟隔壁艺体班一块儿驰骋了，后三排的氛围跟前三排还是不能比。

就连李猛生日那天,他和韩雪璧也一个在沙发这头一个在沙发那头,没说几句话。

这会儿他需要帮忙了才过去跟人说话，是不是有点儿太功利了?

他又回过头，看了看挂表上的时间，还在纠结，再回头却发现韩雪璧正朝后排走过来。

她的目标还挺明确，视线就集中在他和夏良身上。

“班主任早上过来了，问了你们两遍。”韩雪璧在他们座位跟前儿停下,“让你们回来以后去找他一趟。”

“好，谢谢。”柳小满点点头。

他正想趁机问问韩雪璧上课的情况，见她有点儿迟疑，又动了动嘴巴：“你们俩是……”

韩雪璧想问你们俩是什么情况，凭她热心肠的性格和身为班长的责任感，估计还想说有什么需要帮忙的可以告诉她。

但这些话都只开了个头，可能她觉得大家不那么熟，没问出口。

学校就是这样一个很神奇的地方，大家刚聚到一起谁也不认识谁的时候，她能发光发热，主动让人来给柳小满换凳子；个把月相处下来，每个人组成了自己的小圈子，一开始没能聚到一起的人反而变得拘谨了。

柳小满大概能猜到她的意思，笑了笑：“我们没什么事，去了一趟医院，回头会去跟班主任说。”

“行。”韩雪璧看了一眼夏良重新绑过的胳膊。

李猛正转过头跟夏良说话,听见柳小满这么说,才惊讶地“啊”了一声,瞪着他们：“你们俩去医院了？胳膊又断了？”

夏良看着他叹了一口气，柳小满也有点儿替他发愁，他一天长两颗眼珠跟闹着玩儿一样，可怎么整。

不过李猛自己显然没当回事，他也就是问问，问完他就话头一转，晃悠着凳子冲韩雪璧喊了一声：“哎，小班长。”

柳小满一听他这语气就知道是要八卦。果然，韩雪璧还没接话，他就眉飞色舞地问出后一句：“你和鱼头是不是……”

韩雪璧本来还挺认真要听他说话，闻言整个人怔了怔，睁圆了眼睛瞪着他。

“我都在垃圾桶那儿看着你们好几回了,是不是啊？”李猛乐了起来,

“我们鱼哥喜欢你全世界都知道，你成不成的怎么也没个表态？”

李猛又捂着嘴乐，说道：“你们俩也真有意思，学校这么大，去哪儿不行啊，可着垃圾箱旁边较劲，那块儿都被那些……”

“你有病吧？”韩雪璧一脸严肃地打断了他，声音还不小，“关你什么事？”

周围几个人听见了都看过来，李猛一只手还捂着嘴，直接被她骂傻了，维持着晃凳子的姿势。

“我……”他很惊讶，人磕巴起来。

夏良正掏出一本书翻着，抬起眼皮看了一眼。

柳小满也吓了一跳，跟夏良他们一起待久了，他觉得这种程度的话也就是一个玩笑，是不是的否认一下就行，李猛好像也没说什么太没礼貌的话。

但是看看韩雪璧从粉到红又从红到白的脸，他只庆幸李猛还知道压着声音，没直接扯着嗓子嚷嚷，不然韩雪璧大概能直接兜书砸他嘴上。

韩雪璧应该是被“可着垃圾箱旁边较劲”冒犯到了。

也难怪，配上李猛挤眉弄眼的表情，是比较容易让人想歪，真被理解歪了话传话的，不定会被传成什么样。

余首听见韩雪璧的动静就在他们对面，皱着眉站了起来，朝这边看。

韩雪璧没再理他，一甩辫子转身走了。

柳小满看着她的背影，真的很想追问一句：你上节课的笔记能不能借我看看？

“我也……没说什么吧？”李猛赶紧扭头看着柳小满和夏良。

夏良从头到尾就没参与他们的话题，这会儿眼皮已经耷拉回去了，头也没抬继续翻着书：“你把舌头拔了吧，跟女生说话一点儿谱没有。”

夏良这是跟自己想一块儿去了。

柳小满点点头，赞成地“嗯”了一声。

“我真没别的意思。”余首已经过来了，李猛急得暗骂一声，猛地推了把王朝，“你别睡了！我要挨捶了！”

王朝“嗯”了一声，突然弹了起来。

余首没要捶他，只是过来问了句什么情况。

他听李猛说完，还有点儿不好意思，拨了拨后脑勺的头发，笑了一声："真的？"

"什么真的假的？"李猛傻愣着。

"我跟她看着像在一起了？"余首说。

李猛："……"

余首："……"

"只是看着像，你就美成这样？你也太——"王朝支着腮帮子，在一旁听他们说了半天，打了个呵欠，"卑微了吧？"

余首跟他们对视一会儿，叹了一口气。

后来不知道三个人说了什么，一直到晚自习，他们一块儿从食堂有说有笑地回来，柳小满才发现，原来男生之间的友谊也不一定非要靠打球、打架、打游戏支撑，由聊感情开启也能聊得这么热火朝天。

并且他们热聊了一整天，还聊出一个结果来——

李猛一脸正经又神秘地通知他和夏良，他们要帮着余首，给韩雪璧来一场盛大又浪漫的校园表白。

"什么鬼？"夏良说。

"肯定好使！"不止李猛，王朝也饶有兴致，"我姐就是这么被我姐夫拿下的，一圈蜡烛一圈花，再配一个大喇叭。"

柳小满都被逗笑了，他以为这种情节只发生在电视剧和那些女孩子被没收的一本本言情小说里。

"关键不应该是韩雪璧到底喜不喜欢余首吗？"他问了一句。

"鱼头说她肯定喜欢他，但是她想得多，一会儿耽误学习了一会儿这的那的……"李猛说着，指了柳小满一下，"就跟你一样，满脑子学习，瞎琢磨。"

柳小满没想到他能扯到自己身上，下意识看了夏良一眼，夏良正在抄笔记，嘴角微微扬着。

"想想就有意思，"李猛又打了个响指，伸手冲两人鼻子底下招呼着，"一块儿行动啊！给你们枯燥的高中生涯留下值得回味的绚烂一笔！"

"你不上课干什么都有意思。"夏良用笔杆把他挡开。

柳小满倒觉得挺有意思的，他不怎么参加集体活动，以前是不敢，也没有能一块儿玩的朋友；现在是没机会，高中了，有点儿活动不是运动会就是元旦晚会，他都没兴趣。

“什么时候？”他问李猛。

夏良的笔顿了一下，看他一眼。

“什么时候？”李猛问王朝。

“就最近吧。”王朝像击鼓传花一样朝着余首的方向看，“我回头问问鱼头，找个什么节……”

“万圣节啊！”李猛拍了一下大腿，打断他，“下周就是！”

“你拉倒吧，神经病啊，谁万圣节告白？”王朝不耐烦地挥挥手，“弄得花里胡哨的，再招什么东西来。”

“那就圣诞，最迟元旦，”李猛说，“再晚不行了，再晚就到明年去了。”

“可以。”他们俩就这么替余首拍了板。

而这之后一直到圣诞节，柳小满放学后回家的时间都变成了跟夏良一起走。

他本来以为夏良说的“晚上送我回家”只指那一个晚上，结果没承想，这一送就送个没完没了。

夏良围绕着“胳膊疼”这个轴心，有数不完的理由用来支使他。今天是拿衣服，明天是拿书包，后天是要去便利店给小锅买罐头，正好要跟柳小满同路。

同路的结果是柳小满把他送回去，他再把柳小满送回来，柳小满什么都没干，手里还多了两瓶酸奶。

这是夏良买给他的，他一开始不肯要，夏良说便利店打折，十块钱买一送一，他就开始犹豫。

夏良又说拿回去给爷爷喝，他在小本子上又给夏良记了两天的早饭。

他在心里记完也觉得过意不去，夏良本来没必要在他这儿吃一百多天的早饭，胡同口卖早饭的那么多，夏良在哪儿吃点儿爱吃的不行？而且爷爷暂时没法支摊子。

他想到这儿，没忍住问夏良：“你喜欢吃我爷爷卷的饼吗？”

“还行，怎么了？”夏良说。“没有，”柳小满摸了摸酸奶瓶子，“我就觉得你挺亏的。”

夏良“哦”了一声，笑着看他。

他没觉得哪儿亏，他愿意随手给柳小满买这些糖球、酸奶之类的小东西，买的时候也没多想，只觉得柳小满应该会喜欢吃，他就顺手买下来。

他们这样一天天送来送去，樊以扬一开始不同意的。

柳小满就像夏良拿胳膊堵他的嘴一样，也拿夏良的胳膊堵樊以扬的嘴。

经历过夏良断胳膊扶爷爷，樊以扬也跟他一样对于这个理由说不出话来，只能用沉默来妥协。

柳小满觉得自己有点儿没良心，樊以扬载着他上下学这么多年，对于樊以扬无可奈何的默许，他竟然感觉自己像被放出家门遛弯的小猫小狗，有种暗暗的轻松与欣喜。

他不明白自己这是在做什么，也不清楚现在是什么情况。

之前夏良说等他“把胳膊长好”，这个“等”是要等到什么时候？

不过既然夏良说了要等，那他就先等等吧。